2017中国年度随笔

徐南铁　主编

漓江年选 ■ 品质阅读 ■ 恒久珍藏

漓江出版社

图书在版编目（ＣＩＰ）数据

2017 中国年度随笔 / 徐南铁主编 . —桂林：漓江出版社，2018.3

ISBN 978−7−5407−8224−5

Ⅰ. ① 2⋯ Ⅱ. ①徐⋯ Ⅲ. ①随笔—作品集—中国—当代

Ⅳ. ① I267.1

中国版本图书馆 CIP 数据核字（2018）第 022793 号

2017 ZHONGGUO NIANDU SUIBI

2017 中国年度随笔

主编：徐南铁

责任编辑：张　谦
助理编辑：谢青芸
书籍设计：石绍康
责任监印：杨　东

出版人：刘迪才

漓江出版社有限公司出版发行

广西桂林市南环路 22 号　邮政编码：541002

网址：http://www.lijiangbook.com

全国新华书店经销

发行电话：0773−2583322　010−85893190

北京大运河印刷有限责任公司印刷

[北京市通州区潞城镇大营工业区　邮政编码：101117]

开本：690 mm×1000 mm　1/16

印张：19.75　字数：273 千字

2018 年 3 月第 1 版　2018 年 3 月第 1 次印刷

定价：45.00 元

如发现印装质量问题，影响阅读，请与承印单位联系调换
[电话：010-80584262]

目录
contents

人生

世事

情　怀

言　说

）人 生

【主编者言】纪念汤显祖逝世 400 周年，作者的笔触却不在其戏剧成就中徜徉，而是谈其性格、为人和行为方式。其实这是从根本谈戏剧，并由此解读中国文学、中国社会。

汤显祖的亢直与坚正

李建军

薇亦柔止，薇亦刚止。汤显祖是一个亦柔亦刚的人。就情感来看，他有一颗赤子之心，柔情似水，多爱不忍，对父母家人，对师长朋友，对黎民百姓，都真心相待，纯然一副热心肠，甚至，还有一副急人所急的侠义心肠。查继佐在《汤显祖传》中评价他说："喜任侠，好急人。"这是沉甸甸的实话，而非轻飘飘的虚誉。

汤显祖有着南人的气质，温柔而多情，也有着北人的气骨，端翔而坚正。就性格来看，他刚正不阿，疾恶如仇，行己有耻，拒绝逢迎，曾先后于万历五年、万历八年，两次拒绝张居正的拉拢，《明史·汤显祖传》、钱谦益《列朝诗集小传·汤遂昌显祖》、邹迪光《汤义仍先生传》等对此都有记载。邹迪光在《汤义仍先生传》里说，汤显祖未第之前，就已经名蔽天壤，为海内所倾仰。张居正为了抬高儿子的身价，两番接纳汤显祖，欲"啖以巍甲"，诱以大名大利，但都被汤显祖拒绝了，说："吾不敢从处女子失身也。"他认为，人一旦自欺或者欺人，便无足观矣，所以，他厌恶一切虚伪不诚的做派："人之精神不欺，为生息之本，功名即真，犹是梦影，况伪者乎？"[1]汤显祖像屈原、司马迁、杜甫

---

[1] 《汤显祖集全编》（四），上海古籍出版社，2015 年，第 1780 页。引文标点，略异于原文。

和曹雪芹一样，是中国几千年来，人格上最为健康、灵魂最为干净的难得人物，是中国文学最为可靠的精神风标。

汤显祖对自己的道德期许是很高的，对自己的能力也是自信的。他在《答余中宇先生》中说："某少有伉壮不阿之气，为秀才业所消，复为屡上春官所消。然终不能消此真气。观察言色，发药良中。某颇有区区之略，可以变化天下。恨不见吾师言之，言之又似迂者然，今之世卒卒不可得行。唯吾师此时宜益以直道绳引天下，万无以前名自喜。"①他之所以如此高自标树，把话说得很大很满，就是希望能有机会一展宏图，有机会靠着自己的正直和才能，为国家和百姓做些有益的事情。他把"兼济天下"看得很重，未尝因为个人的成败利钝而轻忽之，正像他自己所说的那样："天下忘吾属易，吾属忘天下难也。"②

作为一个认真而不苟且的人，他对自己时代的伪诈而诡滥的世风深恶痛绝。他在《与宜伶罗章二》中说："如今世事总难认真，而况戏乎！若认真，并酒食钱物也不可久。我平生只为认真，所以做官做家，都不起耳。"③纵然如此，他也不曾为了现实的利益，改变初衷，降身辱志，从而随随便便做人，马马虎虎做事。

他是一个生不逢时的人。明代从一开始就是一个戾气很重的恶时代，它缺乏最起码的文明教养，与莎士比亚所处的伊丽莎白时代比起来，它实在太不堪，是一个尚未脱离野蛮状态的典型的前现代社会。狭隘、傲慢、凶暴、冷酷，一切坏时代的烂毛病，它几乎全都有。它对黎民百姓缺乏哀矜之心，对知识分子充满疑忌和敌意，拿自己的官吏当奴隶。在很多方面，汤显祖都与自己的时代格格不入。在《青莲阁记》中，他通过与那些开明盛世的对照，尖锐地嘲笑和否定了自己的时代：

---

① 《汤显祖集全编》（四），第 1758 页。
② 《汤显祖集全编》（四），第 1974 页。
③ 《汤显祖集全编》（四），第 2011 页。

……季宣为人伟朗横绝，喜宾客。而芜城真州，故天下之轴也。四方游人，车盖帆影无绝。通江不见季宣，即色沮而神懊。以是季宣日与天下游士通从，相与浮拍跳踉，淋漓顿挫，以极其致。时时挟金、焦而临北固，为褰裳蹈海之谈。故常与游者，莫不眙愕相视，叹曰："季宣殆青莲后身也。"相与颜其阁曰"青莲"。

季宣叹曰："未敢然也。吾有友，江以西清远道人，试尝问之。"道人闻而嘻曰："有是哉！古今人不相及，亦其时耳。世有有情之天下，有有法之天下。唐人受陈、隋风流，君臣游幸，率以才情自胜，则可以共浴华清，从阶升，娱广寒。令白也生今之世，滔荡零落，尚不能得一中县而治，彼诚遇有情之天下也。今天下大致灭才情而尊吏法，故季宣低眉而在此。假生白时，其才气凌厉一世，倒骑驴，就巾试面，岂足道哉！"海风江月，千古如斯。[1]

在汤显祖看来，天下分两种：一种是"有情之天下"，一种是"有法之天下"。有情之天下，是有人情味的，给人活路和尊严的；而有法之天下，却是冷酷的，拿人不当人，让人们艰于呼吸，让英雄进退失据。唐代就属于有情之天下，而他自己的时代则属于有法之天下。在所谓有法之天下，人没有尊严，人的个性和才情，也都属于要被扭曲和毁灭的。所以，假如李白生于此时，也必束肩敛息，小心翼翼，毫无作为，反过来，假如让季宣生活在唐代，那么，他一定会有机会发挥才能，凌厉一世。从这篇文章可以看出，汤显祖不仅对自己的时代极为不满，而且还言无禁忌，尖锐地表达了自己的抗议和不满。在血腥味很浓的朱明王朝，他的这些大逆不道的话，属于典型的"妄言罪"和"诽谤罪"，一旦被有司盯上，是很有可能被抓起来杀头的。

然而，汤显祖在《论辅臣科臣疏》所表现出来的硬气和亢直，却比这更加令人惊叹和倾服。这回，他直接批评了万历皇帝朱翊钧和他的几位大臣。

明神宗朱翊钧是一个典型的朱姓皇帝，性格中充满了由朱元璋那里遗传下来的狭隘、多疑、刚愎、颟顸和冷酷的东西。不仅如此，他身上还有几千年来

---

[1]《汤显祖集全编》（三），第 1578 页。句读标点，引者有所改动，略异于原文。

中国的暴君和昏君都有的坏毛病，例如，纵情声色，不理朝政，贪得无厌，巧取豪夺，文过而饰非，近小人而远君子，等等。糟糕的心性与败坏的生活，最终导致他气昏志惰，力倦神疲，近乎尸居余气。

迥远而神秘的上天，大概是——除了那些"无所畏惧"者之外——几乎所有傲慢的统治者唯一畏惧的对象。虽然，对人间的事物，万历皇帝素来无所畏惧，但是，对头顶上的神秘的苍天，他还是心怀虔敬和畏惧。几千年来，中国的最高统治者大都如此：不在乎近而可察的民心，不倾听切中弊害的谏言，却在乎高不可问的天意。至于那些既不恤人言，又不畏天命的暴君，那些视一切伟大事物皆为戈戈小物的独裁者，就更是等而下之，无足论也，唉！他们必给人间带来无穷无尽的灾难和难以根除的祸患，也必将成为虽万死不足以赎其罪、引江海不足以浣其污的千古罪人。

却说，万历十九年，即公元 1591 年，天呈异象：有星如彗，长尺余；历胃、室、壁，长二尺；闰三月，丙寅朔，入娄。这个所谓"彗星"，即古人所说的"妖星"，也就是俗话所说的"扫帚星"，是可怕的不祥之兆。这些异象让朱翊钧心绪烦乱，惴惴不安。他按照官方的天象解释学，认为他一定是在德行上有什么过失，老天才如此警示他。

于是，朱翊钧便向帝国的官员们连下了两道与此有关的诏书。丁丑的"上谕"是："兹者星象示异，天戒垂仁，咎在朕躬，深用儆惕。诸司大小臣工，各宜奉公率职，宣力分猷。一切怠玩私邪，虚文积弊，务加洗涤，以称朕修实应天至意。修省事宜，尔礼部查照举行。"[1]紧接着，又下了一道己卯"上谕"："迩来风尚贿嘱，事尚趋赴，内之效外，外之借内，甚无公直，好生欺蔽。且前者天垂星变群奸不道，汝等职司言责，何无一喙之忠，以免瘝旷之罪？汝等市恩取誉，辄屡借风闻之语讪上要直。至于鬻货欺君，嗜利不轨，汝等何独无言？且尔等岂不闻官府中事皆一体之语乎？何每以揄扬君恶，沽名速迁为也？尔等食何人之爵，受何人之禄？至于长奸酿乱，傍观避祸，无斥奸去逆之忠，职任

---

① 毛效同编：《汤显祖研究资料汇编》（上），上海古籍出版社，1986 年，第 111 页。

何在？本部该拿问，重治姑且从轻各罚俸一年。"①

如果说，在前一个"上谕"里，朱翊钧还虚虚地说了一句"咎在朕躬"的话，那么，在后一道"圣旨"里，他完全忘了这异常的天象，只与他有关系，不过是上天对他这个"天子"失望和不满的表示。也许是因为极度恐惧，感受到了心灵上难以承受之重，于是便转而迁怒于自己的"大小臣工"。他的话讲得无理、无礼又无力。他说自己臣下的一切所为，都是为了"市恩取誉"，为了"沽名速迁"；责骂他们简直是一群心肠恶毒的坏人，所谓"讪上要直""鬻货欺君""嗜利不轨""长奸酿乱""傍观避祸"，全都是居心不良之宵小，全都是落井下石、幸灾乐祸的恶徒。

因为他还不懂得"纳税人"这个概念，所以，他也就不明白，每个劳动者吃的都是自己的饭，而不是官家和"寡人"的饭，更不可能砸他朱家的锅，因而，他的"尔等食何人之爵，受何人之禄"的斥责，也就近乎毫无道理的胡搅蛮缠。

由这两个"上谕"可以看出，朱翊钧是一个性格和心性都很恶劣的皇帝。他雄猜多忌，一味切责，缺乏宽容博厚之心，显然是一个心胸狭隘、意识阴暗的人。他虽然年近而立，但其心智却几乎停留在未成年人的状态。他不知道，一个人在责备别人的时候，是很容易显示出自己的德行和人格的。他太喜欢用反问句，竟然一连用了四个，显得咄咄逼人，毫无涵养，使人看见他刻薄寡恩的德行。至于将六科十三道切责"罚俸一年"，就更没有道理——这种动辄就说"我们停他的饭"的任性做法，近乎无赖手段，实在太小家子气！

对这种弱智而又颟顸的"上谕"，一个稍有判断力的人，便可看出中间的问题，而对付它的最佳策略，就是采取等因奉此、虚应故事的办法，实在用不着老老实实地回应它。天资聪颖、识见过人的汤显祖，肯定能看出万历皇帝的心性和德行上的问题。早在《天下之政出于一》中，汤显祖就将皇帝分为两种：一种是"时主"，一种是"明决之主"；前者其实就是低能的庸君："极物而养，

① 毛效同编：《汤显祖研究资料汇编》（上），第 111—112 页。

备官而使，雕几欲綦采，台观欲甚除，音舞欲嚻昌，那婥芷罩欲烈，喜恶欲其应而给，言欲谀而动欲几。"①万历官家不正是这样的皇帝吗？昏庸如此，你对他还能存什么幻想呢？然而，也许是汤显祖看到的问题，实在太多太严重，于是便很想借这个难得的机会，把自己的意见表达出来，冀幸自己的亢直之言，能使皇帝有所觉悟，最终起到扫除积弊、端正风气的作用。

于是，他便写了著名的《论辅臣科臣疏》，上呈给皇帝朱翊钧。1591 年的闰三月二十五日，汤显祖接到邸报，四月二十五日前，他的上疏就送到了神宗的手上。此疏写得非常精彩，端庄而又跳脱，沉雄而又犀利。这是一个 42 岁的非凡的能臣，写给一个 29 岁的平庸皇帝的掏心窝子的谏言。

先来解释文中涉及的两个官名。辅臣是指辅弼之臣，后多用以称宰相，在汤显祖的疏文中，具体是指申时行和张居正等人；所谓科臣，即科道官，也称监察御史，掌管监察百官、巡视郡县、纠正刑狱、肃整朝仪等事务，唐、宋两代仅为八品官，明代为正七品，清代为从五品。

开头第一段，他按惯例引用了朱翊钧的己卯"上谕"，然后，加上了自己的评语："大哉王言，正君臣之义，诛邪佞之心，严矣粲矣。"

第二段一开始，汤显祖这样说道："南部诸臣，捧读之余，不知所以。有云，此必言官以星变责难皇上，致有此谕。"这说明，朱翊钧所发的一通无名火，确实很不理性，很不合乎常情常理，以至于人们要猜测：他为何要说出这样一些狠话来？汤显祖巧妙地提到了朱翊钧曾对雒于仁等人的"狂愚直言，犹赐矜恕"，既然如此，那么，即使"言官有过言，必见温纳"。

汤显祖注意到，科道诸臣欺君徇私，而辅臣申时行则将"皇上威福之柄"移归己有。为什么会这样呢？汤显祖坦白地说，这是因为人臣若非"天性公直"，则必然"要取富贵而已"。而申时行就是利用辅臣之大权，一手遮天，为自己豪取富贵。他为其子得中进士，大搞科场欺蔽。儿子考试"奏捷"，前来送礼的络绎不绝，"有牛马不计其数"。汤显祖查了日历，发现申时行为儿子"宴功之晨，

---

① 《汤显祖集全编》(四)，第 2202 页。

正星象示儆之夕也"。

那么，对这种现象，是不是就没有人站出来批评呢？或者像朱翊钧责备的那样，"何无一喙之忠"呢？当然不是的。事实上，御史丁此吕就曾"首发科场欺蔽"，揭发申时行科举考试作弊——汤显祖说："此知上恩，效一喙之忠者也。"同样，御史万国钦，也曾批评过"边镇欺蔽"——在汤显祖看来，"此亦知上恩，效一喙之忠者也"①。然而，这二人却被申时行利用关系，贬谪到边远的地方。申时行还利用"年例及不时补外二法"，来"牵率众言官"，最终使那些正直的官员都"回心敛气"，而申时行"得以滔然无台谏之虞矣"。这就等于批评皇帝朱翊钧，既不了解官场腐败的具体情况和严重程度，也不了解那些正直的官员的"一喙之忠"，只知道逞口舌之快，不分青红皂白，一通乱骂，大失为君之体。

问题是，申时行这样的辅臣为什么会如此横行无忌呢？汤显祖行文中隐含的判断是：因为皇帝低能和不作为。申时行儿子的事情一被揭发，他就向皇帝"旋行祈请"，朱翊钧不仅知道此事，而且根本未予追究，汤显祖重重地责诘道："无乃要君甚乎！"②这句话，既是责备申时行，也是责备朱翊钧的。

更为严重的是言官的腐败，所谓"嘱贿附势，盛作不忠之事，蹿窃富贵者，往往而是"。其中像杨文举这样的吏科官员，贪污尤其严重，几乎到了"所过鸡犬一空"的程度；不仅如此，他竟然还"刻掠饥民之膏余，攒挪赈籴之派数"。而这些申时行明明知道，却听之任之。而杨文举更是借着申时行的势力，阻塞言路，"腆颜奏禁诸臣言事矣"③。总之，这一切都是辅臣申时行对皇上的"欺蔽"的结果。

如果说，这篇上疏对皇帝朱翊钧的批评还是委婉的，那么，到了最后一部分，汤显祖所说的"臣谓皇上可惜者有四"——皇上之爵禄可惜，皇上之人才可惜，皇上之法度可惜，皇上大有为之时可惜——就等于直接批评皇上实在太

① 《汤显祖集全编》（四），第1702—1703页。句读标点，引者有所改动，略异于原文。
② 《汤显祖集全编》（四），第1703页。
③ 《汤显祖集全编》（四），第1704页。

低能，连自己最宝贵的资源，都守护不住，为人所欺夺。尤其最后一个"可惜"，彰显了这样一个极为严峻的问题：皇帝虽然"经营天下二十年于兹矣"，但"前十年之政，张居正刚而有欲，以群私人嚣然坏之；后十年之政，时行柔而有欲，又以群私人靡然坏之"，皇帝的权力基本上处于一种被架空的状态。他建议皇上应该严厉处理申时行、杨文举和胡汝宁等人，并特别赞扬了"谨守宪令"的别谕都御史李世达，提醒皇帝，这样的人，"务令在内言事，在外宣风"。

事实上，明神宗朱翊钧的问题，远比汤显祖所批评的要严重。他懒于朝政，于上朝事，多有怠忽，至万历末年，"怠荒日甚，官缺多不补"；他贪于财货，与民夺利，因矿税之害，引发多次暴力抗争。赵翼历数此害，并总结道："……诸税监益骄，所至肆虐，民不聊生，随地激变。迨帝崩，始用遗诏罢之，而毒痛已遍天下。论者谓明之亡，不亡于崇祯，而亡于万历云。"①《明史》也批评朱翊钧："因循牵制，晏处深宫，纲纪废弛，君臣否隔。于是小人好权趋利者驰骛追逐，与名节之士为仇雠，门户纷然角立。驯至悊、愍，邪党滋蔓。在廷正类无深识远虑以折其机牙，而不胜忿激，交相攻讦。以致人主蓄疑，贤奸杂用，溃败决裂，不可振救。故论者谓明之亡，实亡于神宗，岂不谅欤。"②

汤显祖所说的问题，有具体人的权力腐败，也有重大的君权与相权的冲突，应该说全都是严峻而迫切的现实问题。倘若朱翊钧能够大度"温纳"，那么，晚明的很多社会问题，都会随之解决，而在1591—1620的29年间，种种社会问题，断不至于糜烂到不可收拾的地步。

然而，朱翊钧既没有接受批评的"雅量"，也没有辨别是非的眼光。他先是诱使"大小臣工"给自己提意见，引人入彀，但等说真话的"一喙之忠"来了的时候，他却龙颜一怒，"秋后算账""围而歼之"，对进谏言的人毒施辣手、打击报复——将汤显祖贬谪到边鄙之地，做了一个可有可无的编外小官——"徐闻县典史，添注"："稍迁遂昌知县。二十六年上计京师，投劾归。又明年大计，

---

① 赵翼：《廿二史札记》，凤凰出版社，2008年，第534页。
② 张廷玉等撰：《明史》，卷二十一，本纪第二十一，中华书局，1999年，第195页。

主者议黜之。"①汤显祖在上疏中所批评的当路在势的贪官污吏，皆获朱官家优抚，一时无恙，而汤显祖竟被"夺官"，回到家里度过了二十年既自在又困窘的日子。

有意思的是，英国的与莎士比亚同时代的伊丽莎白一世女王，也曾遭遇与朱翊钧相似的考验情境。快七十多岁的时候，她批准了一项"专利者名单"，因此在下议院遭到了前所未有的批评。女王得知，立即把下院议长召来："议长胆战心惊，然而女王态度极为和蔼可亲，使得他如释重负。她对他说，她刚获悉，她所批准的'一些专利权'使得她的臣民'很有怨言'，这件事'甚至在十分重要的时刻'也压在她的心头，必须尽快加以纠正。"②先前牢骚满腹的下议院很快派来一个代表团，跪在女王面前，表示感谢。她让跪着的代表团起来。她表示："我要让那些奴才、恶棍，那些滥用我的恩泽的家伙知道，我不能容忍这样的事情。议长先生，请你转告下议院，我从他们那里知道了这些事情，我非常感谢他们。"接下来，她又说了这样一通"比较实在的话"：

> 关于我自己，我应该这样说，我从来不是一个贪婪的吝啬鬼，既不是一毛不拔，也不挥霍浪费。我从不醉心于追求财产，只为百姓谋福利……
>
> 虽然以前曾经有过，将来也可能还会有许多比我伟大、比我英明的君主坐在这个宝座上，但是你们以前从来没有过，将来也不会有一个比我更加热爱你们的人。③

难怪培根，著名的哲学家，伊丽莎白一世女王的同时代人，会在她逝世后，专门写了一篇长文赞美她，并将此文上呈给新一任皇帝詹姆士。他在文章中这样写道："伊丽莎白是一个天性极好、运气绝佳的女人，一位值得纪念的君主……自古以来，女人当政实属罕见，当政而又治理得当尤其罕见，治理得

---

① 张廷玉等撰：《明史》，卷一百三十，列传第一百十八，第 4015 页。
② 安妮·T.鲁宾斯坦：《英国文学的伟大传统：从莎士比亚到奥斯丁》(上)，上海译文出版社，1998 年，第 23 页。
③ 安妮·T.鲁宾斯坦：《英国文学的伟大传统：从莎士比亚到奥斯丁》(上)，第 24 页。

当而又经久不衰更是绝无仅有。然而这位女王统治了四十四年，朝政依然靖明……"①

然而，这样的帝德，这样的境界和情怀，我们在有明一代几乎所有戾气十足的皇帝身上，做梦也别想看到。不仅如此，即便在自秦以后的两千多年的时间里，我们也很难看到这样一位文质彬彬、有情有义的君主。唉！中国人何其不幸。"天地闭，贤人隐，王者不作而乱贼盈天下。其狡且黠者，挟诈力以欺凌人世，一或得志，即肆意妄行，君不君，臣不臣，父不父，子不子。铤而走险，夷虏犹尊亲也，急则生变，虽骨肉犹仇敌也。元首如弈棋，国家若传舍，生民膏血涂草野，骸骼暴原隰，而私斗尚无已时。天欤人欤？"②狡黠善欺者，凶暴嗜杀者，恣睢虐民者，往往而得天下，履九尊。唉！中国人何其不幸也。

却说，《论辅臣科臣疏》虽然写得心诚而事信，亢直而不挠，但却不仅不被最高统治者所理解和"温纳"，还给汤显祖带来了巨大的政治灾难，使他一生蹭蹬偃蹇、穷困潦倒。然而，事虽不成，这篇上疏却足以彰显出作者伟大之人格与端直之气骨。从他的正直而坦率的表达中，我们看见了充满道德诗意的正义感，看见了绝不阿谀顺旨的人格尊严，正像王国维所评价的那样："义仍应举时，拒江陵之招，甘于沉滞。登第后，又抗疏，劾申时行。不肯讲学，又不附和王、李。在明之文人中，可谓特立独行之士！"③

汤显祖在《蕲水朱康侯行义记》中说："人之大致，唯侠与儒。而人生大患，莫急于有生而无食，尤莫急于有士才而蒙世难。庸庶人视之，曰：'此皆无与吾事也。'天下皆若人之见，则人尽可以饿死而我独饱，天下才士皆可辱可杀，而我独顽然以生。推类以尽，天下宁复有兄弟宗党朋友相拯绝寄妻子之事耶。此侠者之所不欲闻，而亦非儒者之所欲见也。"④由这段话，亦可窥见汤显祖之志

———————
① 安妮·T. 鲁宾斯坦：《英国文学的伟大传统：从莎士比亚到奥斯丁》（上），第14页。
② 蔡东藩：《五代史演义》自序，华夏出版社，2007年。
③ 王国维：《王国维文集》，第一卷，中国文史出版社，1997年，第504页。引文标点另做处理，与原文颇异。
④ 汤显祖：《汤显祖集全编》（三），第1571—1572页。

念与抱负。他亦尝有意于道家与佛家事，然而，却终生颠沛于儒与侠之间，无论做官，还是为文，皆磊磊然有奇士之风，浩浩然有伟丈夫气概。这样的胸怀与境界，无疑具有历之百代不废的价值。

总之，汤显祖的《论辅臣科臣疏》，实在就是另一种形态的诗，就是像"临川四梦"一样伟大的文本——它们是同一棵精神之树上绽放的花朵，结出的果实，因而有着一样的芬芳，一样的滋味。如果说一切伟大的作品，都是我们对这冰冷世界的安慰，那么，汤显祖的作品——包括《论辅臣科臣疏》在内——所带给我们的，则不单是情感上的安慰，还有道义上的支持和精神上的激励。它给我们提供了捍卫正义的信心和说出真话的勇气。

（原载《文学自由谈》2016 年第 5 期）

【主编者言】循着老舍在北京的人生足迹，寻找、解读和理解老舍的文学创作底色，那是一个人与一座城的血肉关联和文化维系。跟着读老舍，却也跟着逛北京。

读不完的老舍，逛不完的北京

冯 雷

身在北京讲现代文学，几年下来，我觉得自己最有兴致讲一讲的还是老舍。因为老舍的生活、创作同北京的关系都非常密切，解读老舍会旁及北京的历史、地理、方言、民俗等许多方面，聊起来非常容易让人产生代入感。起初因为好奇，我一个人走街串巷地去寻访老舍生活过的院落、胡同，一段一段地去拼接老舍的人生轨迹。而后的每届学生，我都领着他们一起去参观，一同去还原历史现场。有时候我甚至想，假如有一天能够一边游览北京，一边讲讲老舍，那该是多么惬意的事情！寻访老舍，阅读北京，不但饶有趣味，而且收获颇丰！

一、生逢国难，出身贫寒

就先从正阳门（俗称前门）走起吧。"前门楼子九丈九，四门三桥五牌楼"，六百多年来，位于北京中轴线的正阳门这一带一直是北京最核心、最繁华的地段。它的北面就是紫禁城，南面是前门大街、大栅栏、天桥，一直走下去就是永定门。如今，这里是著名的旅游景点，许多人在这里游览、拍照，颇带几分好奇地打量着复古的"铛铛车"。时间似乎已经冲淡了历史的疼痛感，如果矗立在我们面前的是一座硝烟弥漫、土石飞溅的危楼，人们又会作何感想呢？不同版本的老舍传记都记载了相似的情形。1900 年的夏天，八国联军架起大炮轰塌了正阳门，守城的清兵伤亡惨重，这其中就有老舍的父亲——永寿。现代文学史上，有不少作家都是早年丧父。父亲去世时，曹禺 19 岁，鲁迅 15 岁，巴金 13 岁，茅盾 10 岁，胡适 3 岁，而老舍呢，父亲去世时他只有一岁半。不知道对于老舍来说，正阳门有什么特别的意味没有。在《四世同堂》里，老实巴交的常二爷进城买药，正是在前门，一把年纪了不但被日本鬼子左右开弓地打了两个嘴巴，还被当众罚跪。也许在老舍心目中，前门是个让人胆战心惊的不祥之地吧。

　　老舍曾说他是像爱母亲一样地爱着北京，可不幸的是，他却两次生逢北京弃守。《四世同堂》正是一部描绘国土沦陷的"北平哀歌"。小说里，当祁家老小登场亮相之后，老舍特意交代了祁家宅门的位置："祁家的房子坐落在西城护国寺附近的'小羊圈'。"坐上地铁四号线，在平安里站下车，东北口上来没走几步抬头就能看到一幢大楼外墙上"护国寺街"的蓝底鎏金大字。顺着新街口南大街往北，不过千万留神你的右手边，否则很容易就会错过我们要找的"小杨家胡同"。这里不但是小说里的"小羊圈"的原型，而且还是老舍本人的出生地。小杨家胡同入口很窄，我一米七多一点的身高，伸开胳膊轻而易举地就能摸到胡同的两壁。正如小说里所描写的那样，小杨家胡同"不像一般的北平的胡同那样直直的，或略微有一两个弯儿，而是颇像一个葫芦"，我实地数过，胡同朝着东北方向弯弯曲曲拐了六个弯，最终和北边的"大杨家胡同"交汇在一起。胡同的中段——葫芦的"腰"和"肚"又宽敞起来，"腰肚"东南角的 8 号院就是当年老舍出生的地方。小杨家胡同北望德胜门，西接西直门。如果留心读《茶馆》的话，不难发现那家六十多年的老"裕泰"离着小杨家胡同应该也不远。作品里，大栓子要送康婆婆出城的时候说："西直门关了，得绕德胜门呢。"这个不起眼的小胡同俨然成了老舍创造的那个"文学北京"的中心。事实上，小杨家胡同周围的人文景观可真不少。胡同的北边就是大名鼎鼎的"百花深处"，没有它恐怕也就没有陈升的《北京一夜》和陈凯歌的"十分钟年华老去之《百花深处》了。周氏兄弟居住过的"八道湾11号"也在这附近,不过现在被圈到北京市35中的院里了。护国寺往东,可看的就更多了,溥杰故居、梅兰芳故居、庆王府旧址、辅仁大学旧址、陈垣故居都在这条路上,再往东就插到了后海了。现在人们都热衷于去后海、南锣鼓巷,可护国寺的历史文化含量和商业开发我觉得一点也不输前两者。在后海、南锣踩掉了鞋,却和近在咫尺的护国寺擦肩而过,实在是遗憾啊。

二、长在胡同,舍予成人

离开小杨家胡同,咱们往平安里大街和赵登禹路的十字路口这里来,十字路口西边的南草厂街、育幼胡同以及十字路口南侧的富国街,老舍读过的三所学校都在这一条线上。

老舍起先是在小杨家胡同附近读完私塾,然后进入京师公立第二两等小学堂和京师第十三高等小学校读小学。当年的私塾和"第二小"早就拆得无影无踪了,现在南草厂街22号的北京市西城经济科学大学就是当年老舍就读的"十三小"的所在地。说到"草厂",北京有许多胡同名字里都带着"草厂",比如鼓楼附近的"草厂胡同"、宣武门附近的"西草厂胡同",光前门附近从"草厂头条"到"草厂十条"就有十条之多。为什么会有这么多叫"草厂"的胡同呢?元朝时,北京的城墙都是用黏土夯筑而成的,为了防止雨水冲刷城墙,人们采用"收苇以蓑城"的办法,把芦苇编成的席子披在城墙上,因此元朝政府设立了许多回收、晾晒苇草的草场。到了元朝中期,人们发现这个法子的效果并不理想,再加上统治者内部发生矛盾,元文宗担心反对者"烧苇以夺城",便取消了"收苇以蓑城"。但是"草场"(后改为草厂)作为地名还是沿用了下来。

南草厂街往南是育幼胡同,老舍最终毕业的北京师范学校当年就在这里。育幼胡同原来叫"端王府夹道",不用问,这里一定是挨着端王府了,胡同西边的中纪委和中国少年儿童活动中心便是原来的王府所在地。其实从前这里紧挨着一共有两座王府，"庚子之乱"中都被烧毁了。到了民国，在王府遗址上又先后建起了北大工学院、艺徒学校、北京师范学校以及北洋大学北平部工学院、北京地质学院新生部等不少学校。直到今天，育幼胡同周边好多胡同的名字里还都带着"育"字，东边的"育德胡同"，南边原有的"育强胡同""育教胡同"。而且北京市西城经济科学大学、黄城根小学、西城区第一图书馆、北京市青年宫等许多文教单位都聚集在这一带。老舍在师范学校一共学习了五年，这期间，由学校承担老舍的衣食住学，这其实也正是老舍选择师范学校的原因。在《我的母亲》里，老舍写道，当他期满毕业、可以自食其力的时候，老舍和母亲一夜不曾合眼，相对无言，唯有泪千行。

从"十三小"毕业之后，在进入师范学校之前，老舍还曾经短暂地在京师公立第三中学上了半年学。现在位于富国街的北京三中就是当年的"京师三中"，学校里还专门开了个老舍纪念室。因为当时费用太高，所以老舍不得不放弃了这里。"京师三中"和满族历史文化关系非常密切，它的前身是清宗室觉罗八旗右翼宗学，简单地说就是皇家的子弟学校。"富国街"是 1965 年才更成这个名字的，原来叫"祖家街"，因为三中占用的是降清明将祖大寿的故宅和祠堂。现在的"祖家街"只剩下两个公交站牌了。

老舍的前半生都是在学校里度过的，师范毕业之后，在北京、在英国、在山东，老舍一直是以教书为业，他自己也说"我差不多老没和教育事业断缘"。这种经历对于老舍的精神成长有着非常重要的影响。老舍给自己取字叫"舍予"，而教师这个职业所倡导的"红烛精神"和"舍予"所标榜的"舍弃自我"是深深相通的。23 岁时，老舍在西四南大街的缸瓦市堂受洗成为基督徒，之所以做出这样的选择，基督教信徒的传教也许只是一个触媒，据胡絜青回忆，三十年代老舍回国后，在日常生活中老舍已经不再严格按照基督教的要求行事了，特别是在老舍成熟期的创作当中，宗教信仰的痕迹并不明显。更为内在的，老母亲含辛茹苦抚养老舍等子女的艰辛经历，《宗月大师》里的刘寿绵乐善好施、扶危济困的传奇人生，包括民间社会朴素的道德伦理观念，这些对老舍的人格塑造都有着深入而持久的影响。所以与其说老舍曾经虔诚地选择了宗教，倒不如说他逐渐奠定、完善了自己"舍予成仁"的悲悯情怀。从他的创作当中，我们看老舍对那些穷困潦倒的车夫、菜农、巡警、艺人甚至于暗娼等这些城市贫民总是抱以深厚的同情。由此也可见"舍予"不只是字谜般地把自己的"舒"姓拆开，而更是他人生哲学巧妙而又委婉的表达。

三、魂牵梦系，圆梦北京

王府井大街是北京著名的商业步行街，每天游人如织，熙熙攘攘，而知道老舍故居就在这附近的恐怕并不在多数吧。说来也令人惊讶，身为北京人，可老舍在北京却可以说居无定所。从师范学校毕业之后，他先后在方家胡同、翊教寺胡同、香山卧佛寺、西直门内京师儿童图书馆、缸瓦市教堂、北长街昭显庙、淹通胡同等许多地方暂住过。在前半生的大部分阶段，老舍都是在北京以外度过的，他在英国工作了近六年，回国后又去山东生活了七年，七七事变之后，老舍被迫迁居武汉、重庆等地。1944 年，老舍曾发表过一篇小短文《"住"的梦》，在文章里，老舍"梦想着抗战胜利后我应去住的地方"。可等到抗战胜利，老舍又应邀赴美，前后待了三年。有家难回、背井离乡，这对于安土重迁的中国人来说，何其令人唏嘘？其实又何止一个老舍，多少乱离人做着相同的"怀乡梦"呢？

直到 1949 年底，老舍终于回到了阔别多年的故乡北京，安定下来。他用自己的稿费在王府井北边的灯市口西街丰富胡同买了一个小院子，了却了几十年来"住"的梦。最后一站，我们去看看北京城里唯一的老舍故居。小院并不是一个标准的四合院，整个院子像是个"只"字形。通常四合院的宅门应该开在院子的东南角上，或许是受到丰富胡同南北走向的限制，老舍家的大门开在东墙上，二道门以及正院的影壁也都偏离了中轴线，并且二道门的形制也显得矮小、简单了些。外院把着大门的是一间门房，门房往北是正院，往西算是外院。

外院里搭着天棚，天棚南边的两间分别为厕所和杂物间。厕所现在改为了书店，一头通着故居院子里，一头通着灯市口西街。正院布置得规规矩矩的。院内正房三间，屋里打着淡绿色的中式木隔断，东次间是胡絜青的画室和起居室，明房和西次间为客厅。西耳房同正房连通，用作老舍的书房和卧室。为了在保护故居原貌的同时便于游客参观，正房里加装了玻璃护栏，同时西耳房破墙开窗，人们站在窗前正好可以看到老舍的书桌，书桌上的台历停留在 1966 年 8 月 24 日这一天。院子的后罩房是对外开放后才加盖的，当作故居的办公区域。东西厢房原为老舍女儿居住，现在也都改成了展厅。南房过去由舒乙居住着，后来房子的后墙和门窗给调了个个儿，南房也变成了北房，现在是后墙冲着正院，墙上挂了一块大屏幕，演绎着老舍的文学人生。树木、花草、鱼缸分布在中庭四围，让这个普通的小院看起来整洁而又不失生机。那篇被选入语文课本的《养花》描述的正是院子里生气勃勃、花香满屋的情景。赶上昙花开放的时候，老舍还会约上几位朋友来赏花，老舍自己也不无得意地说"更有秉烛夜游的神气"。打理那些"好种易活、自己会奋斗的花草"成了老舍日常生活的一大乐趣。正房前老舍亲手植的两棵柿子树是整座院子里最为醒目的标志，胡絜青因此而把院子美名为"丹柿小院"。不过，2012 年我到丹柿小院去参观时，有位值班的老大爷却向我介绍说，院子西南角的枣树在老舍搬进来之前就种下了，后来老舍夫妇又在院子里种上柿子树，不经意间就成了"枣柿"——"早逝"。这个说法虽然迷信而又牵强，但我想也反映了民间对于老舍悲愤弃世的惋惜之情吧。

四、描写北京，反思北京

二十世纪五十年代初，老舍接连写下了《北京的春节》《我热爱新北京》《住在北京》《北京》《顶可爱的北京》《要热爱你的胡同》等一系列讴歌新北京、新胡同的散文。从这些文章来看，他对北京的喜爱、眷恋溢于言表，并且真实而可信。没有这种深厚的感情作为支撑，恐怕他的笔下也就不会产生那种浓郁的

"京味儿"。换句话说，老舍这个话题所产生的代入感，更在于他以文学化的笔触创造了北京可亲可感的城市形象，而且吸引人们去观察北京、玩味北京、热爱北京。

老舍其实是有意识地把一个个真实可靠的地名引入他的作品当中的。比如说《骆驼祥子》里"西山抓丁"那一段，老舍在脑海中摊开地图，先帮祥子精准定位在"磨石口"，然后又指明了经"金顶山""礼王坟""八大处""杏子口""南辛庄""北辛庄"……一直到"静宜园""海甸"去，这条路线就在我任教的北方工业大学后门一带，不但真实而且可行。再比如《四世同堂》里，瑞宣陪着金三爷给钱家大少爷出殡，送到鼓楼往回走时，他脑子里琢磨回家的路线，"走烟袋斜街，什刹海，定王府大街，便到了护国寺"，顺着这条路还真能从鼓楼步行到护国寺旁边的小杨家胡同去，一点儿都不绕远。还有老舍在小说、散文里反复提到的"柳泉居"，就在小杨家胡同南边、护国寺的路口上。在老舍看来："背景的重要不只是写一些风景或东西，使故事更鲜明确定一点，而是它与人物故事都分不开，好似天然长在一处的。"也就是说，这些真实的场景不但是故事发生的典型环境，而且实际上参与到故事中来，成为故事当中一个隐形角色。如果撤换掉这个角色，那整个作品的风貌也就损失大半了。《四世同堂》里，侵略者庆祝胜利的大气球如果不是飘在北京标志性的"西长安街上"，而是随意一个什么山头或是建筑上，恐怕也就不会激起读者那种灼心般的疼痛感来。用老舍的话说："这个境界使全个故事带出独有的色彩，而不能用别的任何景物来代替。"

和真实的场景相契合的，则是作品里各色人物操的一口北京方言。老舍的小说里有不少方言词汇，简单一点的像"得""抓瞎""楼子""多咱""汤事儿""逗字号"，稍稍进阶一点的比如"出蘑菇""炸了酱""放了鹰"；另外还有一些高难度的"背拉""横打了鼻梁"，我考过不少北京本地的学生，能答上来的寥寥无几。提到北京话，人们的第一反应往往是"儿化音"。可我曾在青岛的骆驼祥子博物馆听到一段老舍的采访录音，讲起话来字正腔圆，一点"京片子"

都没有。为什么会这样呢，这又和北京城的历史有关。清兵入关之后，北京被划分为内城和外城，内城相当于过去的东城西城，居住的都是满族人；而汉族人则全被赶到外城即过去的崇文、宣武去。因此今天看来，东城、西城的胡同、四合院要方正、规矩一些，而崇文、宣武的就要差不少。除此之外，当时内城、外城的口音也不大一样。身为满族的启功、侯宝林，他们的口音基本上保持当年内城的口音，讲起话来清脆快当、干净利索。后来的"京片子"大体上是当年外城的口音。辛亥革命之后，内城的贵族群体解散，内城口音也就慢慢被冲淡了。所以读老舍的作品，还真没必要自带一口"京片子"当成背景音效。

相比较于地名和方言，更让我感兴趣的，是老舍作品中充沛的社会历史信息。比如读一读《我这一辈子》，小说不仅讲述了小老百姓生之不易，更记录了穷苦人讨生活的种种手段。通过《正红旗下》可以了解到，"豆汁儿"明明是引车卖浆者不得已而为之的选择，可为什么今天却堂而皇之地变成了北京的特色小吃呢？人人都知道现在北京的房价高，可你看《离婚》里，"北平人的财产观念是有房产"，"只有吃瓦片是条安全的路"。堪为佐证的还有《正红旗下》："在父亲和一般的老成持重的旗人们看来，自己必须住着自己的房子，才能根深蒂固，永远住在北京。""'吃瓦片'是最稳当可靠的。"如此说来，北京的房子贵，也可以说是有历史观念作为支撑的吧。

老舍无疑是以北京为骄傲和自豪的。《老字号》里的"三合祥"永远显着那么的官样大气、雍容华贵；《四世同堂》里地道的北京人"在任何时候都要摆出闲暇自在的样子来，在任何急迫中先要说道些闲话儿"。但这种对北京由衷的喜爱之情却并不妨碍老舍对北京文化性格的反思。他在不少作品里都曾点到北京人的通病，盲目自大、怯于行事。在《四世同堂》里，老舍一再反思北京文化性格的局限。在他看来，北平之所以沦陷正是由于"精于算计、因循苟且"的地方性所导致的。所以他无比沉重地感叹"再抬眼看看北平的文化，我可以说，我们的文化或者只能产生我这样因循苟且的家伙，而不能产生壮怀激烈的好汉！我自己惭愧，同时我也为我们的文化担忧！"老舍的这一重眼光对于当前我们理解、塑造、践行"北京精神"是有着重要的参照和启示意义的。"北京精神"是历史生成的,没有理由片面地强调老北京的局气、有面儿,而忽略了其安于享受、精于游乐的惰性;更不应执拗于盲目排外的狭隘与戾气,而无视新北京精神的包容与厚德。不光北京,任何一座文明古城的可爱都在于她的开放的胸襟和创新的能力。

除老舍之外,无数文化名流都曾在北京生活、工作过,但是似乎没有人像老舍这样倾其毕生精力和全副才华去再现北京、反思北京。从这个角度来讲,说老舍是北京城里最为醒目、重要的文学地标,恐怕也不为过吧。五十年过去了,一百年过去了,老舍仍然常读常新,他的作品是名副其实的北京人文地图。真可谓是读不完的老舍,逛不完的北京!

（原载《光明日报》2017 年 3 月 25 日）

【主编者言】政权的更替在文化圈子搅起大波涛。一系列运动是队伍的整肃和清理，更是观念的摧毁和重建。文化人与社会关系的紧张和适应，从本文可见一斑。

施蛰存教授历难记

张德林

一

华东师大中文系是 1952 年成立的，由著名作家许杰先生担任系主任，施蛰存先生原在沪江大学中文系任古典文学教授，院系调整后来师大。我在 1953 年复旦大学中文系毕业，分配到师大中文系，拜在徐中玉教授门下当一名助教。那时，全系教工人数不多，约八十。每周召开政治学习会议和教学情况交流会议一到两次，分成三个大组。我参加的那个组，名教授相当多，经常聆听他们的发言，现在这些教授绝大多数早已过世，但他们的音容笑貌迄今仍然留在我的脑海里，而我本人已由阅世甚浅、不懂事的小伙子变成一个历尽沧桑、满头白发的古稀老人，回想往事，凄楚之情不禁涌上心头。

那时教授们发言并无什么顾虑，有什么说什么，心情舒畅，插科打诨的场面也经常出现。罗玉君教授新翻译出版了《红与黑》，大家抢着要。某青年教师新结婚，大家分糖吃……而施蛰存教授是趣话最多、最活跃的一位。会上请他发言，他从不推让。只要施蛰存在，会议就开得生气勃勃，有声有色。

施蛰存教授在文学界早已颇有声望，我们尊称他施老，其实他当时还不到五十岁，正当年富力强、精力最充沛的中年时期。他中等个子，戴着一副黑边眼镜，爱抽烟斗和雪茄，颇具名士风度。他是杭州人，青年时代家居松江，一口江南普通话，嗓音有点沙，音量可不小。他与许杰是会场上的两个老搭档。许杰是系主任，开会时难免话多了些，有时爱发长篇宏论。施老听得不耐烦了，干脆提意见："老许，请简短些，不要老是兜圈子，'这一个''那一个'，别人打瞌睡一觉醒来，你还在'这一个''那一个'……"弄得许老很尴尬。不过许老并不介意，懂得这位才子真话直说的脾气。而施老呢，相当赏识许老的厚道，两人的私交是挺好的。

二

1954—1955 年，文艺界批判的浪潮一浪高过一浪，运动的规模也愈来愈大。……俞平伯的《红楼梦》研究批判、胡适反动思想批判、胡风反动思想批判、胡风反革命集团追查……势头之猛，前所未有。

那时，高校中文系是"运动"重点所在，深挖胡风反革命集团分子必须"出成果"，挖不出来拿什么向上级"报功"。消息传来，复旦中文系已挖出胡风骨干分子贾植芳，连带某青年教师和一批学生，运动正开展得轰轰烈烈。相形之下，师大中文系就落后了。师大中文系是新办科系，人员不多，又来自四面八方，查来查去，只发现了一两个"受思想影响"的人，运动难以深入开展下去，后来终于查出了一个翻译家费明君副教授"有问题"，根据是这位先生曾在震旦中文系任教，而震旦中文系是上海市的"胡风窝"之一（另一"胡风窝"是新文艺出版社，即上海文艺出版社的前身），况且贾植芳又是他的朋友，经过如此这般的怀疑和推测，就把费明君抓起来了，究竟是胡风分子的名义呢，还是别的反革命分子的名义，只有校部极少数人知道，一般教师是没有知情权的。

更令人震惊的是，几乎与中文系发生上述事件的同时，某天下午学校突然召开全系教工大会，由校长办公室主任张波带来了一批四年级学生，把会场挤得满满的，让施蛰存坐在会议桌的边上。张波坐在中央，气势汹汹地宣布"批判施蛰存反动思想"大会开始。多数教师毫无思想准备，面面相觑，唯恐缠到自己头上。会场上鸦雀无声。于是，学生们来了一次喧宾夺主，唱了主角，吼声大，内容少。几个青年教师中的骨干分子，稿子预先写好的，接着连续发言批判。徐中玉教授与施蛰存在沪江大学时是老同事，情况无疑是最熟悉，也最有发言权。他说："老施学识广博，很有才气。他当然也有缺点，批评要具体分析，实事求是……"话还没有说完，张波勃然大怒，拍桌子指责徐中玉"丧失立场"，并立刻宣布施蛰存有所谓的"反革命情绪"。这个会的性质和中心内容是由"揭发胡风反革命集团罪行"到"深挖一切反革命分子"，主调是由校部"深入开展运动"的需要预先设计下来的，谁不按照这个基调"上纲上线"，谁就是"丧失立场"。徐中玉有点"不识时务"，唱了反调。可是徐教授性子刚烈，说一不二，根本不买张波的账，你拍桌子，我也拍桌子，立即义正词严地反驳说："你张波居心险恶，简直是个贝利亚，想置人于死地！"两人吵得不可开交，会场乱成一片……

附加一段后话。30年后，即到了20世纪80年代中期，我遇见张波同志。他后来当过上海师大的党委书记，不消说"文革"期内是个"走资派"，而且是个"屡犯错误的老运动员"，吃了许多苦头。我向他提起当年由他主持的"批施大会"，这位山东南下老干部，此时终于醒悟了，苦笑不已，只说了八个字："极左极左！荒唐荒唐！"

三

自从那次"批施大会"以后，校部不让施老在讲台上"放毒"。施老家在愚园路，他"闭门读书"，干脆不来上班了，他当时的心态是"小心火烛"。这岂不是因祸得福，可以躲过1957年那场由"大鸣大放"引起的大劫难了吧？

可是庆幸得别太早。

1956年5、6月间，《文汇报》向施老约稿。舞文弄墨是文人的本性，施老也不例外。一旦有机会发表文章，心里痒痒的。花了一天的时间，写了篇《才与德》，不到两千字。文章发表以后一年左右形势突然大变。此文遭到《人民日报》上一篇署名林淡秋的文章的批判。（此公不久也"犯错误"，降职到杭州大学中文系。）这篇短文，居然成为施老"向党进攻"的"铁的罪证"，他是"始料未及"的。随即他被定性为30年代以来"一贯反动"的"老右派"。

我也莫名其妙地闯了大祸。我在复旦中文系念书时听过贾植芳教授的课，毕业后与贾老有过几次联系，在他家里吃过饭。几经审查，查不出任何问题，结论却是"受胡风思想影响"，我很愕然，百思莫解。胡风是怎样一个人，我从未见过。胡风理论莫测高深，我读不懂，也不感兴趣，何来的思想影响？这简直是天大的笑话！1957年反右斗争开始，我为许杰辩护倒是真的。本来是党内整风，请大家多提宝贵意见，怎么突然整到民主党派头上来了呢？师大"揪出大右派许杰"，数以百计的学生和部分教师都不理解。每个人都有发表自己意见的言论自由权，谈不上什么"鸣冤叫屈"。我被无理地扣上了"丧失立场""反对反右运动的急先锋"两顶帽子，在1958年2月被补划为"右派分子"。那时我才25岁。

附带说一说，那场反右运动几乎把整个中文系搞垮了。全系不到八十人，却划了八个右派。借用文艺理论家陈涌在当年说过的话，反右运动落实到各单位，变成了一场阿Q与王胡捉虱子比赛的闹剧，"多多益善"。这八个右派，其中包括正副系主任许杰和徐中玉，钱谷融因那篇堪称里程碑式的优秀论文《文学是"人学"》竟遭到全国性的大批判，未给钱先生扣上右派的帽子，据说是周扬在一次内部会上保了他，此说看来是可靠的。

四

师大全校教工队伍中划出的右派不下四五十个，学生中的右派有二百多个。处理的原则是：第一类"右派分子"属中央民盟级别，师大没有；第二类"极右分子"去外地农场劳动教养；第三类右派分子罪行虽然一般，但态度恶劣不服罪，在本市郊区农场长期劳动，每月只发三十元生活费；第四类右派罪行比较轻，降职降薪处分，留在校内改造，换言之，即所谓"敌我矛盾性质，人民内部矛盾处理"，此乃"给出路"政策也。

施老与我被划为第四类右派，被分配在中文系资料室，两人朝夕相处，共事了五年。

前两年，留校的三四十名右派，经常集中在一起学习党所制定的改造右派的政策。比起"文化大革命"运动来，那时还算讲点"文明"，不搞"逼、供、信"，不打人，不骂人，不侮辱人格，允许每个右派坐着发言，要求也讲真话，暴露真实思想，想不通甚至可以保留自己的意见，但自我批判必须严肃认真。

五

施老想不通的问题多着哩！

关于攻击鲁迅，不论是在会内会外，他多次说明自己从来都是尊敬鲁迅先生的。即使遭到鲁迅的误解和指责，他也从未发过牢骚。不幸的是，他背了一辈子"攻击鲁迅"和"洋场恶少"的罪名。

谈到 30 年代的那次"争论"，他相当懊恼。当时他接到《大晚报》一张表格，要求作家开上两本书名，给中学生参考。他信手写了《庄子》和《昭明文选》，无非是让学生开开眼界，注意丰富词汇。哪知道一位叫丰之余的先生写了篇批评文章，意思是现在正是国难当头，却叫中学生逃避现实，躲进古书堆……"我感到不是滋味，立即写了篇短文阐明本意，哪知道这位丰之余先生盯住不放，又回敬一篇更厉害的文章，而《大晚报》的编辑正好乘机制造轰动效应。此时，我才感到这位丰之余先生或许就是鲁迅，闯了祸，便立刻写了另一篇短文，希望停止辩论，不要像强光灯下的两个赤膊拳手搏斗，让四周'看客'拍掌叫好。"实际上是主动认输、求和。鲁迅先生可能气仍未消，在杂文中骂他是"洋场恶少"，施老没有再做任何申辩，免得矛盾激化。

施老说，在二三十年代文人之间用文章"骂来骂去"，也即是相互批评、辩驳、挖苦是"家常便饭"，不当一回事，或许那时的"同人刊物""同人报纸"较多，发表文章很容易的缘故。翻开鲁迅的杂文集，挨过鲁迅批评的作家、学者、艺术家、科学家究竟有多少，郭沫若、梁实秋、陈西滢、章士钊、梅光迪、吴宓、胡适、林语堂、徐志摩、顾颉刚、朱光潜、李四光、四条汉子、梅兰芳、赵景深、刘大杰……一时还难以统计。"回敬"他的人当然也很多，其中不少人后来背上"攻击鲁迅"的黑锅，在历次运动中都遭到批判。我想，这绝不会是鲁迅先生的本意。

施老还说，从历史背景看，"五四"创造的风气表现在两个方面，一方面是提倡"个性解放""言论自由""平等对话""文责自负"，尽管在报刊上相互公开批评，在社交场所，仍然是相互尊重的朋友。另一方面，"文人相轻"的不良习气相当严重，门户之见，相互攻击，毕竟不是好事。

"洋场恶少"之说，施老并不耿耿于怀，也毫无根据。施老说自己的青年时代没有任何绯闻流传，妻子陈慧华比自己大两岁，是个文化不高的主妇，两人一生和睦相处。鲁迅的批评喜欢"画龙点睛"，难免也有过严或失实的地方，比如说郭沫若是"才子加流氓"，似乎也有点过头。对鲁迅先生，我从来都是十分尊敬的，作为晚辈，气量也应大一点，不去多计较。

我曾经在资料室内翻阅鲁迅日记的影印本，发现日记中有一条"施蛰存来访，不接见"。便问施老是否记得此事，他一时想不起来。我便把日记当面翻给他看，他看后又想一想，回答说确有此事，造访的目的无非是约稿和求教。

再看"第三种人""中间路线"之说。施老多次说，他在30年代现代书店当《现代》主编的时候，只是该书店内的一名普通雇员而已。张春桥那时曾经在他手下当过一名校对。在那个时代，他那样的编辑随时都有被解雇的可能，他从来都不把自己看得如何"了不起"。他热爱此项工作，希望尽心尽力把它办好。既然当主编，总得设想若干条办刊的原则和方法，让老板过目同意。施老希望把《现代》办成一家有全国影响力的刊物，强调艺术质量第一，以质量取舍稿件，不想办成同人刊物，因为此类自立门户的刊物太多了。杂志取名为"现代"，因为是现代书店办的，可以为书店扬名，这点张老板当然满意。另一层更要紧的意思，要符合"现代潮流"。所谓现代潮流，施老也有自己的独特看法和说法。他认为现代潮流是个宽泛的概念，既包括当时正在流行的西方的现代派文艺，也可包括正如日中天的以高尔基、肖洛霍夫、法捷耶夫、爱伦堡为代表的苏联文学，以及东欧文学在内。他对欧洲弱小民族的反抗文学——波兰、捷克、保加利亚、匈牙利、丹麦的作品特别关注，就译笔的信、达、雅和知识的渊博而言，他是那个年代公认的权威。施老知道我酷爱收藏，他把多年来翻译的伐佐夫（保加利亚）的长篇小说《轭下》、尼克索（丹麦）的长篇小说《征服者彼莱》（四大卷）一百几十万字，亲手赠送我，我视为珍宝，保存了下来。他说《现代》杂志经过各种风风雨雨的考验、经过办刊同人的艰苦奋斗和社会各方的支持，才取得广大读者的认可。比起左翼杂志来，《现代》确实是"软色调"，但左翼杂志旗帜过分"鲜明"，常被国民党查封。《现代》至少坚持了四年，因抗战开始全面爆发，才不得不停刊。施老解释说，《现代》上出现过关于"第三种人"的讨论，那时杜衡负责主编的栏目，应由他负责。施老说他是作家，不是理论家，对创作感兴趣，对理论不感兴趣，理论弄得不好就起误导作用，他从来不写理论文章，不发表这方面的意见。关于"中间路线"的说法，他从来没有提倡过，因而也无法接受。他的多数朋友当时是革命作家，如冯雪峰、戴望舒、丁玲、张天翼；也有政治色彩不鲜明、来自社会底层的作家，如沈从文。他说自己从未参加过反动党派，青年时代却曾经是个C.Y。我不懂什么叫作C.Y，他说C.Y就是共产主义青年团，接受过任务，贴过标语，发过传单，遭到过通缉，不得不逃到乡下去"避风头"。后来想起此事，有点害怕，这类事不能再干，自己是个独生子，胆子本来就不大，还要替一家人负责。施老毫不隐瞒自己的想法，他说，在20世纪30年代，他没有学习马克思主义，不懂得什么叫"中间路线"，他相当欣赏穆时英的意识流小说，并刊载过其作品，但毕竟刊载了更多左翼作家的作品。鲁迅的不少作品发表在《现代》上，施老还代为保存原稿。更为突出的是，鲁迅先生那篇《为了忘却的记念》，悼念"左联"五作家遇难，如此沉痛、深刻、尖锐的文章，在国民党检查机关严密监视下发表出来，除了《现代》杂志，还有哪家杂志敢发表（那时左翼刊物几乎都被查封了），说没有风险是客气话。"此稿是我施某这个'洋场恶少'说服张静庐老板，亲笔签发的。"这难道是走的"中间路线"吗？难道是"对抗左联"吗？说到这里，施蛰存流露着忧伤的感情，叹了一口气，说：

"悠悠此情，苍天可鉴！"

六

"坏事变成好事"。施老被打成"老右派""牛鬼蛇神"二十年，大多时间被关在"藏污纳垢"的中文系资料室内，无人问津。他说："这点倒要感谢老人家，让我有时间一心搞研究。"新时期以来，他陆续出版文集数十种，千万字以上。他总结自己一生为文学事业开了四个窗口：东窗是文学创作，南窗是古典文学研究，西窗是外国文学翻译和研究，北窗是金石碑版之学。像这样博古通今、学贯中西的大师级的学者、作家、翻译家，在当代社会还有几位？

1993年，上海市举办第二届上海文学艺术杰出贡献奖，我是该项目评委之一。华东师大中文系一致推荐提名施老参加评选。一天，我突然接到施老的研究生陈文华送来的施老亲笔短简："我已老矣！对名利早已淡薄，千万别把我选上去。王元化同志比我年轻有为，学问又好，希望选他。"

结果是十多名评委经过郑重研讨，并通过无记名投票，最后把这份奖——上海市文学艺术界的最高荣誉敬献给了施老。

（原载《记忆》，岭南美术出版社2017年出版）

【主编者言】柳青的时代有没有过去？作为文学评论家和编辑，本文作者与柳青有过许多接触，他用"纠结"和"伟大"衔接历史，表达了一种对社会的理解和对人性的同情。

纠结铸就伟大
——柳青和他的《创业史》

阎　纲

柳青在皇甫村深入生活 14 年，创作了反映农村合作化运动的《创业史》。柳青的精神遗产在中国现当代文学史上影响深远。

柳青离开我们将近 40 年了，我想说说他和他的《创业史》。

一

在荣获茅盾文学奖的三位著名的陕西作家中，路遥反复研读《创业史》，共七遍，从中汲取了巨大的精神力量。陈忠实说，他只见过柳青一次，"还是他在上边讲，我在下边听"，称柳青是"伟大的作家"，也七读《创业史》，耗时六年创作《白鹿原》。贾平凹说他那时年轻，柳青是他的一面旗帜，却缘悭一面。我从 1960 年第一次拜访柳青起，到 1978 年柳青逝世的十八年间，却有幸六访柳青，但没有深刻理解柳青。

在文代会召开前一年的 1959 年 4 月，柳青的《创业史》开始在《延河》杂志上连载，同年《收获》转载，1960 年 6 月由中国青年出版社正式出版。

1960 年 7 月 22 日，全国第三次文艺工作者代表大会在北京召开。我那时在《文艺报》工作，专程看望柳青，柳青叫我"乡党"。

柳青说："短短的几年，就把一个几千年落后、分散的社会，从根底上改造了。庄稼人现在成了敢想、敢说、敢做的公社社员。时代赋予中国革命作家光荣的任务——描写新社会的诞生和新人的成长。思想意识的改造是首要的，最重要的是对党的无限忠诚，对工农兵方向的坚定性。"

他计划把《创业史》写完四部，一直写到公社化。

1976 年 9 月，"文革"期间，我去西安长安干休所看柳青。一间普通的宿舍，陈设极为简陋，入秋，更加冷清。

矮矮的个儿，佝偻着身子，挂着拐杖，由相依为命的女儿刘可风扶进房门，啊，柳青！清瘦的脸上腮须浓密，步履维艰；瘦了、老了、小了，剩下一对眼睛亲切和善，依然明亮和深邃。

柳青打趣地说："我现在是寸步难行，每走一步，都要人用自行车推着！"他很吃力，喘着气，使劲地用哮喘喷雾器往嘴里喷气。他天天下楼、上楼去医院打针。

经历了"文化大革命"一应俱全的折磨和历练，柳青计划在《创业史》的第二、三、四部里，将时下世态的炎凉、人情的冷暖给予真切深刻的反映。

死神随时会来叩他的门！

1977 年酷暑，为了出版《创业史》第二部上卷，柳青来京。看气色，比去年秋天强多了。

他说："《创业史》第二部上卷即将出版，不到第二部的一半，只是一个心意。第一部的改本年内也可能出来。"

1977 年 11 月 14 日上午，蒙蒙的细雨中，我到西安陆军医院看望似乎久别的柳青。

柳青又瘦了，说话嗓子有些沙哑，陕北口音显得更加浓重，鼻孔插着氧气管，旁边立着氧气瓶，手里握着哮喘喷雾器，三种器械像卫士一样围护着顽强的生命。

柳青说，江青搞艺术完全是为了推行其阴谋政治，"四人帮"统治中国文艺界是一场大灾难！不要给《创业史》估价，它还要经受考验；就是合作运动，也要经受历史的考验。作品的全部力量都在作品里头，作品以外，任何评论家给你加不上去。一部作品，评价很高，但不在读者群众中间受考验，再过50年就没有人点头。

天阴得很重，雨下得很大。

二

1978年5月，柳青转到北京治疗。我带着几期《人民文学》去看他。

"这半年你不简单，《创业史》第二部下卷在《延河》陆续发表了。"

"逼一逼好，逼着你不写不成。"

"大家怎么评价的？"

"一个作品出来，要让人把缺点和意见说尽，我的书不能说全好。要分析形象，不要评价太高。有些作品作为传统教育可以，作为文学水平则不高。还有一些作品，经不起问几个'为什么'，问形象达到了没有，一问就倒了。光说不行。我在写作中，所谓的'创作苦闷'，大多来自这些方面。"

柳青忽然问道："有一本叫《战争风云》的书吗？"

"有，是一位美国记者写的长篇小说，受到过尼克松的推崇。"

柳青让我给他介绍书中的人物、结构和写法上的一些特点，要我把《战争风云》全部借来给他。

关于《创业史》第二部下卷的构思情况，柳青说："下卷有几章要写县上开会，省委书记出场。这个人还去过苏联。全县已经发展了十个农业合作社。会议期间，村子发生变故，一解决，就结束。事故—乱了—吵架—解决—完了。"

我又回到上次关于改霞的争论，柳青说："梁生宝和郭振山在合作化问题上的冲突，就是通过改霞表现的。到了第三部，就要明说郭振山破坏人家的婚姻。

素芳大哭，是哭旧制度。这个人后来代替欢喜妈当了队长。有个同志自命不凡，要砍掉改霞，我说他糊涂，只看政治，不看生活。政治不是两条线，任何时候都是三条线，一个世界，还有不结盟国家嘛！第三条线上的人是多数。"

陪护柳青的大女儿刘可风忍俊不禁，突然插话道："爸爸近日来精神好，饭也吃得香，有时看不住，一个人偷偷下床跑了。"

柳青微微一笑，我大笑不止。看见柳青嚼着碗里的酱肉，我又想笑，说不出的高兴。这是我第六次对柳青的访问，问答之间，柳青完全是一副主人公的姿态，我为柳青重新回到这个"界"而庆幸。

柳青正吃着酱肉，姚雪垠和江晓天来了。

鹤发童颜的姚雪垠现身说法，证明生命在于运动。

我和老江闲聊，老江，《李自成》的出版，姚老可得感谢你啊！姚老对我说，《李自成》一卷出版，我要感谢阎纲你啊！你在《文艺报》的《1961年中篇、长篇小说印象记》里敢于首先站出来肯定它，我很感激！

柳青听得入神，我便介绍说，《李自成》第一卷的责任编辑就是江晓天。江晓天不但帮助划过右派的姚老精心加工、张罗出版，而且在"文革"后期给姚老出主意，上书毛主席，《李自成》第二卷得以出版。出版二卷《李自成》，救活了被"砸烂"的中国青年出版社。

江晓天说，62岁不算老，老刘（柳青姓刘），你要增强信心，安心养病，把四大部作品完成。柳青放下酱肉碗，微笑应答："胃口还行，身体不行了！"但语调轻盈，并不灰心。

刚过二三十天，正要把《战争风云》送去时，传来柳青逝世的消息，我的泪眼模糊。

向遗体告别，柳青已经缩成一把骨头。他已经留下话："我离不开西安这块土地，离不开西安人民，我死后把我送回西安，埋到皇甫原上。"

遵照遗嘱，柳青的骨灰分放在北京八宝山公墓和西安皇甫村神禾原墓地。北京和西安分别举行了隆重的追悼大会，胡耀邦、李先念、陕西省委、省革委会主要负责同志参加了追悼大会。

......

一个干瘪的陕北老汉常常浮现在我的脑海，轻得像一捆干柴，只有一双眼睛荡漾着生意。

从这个"单个人"的身上，人们看清了一个时代，一个时代的文学。

柳青去世5年后的1983年6月9日上午，我专程来到西安长安区皇甫村神禾原墓地献花圈。

沿神禾原南下，是柳青那座破庙故居，屋舍墙院荡然无存，宅基也已塌陷。我站在西南角一丛荒草之上想象着《创业史》怎样在脚下这一小块土地上出世，想象"文革"期间满身疮痍的柳青站在这里喟然长叹，久久，久久地。呜呼，什么都没有了，荒芜、空寂，空寂、荒芜，半生顿踣、死后寂寞，噫吁嚱，这废墟上的冷寂！5年过去了，柳青的形象还是那样动人。他的一生叫人敬慕又让人困惑，他的死，我们不管什么时候想起来都十分难过。

告别柳青的墓地，我和皇甫村土生土长的两个高中毕业的女娃一块儿等车，问："知道柳青不？"

"知道。"

"读过《创业史》吗？"

两个女子都摇头，有些不好意思。

三

2014年以来，文艺界号召文艺家们学柳青，习近平总书记高度赞扬柳青"深入到农民群众中去，同农民群众打成一片"的创作精神，说："文艺创作方法有一百条、一千条，但最根本、最关键、最牢靠的办法是扎根人民、扎根生活。"同时强调说："追求真善美是文艺的永恒价值。艺术的最高境界就是让人动心，让人们的灵魂经受洗礼，让人们发现自然的美、生活的美、心灵的美。"

正是在这两个方面柳青创造了奇迹：一、在当代作家中，"扎根人民、扎根生活"的模范当数柳青；二、虔诚地"为政治服务"却（同比）写出最好作品《创业史》的，还是柳青。

柳青在世的时候，巴金还在世，我当时的印象：巴金是五四文学启蒙的产儿，柳青是文学服务工农兵的产儿。

《在延安文艺座谈会上的讲话》旨在工农兵占领文艺舞台，"把颠倒的历史颠倒过来"。《讲话》是柳青的"圣经"，柳青是《讲话》最虔诚的践行者。《讲话》号召："中国的革命的文学家艺术家，有出息的文学家艺术家，必须到群众中去，必须长期地无条件地全心全意地到工农兵群众中去，到火热的斗争中去，到唯一的最广大最丰富的源泉中去，观察、体验、研究、分析一切人，一切阶级，一切群众，一切生动的生活形式和斗争形式，一切文学和艺术的原始材料，然后才有可能进入创作过程。"我们不妨做一番比照，以上《讲话》所要求于文艺家的，哪一条柳青没有做到？当时的文艺界能数出第二个人吗？

蒋子龙离开工厂两个月就想得难受，说："我用半天所了解到的生活，一个专程来采访的作家半个月也得不到。作家的生活是靠经常不断的观察和研究，不是偶然碰上的。典型是作家的心长期埋在土壤里所得到的结果。"

柳青像个苦行僧，摩顶放踵沉到基层，找了一座破庙安家，拉扯一大家子艰苦度日，在感情上来一番脱胎换骨的改造，为农民兄弟办好事。他给社员编写《耕畜饲养三字经》，他见陕北农民干旱贫瘠"于心不安"，撰写《建议改变陕北的土地经营方针》上呈当局；他调停人事纠纷、家庭矛盾；他宁肯自己吃草，不拿群众一针一线，哮喘着，日常医疗费没有报过，稿纸也没有在省作协领过，却怜贫惜幼自己掏腰包。困难时期，竟然把《创业史》的稿酬一万六千多元全部捐给王曲公社，说："我有工资，不需要这些钱。"1961年开始写《创业史》第二部时，他向中国青年出版社预借五千五百元稿费，为皇甫村支付高压电线、电杆费用。

柳青把自己从里到外变成老农，上北京开会坐软卧，差点被列车长赶下火车。

陈忠实是学柳青的，他亲口对我说："我坚信深入生活是可靠的……生活不仅可以丰富我们的生活素材，也可以纠正我们的偏见，这一点，我从不动摇。"试想，不深入农民，不同农民掏心窝子，柳青敢写四万字的《狠透铁》而且特别注明是"1957年记事"吗？敢控诉一哄而起的合作化高潮吗？敢在拳打脚踢、罚跪、抽耳光迫使他承认自己是走资派、《创业史》是毒草时非常冷静地说："要承认了，我就不是柳青了。"据刘可风的《柳青传》（父女的私房话）披露，"四清"时期，柳青甘冒风险面见胡耀邦，大胆质疑"社教"运动的"前十条""后十条"和"二十三条"。胡耀邦同柳青交心，说："柳青同志啊，你最了解农村情况，我完全同意你的看法。"接着说："我也在受审查、挨批判。"最后气愤地说："权大压死人啊！"我们陕西人都知道，胡耀邦1964年11月代理陕西省委第一书记，到次年6月离开西安，总共200天，其中100天跑调查，100天挨批斗，人称"陕西的百日维新"、历史的悲剧。

感谢刘可风的《柳青传》，父女的私房话向人们披露了柳青晚年深埋心底的秘密，要不然，柳青将被误读。柳青忏悔反思，重塑自己，终于找到自己的灵魂。

"不疯魔，不成活"，经过长达14年在皇甫村一座破庙里切身的观察和体验，经过常年在草棚院同庄稼汉们摸爬滚打痛苦地打磨自己，柳青终于成为当代文学史上的一座大山，山中林木茂密，不尽的宝藏。

柳青以惊人的顽强意志，义无反顾，投身生活长达14年之久，首先是做人，然后是写作，着力表现《讲话》所指向的"新的世界、新的人物"，留下划时代的《创业史》。这是柳青创造的第二个奇迹。

柳青称颂陕西农民直而尚义的脾气禀性，以及极富人情味的孝、勤、朴、犟、倔，打破艺术构思、叙述策略、心理描写诸方面老套的技法，塑造出梁三老汉、梁生宝、郭振山等新的人物典型。他笔下的自然景物、劳动场景何等真切和美妙！他对农民向往新生活而艰苦奋斗的描绘（例如梁生宝买稻种、砍竹子等），对于传统道德伦理细致入微的刻画（例如梁三为童养媳上坟等）惟妙惟肖，充满了人性至情，读者无不动容。他将三秦的地域文化、关中方言口语提升到审美的层面，细密冷峻而精确，充满生活情趣，新颖而有意蕴。只要不把《创业史》仅仅看作"社会主义高潮"语境下的文学社会史，而是把它看作千百年来受苦的庄稼汉在一种类似宗教精神鼓动下的翻身运动行将到来和已经到来时其面貌和心理的目击者、体验者和创作个性的表现者，《创业史》感动了中国。

柳青对长篇小说形式的驾驭能力无疑是第一流的，他把长篇小说艺术推向新的审美层次，其叙事推动之严谨和细节描写之精致，对苦难中人性的表现和对农民劳动的赞美，一新人的耳目，是工农兵时期公认的标志性的里程碑，前"文革"时期的巅峰之作。他对现当代文学的贡献，在于继承五四以来长篇小说现实主义传统，把外来的，特别是俄苏托尔斯泰、肖洛霍夫等批判现实主义的长篇小说传统拿来，与本土本民族广大群众的思想感情相结合，成就为人民喜闻乐见的民族风格、地方风情和中国气派的长篇范本。

只要将个性特色、思想特征和审美意识联系起来进行系统化的研究的话，那么，梁生宝、梁三老汉、郭振山、高增福们都是艺术典型，《创业史》不会过时，不会速朽。

四

柳青在"十七年"间创造了两个奇迹，文学史不会忘记，但是毕竟受到时势的局限留下遗憾。

柳青原定在《创业史》第四部写"全民整风和大跃进，至人民公社建立"，晚年改口说："第四部主要内容是批判合作化运动怎样走上了错误的路。"

我不胜叹惋：柳青死得太早了！

写作和发表《创业史》的时候正是农民饥饿的时代，《创业史》的主调却是为农民失去土地大唱赞歌，教育农民"私有制是万恶之源"，把富裕中农推向路线斗争的对立面。

柳青表示："不从个人角度考虑，时刻记住党和人民的事业。"他曾经亲口对我说，他文代会上发言的重点是两条："对党的无限忠诚""向人民负责"。然而，正如《讲话》里区分的那样，有"阶级的政治""政治家的政治"，还有"群众的政治"。纵观现当代文学史，毋庸讳言，作家头脑中真真切切存在着两种事业如何统一又甚难统一的问题。

柳青皮肉受苦，夫人跳井，臭骂"给狗当狗"的小人，到死以《报任安书》为伴，痛苦反思，然罪在林、江。"文革"倒台后，领袖崇拜不变心。他既忠于领袖不动摇，又葆有与生俱来的庄稼人的血脉，忠于人民不动摇；既服膺两条路线斗争，又体贴大众百姓的生活境况，两个不动摇，世界观同创作方法产生矛盾，此消彼长或此长彼消，双双不敢违逆以至于产生冲撞。悖论产生了：他刻意设置的"典型环境"却与农民最为可贵的传统精神以及恋土情结相抵牾，他扎根农民群众，却未能识破穷苦农民被"形势大好"的时局遮蔽着的真相；他通过"草棚院对立面的矛盾与统一"塑造出先进人物梁生宝的同时，塑造出梁三老汉这样的落后人物，最后，要将梁三老汉改造成高增福、冯有万那样的共产党员，岂料，正是梁三老汉体现了农民勤劳朴素的本色以及在合作化运动行将到来时农民真实的心理反应。

柳青把两个不动摇撮合为一体，忠实履行"严重的问题是教育农民"的教导，在皇甫村安家落户，把自己变成老农，同时又以农民教育者的身份出现，以阶级斗争学说武装农民走合作化的道路，同富裕中农对着干，同父亲梁三老汉结怨，振振有词，议论变成说教和口号。

柳青虽然扎根长安县 14 年，但是刚下生活大约两年多的时间（正处于合作化高潮时期）就动笔写作《创业史》，对于一部长篇小说来说，灵感乍现却来不及产生距离美，难免仓促应对；即便多次修改，甚至于做"重要的修改"，仍是合作化道路（两条路线斗争）的框架，留下遗憾。

陈忠实则不然。陈忠实把《创业史》读了七遍，学柳青，是柳青的好学生。要是说柳青在《创业史》里常常用绝对正确的头脑思考，用"严重的问题是教育农民"的指示教育农民，那么，《白鹿原》抚今追昔，知往鉴今，好像提示人们"最严重的问题是接受农民的教育"。陈忠实比柳青幸运，他经历了以一脑治天下的"文革"，又在基层摸爬滚打二十年，尝尽甜酸苦辣，坚信只有实践才能检验真理。

柳青的现实主义胜利了，在以革命图解现实的"革命的现实主义"面前失足了。

柳青的经验和教训极具典型意义。

五

"向柳青同志学习！"学什么？就是"扎根人民""讴歌人民"，"发现心灵美""创作真善美"。

贾平凹说过："我有使命不敢怠，站高山兮深谷行。"——无"深谷"哪有"高山"？20世纪80年代以来，贾平凹跑遍了陕南几乎所有重要的乡镇和村庄。

陕西作家几乎无一例外地继承了柳青全身心深入生活的好传统。陕西作家淳厚而倔强，能吃大苦耐大劳，只要有面吃，有烟抽，浑身是胆雄赳赳。他们全身心地沉到乡下，写作也在乡下，深入生活和进行创作一概都在现场。

固然，"深入生活、扎根人民"是创作的源泉，但是从深入到写出，是一个非常复杂的创造过程，而创作又是作家的个人劳动，是否深入人民大众的灵魂，如何判断生活、体味灵魂世界，如何将"政治家的政治""群众的政治"，同作家自己独立思考的政治统一起来？又如何通过审美价值的对象化、艺术的典型化，最后成功为具有"永恒价值"的"真善美"？这是一个感性、知性、理性彼此渗透，逻辑思维、形象思维相互交融的极其复杂的深化过程。几十年了，尤其是在简单地指令为政策服务而政策变了味的那些荒诞岁月里，教训还少吗？

务必把"扎根人民"同"讴歌人民"结合起来，把"发现心灵美"同"创作真善美"结合起来。

一、深入生活不是万能的，它不能代替主体审美的创造，即便深入生活，同吃同睡同劳动，感情发生变化，闻牛粪也是香的，也不能自动转化为真善美的艺术。是故，路遥把《创业史》读了七遍，称柳青为"文学教父"；陈忠实也读了七遍，说《创业史》是"伟大的作品"。作家想把吃下去的"草"变成"奶"，一定要学柳青的创造精神。

二、不深入生活又是万万不能的，巧妇难为无米之炊，谨防凌虚踏空、以假乱真。我想起30年前孙犁给我的回信中的一段话："一种思想，特别是经过亲身体验，有内心感受的思想，可以引起创作的冲动。但是必须有丰富的现实生活作为它的血肉。

"如果这种思想只是抽象的概念，没有足够的生活基础，只能放弃这个思想。为了表达这个思想，我选择了最熟悉的生活，选择了最了解的人物，并赋予全部感情。如此，在故事发展中，它具备了真实的场景和真诚的激情。

"我国文学艺术的现实主义传统，是非常丰富，非常值得学习、值得珍贵的。这个传统的特点之一，就是真诚，就是文格与人格的统一和相互提高。

"投机取巧，虚伪造作，是现实主义之大敌。不幸的是，这样的作品，常常能以哗众取宠之卑态，轰动一时。但文学艺术的规律无情，其结果，当然昙花一现。"

柳青死得太早了！要是假以天年，活到三中全会后"思想解放"的20世纪80年代，《创业史》第四部衰年变法，百般纠结又深刻反思的"晚年柳青"，相形"晚年周扬"将同样激动人心。

柳青死得太早了！

柳青不死！

（原载《随笔》2017年第4期）

【主编者言】作者写一个落第的乡贤。这位乡贤超越科举，在历史上留下了自己的印记。但是人生总逃脱不了传统文化的挤压，所以它的选择和无奈远不是一个励志故事那么简单。

邹圣脉：布衣硕儒的两难人生

马卡丹

故里乡贤中，有一个人常常让我牵肠挂肚。他学富五车，才高八斗，年纪轻轻便奔走科场，视功名如囊中之物，却偏偏命途多舛，屡战屡败，不仅没能中上一"举"，连个秀才也没捞着。而当他看透科场，弃仕潜学，专心著述，他的人生却又峰回路转，柳暗花明。他增补的蒙学读本《幼学故事琼林》风靡全国近三百年，鲁迅先生幼时在三味书屋也曾孜孜攻读；他编撰的《易经备旨》《诗经备旨》《书经备旨》《礼记备旨》《春秋备旨》是颇受欢迎的科举应试教材，熟读其书其文而中举、中进士者代不乏人。一个落第书生却一辈子为学子撰写五经教材，教人中举，多么吊诡却又多么令人感慨莫名！

这个人，名叫邹圣脉。

这个人，是我的乡邻。与我相距：三华里，三百年。

梧冈待凤

梧冈在鳌峰山下。鳌峰如龙，盘桓而来，在山麓突起若干山包，像是龙伸出的硕大脚爪，绵延在这一带山包间的四堡镇雾阁村，便添了个美名：龙足。

梧冈是这只龙足的大脚趾，在村之北微微隆起。大几百亩的山头，遍植梧桐，屋舍错杂在梧桐之间。春至梧桐雨，绿意婆娑，秋来梧桐风，金黄满冈，景致着实迷人。乡里的文人为之命名：梧冈待凤，寄托的正是对家乡腾飞的殷切希冀。

凤凰不是凡鸟，稀世一现，梧冈黄了又绿，绿了又黄，春秋轮转，村落开基五百年后，终于，凤凰来斯，清康熙三十年（1691）暮春的一个夜晚，一个婴儿的啼哭划破了梧冈夜色，沙沙的梧桐雨中，传来了一声声嘹亮的凤鸣。

不用说，这是邹圣脉。梧冈，从此与他如影随形，成了他的别号，人称梧冈先生。

十亩之间

"十亩之间兮，桑者闲闲兮，行与子还兮／十亩之外兮，桑者泄泄兮，行与子逝兮！"古老的《诗经·魏风》，欢快的采桑歌谣，这样的乡野之乐，邹圣脉兄弟多有体验。他们竟日攻读的梧冈书屋，加上朝夕吟咏的梅园，方圆大略也就是十亩之间。

梧冈书屋，古籍盈栋，书香绕梁；梅园古梅，铁干玉蕊，疏影暗香。书屋与梅园都是邹圣脉之父邹仁声的得意之笔，这个首开雾阁下祠雕版印刷先河的发迹书商，89岁临终前唤来满堂儿孙，诀别之语既感伤又自豪："吾有三事，足慰平生：梅园吾所辟，梧冈书屋吾所建，更有孝子贤孙一堂，吾本号'梅圃'，今去也，可号'一堂'！"子孙因此尊称"一堂公"，留下一段佳话。

"十亩之间"则是更早的一段佳话。康熙年间，邹氏兄弟学业有成，出征科场在即。老父邹仁声便仿《诗经·魏风·十亩之间》，以"家住梧冈十亩间"为题，让三兄弟各自赋诗，要考一考儿子们的真才实学。康熙年间梧冈书屋这场别开生面的赛诗会，在邹氏族谱上留下三六一十八首七律，每一首都堪称上乘之作。当然，以邹圣脉所赋最为精彩："家住梧冈十亩间，楼高百尺俯郊原。一帘月色先临榻，四序风光早到轩……家住梧冈十亩间，无边好景散楼前。檐角稀锄碍月竹，案头长启入窗山……"

梧冈十亩，风姿独秀，三百年后读来，依然令人神往。

孙山之外

三兄弟中，圣脉文才最好，识见最高。"年甫六龄，其尊人即为援例南雍，以便专精举业"；13岁，他的才识文笔已令其师惊诧，叹为人中之凤。兄弟间的切磋，总是圣脉点拨两个弟弟。此番赴考，谁能拔得头筹？

无疑，众人心目中，非邹圣脉莫属。便是邹氏兄弟，便是圣脉本人，亦作此想。"宗师月课府县考，头名案首志昂昂。学院场中取了卷，新入黉宫秀才郎。"（林宝树《元初一》）在邹圣脉梦里，这样的场面似乎屡屡闪现。

叹只叹造化弄人。兄弟中确也有"头名案首"，不过不是圣脉，是他的大弟圣瑞，志昂昂地披红挂彩，身入黉宫。小弟圣默也成为邑庠生，得为秀才。唯独辅导二位弟弟的圣脉，居然落榜，居然名列孙山之外，"解名尽处是孙山，贤郎更在孙山外"，这给志高气盛的邹圣脉，不啻是沉重一击。

三年之后，邹圣脉重上府城，再度铩羽而归。又是三年之后，又是一番拼搏，却依旧榜上无名。

有人说，他没有当官的命。平日里文采斐然，一到考场就发怵，总是艰难终卷；有人说，他太在意自己的文名，总想到万一不中脸搁何处，越想考好反而越是考砸。还有一个流传很广的传说，则把矛头指向了考官，说是最后一次参加乡试，邹圣脉入了围，考官却发现居然多选了一位，汰掉谁呢？糊涂官在孔夫子像前燃香祈祷，然后闭着眼睛抓阄似的抽掉一份，恰恰就抽掉了邹圣脉的卷子。传说固然只是戏说，却无情折射出这个才子喝凉水也硌牙的境遇。

高高虎忙嵩顶，邹圣脉一屁股坐在山石上，身累，心累；腿酸，心酸。虎忙嵩又称苦马嵩，奇高奇险，虎忙马苦，听听名字就令人咋舌，却是府城返乡的必经之路。高高虎忙崬，山高皇帝远，家乡俗语"虎忙崬顶骂府太爷"，说的就是有怨难诉的百姓，爬上虎忙崬痛骂官府，虽然有些阿Q，却是既解气又无后患。唉，屡试不中，那些有眼无珠的考官！何不扬声开骂，舒我一肚子窝囊之气？

邹圣脉站起身，最后望了一眼远处依稀可见的州府，长长叹出一口气：沉湎多年的举子梦，该醒了！

且耕书田

"数亩书田世守长，富储千卷号书仓。年年不用输王税，留作传家翰墨香。"这是邹圣脉为墨香书屋的题跋，字里行间，洋溢着一介书生耕读自守的自豪。

仕途走不通，落第学子之路大略有三：一为弃仕归隐，诗酒自娱。这条路走来舒心，却需要足够的财力支撑，不是人人行得；一为弃仕归田，这条路艰辛困苦，为生计劳顿奔波，书生往往难耐；一为弃仕从商，这条路走通了腰缠万贯，却是铜臭熏人，书生往往不齿。何去何从？

好在邹圣脉无须艰难选择。家乡四堡是清代全国四大雕版印刷基地之一，雾阁与马屋两村印刷作坊鳞次栉比，父亲邹仁声则是一个成功的书商，家传印刷业尽可温饱，无须归田。而况书商虽也是商，却不比其他商人"为小利日与市侩为伍"，既"足以谋生"，又能"亲近缙绅先生之言论风采，俾得熏育，吾其事此乎"。

好吧，且耕书田，邹圣脉没有想到，这一耕，竟耕出了一派天宽地阔！

老父的印刷书坊让邹圣脉有了用武之地，他得以大显身手，尽逞才情。接手不久，书坊就从单纯的印刷，扩展为编辑、撰写、印刷一条龙。蒙学读物、科举读物、通俗读物，还有高雅的诗文、书画，邹圣脉以其敏锐的眼光选择图书，加上高人一筹的编与撰，在四堡书坊中独树一帜，雾阁邹圣脉的大名，随着他所编所撰所刻的书籍畅销，一时名满江南。

一扇门关上了，却有一扇风光无限的大窗，正徐徐敞开。

幼学琼林

《幼学故事琼林》，西昌程登吉初撰，雾阁邹圣脉增补。版式？三百多年间，版式的种类怕是要以百计数了。

不要低估了邹圣脉的增补，没有增补便没有此书的走红。明末程登吉的版本叫《幼学须知》，以骈体对偶句式，介绍天文地理、历史掌故、神话传说以及民俗风情、婚姻家庭等广泛内容，既有知识，又含故事，寓教于乐，是一部不错的蒙学图书，可惜生不逢时，虽有流传却未能风行。邹圣脉在程登吉原文的基础上，考订、辨误，新增360联，扩成洋洋4卷33大类，且增添了不少警句、格言、典故，让该书更加富于哲理，启人深思。而把书名更改为《幼学故事琼林》，则是画龙点睛的一笔，让该书立时吸足了眼球。乾隆二十三年一刊行，迅即风行海内外，成为学子争睹的蒙学教材，"读了《增广》会讲话，读了《幼学》走天下"，邹圣脉的大名，随着《幼学》的家喻户晓，响在中华大地莘莘学子的嘴角。

不断增印的《幼学故事琼林》散发墨香，邹圣脉望着忙忙碌碌折纸刷印的老人女人孩子，感慨莫名：十年寒窗，满腹经纶，只落得科场落魄屡战屡败；弃仕潜学，无奈转型，却赢得书坊兴旺财富纷来。而尽管柳暗花明，总有那一丝无法排解的遗憾，轻萦眼角；总有那一脉永远的痛，缭绕心头。

五经备旨

考试经济于今颇流行，究其实，古已有之。落第学子邹圣脉之所以歪打正着，成就其中国文化史上的学者之名，很大程度上，得益于考试经济。

什么书最赚钱？当然是教材、教辅，莘莘学子人手一册，蔚为大观。邹圣脉才高八斗，稍稍挪出四斗，便把个考试经济经营得风生水起。

《幼学故事琼林》是少儿教材，为儿童发蒙所用，一炮打响；《五经备旨》则是高端教辅，专为科举应试而编撰，于圣脉而言，更是出一口屡屡落第的恶气。

五经：《易经》《诗经》《书经》《礼记》《春秋》，科举应试必考；备旨：详备、主旨，邹圣脉的《五经备旨》高屋建瓴，每个章节章有章旨，节有节旨，全书再贯以总旨，《五经》的释疑解难，尽在备旨之中。毕竟是饱餐经史的硕儒，他的解析往往一语中的，令苦思难悟的学子茅塞顿开，因而大受追捧，常常一本难求。

就说毛泽东少年时代读过的《诗经备旨》吧，这本书现珍藏于韶山毛泽东同志纪念馆，扉页上还留有毛泽东亲笔手书。那个时代是最后的科举时代，距邹圣脉此书问世接近二百年。近二百年间，有过多少学子摇头晃脑吟诵诗句之际，埋头在邹圣脉精心点拨的章旨、节旨间呢？又有多少应试举子因为熟读这些章旨、节旨，因为邹圣脉的点拨而中举、中进士，一举扬名呢？世事往往是如此吊诡，自身屡试不中的落第学子，却辅导出了一批批秀才、举人乃至进士，想想倒也释然，不是说，失败是成功之母吗！

乐耕图赞

邹圣脉这幅《乐耕图》早已失传，幸好留得这首《自题乐耕图赞》，让人可以想见其心路之辗转轨迹。

"尔神不清，尔貌不扬，半生碌碌，老大徒伤。业儒也，腹笥乌有，焉知七艺三场；为商也，意无一中，那晓七青八黄；为工也，运斤无风，五凤楼任拖荒……"图赞中，梧冈先生看似把自己贬了个一文不值，其实大大不然。

传统意识中，几千年来总是"士农工商"的位次排列。科场不第，"士"已无望；商场虽然告捷，可这是"士农工商"的最末一等，邹圣脉的心中，总有难以排遣的遗憾：发财了又怎的？那铜臭气本为读书人不齿，教人中举成功了又怎的？自己还不是屡战屡败，至今只是一袭青衿！该如何，才能安妥这颗怀才不遇的心？

"暗中打算，为农策长。昔日卧龙，曾耕南阳。砚田任废，笔未收藏……猛着春鞭，犊负犁忙……"务农为本，既然"士"已无望，那就务本去吧，何况，卧龙先生诸葛亮也曾躬耕南阳！一句"卧龙曾耕南阳"，在似贬实褒的图赞中，透出梧冈先生的几分傲骨。

没有温饱之忧，邹圣脉的躬耕，其实是一种隐士的生涯："垦田数亩，小筑山堂。田父为友，晴雨较量……播种何宜？唯秫与粳。酿酒为黍，醉饱可望……"在看似其乐融融的农耕生活中，这个学富五车的才子，能真正疗治心中屡试不第的创伤？

寄傲山房

寄傲山房远离梧冈，在 20 里外的石青之谷，是邹圣脉 50 岁后的隐居之所。

既然已经商战告捷、温饱无忧了，既然已经乐耕度日、"何羡帝乡"了，为什么还要远避乡亲，远遁石青谷呢？

"五十无闻岂自诬？半生岁月叹空徂……""风尘易起门常钥，块垒难浇酒一卮……"这样的诗句，透露出一种怎样的悲凉？

起因，据说是与弟失和，据说是因娶亲，博学的女方家庭出了个高难度上联，对不上新娘进不了门。众人瞩目的"案首"大弟百计无招，最终靠圣脉的妙对化解了一场事关家族脸面的尴尬。"还头名案首呢，连落第的哥哥都不如！"是旁人的风言激怒了大弟吧，当圣脉无意间批评大弟的时候，大弟勃然爆发："你能，你能，怎么连个秀才都考不上！"

锥心刺骨啊！落第是心中永远的痛，尽管书坊经营早已风生水起，尽管著述畅销已是远近知名，那一种痛楚依然深埋心底，像一个昼伏夜出的幽灵，午夜梦回总潜然。

大弟的讥讽，又何尝不是绝大多数乡人的讥讽呢？邹圣脉的才学，他的成就，乡人不看在眼里，家人不看在眼里，他自己，也没法看在眼里。乡人、家人的心目中，无论他如何著述等身，如何声名远扬，他只是一个屡试不第的学子，一个永远无法光宗耀祖的落第书生。看看他们似同情又似鄙夷的眼神，邹圣脉的心不由一阵阵战栗。

"予也，年纪衰迈，徒具一副傲骨，在朝无具，在野招尤，常作入山想，寄我浮生。"这样的念头起了多少年了？大弟的一激，让邹圣脉心念决然。

"四顾苍茫，都无可处，唯有兹山僻同世外，石嶙嶙以峭立，水汩汩而泛流，其傲气殆与予类。以傲寄傲，山乎山乎，吾将长与尔偕。"一个傲世的布衣文人，以这样的方式，宣告了对多舛命运的抗争！

爱日草堂

人，一辈子都在同自己的内心交战，有的人，也许一辈子都无法战胜心魔。

于邹圣脉而言，家人的嘲讽，乡人的鄙夷，都只是外在的诱因，根本症结在于其内心的纠结。早慧的他，早早就背上了神童的枷锁，给自己描画出鱼跃龙门的辉煌，功名于他，似乎早已是囊中之物。却不料踏进科场，人仰马翻，这才知仕途险恶，命运无情，一个心结就此结上了。而一次次科场失利，这心结也就越结越紧，紧得他再也喘不过气来。他只能弃仕、潜学、经营书田，而从他弃仕那天开始，数十年间他苦苦追求的只是一件事：解开心结，还人生以自由，还灵魂一个重新舒展的天地！

只是，要解开心结，要真正放下，谈何容易。

经营书坊大获成功、温饱无忧了，心结没开，不过稍稍缓上一口气；编撰的教材畅销江南，教出秀才、举人乃至进士了，心结依然没开，不过隐隐出上一口气；"除却巫山不是云"，除了金榜题名，所有的成功于他都不是成功，所有的扬眉吐气都只是表面的欢欣，内里的伤！

解开心结，只能向内，那么，向内探求吧。于是有了《乐耕图》，有了《自题乐耕图赞》；于是有了寄傲山房，有了"以傲寄傲"，有了对心灵一次又一次温情而不懈的抚摩。

"予寒士也，当此衰年，混处炎凉世界中，性固不趋热，而体常畏寒。"这是邹圣脉的处境，苦苦摆脱的心灵的处境。

"唯爱兹丘面东南地，得暖气为多，乃依山结庐而居。每常冬日朝升，若于斯庐独私照临。"于是，寄傲山房，添了爱日堂。

"予以龙钟老态，俯而曝之，觉兹体之适，愈于？馆春台多矣！"

龙钟老态，俯而曝之，俯而曝之！

时光真是疗伤的高手，阳光真是疗伤的高手！

只有这一刻，当时光由壮及老拂开雾霾，当阳光由外及里温暖心扉，这一刻，纠结人心数十载难分难解的心魔，顿时，无影无踪！

灿灿阳光下，依依时光中，邹圣脉缓缓而歌："寒日朝升到草堂，老人曝背踞胡床。黄棉袄子温凝体，休羡轻裘有鹔鹴。"

歌声中，那颗曾经激荡不平的心，渐渐平息。

（原载《红豆》2017 年 9 月号）

【主编者言】大学本是藏龙卧虎之地，老师自当有不同个性。作者以"斯文"为观察点描摹主人公，这个词有一个时期不被推崇，所以文中的"斯文"故事让人觉得新鲜。

最是斯文
——记我的老师吴进仁先生

王 新

一向清淡的汪曾祺先生，把晚翠园曲会写得腴润婉丽。

汪先生笔下，一大群文人知识分子，不惧人心飞腾，在偏僻一隅，恬静自守，高歌低咏，于风雨飘摇中，接续着中国文脉。

晚翠园，就在云南大学。云南大学是一所有着六百年古典文雅气质的大学。讲读于斯，俯仰于斯，我有了一个切身体验：大学，教知识容易，教见识难；教见识容易，教教养难；教教养容易，教气质难。

对于一所大学，当学统上升为道统；对于一个学人，当学问融化为生活，气质就改变了，斯文就接续了。

在这里，我要讲讲我的老师吴进仁先生，一位万人如海一身藏的大师，一个真正斯文的知识分子。

一

十多年前，我还在新闻系读书，一天，博雅班一个灵秀的小师妹跑来告诉我：吴松校长亲自请来了一位老先生，讲诗歌，不光讲，还吟，好听极了；他讲杜甫诗，讲到王昭君"一去紫台连朔漠，独留青冢向黄昏"，边吟诵，边连连说"那个皇帝（汉元帝）是个坏人，是个坏人"，眼泪就流下来了，一脸天真。

云南大学会有这等人物？我撒腿就跑去旁听了。

一株经霜的玉树。

八十岁的吴先生，眉目俊朗，神采苍润。是时，他正讲李白的"浮云游子意，落日故人情"。他没有直接讲诗，而是讲了一个故事：武则天有个面首，叫张宗昌，小名六郎，当时炙手可热，人皆追捧。遂有人著文趋附，言，"莲花似六郎"。

"注意啊，不是六郎似莲花，而是莲花似六郎。多美啊！"

诗之喻贵奇，言人如花，俗；言花如人，奇也。联系浮云如游子意，落日像故人情，李白的妙处就出来了。

真真是妙赏！最妙的是，讲完一首，吴先生就会兀自沉醉，摇头晃脑地吟诵起来，他那口桐城方言，听来似懂非懂，但高歌低咏朗吟曼诵间，缠绵悱恻，完全是一块玉。

我被彻底折服了。课后，战战兢兢地拿了一首我的七律习作，向他请教。他很高兴，轻轻吟去，忽然停下来，指着其中一字："这个字，不合平仄，回去查查。"

他朝我微微一笑，我们便相识了。

此后的一天，我在东二院食堂吃饭，一抬头，吴先生坐在我对面。我赶紧坐过去，他便边吃饭，边和我聊起了诗歌。

"石梁高泻月，樵路细侵云（李商隐），写得多好啊！"

"多好啊""多美啊"，这是吴先生惯常的措辞，品赏诗词，他绝少用华丽的形容词，但就是这几个最简单不过的词，一到他的嘴里，一到他由衷喜悦与温柔的气韵里，就分外动人。

"山中一夜雨，树杪百重泉（王维），也好啊！"

我一下明白了：他是在说，两组诗在摹写物态上，都曲尽其妙。

我接过话头："并添高阁迥，微注小窗明（李商隐），如何？"

吴先生赞赏地点头。

我常常为我这点好学生的举一反三的能力，而有小小的得意。现在想想，也许，这正是诸多师长们喜欢我的直接原因吧。

告别的时候，吴先生一口就喊出了我的名字，我暗暗惊叹他的记忆力。后来接触多了，才知道，于他，这实是太小儿科：他能背诵近万首（篇）诗文。至少，在我与他交往的十多年里，李杜全集、李商隐全集，甚至是佛经中任意的句子，一提到，他张口就能将上下文完整背出来。

流传最广的故事是，词学大家叶嘉莹先生曾来云大演讲，提到李白的某首长诗，忽然卡住了。吴先生便出来解围，轻轻把全诗完整背出来，一口气，行云流水，气定神闲，全场为之叹服。叶嘉莹先生遂专程造访，还为他的桐城派诗词吟诵法录音。

那次之后，我就留意到，吴先生牵着他的夫人，每天颤颤巍巍地到食堂来吃饭。

我考上上海的研究生，复试回来的第一天，就遇见了吴先生。我告诉他，我考上了美术学的研究生，吴先生欢喜得连连说"读书好，读书好，读书的人，我就喜欢"，然后，他马上反应过来。"很多文学大家也是画家，苏轼能画画的，他的画我在故宫博物院见过，破笔画枯木的。"吴先生比画着，我当然知道，他是在说《枯木怪石图》。

"为什么不学新闻，学美术了呢？"他问我。

我告诉他，我在上海面试的时候，老师也问我，为什么弃热门的新闻而取冷清的美术。我认真地告诉他们，我曾经遇到过一个老人，领略过一种学术的幸福和庄严。这个老人，80岁了，每天都会牵着他的夫人，步履蹒跚地到食堂去吃饭；那些神采飞扬的学子们，每天都会路过这个老人，像路过云南随处可见的叶子花一样，没有人知道，他是我们这个时代真正的大师……

忽然，吴先生的眼泪就落下来了，吧嗒吧嗒打在他的灰布鞋面上。

先生是孤独的。

此后，我们把课堂搬到了食堂的小小饭桌上。

李贺学李商隐,李商隐学杜甫,杜甫学庾信。李白学谁呢?谁都不学,靠天才。

杜甫的"岸花飞送客,樯燕语留人",明明写自己穷愁寥落,无人相送,却说有花送,有燕留,写得多美啊。看看李商隐的"紫泉宫殿锁烟霞,欲取芜城作帝家",表面写繁华,实写衰败,一样的道理,都是以有写无的手法。

李白"明月不归沉碧海,白云愁色满苍梧",好得真不知是怎么作出来的。

郦道元《水经注》,好得不看都不行。

韩愈才大啊,文好,所以苏轼说他不会作诗的,当然,他的《南山》诗,可以和杜甫《北征》对照看。有才华的人,都喜欢韩愈,你也会喜欢的。

有才气的人,怎么会看得起俗人?元好问的妹妹,美而有才情,两个公子哥去求婚,当时,正好屋梁上有两燕在筑巢,她随口赋诗一首:"补天手段暂施张,不许纤尘落画堂。寄语新来双燕子,移巢别处觅雕梁。"来者遂悚然而退。

…………

先生这些随口而出的只言片语,现在看来皆是精金粹玉。十多年后的今天,我才真正明白,我能对中国诗画细腻处、精微处"入乎其里"的体贴,多来自先生。

我离开云大前,先生执意要为我饯行,一个小小的聚餐,在食堂,就他和师母,我和我女朋友。我们举着一元一瓶的芒果汁,干杯,吴先生温温淡淡一笑:"你知道的,我们不在乎酒的,不在乎酒的。"

"当然,当然!"

最后,他说,无以相送,就唱诗吧,先生一口气吟唱完杜甫《秋兴八首》……

其情其境,毕生感怀。

二

诗歌要天才,学问靠笨劲。吴先生是诗人气质,学者本色。

吴先生88岁了。有次，我去家里看他，他的沙发上、桌子上、柜子上，到处是摊开的书，他翻着一本段玉裁注的《说文解字》，凝思良久，感叹道：扎实的学问，多么感动人啊！

其实，吴先生更深的功力在小学功夫。他先师国学大师刘文典，后又从王力、周祖谟诸大家学习文字、音韵、训诂之学，其小学功力之深湛，可想而知。90岁以后，吴先生腿脚不那么灵便了，便很少出门，整天待在家里，读古今小学名著，以为消遣。奇怪的是，看那些蝇头小字，他还不戴眼镜，更奇的是，那些诘屈聱牙的文字，一在他那里，似乎就变得山清水秀。他常跟我说：真学问是假不了的，做好了，也很美。

做学问，他要我立定超过王国维的抱负，为什么呢？联系王国维说过："古今之成大事业、大学问者，必经过三种之境界：昨夜西风凋碧树。独上高楼，望尽天涯路，此第一境也。"大概是寄望于我，学问立身品级要高。

次之，吴先生强调，对学问真理，须有为之生为之死的理想主义精神，他拈出了段玉裁的故事。一代宗师段玉裁，临死前几年，指出了"脂、之、支"，分属三部，但无法刊明原委，遂向小他好几十岁的毛头小伙江有诰请教，原话是："仆老耄，倘得闻而死，岂非大幸！"

这就是真正问学的精神。

他多次希望我能搞搞音韵学，我动心了，问他："入门难不难？""不难，不难，一部《广韵》，全力以赴一年，其他什么都不干，就可以入门了。"吴先生忙说。

我一听，凉了半截。

但是，我还是从他那里得到了有关小学的良多教益。

古无清唇音，"非敷奉微"，念"帮滂并明"，他举例子，庄子的《逍遥游》中有大鹏，到了《宋玉对楚王问》，就成了"凤凰上击九千里，负苍天，绝云霓"，其实"凤"就是"鹏"，古音差异而已。

湘方言中，多古音。回到常识，学问就出来了。

我想想，对了。"浮水"，在我们宁乡那，是念"刨水"的。

我自不敏，无法深研音韵之学，吴先生并不以为忤，出于对我的知赏与爱惜，还是耐心为我一一讲授"古无舌上音""娘日归泥"等音韵知识；戴、段、钱、王，顾炎武、章太炎、杨树达、叶德辉，也一一让我有所知悉。

当然，我最感兴趣的，还是跟诗词相关的音韵学。

"群山万壑赴荆门"，"群"字换成"青"字就不行了，"青"字飘，"群"字浊声，才压得住。

李白、杜甫、李商隐、苏轼等大家，都爱用双声叠韵，如杜甫"风尘荏苒（双声）音书绝，关塞萧条（叠韵）行路难。已忍伶俜（叠韵）十年事，强移栖息（叠韵）一枝安"。李商隐"十年泉下无消息（双声），九日樽前有所思（双声）"。

才华大，怎么写都行，都那么自然。

吴先生在此领域的卓识，真是触手成春，他有一文，刊明《孔雀东南飞》"生人作死别，恨恨那可论"句中，"恨恨"当作"悢悢"。其文之笃实与颖异，远非我能评价，但可以补充的一点是，此文，是他学生从其手稿笔记中，随手抄出来的，这恐怕也是他此生公开发表的唯一一篇文章。

熟悉他的人们，经常说，吴先生恪守着古人"述而不作"，以学问为生活的传统，这只说对了一半。

师母过世后，吴先生颓唐地叹息："80多岁的时候，夫人还在，我还想到南京和北京去查查几个版本，想搞出点名堂；现在她一走，我心如劫灰。"

现在我明白了，吴先生为什么要我立定超越王国维的决心；也明白了，他不发表文章，是因为他一生都默默以中国一流的大师为对手[1]。

记忆尤深的是，一天晚上，我去看他，他面色凄惶，执意要我一字一字对勘李善注的《洛神赋》与六臣注的《洛神赋》。待我勘毕，他说："我现在记性仍好，但学问无法理出头绪了，可能不久于人世了……"

---

[1] 2014年1月，吴进仁先生过世以后，整理遗物，发现了其一千多万字誊写工整的文稿，内容广涉《广韵》《韵略易通》、白居易诗韵、桐城音系、《说文解字》、古典诗词研究及诗词创作等诸多方面，遗稿现在云南大学出版社整理出版中。

"不能做学问了，活又何益？"他一声长叹！

是年，先生90岁。

这就是学人的抱负与雄心。

三

吴先生一生宽厚温文，亦慈亦让，勿固勿争。很多人说他是个书呆子。

果真如此吗？

他曾问我刘备最信任的人是谁。当然是诸葛亮！

他说，不是，是法正。

因为刘备为给关张二人复仇，执意要伐东吴时，诸葛亮无奈地叨了一句：假使法正在，就好了。可见刘备信法正，超过信诸葛亮。

"你们湖南有个王夫之，读《三国志》时，读到这，就读出来了；在别人看不出的地方，看出名堂，就是洞见。"

吴先生接着告诉我，法正是个"粒饭之恩不忘，睚眦之仇必报"的人。

"很仗义，不很好吗？"我反问。

"做大事的人，不计较那些的。"他回答。

我猛然一惊，望着一向温润蔼然的吴先生。

多么有洞见！

吴先生顺着说道，刘备蔽于法正，但他看明了诸葛亮信任的马谡空疏；诸葛亮看明了法正的狭隘，但却为马谡所蔽：大人物，亦有所短。

了知吴先生洞明世事的识见，这是最难得的一次。绝大多数时候，他会把历史当成文学来读。他教我，《史记》塑造人物，可当小说读；《新五代史》是文学家欧阳修所撰，辞藻修洁，蕴义精微；《左传》他能背诵如流，为了说明此书措辞最讲究，他举了个例子：有个坏人，看见一个美女走过，于是"目逆而送之，曰：美而艳"。一个"逆"字，把坏人之坏与美人之媚，都写出来了。

果然高明。

有一次，我偶然提到了佛教，吴先生一口气，背诵出《心经》，然后问我是谁译的。我说不出来。

"玄奘译的。玄奘的文章，也写得不错。"

他随口背了一段，全是工整的骈文："是以如来运一子之大悲，生兹秽土；镜三明之慧日，朗此幽昏。慈云荫有顶之天，法雨润三千之界。"

诚然，他的老师刘文典先生，是很看得起骈文的，认为这才是文学。

吴先生说李白也信佛的，我知道李白求仙，应该是信道的。他背了一首诗：

> 朱绂遗尘境，青山谒梵筵。金绳开觉路，宝筏度迷川。
>
> 岭树攒飞栱，岩花覆谷泉。塔形标海月，楼势出江烟。
>
> 香气三天下，钟声万壑连。荷秋珠已满，松密盖初圆。
>
> 鸟聚疑闻法，龙参若护禅。愧非流水韵，叨入伯牙弦。

我服了。这些看似小小的烛微显隐，让我深知吴先生深富洞见。

即使终生拙于为之的人情练达上，吴先生也有一副如炬的眼光。他讲道，历史有很多奇妙处，比如大人物与大人物，往往惺惺相惜，联袂而来：李白和杜甫是好友，韩愈和柳宗元是好友，苏轼和黄庭坚还是好友。

他接着讲了个典故：苏轼死了，黄庭坚得知这个消息，先是很悲伤，继而高兴。"这盒子，今天属我了。"

"这关系，很有意思。"显然，吴先生是洞明其中微妙的。

但他只用了"有意思"三个字。

四

前年，与先生相守五十三载的师母过世，先生终日以泪洗面。

"唯将终夜长开眼，报答平生未展眉。"他吟元稹的悼亡诗，吟苏轼的悼亡诗，吟杜甫的，吟贺铸的，吟李商隐的，吟遍了中国古代所有悼念亡妻的诗句，他说："世界上，只有你的妻子，才是最美丽的人。"

我知道，师母长年抱病，但见寒作热，一直与吴先生相知相守；她虽然职业为图书管理员，但雅好诗词，娴静自守，写一手清俊的好字，艰难时世，曾以替人抄写资料为生。听他们的女儿说，吴先生经常半夜三更想到好诗词，就爬起来，叫醒夫人，共着烛光，两人一起称赏或驳难……就是这样一心相扶相惜的温情，让他们度过了祖国多少风雨如晦的长夜！

有一天，吴先生破天荒拈出一首他填的词："豪杰乘时会赤壁，龙拿虎掷争雄，入天怒火塞长空。烟飞战骨黑，霞锁满江红。百二关河仍旧是，只今处处东风，游人指点笑相逢。乾坤丽日里，山水画图中。"这首壮词，是他唱和杨慎《临江仙·滚滚长江东逝水》的。他告诉我，当时电视里播《三国演义》，到这插曲，师母提议：为什么不和一首呢？

他便和了。

他有很多这样为师母而作的诗词，但他从不示人。也许，有些东西，确实是只能为一个人而在。

吴先生讲李商隐明灭幽深的诗：

碧城十二曲阑干，犀辟尘埃玉辟寒。

阆苑有书多附鹤，女床无树不栖鸾。

星沉海底当窗见，雨过河源隔座看。

若是晓珠明又定，一生长对水晶盘。

这是好诗。

他得出结论：这是李商隐为妻子写的诗，理由是：一个对妻子都不好的人，怎么能作出好诗呢？

我当然知道，这首好诗很可能是诗人为女道士（他的情人）而作，但吴先生的结论，我信。

他们的女儿从德国回来了，吴先生一见到我，就会跟她们说："他去上海读书，我们一起吃饭，当时妈妈也在的，当时妈妈也在的……"先生那反反复复的啜嚅，无限凄婉，无限温柔。

真让人心碎。

前阵子，我的妻子终于从杭州调过来了，我跑去告诉他这个好消息，他很高兴，一定要为我庆贺，一个劲地说："多难的事啊，办好了，太好了，太好了。"

我无意中提到，学校清静，我喜欢一个人在这边宿舍待着看书。他立即脸色严肃："一定要天天回家，妻子不容易，要珍惜！"然后又转为温和的语气："我的意思，你明白的。"

那天，吴先生兴致特别好，找出了新婚时刘文典先生送他的四首诗，给我看。

壬辰中秋进仁结婚诗以贺之

一

天上吴刚得意初，高才谢女擅诗书。

清光三五团圆夜，玉润珠圆月不如。

二

鹤舞鸾吟下凤城，玉阶月色净无尘。

试看天上姮娥影，始识神仙剧有情。

三

不羡温家玉镜台，星娥月姊漫相猜。

天孙惯织云盘锦，合配陈王八斗才。

四

凉露无声湿桂花，高烧红烛对仙葩。

玉绳低亚银河浅，共倚薰笼玩月华。

　　诗诗清洁高华，我看，是非常符合吴先生的情感格调的。

　　显然，刘文典非常熟悉吴先生。

　　当然，吴先生更熟悉刘文典先生，他是刘文典先生的高足，20 岁时，便立雪"刘"门，此后终生侍奉其教席。

　　吴先生肯定也熟悉他老师的这几句诗："宋玉悲秋亦我师，伤心又吊屈原祠。娥眉漫结平生恨，文藻空存异代思。"此诗，出自杜甫《咏怀古迹》。

　　摇落深知宋玉悲，风流儒雅亦吾师。

　　怅望千秋一洒泪，萧条异代不同时。

　　江山故宅空文藻，云雨荒台岂梦思。

　　最是楚宫俱泯灭，舟人指点到今疑。

　　吴先生最爱杜甫，他不会不知道老师的用心。

　　并非巧合：吴先生师刘文典，刘文典师杜甫，杜甫师宋玉，宋玉师屈原，一脉千年，师什么呢？

　　风流儒雅。

　　千古斯文，如是而已。

（原载《孤往雄心：发现"德国学派"艺术大师全显光》，

广西师范大学出版社，2017 年版）

【主编者言】写的是一个翻译家的译事，给我们展示的却是一个学者颇具特色的性格。舞文弄墨总与性情相关，不关心译事的读者想必也能从文中读出点译事之外的东西。

许渊冲印象

秦　颖

许渊冲先生的梦想是要把文学翻译变成翻译文学，在翻译理论和翻译实践上始终都在追求这个梦，这为他带来了巨大的荣誉，也带来了巨大的争议，即使在他获得国际翻译界的"北极光"杰出文学翻译奖之后，仍是如此。居里夫人说："自信，否则没人信你。"这是许渊冲特别推崇的名言，大概也可看作他人生的写照。

一

2006 年五一长假，我赴北京参加清华大学举办的一个中美双边的社科翻译座谈会。国家重大出版工程汉英对照《大中华文库》出版印制协调小组组长、湖南人民出版社大中华文库编辑室负责人李林兄也来参会。其间，邀他去北大畅春园看望许渊冲先生。一开始李林有顾虑，在大中华文库《西厢记》编辑过程中，因审读意见，曾跟许先生闹了点不愉快。没想到拜访时，许先生为之前的争执表达了歉意！李林对在背后做了很多调解工作的许夫人照君很敬重。那时，我离开湖南人民出版社有十一年了，既告别了汉英对照中国古典名著丛书，也没能参与大中华文库的盛举，但对许先生一直心存敬意，他老人家已过八十，仍激情如火、倔强好胜，可敬亦复可爱。在李林跟许先生聊天的时候，我在一旁拍摄，留下了许先生谈话时的姿态：身体往前倾，靠近谈话对象，无论听还是说，都全神贯注，讲话声音洪亮，滔滔不绝。

因比较长时间从事译文编辑，跟翻译界联系较多，又常参加一些学术活动，听到不少关于许先生的故事。许先生个性非常鲜明，在行内有"许大炮"之称。一方面总是在顽强地表现自己，如他的名片："书销中外三十本，诗译英法唯一人"。那是我收到的第一张名片，2006年拜访时，三十本变成六十本，现在已经超过一百二十本了。一方面在翻译理论和翻译实践上，坚持己见，从不认输，跟国内许多学者、翻译家都有过笔仗，也有面对面的激辩。由于他辩论时的气势、音量、体态都咄咄逼人，有人甚至称他为"恶霸"。在他的《文学翻译六十年》中，《形似而后能神似吗？——简答江枫》记录了跟江枫的一场论战："我认为江枫是典型的形似而不神似的译者。我只对照原文读了两首他译的雪莱诗，就发现有十个错误；而他居然得了韩素音翻译奖，可见评委读他的雪莱诗集，根本没有对照原文。"这种极端的评价显然有失公允，还一竿子打翻一船人。这事颇能看出他的性格。

2014年，许渊冲获"北极光"杰出文学翻译奖（该奖项由国际翻译家联盟1999年设立，每3年评选一次，每次评选一人），他是该奖设立以来，首位获奖的亚洲翻译家。中国外文局、中国翻译协会、中国翻译研究院在外文局会堂代表国际译联授奖时，许先生发表感言，真是率直得可爱："从事汉语、英语和法语文学的翻译对我而言一直是一种享受。93岁的我还在做翻译，我就是喜欢翻译。""翻译对于我就像水和空气。""全世界还没有第二人，能把中文翻成英文，又翻成法文，同时又能把英文翻成中文，又能把法文翻成中文，又能在全世界出版的。直到现在，还没有人打破纪录。"当然，若不是他有这种自信、这种坚持、这种勤奋，他不可能取得这么大的成绩，获得这么多的荣誉。

二

读许先生的散文集《诗书人生》很有意思，就像听他在谈话，没有修饰、遮掩和虚伪，直来直去，无所顾忌。《钱钟书先生和我》中记道：1976年，他看到报上发了毛泽东词《井冈山》和《鸟儿问答》的英译文，听人说是钱钟书译的，觉得没有印象中的水准，便写信去问，并附上自己的译文。得到回信："尊译敬读甚佩。"至于译文，只是"承命参与定稿，并非草创之人"。他将此事告朋友，朋友说："'敬读甚佩'是客气话，不可当真。钱先生为了省事，总说几句好话，免得人家麻烦，就像威克斐牧师一样，借点东西给人，人家不肯归还，从此不再上门，牧师也就乐得清静。"自信的许先生并不认同。他在洛阳外国语学院不受重视，因为索天章看了他英译的《毛泽东诗词》评价说是"小学生的译文"。他不服，将这些英译毛诗寄给钱钟书看。钱回信："你带着音韵和节奏的镣铐跳舞，灵活自如，令人惊奇。""根据我随意阅读五六种文字的经验，翻译出来的诗很可能不是歪诗就是坏诗。但这并不否认诗本身很好，正如本特莱老兄说的：蒲伯先生译的荷马很美，但不能说这是荷马的诗。"钱先生的意思委婉而明确，加上前面友人的提醒，一般人都会对钱的回信内容有所保留吧。许先生不这看。"即使是说客气话，打个一折八扣，也比索天章的评价高。"于是以信为线索，联系《林纾的翻译》一文，就钱的翻译理论做了一番发挥，认为他"理智上要求直译，情感上爱意译""钱先生认为翻译的诗最好既是好诗，又是好译；不得已而求其次，要求是好译而不是坏诗，或者不是好译而是好诗；最下等的是翻译得不好的歪诗。""钱先生的信对我是一个鼓励，也是一个鞭策。鼓励的是，他说我译得诗灵活自如；鞭策则是，不要得罪翻译，又得罪诗。""记得钱先生说过：有人利用他是借钟馗打鬼，可能我也包括在内。他是少年得志，功成名就，不知道受压的人多么需要钟馗！没有他的嘉奖，我怎么能把鬼打倒在地！"当然，他也不迷信。在跟钱钟书讨教的过程中，钱坚持翻译不是创作，借弗罗斯特给诗的定义"在翻译中丧失掉的东西"表达了诗不可译。许先生专门写了《文学翻译等于创作》进行讨论。钱回信："大作已于星期一拜读：抉剔佳处，既精细亦公允。至于译诗一事，则各尊所闻，不必强同。"挂了免战牌。等到上门拜访，他又跟钱讨论"译诗传真和求美的矛盾，钱先生说，这个问题我说服不了你，你也说服不了我，还是各自保留意见吧"。

　　许先生的倔强、自信在他的书中随处可见。他跟朱光潜请教《毛泽东诗词》的英译本，将官译本和自己的改译本一起寄上。得到回信："尊译对原译确实大有改进，鄙意如果要彻底，最好丢开原译文另译，才不受原译束缚。原译者不懂'指点江山'是盯衡国家大势或商讨国家大事，遵照原词字面直译，不知'江山'在外文里并没有国家疆宇的意思，尊译也因之未改，当可斟酌。"许先生不服，回信说："'指点江山'可照字面理解，如贺敬之《桂林山水歌》中有'指点江山唱祖国'并没有批评国事的意思。"这种辩论，有点强词夺理的味道。刘重德请他为《浑金璞玉集》作序，他在序中对刘先生的翻译观"信达切"提出不同意见，这脾气真还有点像"巨婴"。他也批评过吕叔湘"诗体翻译，即令达意，风格已殊"的散体译诗论，认为"诗体翻译，如能达意，一定比散体翻译更能保存原诗的风格"。我想，吕先生是爱才的，他不但没见怪，还约他增订《中诗英译比录》。

　　许先生的自信，还在他不怕揭自己的"丑"。在《联大与北大》一文中，他不无敬佩地写到了老一代北大人的硬骨头：朱光潜讽刺江青，林庚拒绝为江青讲书，钱钟书不赴国宴。笔锋一转，说他自己及其同代人表现就不一样。他羡慕汪曾祺因为写了革命样板戏，被江青欣赏。而汪对江青有一种文人的"知遇之恩"："江青同志如果还允许我在'样板戏'上尽一点力，我一定鞠躬尽瘁，死而后已。"由此引出自己的故事："我把毛泽东诗词译成英法韵文之后，没有地方出版，也曾写信给江青，希望她像关心样板戏一样关心毛主席诗词，但是江青不懂外文，我没有像汪曾祺那样得到'知遇之恩'。"

三

　　我在二十世纪九十年代初，因"汉英对照中国古代名著丛书"的关系，拜识了许先生。手上的信札，最早的一封 1992 年 10 月 10 日："秦颖同志，收到来信非常高兴。关于《汉英诗经》的事我很愿意参加这一盛举。"这之前，许先生已经翻译完成了《诗经》的英译，交外文出版社，又跟河南人民出版社签订了汉英对照本合同，但英文版权在他手上。之后的一系列信札都是关于版权、体例、前言、稿酬的讨论。序言如何办，许先生来信说："河南译本的序就是根据余冠英先生为外文出版社《诗经选》写的序，外文出版社的《诗经》英文序与河南本大同小异，《汉英诗经》是否要重新写序？如要，我可参考余先生《诗经选》前言再写一篇英文序。如要余先生专门再写一篇，那最好由贵社联系。如何？""序还是由您写，内容除介绍诗经的一般情况外（请参看体例第一条），请特别加入该书西传的情况及外文（主要是英文）译本的情况，最好有对目前西方通行的英译本的评价。"很快，收到了中英文序两篇，中文序参考了陈子展的《诗经直解》，英文参考了亚瑟·威利。许先生知道我们出版《楚辞》的计划，表示愿意承担，完成《诗经》，可马上进入《楚辞》翻译，预计1993年底完成。他在1992年11月的信中说："我英译的《西厢记》已由外文出版社出版，顺告。如再译完《楚辞》，则我国古代韵文五大瑰宝：诗经、楚辞、唐诗、宋词、元曲都出齐了。"

　　跟许先生的沟通，多是书信往来，时间上、空间上的距离，使我们能比较从容地商量一些问题，即使一些比较敏感的问题也能圆满解决。如稿酬，相比国内的多家出版社，更不要说台湾和企鹅社，我们给得最低，许先生却是愉快地接受了。如编例，1995年3月16日信："《宋词三百首》小传事，中英文不必统一。因为中文词人生平、进士（我已译成通过科举考试）、官职、作品、词风等译出后需外国读者接受，所以我的小传考虑及此，是写而不是译。如译'豪放''婉约'等词，都无恰当对等词，译后读者一看译文，并不能留下同样印象，反为不美。但中文可以由你们确定。英文如改，则需经我看过，所以最好不动。"我没有找到给许先生信的留底，无法还原当时的情况。5月5日信："《宋词小传》如译，一定是中文式英文，改不胜改，我只能改明显的错误，无法改中文式英文……我宁可花一星期自写，但贵社不同意。我译《词人小传》最好附在书后，香港、北京《唐诗三百首》都是如此；如放词前，请在序中注明不是许译为盼。"5月18日信："《词人小传》改好寄上。我的原则是专门名词音译对外文读者来说不但没有意义，反而成为负担，影响本书销路，影响译者声誉。不记得告诉你没有？英美企鹅出版社已出版我的《中国古词选三百首》英译本，这是最大的国际书社第一次出版中国人的译著。出版者评价 excellent。所以希望《词人小传》不要产生副作用。"大概许先生最初想中英文分开，英文部分他独立做。后来，我们坚持汉英文本对应的问题，还是我们请人英译了，请许先生校改。这件事上，可看出许先生很坚持自己的翻译原则，爱惜自己的名声，因此书是合作项目（另两位作者负责今译），在翻译问题上绝不妥协的同时，他还是有一定的灵活性，具有妥协精神的。我们的审稿没有后来大中华文库的条件，请不起社外专家，内容有疑问的地方会提出来，原则上尊重作者的意见。这大概是我跟许先生合作愉快的客观原因吧。当他听到我要离开湖南，马上来信询问："杨逢彬来访，说你四五月后可能调广州，不知是否属实？我们合作很好，实在不愿你调走……《西厢记》是否还由你责编？《宋词》校样何时寄下？盼告。"

四

到花城出版社后，我转向了外国文学翻译编辑，曾想请许先生为我们译点东西。因手上活太多，他给我们另外推荐了译者，并允诺一旦空下来，可考虑为我们译东西。2006 年去看望许先生，他正全力投入大中华文库的翻译工作。知道我到了《随笔》杂志，马上投稿："寄上随笔两篇（两封公开信），看看是否可用？"一封是致大中华文库工作委员会；一封是"关于《唐诗三百首》英译本致高等教育出版社"。不知道这两封信最后以什么方式递交到了相关人员的手里。这是绝好的样本，从中可以看到许先生忘情翻译，不屑合群的性格，也可看到他处理问题的简单化和张扬的个性。

"看到报纸上说《大中华文库》受到温家宝总理重视，因为这是对外宣传我国传统文化的重要作品。因此，书目选定之后，务必选择全国甚至全世界最好的英译本。……如《诗经·击鼓》中的名著:'生死契阔,与子成说。执子之手,与子偕老。'……湖南(按:'湖南(本)'均指许译)的英译文是:Meet or part, live or die, We've made oath, you and I.Give me your hand I'll hold, And live with me till old! 这是全世界有史以来最好的译文(按:他的劲敌江枫也不得不说,这是他巨量翻译作品中,偶然的神来之笔),不知道《文库》为什么没有选用? ……真是令人百思不得其解。希望《文库》能尽快纠正偏差! 不要闹出'劣币驱逐良币'的笑话! ……希望这封公开信能够得到答复。如无回音,只好上告国务院温总理了。"我想,这么大一项工程,译者的多元多样是不可避免的,这种方式的建言,颇具许氏风格。

"收到贵社转来对英译《唐诗三百首》提出的意见共 223 条,我只读到……摘录的错译 18 条,漏译 9 条,添译 3 条,错字 3 条。初读之后,发现除个别错印之外,所谓错译、漏译、添译,多是不懂诗词翻译,并非译者有误。……诗词翻译重视深层内容,重视意译,重视神似,说一可以指二。……诺贝尔文学奖评委马悦然说过:中国没有人得诺贝尔文学奖,因为翻译太差……所以翻译方法是一个中国文化走向世界的大问题。……提的意见基本上是用法律译法来衡量诗词译文……《送杜少府》中的'同是宦游人',认为错译成'陌路人'了,其实诗人王勃和杜少府都是在外地做官,译成 strangers('外地人',不是'陌路人')非但不错,而且非常正确。又如第 3 例李商隐诗题中的'乐游原',就是诗中第二句的'古原',古原上有陵墓,李白的《忆秦娥》中已有证明:'乐游原上清秋节……西风残照汉家陵阙。'所以译成 Plain of Tombs 译的不是法律译文的表层结构,二是文学作品的深层内容,不但不是错译,而且是可以使读者理解欣赏的高明译法……认为这是错译,那就是要用法律似的直译,取代文学译文,要使中国文化不能走向世界。他们提的意见,基本是要用形似来取代神似,我不一一答复了……试想一个做了六十多年文学翻译工作,在国内外出版了六十多本世界文学名著的译者,并且是全世界有史以来把中国古典诗词译成英法韵文的唯一专家,怎么会在一本书内犯下 223 条错误? ……出版社如果是非不分,好坏不明，那还能出书么？"虽然，223 条里，大概不少是翻译标准的不同带来的理解上的分歧，里面的不少问题也可能是谁也说服不了谁的。但许先生的愤怒却也不无道理，责任编辑应该"先要看看意见是否正确"，负起责任编辑的责任来。

许先生现在已经在国内外出版了 120 多种世界文学名著翻译作品了。中译外的代表作有《诗经》《楚辞》《汉魏六朝诗》《唐诗三百首》《宋词三百首》《元曲三百首》《西厢记》《道德经》等，外译中的代表作如《雨果戏剧选》《红与黑》《约翰·克里斯多夫》等。在翻译理论上，他提出"三美，三之，三化"，意即"音美、意美、形美；知之、乐之、好之；深化、浅化、等化"。近年，许先生进一步提出了"中国学派"的翻译理论。他把文学翻译中的"信"与"美"的矛盾追溯至老子的"信言不美，美言不信"，又从老子的"道可道，非常道，名可名，非常名"中，寻找解决这一矛盾的方法论。他从这句话导出了下面的理论：原文描写现实，但并非等同现实；原文和译文之间不可能叠合，译文和原文之间的距离，不一定大于原文和现实间的距离。"因为两种语文总是各有优点和缺点的，如果能够发挥译文的优势，用译语最好的表达方式来描写的原文所表达的现实，那译文虽不能等于原文，却是可能比原文更接近于现实，这样一来，译文就可胜过原文，比原文更忠实于现实了。"老子的"信"与"美"是"中国学派"的翻译理论的源头，后来严复提出了"信、达、雅"，傅雷"重神似不重形似"是对信和美的进一步发展，钱钟书的"化境"说把傅雷的"神似"又提高了一步。许先生认定文学翻译等于创作，一生的理想就是让文学翻译成为翻译文学。由"翻译"变成"文学"，由具体的技术手段变成普适的理论和实践，难怪冯亦代甚至说他是提倡乱译的"千古罪人"。

据许先生自己说，有一个美国杂志选出世界 100 个革命家，他排在第 92 名，称他是"翻译方面的革命家"。超越规矩的翻译"革命家"注定是争议和质疑的中心。

（原载《南方都市报》2017 年 1 月 16 日）

【主编者言】人生总是反复用简历陈述自我，最后任凭悼词冰冷概括。其实亲友零零散散的点滴回忆，才是带有性格温度的生命细节，能够鲜活地盘踞在心之深处。

先生们

黄　轶

多年以后，我还能清晰地记得陈继会先生当时看向我的那个又深又长的眼神。那是 2000 年的深秋，在郑州大学老校区的南北大道上，一边是苍苍如盖的雪松，一边是整饬干净的草坪，我刚刚把硕士论文的初稿递到陈老师手里，那句话就脱口而出："我想考博！"说后我自己也呆住了，好像那四个字并非出自我的本意！陈先生盯着我看了良久，然后爽利地答道："好啊，我支持！"有一年到深圳去看望陈先生，我忍不住问起那个有意味的眼神，他笑了："那不是怀疑，是惊喜！"陈先生是乡土文学研究的专家，我最初报的选题却离"乡土"十万八千里，他反复读了读题目，笑着说："你宏大的学术构想值得肯定，不过，这个题目够你写一本大书的，现在做有点浪费了，先放一放，等你时间充裕了慢慢写。现在你先选一个合适的小的角度，写两三万字就行了。"待我后来稍稍摸到学术门路，再回头看那个题目，才知道当初自己是多么幼稚多么不懂得天高地厚，因为那根本就算不上是个题目啊！2005 年 5 月，陈先生风尘仆仆地飞到济南参加博士论文答辩，他"侈誉过实"的赞词如今还响在耳畔："黄轶对学术有一种真挚的信仰。每次听到她谈起又读了哪些书，又有哪些学术思考，又在构思什么文章，我都能感受到她那难以名状的幸福。"

生性敏感如我，假如在问师之初就遭逢狂风暴雨般的轰炸，或许早就退却了。是谦和儒雅的陈继会先生，在我学术的起步期，以风和日丽的方式开导我这个初出茅庐不谙治学之道的后生，以耐心厚道的言行引领我读书、作文，"润物细无声"地把我引向学问之途。但遗憾的是，我却没有学到陈先生授业的气度。在我做了业师后，对待自己的弟子总是"恨铁不成钢"，有时竟至于大放厥词。想起来，真是惭愧。

一个以读书为业的女人，有时会拿柴米油盐的生活来度量学术。在我撰写硕士论文时，有段时间度日如年，每天都要把稿子做"字数统计"，好像那三万字遥不可及。我私下里说："等我毕业了，我要把头发染成黄色！"那年正流行棕黄。但是还没等答辩，我又蠢蠢欲动地要考博，我又想："等我考上了，我要把头发染成红色！"因为这年，又流行起酒红来。然而待我到山东大学报到，发现博士多到拌腿，怎么也傲娇不起来了；再加上我其时已在高校任教八年，拖家带口与一众小年轻一起读书，压力山大。更重要的是，导师孔范今先生刚给我们上了几次课，我就被他博古通今、纵横捭阖的讲授镇住了，而他一再强调的"读原典，读原典"的"原典"，很多我也未曾认真读过，比如全套的《饮冰室合集》《新青年》等——我内心开始长草。为了节省时间，我有时就在宿舍备些果蔬干粮，闷在屋里几天不下楼。孔老师听说后，每每在校园里碰到我同屋，都一再嘱托人家下楼时叫上我。

记不清最初的触媒了，博士论文选题时，我一下子选定从晚清民初中国文学现代转型的角度来写"苏曼殊文学论"。听说有同学的选题被导师否定，我也惴惴不安地把提纲呈给了孔先生。他看完，喝一口酽茶，掐灭手中的烟蒂，又慢慢点上一支，然后用右手轻轻地敲击着桌角，操着一口曲阜普通话说："对于女性学者来讲，可能所有的阅读和书写都得是她心灵的审美呈现。你喜欢苏曼殊的诗文，关注那个风云突变的时代文人的文化求索，又有了相对扎实的理论准备，能写好。"老师顿了顿，悠悠地抽了一口烟，接着说："读书就像撒网，要撒得开，也要能收得住。现在你不要急于发文章，'博观而约取，厚积而薄发'。"孔老师引领弟子治学既厚爱又严苛，能够得到他的肯定，我自信了许多；

而其"重积淀、厚基础"的严谨学风也培养了学生良好的读书习惯以及对史料的重视。

在我心中，孔先生一直都是不怒自威的，但毕业后我越来越发现他幽默风趣、平易近人的一面。2011年5月，郑大文学院邀请孔老师主持研究生答辩，结束后想请他去风景区走走，但老先生执意不给我们"添麻烦"，就在宾馆里给在场的三个弟子谈了一天学问，并指导我们"如今，该读哪些书"，还一再告诫我"不要长年熬夜"。至今想起来那一幕都无比温暖。2015年10月回母校开会时，我陪同王尧老师去看望孔老师。老先生让茶递烟，嘘寒问暖，那样的开心。但由于会务安排，那天谈兴未尽。次日，孔先生又委托马兵兄接我到一家酒楼重聚。我们到时，老先生已先到了，他欣然地拉着我翻看菜单，说这个好吃那个好吃，我说哪能点那么多，他说："我说了算，都要！"然后嘿嘿一笑："上次施战军回来就没好好吃顿饭！""他哪还缺这一口儿啊。""那倒也是！"那一刻，我看见老师的目光瞬间暗淡下来，夹着香烟的手有些颤抖——他又想念远方的弟子了……

我博士的学术方向是"二十世纪中国文学整体研究"，但是我对近现代部分比较熟悉，对当代文学研究颇为陌生。我想补上这一课。正好丁帆先生是我的博士论文答辩委员会主席，于是在博士毕业将近两年时，我申请到南京大学进站。

博士后的身份其实蛮特别的，是拿着教师工作证的学生，我便混迹在研究生中听课。第一次旁听就遇到一件奇事：那天选课的学生坐满了大会议室，丁先生讲"新时期文学的反思主题"，还放了一些影像。他正情绪昂扬地讲到兴头处，戛然而止，指着一个人问道："你是干什么的？"那人怔了一下，低着头走了。丁老师的课，常有外面不知道什么身份的人来听，而老师是只讲给学生听的。我的站内生涯是从参加丁先生的国家社科基金项目"新世纪中国乡土小说转型研究"开始的。在我主笔的部分，有一章是"新世纪乡土生态小说研究"，对我来说这是个全新的领域。丁先生一向推崇思想自由、学术独立，鼓励师徒间平等对话、畅所欲言。在研究推进的每一步，一个概念、一个观点或一处表达，我与丁老师常常交换意见。有时遇到我实在是"榆木脑袋不开化"，在双方各持一端时丁老师会呵呵一笑，痛下决心："那，你再想想吧！"课题完成后还有很多议题未能深入展开，我索性以"中国当代小说的生态批判"为题开始了出站报告的写作。这时我才豁然开悟——我要以晚清—五四、新时期—新世纪"两个世纪之交"的文化转型来搭建自己基本的学术框架！至今，丁先生修改的书稿还摆在我案头，那上边有红笔、黑笔还有铅笔写下的批语，既有击节叫好的褒扬，也有犀利明快的批评，条条直言不讳。丁先生为师的格局和风度，激发了我学术探索的极大热望，也作用到我的执教理念。

丁先生是有多重"身份"的人，但令人惊讶的是他分身有术、游刃有余。火车上，会议上，餐席上，牌桌上，刚刚还听到他振聋发聩的发言，转眼他已打开笔记本沉入写作，其不竭的学术激情和旺盛的生命活力，许多年轻人也难以望其项背。其实，多年来丁先生患有严重的失眠和耳鸣，甚至一度面瘫，但似乎疾病也奈何不了他。能击垮他的，除非是——悲观。在激情和热闹背后，丁先生实际上是个彻底的悲观主义者。他将内在的悲凉与悲悯化作启蒙理性的坚守和文化批判的哲学，试图挽回知识分子的风骨和豪气。其勇猛精进，像是传奇。

"拼命三郎"是孔先生和丁先生常常戏称我的说辞，这自然既是肯定也是批评。我有一个偏执的想法：人文学科的研究者，年轻时就要不知疲倦地博览群书，要有勇气接触各种研究系统，识见不同文学史价值观念的参差碰撞；中年以后，随着阅历的丰富和学术的积累，才有望进入治学的"黄金时代"。正当我打算调整步履时，却突如其来地陷入迷茫：所有的尘埃终将会被风雨拍在泥中，所有的事儿也都不再是事儿。我放任了自己一年：睡懒觉，听音乐，看闲书，游游逛逛。但我心里空落落的，混沌中"不知道风在向哪一个方向吹"……

2017年5月底的一天，在校园偶遇陈飞先生，他正准备带两个做"答辩秘书"的弟子去用餐，便邀请我一道。陈先生是隋唐文学尤其是唐代制举试策文体研究的著名学者，我本科时的古代文学老师。面对年龄悬殊太大，又是跨学科的两代学生，陈先生是这样开场的："这是黄轶教授，现当代的，学问做得不错。当然，你们也可以称她师姐。"陈先生，他把自己放在了一个可进可退的位置：我预感到这场大餐不那么容易吃。果然，在觥筹交错之间，陈先生问询了我的健康状况后，缓缓地说："我正想找你谈谈呢。你呢，休整了一年，做了许多你多年来都舍不得浪费时间去做的事，这其实很难得。但我们这类人，三两月不读不写可以，时间久了就丢魂落魄。这和进取和名利都无关，就是活不舒服。你不是关注清末民国读书人吗，那你一定知道陈寅恪怎么写《柳如是别传》的？当时那个条件，还有他的身体……"他举起手中杯，"所谓'上帝的归上帝，恺撒的归恺撒'，管不了的，包括生老病死，随它去吧。但我们是自己的恺撒，是可以管一管的。找准自己的'事'，专注去做就好，就是生命的享受和活着的价值。"一位大先生，对着"奔五"的老学生，道出了他的期待，还有忧患。能听到如此开诚布公的教勉，我很感恩。回想起来，从本科到现在，好像每次走到"十字路口"，陈先生都会适时地"冒出来"，哪怕五六年未通音讯，但是一见面，他总能"一语道破天机"，给我以当头棒喝！

这些名满士林的先生们，在传道、授业、解惑的各个层面扮演着各有风采的师长角色，叠印在我岁月的底板上，深刻地影响了我的为学为师之道。江湖无处不在，尤其是以"男女不可能平等"为隐秘规训的学界，幸好我遇到的前辈都愿"忽视"我的不才与局限，使我能够葆有读书的初心。

（原载《文汇报》2017 年 9 月 10 日）

【主编者言】关于 20 世纪 70 年代末的那三次高考，已经有不少从积压中被释放的人发表过回忆和感慨。这里却是当年一个 16 岁少年的经历，作为另一种视角，是时代全景的补充。

1979，我的高考

刘　迅

一

恢复高考四十年了，回忆往事，纪念青春，很是热闹了一阵。1979 年，我的高考，也将四十年，写点文章，可以为自己备忘。

其实，关于考试的记忆，不过一些零散的断片。

酷热的七月，住县城最大规模的旅社里，硬板上铺着苇席，泼上凉水，依然烘烘的热，无法入眠。三天房费却由学校买单，因为我是这次考试我的那间乡村中学最有希望的一个，算是学校给的奖励。

历史考试入场前，资料翻到"英国工业革命的意义"，临考的烦躁，让我再不愿看任何一行文字。进入考场，打开试卷，简答题"英国工业革命的意义"，8 分，从此，"英国工业革命"成我生命的阴影。人的命运常和许多偶然有关，如果能克制烦躁，把那道复习题认真看完，也许我就会走另外一样人生。

说是高考，并没有什么紧张，懵懵懂懂考，懵懵懂懂结束。考场里有过一阵骚动，后来听说是相邻考室里，有考生当场晕过去，有说是中暑，有说是紧张，一位女生，我并不认识，但也莫名牵挂，不知她有怎样的未来。

关于考试，还有一个记忆，就是我的母亲，在我临考前许多天，用玻璃瓶装上沙土，权作简陋的香炉，时常焚香祈祷，求神保佑，以此为我的考试助力。那时的中国，还没有完全从禁锢中走出来，焚香祈福这样的活动，因为迷信而不能公开进行，只能偷偷地做，母亲的这种做法便让我感觉可笑而尤可恼，但也拿她不能奈何。

二

考试结束，宣告我的中学生活结束，我并没有认真思考未来，那时的我，还没有养成深刻思考的习惯。放下书包，带上铺盖，卷起渔网，和我的叔叔，父亲的一位弟弟，来到远远的鄱阳湖湖洲上，搭起棚舍，打起鱼来。由学生转换成渔童，很快便把"英国工业革命的意义"抛之脑后，只是关心什么时候是拖网下湖的好时机。

因为高考，我的乡村生活在16岁这一年终止，此后，我成了我的村庄的客人。这一次捕鱼生活成了我乡村劳动最后也最完整的一段经历。

我的这位叔叔，父亲同母异父的弟弟，是当时我们家庭里除我之外学历最高的一个，读了初中，虽然没有毕业，却养成好读书的习惯，他会想尽办法弄到各种旧书与我共享，我们年龄相差十多岁，但因为共同的爱好而特别亲近。《三国》《水浒》之外，还有许多奇怪的书，《三侠五义》《七侠五义》《隋唐演义》《封神榜》《飞龙传》，也有《林海雪原》，有他文学课本上美好的童谣："弯弯的月儿小小的船，小小的船儿两头尖，我在小小的船里坐，只看见闪闪的星星蓝蓝的天。"通过他，我完成了早期阅读，也因为阅读，我变得孤独而安静。

鄱阳湖筑舍捕鱼近一个月，是我快乐的记忆，虽然辛苦，但有收获，卖鱼所得我有近50元，是一个不小的数字，补充我后来上学的费用，让我很是骄傲。劳动之余，白天读演义小说，晚上在黑暗里听叔叔讲朱元璋与陈友谅决战鄱阳湖的故事，直到听的人和讲的人先后睡去，渔舍里只剩鼾声。

如果不是那个午后母亲带来高考放榜的消息，我的人生会长时间像这样重复。

那时我以为，做一个渔夫，也是有趣的事，下湖撒网的时间是固定的，凌晨天未放亮一网，午饭前一网，傍晚早早吃过晚饭，在落日余晖里再撒一网。三网之外，是自由时间，睡觉、读书，或是讲朱元璋大战陈友谅。我们会去不远处的吴城古镇，就像进城。但它不是城，只是鄱阳湖中的一个小镇，丰水期四面环水，枯水期有一条横亘湖洲的路通往岸边。据说，它是鄱阳湖赣江水系四大名镇之一，曾经有过繁荣，我见到它的时候，早已破落。在湖洲上走大半个小时，便见一条港汊，港汊那边，便是吴城。港汊里泊着渔船，货运机帆船，还有丰水期上游放下来的竹排和木排。如果省一角钱，不坐轮渡，我们也可以借助船家的跳板，过木排，过渔船，过机帆船，几个转折，便进了吴城。

吴城没有什么稀罕，只有一条老街，石板路，街边是人家的老屋，开着几间店，卖餐点或是杂货，如果赶早，会有早市，卖河鲜为主，也有菜蔬。我们吃鱼吃出鱼屎味来，便卖掉一些鱼，买一点蔬菜，改善生活，也会买两根油条或是几个馒头犒劳自己。坐进店里要菜要饭，是不敢想的奢侈。

吴城吸引我的是望夫亭。还是朱元璋与陈友谅鄱阳湖决战的故事，照例战败一方，有血洒疆场的将军，又有痴情守望的女子。相约凯旋，得胜的战旗必要高挂船头。倚亭长望，没有胜利的消息，只有颓落的战旗，女子坠亭殉夫。从此，鄱阳湖上，有胜利者的传奇，也有坚毅钟情的爱的悲歌。几百年过去，望夫亭唯有废弃的基石和坍圮的廊柱。几十年后，再到吴城，老街更加残破，另建的新街脏乱中倒有几分繁盛。望夫亭不出意外地重建，门楣上是本省曾经的主政者的书法，非常"正确"地题着三个字：望湖亭。

那个午后白晃晃的日光至今不能忘记，炽热的日光刺激得水面与湖洲上泛起白雾，正午刚过，晴日无遮，但在太过白亮的光里，人的视线并不清晰，隐隐看见远处白光里一个身影朝我们移动。由远而近听到母亲在喊我和叔叔的名字，然后是连声"考上了，考上了"。我自然明白，是给我送来了好的消息，但

16 岁的少年并不能真正懂得这个消息对自己的价值，虽然高兴却没有激动，只会平静地"哦、哦"以示回答，叔叔和母亲却几乎同声重复同样的短语:考上了，好! 考上了，好! 像一个重唱。按今天的套路，此处应该有欢呼，跳跃和拥抱，但乡里人表达感情是局促和收敛的，叔叔挽一下我的肩，摇了两摇，母亲则是笑着笑着就抬手擦起了眼泪。我如一个傻子一样淡定，完全没有呼应他们的喜悦。

这一段生活，仿佛是和生养我的鄱阳湖进行一次隆重的告别。

三

顾不上享受乡邻慷慨的祝福和羡慕，立刻进入志愿填报。志愿填报是高考至关重要的环节，它重要并不逊于考试本身。几十年前的记忆有些模糊，公布的本科线是 306 分，重点线应该 340 分，我 332 分，上了普通本科线，离重点线差 8 分，"英国工业革命的意义"带来的沮丧第一次强烈刺激着我。学校里老师给了我简要的指导，志愿填报最后落笔则是我自己的事。第一次做这样关键的选择，感觉迷茫而不知所措。

志愿填报安排在县教育局的会议室里，几十年后教育局还在原来的地方，只是建筑已经改造，那间会议室再找不到了，好在我们那一届考生也没有出来怎样杰出的人物，旧居故址都没有保存的价值。拿着志愿表和招生学校的资料，这么多学校都在招手呼唤我，我羞赧而紧张，不知道握那只手才是正确的选择。坐我身边一位比我年长许多的青年，也是当年的考生，看出我的犹豫，便问起我的分数，然后决绝地说:你没有什么好考虑的，江西大学和江西师范学院，江西大学有风险，江西师范学院就非常稳妥。他的意见和我老师的建议一致，其实也和我自己的判断基本相同。但我还在迟疑，那么多美好的学校，曾经有过的许多幻想，都需要我迟疑一下，不要太急。我的另一边是一位清秀的男生，据说是全县第一名，接着又说是九江地区第一名，志愿表上没有犹豫就填上"北京大学"。这个北大人的存在，挤压得我喘不过气来，332 分带来的喜悦瞬间变得渺小。于是，我落笔填上：江西师范学院中文系。长舒一口气，站起来放松一下筋骨，看到母亲在门边露出半个身子，很快又缩了回去。这一天，母亲其实一直跟着我，但她怕自己一个农妇，在一堆老师与未来大学生面前失了自己儿子的体面，也就只是悄悄探下头。我知道她给不了我任何意见，填完志愿没有和她商量便交了上去。做出一个艰难的决定其实也很简单。

虽然并不很懂，但关于未来，关于大学，也是有过梦想的，而我所有梦想并没有任何一个是同讲台、粉笔和黑板有关。报师范学院，将来就要做老师，我是知道的，很有些沮丧，英国工业革命又从暗处冒了出来。不过，16岁是敢于做梦的年龄，做老师的沮丧只在一瞬间干扰了我，并不认为一定和我有关系，也没有认为一定有什么可怕。回到家，邻居们知道我填了师范学院的志愿，知道我将来是要做老师而不是要做官，祝福和羡慕便明显打了折扣。倒是我的母亲很笃定：当老师好，哪朝哪代都缺不了老师，什么时候都饿不着。几十年过去，依然健康活着的我始终感动于母亲卓有预见的判断，当老师几十年，我果然自食其力，没有饿着。万事平安，夫复何求。

志愿填完，是等通知。我在家里的待遇明显提升，不必参加劳动，哪怕是一年里最忙的"双抢"时间。看着每日毒辣的太阳，我顺水推舟，心安理得享受用考试换来的特权，除了简单的家务，其余就是寻找阴凉地方坐或者躺，当然，说出口的理由是读书。那个暑假，反复读的是三卷本的《红楼梦》。《红楼梦》早就读过，但有时间再读，也是有意思的。通读之后，是重点读，然后是翻来覆去读几个特别的章节。"宝玉初试云雨情""贾瑞迷情相思局""秦钟得趣馒头庵"，百万字巨著不多几个情色回目给我读得烂熟于心，说起来很没有格调。物质匮乏时代，16岁少年，身体发育没有成熟，但生理和心理成长没有停滞，生命天性野蛮生长，也并非羞于见人的事。时隔多年，与邻居后生共聚，描绘我白衫短衣，斜倚竹椅，捧书而读的清闲和潇洒，艳羡且奉为偶像，说是激励过他发愤求学终有所成。他说得真诚，我听来却是调侃和反讽，那些酷热的夏日，一个跳了农门的少年有意无意流露的那点优越和傲慢，被他的描绘还原成画面，看上去很有几分滑稽。

录取通知书如期寄到，江西师范学院中文系 79 级 120 名新生的录取通知书都由参与录取后来成了我们班主任的王老师亲笔书写。老师的书法被许多同学收藏，时隔几十年，同学群里晒出来，是珍贵的记忆。我的鄙俗和粗疏，让我不懂得珍藏这样的珍贵。我记住的，是父母为我筹措学费的困难，虽然最多不过二百元，但在当日的农家，已是天文数字。父母的烦难，我能清楚感受，但再难也没有减少他们的快乐，儿子有了前程是父母的幸福，我深切懂得什么叫作痛并快乐。我没有向父母表达过我的感激，需要表达的时候总是张不开口，内心的纠结把我磨炼得冷漠，生性的冷漠让我看上去像一个不知感恩的人。

为把快乐传达给更多的人，父亲决定摆几桌酒席，请亲戚、老师，还有公社的干部。父亲是生产队干部，他显然希望借这个机会，密切和上级的关系，尤其是联络与公社书记的感情。这位书记，我还有记忆，对我的很能负责很能劳动的父亲有些欣赏，诸如我们常见的领导干部对下属"你干得不错，好好干，有机会"那样的话，应该和我的父亲说过多次，让父亲凭空生出希望。但后来的结果表明，父亲的酒席没有收效，书记升职当县长了，但父亲没有从他那里得到任何机会。

回忆我的高考，要特别感激我的班主任兼语文老师，没有他不会有我对读书持续的热爱，也不会有我上大学的机会。长期以来，我自认是不开窍的顽石，老师却视我为通灵宝玉，老师的肯定给我力量。入学后，和老师有过长时间通信，他的许多期许和嘱咐，多已淡忘，只记得他嘱我不要锋芒毕露，当时我并不懂锋芒毕露的含义，有了生活历练，经过许多摔打之后，懂了它的含义却又已经太晚。老师给我介绍他的一个朋友，和我同一年考上了江西大学中文系，希望我们认识，并且互相提携。入学后，我拜访过这位朋友，看得出来他对我没有太大热情，交往也就难以持久。后来听说，这位朋友毕业后去了湖南长沙的出版单位，再后来听说他因为车祸早逝。人生无常，令人惋惜。因为是我的老师介绍认识的朋友，总觉和我有一种缘分。

四

九月过了好些天，是入学报到时间。一家人送我出门，母亲则一直送到村外，反复劝阻之后她才停下来。走出一阵，回头看母亲还在远远张望，一边和我挥手，一边擦着眼睛。我知道她在流泪，我的眼泪噙在眼眶里也要流下来。后来，这便成了我们母子送别的固定模式。

送我去南昌报到的是我另外一位叔叔。因为祖母有过两次婚姻，我的家庭关系有些复杂，父亲的兄弟姐妹，有的同母同父，有的同母异父。这位叔叔是父亲同母同父的弟弟，是我们家里见过世面的人。他当过兵，退伍后有国家分配的工作，虽然他的工作看得出越来越不景气，从县里的工厂到公社的供销社，从供销社的大柜台到一个小的服务组，但他还是我们家最见过场面的人，送我去省城，他当然是不二人选。

几十年前国家的落后从交通的不便可见一斑，我们从家里去县城最方便的交通方式是步行。叔叔挑着行李，我背着背包，步行三小时到了县城，已经是中午。坐汽车不能直接到南昌，要到邻县改乘火车。乘车之后又步行到火车站，已经没有当天的车票，只能等到第二天。我们便在火车站不远处找一间旅社，一人花了五元钱房费。

这天晚上，叔叔和我有彻夜长谈，这也是我们叔侄仅有的一次长谈，以后也不会再有机会，因为这位叔叔已经去世。

这个晚上，叔叔精神很好，非常兴奋。我们的对话不叫对话，只是他讲我听，一个晚上他都在讲，讲了许多过去我隐约听过和完全没有听过的事情。因为疲累，听着听着我便要睡着，可他的坚持以及外面火车的嘶鸣又让我醒来，这样半睡半醒，只知道他讲了许多许多。讲他的父亲我的祖父，一辈子在外面折腾一无所获，最后被人冤枉，溺水自杀；讲祖母带着他们几个孩子，孤儿寡母种种艰难；讲在部队里，他积极表现，努力训练，入了党当了班长，但没有文化就是不能提干；讲他工作中和领导处不好关系，总是被穿小鞋，受各种委屈；讲我考上大学他怎么高兴，要我好好读书，要有出息，为一个家族的人争气。我不知道怎么应答他，只能答之以"嗯"，显然他对我的不配合有些失望，并不满意，可能就这样种下了后来他和我交恶的苗头。我们都没有睡好，一大早便一脸困倦去赶第一班火车。

和这位叔叔的亲近随着入学报到结束便告结束。后来，因为一些我至今说不清楚的原因，这位叔叔对我很有意见，认为我上了大学便轻慢了他，不尊重他，而坚决不肯原谅我。我一头雾水，不知道错在哪里，在父母的要求下，曾经试图向他道歉，缓解我们的隔阂，但终于没有成功。我的木讷，叔叔的倔傲，让我们几十年都没有一次正常的沟通，矛盾越结越深，以致他至死不能原谅我。叔叔已经过世，再没有可能搞清楚我到底哪里没有做好，让他衔怨如此之深。可能那个旅社之夜，我的漫不经心给他造成伤害，才是他埋怨我的真正原因。

人与人的沟通有时真是很困难。是他把没有出过远门的我送到学校报到，对他我心存一份感激。他在几年前已经去世，至死都没有原谅我。

五

乡下孩子进了省城，我是惶惑和恐慌的。没见过这么多车辆，这么多楼，没见过这么宽的街道，这么时髦的红男绿女。在新奇与陌生面前的无知，让我紧张而畏惧。

许多同学回忆入学报到时候，有一个温馨细节，就是班主任王老师初次见面就能叫出同学的名字，令人激动而温暖。这样的激动和温暖按理我也同样有过，我却没有记忆，真是无颜面对我尊敬的宽厚长者王老师。记忆里是曾经把我们的班长误会成老师，长得敦厚成熟，操着他的乡音，组织同学整队集合，很有权威的样子。开始上课，一间大的阶梯教室，100多人坐里面还很空旷，一位年长的女老师总是跟着我们听课，显得特别神秘，过了很长时间，才知道她也是我的同学。慢慢熟悉，许多"老师"的身份都先后清楚，原来他们都是同学。70年代末恢复高考，多年的欠账都要还清，我们的同学，年龄大的过了30岁，小的只有14岁，这样奇特的同学组合是这个时代的特色。

中文系79级，120个同学以同样的标签写入江西师范大学的校史。不过，120人只有116人毕业，短时间里有4个同学减员，每一个减员的同学都有让人扼腕的故事。

段同学，女，拿到录取通知等待入学的那段时间，因为情感纠葛被男友杀害。她的生命结束在入学报到前，她没有正式加入中文系79级，我们并不认识。

何同学，男，入学报到过了大约两周，查出超龄，退学。1979年，高考报名年龄不能超过28周岁，何同学已过33岁。多年后，偶然读到他的文章《我的大学梦》，那时，他的儿子已上大学。

冯同学，男，每天在宿舍开自由讲坛，看上去很有见识。入学半年被拘捕，因为倒卖国家紧缺物质，判投机倒把罪，刑期四年。这个最早试水市场经济的同学，据说后来并没有从市场得到机会。

杨同学，男，16岁，入学两个月，因为精神疾病退学。

我一直以为，和杨同学本有机会相处投契，成为知己。我们同龄，同学习小组，同样来自乡村，同样面对全新的生活与人群不知所措，需要相互扶持。可惜，没有来得及看清新生活的真模样，他就被击倒。因为联络无门，不知道他后来的状况，成为一个遗憾。

阅读生活，阅读人生，只有经历过才能真懂这八个字。从鄱阳湖边偏僻的村庄来到城市，接触全新的人群，面对全新的生活，浑浑噩噩被生活裹挟着往前走，走得忐忑而空虚，经过很长时间才慢慢镇定下来，找到自己的位置。毫无准备突然需要长大，让人猝不及防，我总感觉从杨同学身上看到自己的影子，只不过他被甩出生活的轨道，而我坚持走了下来。这样跌跌撞撞行走的过程，或许正是成长的过程。

1979 年的高考，就这样规定了我的人生，我反复提"英国工业革命的意义"，不过一种自我调侃，即使有那个 8 分，我的人生未必更有价值，这个道理，几十年的生活足够让我明白。人生的有趣，就在于永远无法预知未来，实际上人的一生都在往未知的方向前行，我们总是试图掌控这种未知却又总是徒劳。1979 年，因为高考，开始我新的生命长途。这样的长途里，有许多"英国工业革命的意义"左右你的走向，但你没有可能同时走向两个方向，我们这样选择，这就成了我的生活，所有的快乐与痛苦都在这里，需要坦然并且欣然，无论面对过去还是走向将来。

（原载微信公众号"记忆"，2017 年 8 月 11 日）

【主编者言】作者研究、教学哲学，对哲学充满感情，同时也坦承哲学的寂寞，为能够"遇见"同道而慰藉。之所以享受这种灵魂深处的寂寞，文章里满怀自信地细说缘由。

我们总在寂寞的灵魂深处相遇……

邓安庆

近年来，我身边真心喜欢哲学的人确实越来越多了。他们有的是事业有成者，有的是生意亨通者，有的是朝气蓬勃的年轻人，这当然包括那些"被教育"而爱上哲学的"天之骄子"——复旦大学的学生们。他们给予我的一个真切感觉是，在我们当今的生活中出现了对哲学的真实需要。这样的感觉对于我这样一个在哲学之路上"一条道走到黑"的人而言，无疑是非常地惬意。

这种惬意并非是说，在寂寞人生中会增加几个"同路人"（因为对于真正喜欢哲学的人而言，从来就不怕或不会"寂寞"，反倒是"寂寞"给了我们一种"思想"的"清净"和格调的"纯粹"。没有这些，何以抵抗生活中不堪忍受的"嘈杂"和"诱惑"）。如同审美愉悦那样，当一件艺术品的审美趣味被同侪的鉴赏力品鉴出来而产生的品味相通的精神快感。

对哲学的误解

哲学常常被人误认为"无用"之学——说它既不带来"面包"，也不赐人"长技"；既不令人"富贵"，也不助人"升官"。而一般哲学老师最怕人问的问题，据说就是学哲学究竟有何用。这种误解实际上是长期被灌输的"假哲学"留给人们的"偏见"。

世上只有"乞丐"才需要别人"带给"他面包，正常的人依靠自身的"雕虫小技"就能取得，何劳"哲学"之"大驾"？

如果一个人的生活目标只定位为获取"面包"，他确实不需要来糟蹋哲学。但凡一个人有更高一点的追求，对于"长技""升官"和"富贵"，虽不用哲学也可成之，而若有哲学襄助，定将让其取之有道，得之无愧，这也是无须申论的常识了。

哲学尽管不是"技术"，却能助人以"长技"；哲学虽藐视一切"升官之道"，却能教导真正的"为官之道"；哲学耻谈"富贵"，却能教人何以"既富且贵"。

哲学使我们具有"真知"

人之"贵"全然不在于他的面包、官位和财富，而在于他的知识、才华和教养。而真正的知识、才华和教养的获得，非有哲学不能成。

哲学既不教人一加一等于二这样的"算术之知"，亦不求解"太阳晒石头热"这样的"物理之知"。它只引导你探索真知何以为真知，即一个能称之为"真知"的"知"何以为"真"的标准或"道理"。

因而，哲学的知识乃是对"真理"之判准的探索，它实际上已经内在地转"知"为"智"了。

于是，哲学的"知"基于"科学"的"知"，但又超越甚至"高于"科学的"知"。

所谓"超越"，就是"跨越"了具体科学知识的狭隘"界限"，具有了"世界性"和系统性。正如"物之理"即自然的因果联系是物理学的知识对象一样，哲学的知识对象是"知识"本身，因而是知识自身的那个"世界"或"体系"。

所谓"高于"，不是说哲学的"知识"在"天上"，而是说它是一切无论是天上还是地上的具体知识的"根基"或"基础"，体现为对科学本身所"不知"

和"不思"的所谓"不证自明"的"第一原理"之"理"的探究与阐明。这种探究与阐明或许不能成为人人同意的"知识"形态，却构成我们去求取真知的普遍有效的方法论。

所以，就此而言，只有哲学才有可能使我们具有"真知"，即对"世界"（万有）之"第一原理"之理的"知"，这样普遍的"知"才有可能使我们具有超越狭隘、跳出自我而从"世界"与"人类"的视野来思想的"才华"和"教养"。

只有具备这种普遍化的视野和心胸，人才具有"人类"的高贵性。

一个人"才华横溢"，本事大得不得了，不是说他"力大无边""无所不能"；一个人知识广博，见识高远，不在于他"无所不知""无见不识"。

人的知识、才华和教养主要在于他的思想力与判断力。如果一个人有"知识"，却判断不了"是非善恶"，那他的"能力"与"才华"不但不能助其以贵，相反却有可能会助其以恶。

所以，真正有才华的人会运用其"判断力"，对人类面临的一般问题做出正当的判断，对人类一般的行为法则能够承认，知道如何正确区分何者"能为"、何者"不能为"，何种"该为"、何者"不该为"，随之能够"自我立法"，杜绝做"不能为""不该为"之事，而对"能为者"尽其力做好，对"该为者"尽其才达于至善，这才是一个人真正的才华。

因此，真正的才华不仅是个"转知为智"的工作，同时还要进一步"转智为德"，以德去恶，弘德扬善，这样才有真正卓越的"教养"与高贵。

哲学是一种教人以高贵的学问

哲学就是这样一种教人以高贵的学问。人的卓越与高贵，不是天生的，不靠出身，而仰赖我们自身精神品质或灵魂品质的高贵。而精神或灵魂品质的高贵，非哲学不能成之。

因为精神或灵魂的品质以思想和判断为支撑，而高贵的思想与判断无不需要得到卓越的哲学之涵养。

虽然我们每个人的血液中都或多或少具有一些哲学的基因，儿童天生就像哲学家，但是，只有少数人能自觉认识到哲学的需要并将哲学的需要自觉地予以呵护和涵养。

生活的艰难与困苦，往往把人拖累到为面包而奋斗的旅程中，使人压抑并泯灭其天性中的哲学需要。有了美味的面包但教养缺失的人，从来体味不到一点精神层面的愉悦，只会在贪图世俗的享受、权力和金钱上耗费其全部的心血与体力，从而只能将上天赋予他的宝贵生命止于低俗而无法提升。

只有少数幸运者能体会到哲学生活的至趣至乐，自觉到人的更高使命是将自然生命自我造就为卓越，因自我造化的卓越而显高贵，以此回报和延续大自然的神奇造化。

（原载《思考哲学基本问题》，中国轻工业出版社 2016 年出版）

, 世事

【主编者言】谈的是艺术，但却又是社会的普遍现象，是人生的道理。从有意或无意的"误读"开始，我们也许可以摆脱陈规的束缚，开始一段具有戏剧性的新旅程。

误读，在抽象画中造就的戏剧性

祖 慰

人类生存的数字化，全球经济的一体化，使得跨文化交流盛况空前。

跨文化交流中的焦点问题是误读。为此，早在 1993 年，北京大学比较文学与比较文化研究所和欧洲跨文化研究院召开了一个题为"独角兽与龙——在寻找中西文化普遍性中的误读"的国际学术讨论会。"误读"被引入了比较文化研究。会后出版了论文集，由乐黛云教授作序。她在序言中对"误读"作了如下的界定："所谓'误读'是指人们与他种文化接触时，很难摆脱自身的文化传统、思维方式，往往只能按照自己所熟悉的一切来理解别人。……人在理解他种文化时，首先按照自己习惯的思维模式来对之加以选择、切割，然后是解读。这就产生了难以避免的文化之间的误读。"

这是我很认同的对误读发生机制的诠释。我要接着往下说的是：误读，是个既能酿成灾难也能激活创造的奇特的认知精灵。

跨文化人际交流（活人对活人）中的误读，除了"情人眼里出西施"的误读有点正面作用外，其余都可能导致隔膜、离异、合作失败，甚至战争。然而，活人对人文与艺术产品的误读，却是一个激活想象力和灵感并可能导致创造的驱动器。法国启蒙运动思想家伏尔泰，他误读中国古代政治制度是"最有人权的制度"，催化他建构起了自由平等的君主立宪制；他误读中国儒学是具有崇高理性、合乎自然和道德的"理性宗教"，激活他批判并重创了当时横行欧洲的"神示宗教"。毕加索对非洲面具的极端推崇（误读），使他创作了立体主义《亚威农少女》等传世之作。阿美迪欧·莫蒂里安尼对印第安和黑人原始艺术的误读，使他在美术史上留下了具有原始稚拙美的雕刻和绘画。

我这篇文字想说说误读在抽象艺术中造成的戏剧性，由此来看看对艺术"解读式的误读"（对自然科学的解读必须是确定无谬的解读，不容许误读；而对艺术和人文的任何解读，都是由读者的想象力参与的有原创性的半误读，所以称是"解读式的误读"），所需要的边界条件。

没有误读就没有抽象画的降生

据康定斯基自己描述，他发明抽象画的灵感，来自一个完全偶然的像哥伦布歪打正着发现新大陆那样的全然误读。不过，那不是跨文化误读，而是他自己对自己的绝无仅有的有趣误读。

康定斯基撰文称，有一天他在户外画完速写回到自己家的画室，忽然看到"一幅难以形容的炽热的美妙的图画"，非常震惊。他感到这幅画"没有主题，没有客观对象，完全是由明亮的色块组成"。他激动地向这幅神奇的画面走去，哦，原来是他自己的一幅作品歪放在画架上了！歪放，把具象消解了，不再能辨认出画的是何物，因而产生了一个只能读出"明亮的色块构成"的纯形式误读。这个破天荒的误读，就像中子轰开原子核产生核爆炸一样地轰出了他的一个顿悟："我明白了一件事，那就是我的绘画不需要有什么客观的东西和客观物体的描绘，而且实际上这些东西对我的绘画是有害的。"（《美术译丛》1981 年第 1 期）

由此，一种颠覆人类绘画史上由原始人的洞穴画到现代立体主义的全部绘画（即或写实或写意或变形的全部具象画）的新画——抽象画，在康定斯基心中萌生了。这种新画的定义是："绘画作品里的形象与现实世界里常见的形象迥异，而无法辨识其为何物，或不反映日常生活环境的客观现实者，称为抽象绘画。"（法国当代艺术评论家 Michel Seuphor 语）

不错，康定斯基顿悟之后，并没有立即画出抽象画，事实是他到了巴黎看了立体主义的作品才画成的。于是，有些美术史家就把他创立抽象画归功于立体主义的启迪。其实，他只是把立体主义当了"反面教材"。立体主义把物象拆散解析成几何体，然后再按画家意愿，重新组装出似像非像的变形具象，康定斯基看了之后反问：既然把物象都拆了，何必还要再组装起来？为什么不把具象给彻底解构掉，那样不是内容更广阔、表现更自由吗？他在 1910 年画出了艺术史上第一幅不能辨识物象的水彩抽象画。正是因为它不是发端于立体主义，所以毕加索才会大骂"抽象艺术只是涂抹和游戏而已"（Marilo de Micheli《毕家索语录》）。

以后，康定斯基发表了两部著名的理论著作——1913 年的《论艺术的精神》和 1925 年的《点线面》。那是为他的新画派寻觅美学和哲学的理论依据的。他概括出了抽象艺术无比优越于具象艺术的两条美学原理。第一，因为解构了具象，画家就摆脱了物象的形象和意义的设定，摆脱了文学式的讲故事，就能使绘画向抽象的音乐靠拢，点线面和色彩等绘画抽象元素就像音乐的抽象音符一样，可以最大自由地组合出画家的内在情感。因此，抽象绘画具有无可穷尽的多样性、丰富性。第二，观众在看画作时，不是被动的录影，而是要对画作进行能动的诠释；因为解构了具象，读者在读画时就摆脱了具象所设定的诠释框框，可以最大自由地进行审美移情和诠释。

这"无比自由的表达"和"无比自由的诠释"的抽象画论，非常圆通，极具说服力，简直像不证自明的公理一样让人无可辩驳、无可置疑。康定斯基的抽象画、勋伯格的十二音序列音乐、卡夫卡的现代小说，被誉为现代主义艺术大潮的三条"先河"。

误读却让抽象画出了大丑

在巴黎，我多次采访过法籍华裔抽象画家赵无极。他是当代国际级大画家。记得第一次在他的巴黎画室采访时，我指着他所画的一幅抽象画问："您在这幅画中要表达什么？"他温文尔雅地揶揄我："哈，我要是能说得出来就不画了。你看它是什么就是什么。"

赵无极的话非常符合开山祖康定斯基的原教旨：读者读抽象画时被赋予绝对自由误读的权利，即不必以画家要表达什么作为读者诠释的框架或准绳；而且，只有在尽情的误读中，才能最大地激活读画人的想象力，才能把接受美学所称的"读者也参与作品的创造"发挥到极致。

然而，在二十世纪八十年代就有伦敦一家电视台，拿这个"无疆界误读"开了个恶性大玩笑。这家电视台派出了一个摄制组，清晨到伦敦大街上找正在扫街的清洁工，请他们用自己手里的扫帚蘸着各种颜料，在一大幅画布上任意涂抹。摄制组对全过程录了影。电视台再把清洁工涂抹的画布装入精美的画框，放到一家大画廊举行隆重的"一画展"。画廊邀请来了伦敦的著名评论家和抽象画家来看画展，并请他们对这幅抽象作品发表评论和观感。评论家和艺术家们纷纷对这幅问世的新作进行了旁征博引的评论，有的人从现代美术发展史角度对技法进行了源流分析，有的人用现代哲学观念发掘出了作品深层的意义空间。众口一词认为这是抽象画的杰作。电视台的摄制组也把这些热烈的评论场景拍摄了下来。然后，电视台把这两段录影组接在一起，作为一个专题节目播放出去。一瞬间就成了轰动伦敦的大笑话。康定斯基的绝对自由解读的原教旨，受到了"以子之矛攻子之盾"的"归谬法"的嘲弄。

人们捧腹笑完之后必然会追问：既然清洁工胡乱涂抹出的抽象画，都能让权威评论家和著名抽象艺术家"误读"出那么多了不得的"独特的形而上意义"和"精妙的形而下表达"来，那么，抽象画大师以及他们的杰作还有什么价值？

就像中国一句俗话所说：连狗都能够拉犁，牛还有什么用？

绝对自由的解读式的误读，正在给抽象画致命的一击。

作为巴黎文化艺术记者的我，经过多年的经验积淀，也从另外的角度对康定斯基的两条无可置疑的原教旨滋生出怀疑来了。

巴黎的画展多如牛毛。我采访过许多画展。在抽象画画展中，发现一个奇怪的现象，观众并不珍惜和使用康定斯基给予的"绝对自由误读"的特权。他们在抽象画前停不下来，没有久久面对画面进行"参与创作的自由诠释"，总是匆匆扫描一圈就结束了。在这些展览会上，看不到这样的场景：人们驻足凝神在罗浮宫中大卫所画的《拿破仑加冕》前，久久不愿离开，最后还要和画一起摄影以带回去供随时阅读。更让人不可思议的是，在艺术界贵宾云集的开展酒会上，人群最密集的地方不是在抽象画前，而是在非艺术的放着酒水和小点心的桌子旁。为什么？

我在阅读和采访了很多抽象画家之后，还归纳出了另一个经验事实：抽象画家们画了几十年，无论是康定斯基、蒙德里安、马列维奇、杜劳奈、马修、布利、瓦沙雷利、达比埃、山姆·法兰西斯、苏拉吉、波洛克、杜克宁、哈同、贾鲁、赵无极等，对他们的作品作历时性的纵向阅览，几乎都是几十年变化甚微，尽管他们都在声称不断地探索新风格。非常奇怪，没有呈现出康定斯基所预言的，由于解构了具象而带来作品的无限多样性。恰恰相反，倒是远不如具象画家那样丰富。为什么？

在浩瀚的现代艺术评论中，我没有读到有说服力的回答，倒是在闲读杂书时偶然得到了答案。

在读生物学时得知，生物学家已经从大自然生命世界中分辨出了120多万种动物，35万种植物，近10种微生物。生物学家是如何分类的呢？古希腊的亚里士多德在《动物志》中对500多种动物的分类，用的是直观形象分类。被称为现代生物分类学的创始人、十八世纪瑞典生物学家林耐，在《自然系统》中发明"双名命名制"的人为分类法，其分类依据是生物的性状（状就是形态）。

当下最前卫的生物分类法是"自然分类法"，即根据动植物的形态、构造、机能、习性以至在个体发育和系统发育等方面的特征进行的综合分类。一言以蔽之，自古至今的分类都离不开形态。换成绘画话语，形态就是具象。与此相对照，人类对云、对大理石上的纹理等抽象图像，连数百、数千种都分不出来。按数学中的排列组合，抽象组合应该绝对多于具象组合；怪哉，何故人的视觉会出现反数学定理的现象呢？根据进化论，生命之所以进化出眼睛来，其根本目的便是识别该物种可食用食物的图像、可交配对象的图像和天敌的图像以及与生存有关的环境中的物象等。换句话说，眼睛就是用来识别具有可重复性的具象的，不是为了识别无限变化的抽象。虽然抽象在数学上应该比具象具有无可比拟的多样性，但是由于生命的视觉专为识别具象而设，因此反而觉得具象更丰富。这就是说，在人的视觉经验事实中，恰恰是具象具备很大的多样性，而抽象则刚好相反。

很遗憾，这个生命视觉的根本规定性，不公正地证伪了康定斯基认为抽象图形比具象图形在人的视觉中更具丰富性的假定。

我读了西方现代哲学《解释学》的一些书。《解释学》把西方人理解《圣经》等传统经典文献的一种语义学的方法论，上升到了哲学方法论或哲学本体论。中国人面对古代典籍也有训诂、注释、考据等"我注六经、六经注我"的解释活动，中国哲学家汤一介正在为创立《中国解释学》鼓与呼。《解释学》是研究人类对于意义的理解和解释的哲学新学科。无论是鼻祖施莱尔马赫把解释学建成为理解历史作品的方法论，还是狄尔泰要解释者用直觉跨越时空去恢复历史原型，或者是海德格尔把解释作为揭示人的存在的本体论，以及伽达默尔强调语言在解释中的本体论地位等，都有一个共同的前提，那就是：被解释的本文，是可读懂意义的语词和句子为基本单位的文字集合体，《圣经》《六经》、史书、历代文学作品等本文都不是天书。本文可解释的发生机制是：本文语言的歧义和模糊性，与本文相关的历史背景资料的淡化和散失，本文内含着象征意义或隐喻，解释者和被解释者的视界差别（不同观念和不同的文化积淀）等。总之，可解释的本文既是能懂的又是模糊的本文。毫无确定性的本文是不能进行解释的。据此，我们回过头去观照抽象画，恰恰是故意不显示任何确定性的本文，当然观众就无法进行诠释了。信息论对信息的定义是"不确定性被减少的量乃是信息"，观众面对反对有任何确定性的抽象画，无从去做"减少不确定性"的诠释，也就不可能获得任何审美信息，当然在抽象画前就停不了步、凝不住神了。

《解释学》又把康定斯基的另一条原教旨——消解了具象，可以让观众最大自由地进行创造性的解释的假设——也给颠覆了。

康定斯基之前的人类是怎样读抽象的

人眼和动物的眼睛毕竟是有所不同的。

雄鸡总在朝霞里引颈高歌，但是它的眼睛从来不会对抽象的云霞感兴趣。可是人为了人所独有的审美，如法国文豪雨果的眼睛，却在《海上劳工》中写下"几缕懒散的闲云，在蔚蓝的天空里追逐，像仙女的舞蹈"。中国诗圣杜甫咏赞"天上浮云如白衣，须臾忽变如苍狗"（《可叹》）。唐朝诗人卢照邻也读到"片片行云着蝉翼"（《长安古意》）。

群狼日日在夜巡，号叫时都仰望夜空，可是，它们从来不会去注意月亮上由众多错综的环形山阴影构成的抽象图形。纵使假定它们有兴趣，也读不出凄美的"嫦娥奔月"的中国神话来，更唱不出像像法国诗人波特莱尔唱的"她（月）软步走下了云的梯子，毫无声息地穿过窗门的玻璃，于是她带了母亲的柔软的温馨，俯伏在你身上，将她的银色留在你的脸上……她又用柔和的双臂拥抱你的颈项"（《散文小诗·月的恩惠》）。

人为了审美，视界超越了生物学的具象疆界，而扩充到了抽象。

在康定斯基之前，人类在读大自然中的美的抽象时，普遍用了比喻的方法，即通过想象力进行类比，为抽象"虚拟"出一个具象本文来，然后进行诗性的解读式的误读。前面已经引证，雨果把飞云比喻成仙女在跳舞，杜甫把变幻着的云具象化为"白衣""苍狗"，中国古人把月亮中的抽象阴影具象化为嫦娥、玉兔、吴刚、桂花树，现代法国诗人波特莱尔把抽象的月光比喻为母亲等。在中国长江的三峡，有一块突兀的石头，有人把这抽象物比喻为神女峰，然后，宋玉误读出了《神女赋》，老百姓误读出了关于神女的许许多多民间故事来。在黄山，云海中冒出一座山峰，人们把它定为黄山美景"猴子探海"。无论是我游览中国桂林石灰岩地貌的溶洞，还是在观赏奥地利莫扎特故乡同类地貌的冰洞，发现人们都用彩色的灯光进行选择性地照明，将千姿百态的抽象钟乳石，具象化为或"雄狮怒吼"或"上演瓦格纳歌剧的帝王剧院大厅"等。——用比喻将抽象虚拟出一个可懂的具象"本文"，然后对这个"本文"进行审美诠释，是符合《解释学》的解释条件的。因此，从艺术家到普通游客，无不兴趣盎然地对虚拟本文进行故意的误读，以获得既欣赏大自然抽象也欣赏自己想象力的大美感。

再来看看玄妙的书法艺术。这是中国人创作的人为抽象产品。如果说抽象画是1910年才问世的话，那中国的抽象书法艺术可以上溯到三千多年前商代的甲骨文（因为甲骨文已经具备了用笔、结字、章法的书法艺术三要素）。我对书法发出了两个疑问：人类史上有成百上千种文字，为什么只有中国汉语文字发展出书法艺术？假定仍然是用毛笔，仍然遵照书法的笔画技法、结字法和布局章法，去写汉字的拼音（例如把"虎"字写成"hu"），还会有书法艺术吗？

人类的各种文字差不多都从象形文字（表形文字）开始，然后有两个发展方向。西方诸多文字由表形文字进展到表音文字，即字母符号化的话语读音文字。中国文字从表形（象形）文字发展到表意文字（形声字）。表意汉字里仍然富含着图像和意象，所以才有"书画同源"之说。甚至，书圣王羲之的老师卫夫人在她的《笔阵图》的书论中，把构成汉字的笔画也赋予了意象，如："横如千里阵云，点如高峰坠石，撇如利剑断犀角，钩如百钧弩发，竖如万岁枯藤，捺如崩雷浪奔，转如劲弩筋节。"因此，表意文字的"虎"字，虽然再也看不出虎的形，可是，中国人在写这个方块符号时，脑子里仍然唯一对应着所约定俗成的虎的意象。欧洲各种语系不同，它们发展到了表音文字阶段。任何词都是

ABCD等二三十个表音符号根据读音组合成的。英语中的"tiger"只对应"虎"的读音（汉语拼音"hu"也是这样），不再像汉字"虎"，唯一对应虎的意象了。这便是唯有汉字发展成抽象书法艺术的根本原因。中国人书写"虎"字，当然不是在画虎，但是心里知道所写图形就是虎的唯一对应的形象符号，所以写时会用刚劲饱满的笔法，强烈动感的结字，显著突出的章法布局等书法艺术手段，显示虎的气韵以显现书写者的移情寓志。抽象的中国书法艺术，是依托汉语表意文字内含的意象所建造的模糊意义本文让读者来解读的。欧美的表音文字中则没有这个意象本文，所以，无论是6世纪东地中海的一批基督教学者用大小不同和颜色多样的字母抄写的福音书，还是8世纪~9世纪西欧查理曼大帝的加洛林王朝时代用各种精美字母字体的《圣经》抄本，直至当今纽约和巴黎街头巷尾的肆意涂鸦，都不可能成为书法艺术。

中国文人除了玩出抽象的书法外，还玩更抽象的石头。他们在案几上放几块捡来的小石，或在庭院里弄座假山，完全没有用类比的方法先具象化，而是讲究"瘦、皱、透、秀、色润、形奇、纹漪、声清"等纯粹形式的审美标准。这里面还有什么"可共同读懂的意义本文"吗？有，那就是中国文人约定俗成的人文价值的"隐性本文"。为什么以瘦、皱、透、秀等作为把玩石头的标准呢？因为这些形式在隐喻中国文人共同推崇的道家之空灵、飘逸等价值观。有了中国文人这个共同默认的隐喻本文，抽象的石头美就可以诠释了。如果把米芾所叩拜的石头让罗丹去欣赏，他就不能，因此也就没有兴趣去进行解读式的误读了。

比喻的"类比本文"，书法的"意象本文"，玩石的"隐喻本文"，它们公约出一条"定理"：对抽象的解读式的误读，都要设计出读者对"象"能共同辨识的意义本文，而不是像康定斯基所说的可以对抽象进行无疆界的绝对自由的误读。

回到赵无极

赵无极先生送了我一本《赵无极自画像》。这是他和他的夫人弗朗索瓦·马尔凯合写的自传。

我读完他的自传之后再去读他的 1957 年的一幅无题作品，其感受和以前就完全不同了。

我在他的传中读到，1956 年他经受了一次精神上的大灾难——和他结婚 16 年的青梅竹马的妻子跟别的男人跑了。"她绝情而去，使我深受屈辱，一直到今天，仍觉苦涩。"他写道。他又说，当时绘画成了他的"避难所"，画布是他"唯一宣泄苦闷、愤怒的对象"。他在 1957 年画的这幅抽象作品，便是"要埋葬悲伤，因此充满着死亡的气息"。

我面对他这幅抽象作品进行设想，如果赵先生用具象来表达会是什么图像？我们可能会从画面上看到一个深情的男人望着绝情而去的妻子，无比悲愤与屈辱。具象表现的是一个特定男人（画中人）的精神遭遇。我读的时候，我和画中人是分离的主客体关系，引发出的感情共鸣是对受害者的同情和对绝情者道义上的谴责。现在我看赵无极这幅抽象画的感受大相径庭。抽象的外延比具象宽泛。我在由传记提供的简明意义本文的导引下进入画面，没有发现具象中的特定画中人，我就成了画中人之一。在色彩的纠葛（"如何混合、如何对立、如何相爱、如何相斥"。赵无极语）、线条的扭曲和缠结、繁复构图形成的多元迷宫空间中阅读，得到"人失去爱""人失去伊甸园""人失去乐园"等外延宽泛部分的抽象审美信息。

我在多次采访赵先生的闲聊中得知，他几十年来还遭受到死亡信息的巨大冲击。他告诉我，他深爱着的银行家父亲，在"文革"中"非正常死亡"了。在中国东北工作的英俊聪明的小弟，在 36 岁那年竟然被煤气毒死了。还有个在美国的科学家弟弟让喉癌夺去了盛年的生命。他最不能接受的是，他的第二任妻子——美丽的香港电影演员——因为在异国的失语所造成的大孤独而疯了，在 41 岁那年自己结束了人生。他那时整天喝威士忌，朋友们都给他改名为"赵威士忌"。后来，他的知音和挚友——法国著名诗人米修也永远离开了他。因此，他在 20 世纪 90 年代画了很多关于死亡抽象画。画得完全忘记了现实世界，一次从高梯上摔了下来，左臂断成了八截。我听了这些之后，再去读他的画死亡的抽象画，其心得就完全不同于我在梵蒂冈圣彼得大教堂看米开朗琪罗的《圣殇》雕像。米氏的巨大艺术感染力来自用雕塑叙述耶稣这个具体人的殉难。赵氏的死亡抽象画，不是某个人的生命悲剧，而是经过抽象的在人的类概念上的生命死亡体验，因此，读赵氏的画就像在读存在主义或佛学论述死亡的哲学……

凡艺术品，总是要故意留下许多模糊空间让人们的想象力去奔腾（解读式的误读）的。对艺术的解读式的误读，是生命发育式的诗意的增长，是在"基因本文"上的怒放。倘若消解了一切规定性，在其上的无限增殖，那只会是癌。一些现代和后现代艺术的小圈子，是这种"癌"的高发群。

（原载《黑眼睛对着蓝眼睛》，作家出版社 2017 年 4 月出版）

【主编者言】壳中隐藏的明明是可以触摸的坚果仁，但由于沾染了许多生活的记忆，就成了"事"。讲述"壳中事"就是追思昔日、怀念故土，人的情感总是要有所附丽。

壳中事

沈世豪

尖　栗

白露一到，秋天的脚步就悄然走到闽北山区了。诗经云："蒹葭苍苍，白露为霜。"其实，这时的南方绝大部分地区并没有下霜，闽北山区更是如此。不过，炎夏已经远去，早晚凉，吹来的山风更凉，给人清新爽洁的感觉，让人浑然忘却难熬的酷暑。此时，山上的枫叶还没有全部红，但颇受山里孩子欢迎的尖栗却已经闪亮登场。

大山富有而慷慨，仅是秋天亮相的栗类，除了尖栗，还有常见的板栗。板栗扁圆形，个儿较大，模样浑厚、质朴，若论树的形状，尖栗和板栗几乎是一样的，椭圆略带修长的叶子，绿色，颜色有点浅，绿得很普通，但它们的果实都很美。清代的诗人叶申芗曾经填过一首词《桂枝香·桂花栗》，把栗子和被古人誉为"自是花中第一流"的桂花相提并论，赞曰："争说新穰试嚼，味含龙麝。"龙，指龙涎香，麝，指麝香。用如此贵重的香料来赞美山里土里土气的栗子，可谓登峰造极了。

板栗和尖栗都有带刺的外壳，圆球形，开始是嫩绿色，成熟时变成褐色，外面长着刺，如刺猬，且有点硬，怎么对付它呢？很简单，只要穿着草鞋，轻轻磨去，刺就全断了，用刀背敲一敲，壳就裂开，露出饱满的果实。板栗一球中有 2 到 3 粒果实，尖栗一球只有一粒果实。尖栗的模样是标准的锥形，所以又称锥栗，匀称、秀气。若把板栗气质和韵味比喻是山里淳朴的男子汉，尖栗则堪称是深山中可爱的细妹子。板栗、尖栗都可以生吃，味甘甜，但最好是蒸熟或炒熟了吃。在城里，常见有小摊贩当街卖糖炒板栗，香味诱人，每一个板栗都张着金黄色裂开的口子，依稀是在召唤顾客留步，我尝过这种板栗，的确是很道地的消闲食品；但很少见到卖糖炒尖栗的，究其原因，一是尖栗的产量低、价格高，二是或许还没有被城里的食客认可。

板栗炖鸡，闽北的一道名菜。讲究的人家曾经试验过，如果换成用尖栗，味道更美。

如今的社会，讲究档次，就像讲究人的身份一样，若如此而论，尖栗的品位比人们常见的板栗高了些。板栗多，山里常见，就像普普通通的山民，抬头就可以遇到他们。板栗产量高，而且结果的树龄长，可结果百年以上，因此，自古就有人们种植。我的老家在闽北浦城县富岭镇圳边村，离我家约 10 里的深山里，有一个村庄，名叫里源村，是出了名的板栗之乡，该村规模虽小，但村里数十年、上百年的板栗树，触目皆是，因此，此地板栗的名声很大，能够尝到里源的板栗，是难得的福分。幸运的是，二十世纪的五十年代，我的父亲曾经在该村的小学任教，当年，不通公路，到板栗成熟季节，父亲每到周末，则骑着当时颇为时髦的自行车，沿着崎岖的小路，载着一包新鲜的板栗回家。全家围着锅台用沙炒板栗，是回忆中最甜蜜的日子。半个多世纪过去，久未得到里源村的消息，如今，还有让人为之倾倒的板栗吗？

尖栗同样是长寿树，据网载，贵州岑巩县平庄乡背鹅村黄泥垴山麓树丛中，有一棵生长千年的尖栗树，当地居民称为"神树"，要 8 个成年人手牵手才能合抱。经专家测量，古树周长 8.5 米，高近 20 多米，成冠状约 200 平方米，每年还能结出一二百斤的果实。

和板栗相比，以前山里人极少种尖栗，也从来没有见到过由尖栗树组成的树林。记忆中，尖栗树总是如躲猫猫的孩子一样，深藏在杂木林中。不过，山里的孩子从小就要上山砍柴，哪里有尖栗树，了如指掌。一到尖栗成熟时节，都会一起去采尖栗。有时，去迟了，性急的尖栗已经爆开，饱满的果实散落在树下的草丛中，于是，捡尖栗就成为山里孩子喜洋洋的课目之一。

板栗几乎遍及全国，南北都有，尖栗呢？没有做过调查，但据我所知，闽北大山中野生的尖栗多，而且味道极美，建议故园的乡亲，闲暇之余，多种点尖栗，物以稀为贵，当然，如果能够做成产业，则大幸矣！

栲 栗

栲树是个大家族，居然达一百二十种之多。闽北山区常见的栲树是会结栗子的。我老家靠浙江驰名的宝剑之乡龙泉，乡亲们都讲"龙泉腔"，按照当地人发音，栲树结出的栗子称"栲芸"，这一土名当然不正宗，无缘结识植物学家，姑且把其称为"栲栗"吧。

栲树堪称林木世界中的巨人，树高有 30 多米，摩天入云，树身要数人合抱，阔叶，终年常绿。大山中是否有栲树，只需拭目凝望，便可在波涛滚滚的绿海中见到它魁梧的身影——因为它总是高出其他树木一大截，就像超级大个子站在人群中一样。令人感到奇怪的是，如此之大的树，结出的果实即栗子却很小，只是如大珍珠般大，形状极像微型的尖栗，味道也很不错。尖栗肉色金黄如玉，味道香甜、软绵；栲栗肉色洁白，白得纯净无瑕，味道同样很香，但肉质却是有点脆，可以磨浆做豆腐。苦槠豆腐棕褐色，是山中的名品，有点微微的苦涩味；栲栗做的豆腐，则是粉色，鲜嫩可口，毫无苦涩味，口感比苦槠豆腐还好。

老家常见的栲树有三种，一是白栲，树干有点白，结出的果实表面有嫩绿色的刺，像尖栗；二是黄栲，叶片正面绿色，背面则带点黄色，是那种浅浅的暖人的黄；三是黑栲，叶片色彩较浓，深绿，绿得让人感到深沉、厚重，树干也有点偏黑色。黄栲和黑栲结出的果实，表面没有刺。不得不惊叹上苍的造化，三种栲树虽然外表有些微的差异，但结出的栗子却完全是一样的。秋色渐浓的时候，随着尖栗、板栗的登场，栲栗也随之精彩亮相。

一棵如云如盖的栲树会结出多少栗子？成千上万，多到无法数清楚。栲树实在是太慷慨多情了哟！尤其是百年以上的栲树，树太高，人是无法上去采果实的，不要急，秋天的太阳虽然不如夏天那么炎热如火，但朗朗普照，同样可以把栲树的果实的外壳晒裂开来，于是，黑珍珠一样的栲栗就从天而降，大树四周的乱草丛中，厚厚地铺了一层。捡栲栗有点像鸡啄米，须眼快、手快，但栲栗委实是太小了，捡了一整天，累得腰都直不起来了，能捡到二到三斗就很了不起的。捡来的栲栗可以像晒谷子一样在竹篾编的竹席上晒，晒干了，外壳自然裂开，看一颗颗珠粒如玉的栲栗，哗啦啦地落入箩中，那种如珠落玉盘的丰收感觉，真好！

离我老家近8里的地方，有个村庄叫铁丁岗，不知何故，全村居然建在状如钉子的山脊上，公路修不上去，只有一条蜿蜒小径从山脚下延伸到村中。村前，即是陡峭的山坡，农家的猪圈就建在山坡上，有一回，一头调皮的猪从猪圈里蹿出来，本想潇洒地看看山景吧，一不小心，从坡上骨碌碌地滚了下去，滚到山脚下，已经是气息奄奄了。诙谐的主人干脆请来杀猪师傅就地把这条受重伤的猪杀了，免了一点"医疗费"。铁丁岗是原始森林区，全村深藏在一片墨绿色松树林中。最让人惊讶的是，离村不远的地方，叫湾栗，此地原来有数百棵百年以上的栲树聚集在一起，远看，就像是一片浓得化不开的云彩，一头钻进去，不仅看不见天空和太阳，而且仿佛走进凉飕飕的时光隧道之中。秋天栲栗成熟的时候，四周村庄百姓，多数是妇女和孩子，就云集这里捡栲栗。那个场面实在是太有情趣了，说笑声在浓荫中飘飞，人们可以在这里尽情地享受山野的乐趣，分享大山的恩赐，还可以在这里会会老同学、老乡亲。栲栗太多，一边捡，一边不断有栗子纷纷从天上落下来，仿佛永远也捡不完似的。极为遗憾的是，栲树木质坚硬，是难得的好木头，这片阅尽春秋堪称是超世纪奇迹的原始古树林群落，在二十世纪的五六十年代，经不起越刮越烈的一阵阵砍伐风，最后，只剩下一棵栲树，像晚景凄凉且孤独的老人，无奈地守望着茫茫飘逝的岁月。树同样有灵性，或许是过度悲伤，或许是无言的抗议，居然从此不结果了。四周成为低矮杂木和芭茅丛生的荒野之山。铁丁岗的村民也全部搬到山下的公路旁另盖新房，老村庄成为一片残破的废墟。盛况永不复返，只是把美好和苦涩的回忆，留在苍茫的记忆之中。

其他地方的山中当然还有孤零零的栲树，但结果不多，是树龄不到，还是另有原因？无人深究。现在农村的食品同样丰富，孩子的零食更是五花八门，已经几乎没有人去捡栲栗了。只有像我这样远离故园的游子，还会偶然想起这些和栲栗相关的琐事。俗世的事情不少都如过眼烟云，世界变化太快，让人目不暇接，忘却已经成为常态，且往往视昔日的珍奇如草芥，也不知是不幸，还是有幸？

香　榧

一提起香榧，便情不自禁地想起宋代诗人何坦咏唱香榧的诗句："味甘宣郡蜂雏蜜，韵胜雍城骆乳酥。"在这位诗人的法眼中，香榧是比驰名的安徽宣城的蜂蜜和秦国的古都雍城骆乳更为名贵的珍品。实际上，曾被诗人如此钟情的香榧，现在已经并不那么稀罕了，在比较高档的果品店和中药店，都可以买到。作为坚果之一，香榧不仅香酥味美，而且具有重要的药用价值。

香榧是山中奇树，很像是吞云吐雾修炼数百年的神仙。野生的香榧，要历经百年甚至数百年才会开花结果，而且，更让人们惊叹的是，香榧结果要三年，一年开花、一年结果、一年成熟，养精蓄锐，真是来之不易！香榧树和红豆杉同科，叶片均为羽状，外形颇为相似；细看，人们可以发现，红豆杉稍微显得细腻、秀气一些。或许，正因为如此，如今在闽北山区发现的香榧，基本上皆是阅尽风雨数百年的古树。

不得不惊叹先祖强烈而睿智的环保意识，走进闽地古老的山村或古城，人们可以发现，凡是溪畔或河边，往往有樟树。樟树四季常青，生长快，木质好，根系发达，最为重要的是可以抵御洪水。一棵老樟树就是一座天然的挡水的墙。此外，樟树树形也漂亮，亭亭如盖，浓荫如泼，溪流之畔的老樟树下，往往有人们洗衣、淘米的石埠头，飘溢着浓郁的乡情韵味。而在村后或县城的后山，几乎都种有风水林，选择的树种有枫树、苦槠、红豆杉、香榧树等。这些都是可以生长百年、数百年乃至千年的长寿树。风水林不仅美化风景，更为重要的是起固定山体的作用。一片风水林就是防止泥石流或者山体崩塌的绿色城堡。

　　我老家的风水林里，最醒目的有两棵树，一棵是红豆杉，一棵是香榧，两棵树很相似，就像难分彼此的一对双胞胎。深秋，红豆杉结出的果实是鲜红的，个个如豆，红得纯净，虽然不是唐诗中"此物最相思"用于赞美爱情的红豆，但同样令人喜爱。红豆杉结出的红豆，皮薄，可食，酸酸甜甜，是解馋的佳品。香榧结出的果实，很像橄榄，椭圆，两头尖尖的，开始是绿色，成熟后变成褐色。香榧最理想的吃法是炒起来吃，味道真美哟！微微的怡人苦味中，荡漾着让人陶醉的甘甜和香酥。

　　给我印象最深的还有一件趣事：红豆杉和香榧几乎是同时结果的，山里的果子狸最早得到消息，它们白天是不敢来的，到了夜深人静的时候，以为人们熟睡了，就悄悄地下山，而且爬到红豆杉和香榧树上大快朵颐。当年没有动物保护意识，我的堂哥是村里出名的猎手，他端着装好火药的土铳，带着我，猫着腰，蹑手蹑脚地潜到树下，突然从怀里掏出装有四节电池的特制手电筒，耀眼的光柱就像突然挥出的蓝色的长剑，瞬间就直逼正在吃果实的果子狸，手电筒的亮光刺眼睛，遇到突然袭击的果子狸，弄不清楚遇到什么奇怪的法宝，只是一动不动地瞪起眼睛，我清楚地看到，此时果子狸的眼睛居然也是红色的，只见堂哥慢慢地伸出土铳长长的枪管，瞄准果子狸的鼻尖，才扣动扳机，轰隆一声巨响，肥胖的果子狸就从树上掉下来了，身旁的猎狗立即扑上去，叼起伤口还在汩汩冒血的猎物得意地跑到主人面前。故园早已禁猎，但因为长期人们对野生动物乱捕乱杀，当年山里常见的果子狸也早已失去了踪影，只有风水林里的香榧树和红豆杉还是伫立在飘飞的时空里。偶尔回乡探亲，漫步风水林，农家淡蓝色炊烟冉冉飘起的时候，我总是有莫名的惆怅和寂寞悄然在心头弥漫开来，香榧依旧，红豆杉依旧，但人事已非了。看来，要达到范仲淹先生所云的"不以物喜，不以己悲"的超然人生境界，难矣！

修炼得炉火纯青的香榧树，会有这样的微妙感觉吗？

（原载《散文》2017 年第 3 期）

【主编者言】笔触随意，开阖自如，似乎漫不经心，却把一个地方的风土人情和值得说道的历史、人物，大都说到了。用的是很有趣的言说方式，叙述当下、此地，却又不时将笔荡向时空的遥远。

鹤山地随想曲

黄树森

五月的鬼雨，下个不停。去鹤山的事，有些犹豫。主人安排好了，只好成行。五月廿二日，趁着雨歇当儿，上了高速，虽没有了瓢泼大雨，但一小时车程，魅魅魑魑都在浓重雾气中游荡。

鹤山，名出县城一座小山，该山形体如鹤，故而得名。康熙 22 年（1683）唐化鹏等三人三次呈清朝迁建县，清朝办事效率不高，"击鼓传花"到了雍正九年（1731），始获皇帝核准，赐名鹤山。幸在康熙时的呈请公文，雍正时还照办不误，尽管拖了 48 年，但比不了了之的好。

历史上的鹤山，一会儿属肇庆府，一会儿属广州府，一忽儿归佛山，一忽儿归江门。政权更迭，人事变迁，但鹤山地还是应了"鹤鸣九皋，声闻于天"的箴言，凝练了许许多多雄奇壮阔的天资。这也是我十多天时段两次探访的缘由之一。

鹤山古劳 1800 亩尚处于半原始状态的"桑基鱼塘"，是珠江三角洲最靓丽的原生态水网，也是珠三角一个高傲的绝版。唯其绝版，弥足珍贵。

水网纵横交错，鱼塘星罗棋布，面积阔大而幽远。石极桥、渡口、水闸、码头、网墩，贯穿分割；水网、果海、蔗林、瓜棚、豆架、榕树、岸柳，点缀其中。可以闻鸟的啁啾，听鱼的嗫喋，可以看水鸭的蛰伏，观白鹭的展翅。

这个水，既非江南水乡那样的水，也非威尼斯水城那样的水，它是网状的，以桑葚分割成镜面；它是不规则的，没有楼房小村庄散落在水中，石板桥和小艇，连接广阔的水域，塘塘相通，基基相连。威尼斯、江南哪里看得到这样的水。没有威尼斯的单调划一，也比江南的千姿百态。它的原始农耕味，它的简朴的田园味，它是"诗意地栖居"（德·荷尔德林）的绝妙去处。这是上天赋予岭南一个硕果仅存的奇崛的生态圈。韩愈被贬岭南，屈大均说"自韩昌黎入粤，粤之人士与之游，而因以知名于世者……至今粤人以为荣"，有意思的是，韩愈本人言辞中是瞧不起岭南的，岭南人只记得他的好处，并将之无限发扬光大，以至有了韩江，韩山。苏东坡对此非常羡慕，自认所作《潮州韩文公碑》将不朽，大约看到了粤人对韩文公的持久崇拜，幸运的是岭南人也这样对待他："自从坡公谪岭南，天下谁敢轻惠州。"坡公的声名与岭南人的持久崇拜是相得益彰的。岭南的从善如攀，尊礼异质，以对"桑基鱼塘"比攀江南水乡、东方威尼斯，也折射这种文化心理。

我们在渡口边下船。渡口只有十数级石阶，被一群古榕树笼罩着，虬枝密茂，葱茏为盖。树下摆着许多木制小桌，摆卖萝卜干、榄豉、干鱼仔、大蕉、东古酱油等，下了几天暴雨，村民们都没有来设摊。撑船老妇顺手拿了一梭大蕉上船，给大家吃。这种能坐七八人的小艇，我在二十世纪六十年代坐过，飘浮在宽阔浩渺的水面上，水很清，很绿，没有城市的水异味。嫩绿水草，浮动水蛇，蔓生草丛，白鹭玉立，房屋临水而建，都有一个小码头，一一闪过，重现出当年的影像。那时节"桑基鱼塘"作为经济作物，而非粮食生产，被视为异类，名之"资本主义尾巴""要一割之了"。那也是个饥馑年代，下鱼塘摸鱼虾充饥，留下"虾壳最难忘最难忘"的苦中作乐的粤调。船往前行，一团团翠绿荷叶在水面摇曳，一簇簇荷花，花蕾，争先恐后地蹿出水面。我们吃着大蕉，用手机互拍作乐。

我问船娘：这里有没有"香云衫"。

众人不知所云。

我又用广东话说：就系"黑胶绸"。

同行中的企业家仍"蒙喳喳"不明所说何物。

我说：旧时电影中大天二、黑老大，穿的那种裤子，齐腰有白布一大截，缠绕后反转卷入，再别一支驳枪，大众才恍然大悟。

二十世纪六十年代在省委上班，有一晚被通知回去起草文件，匆忙中我也穿着这种裤子去了办公室，同僚说：省委机关，怎能穿这种裤子？挨了好一顿批。

香云衫是"桑基鱼塘"的经典范儿。前几年我在佛山一次论坛上大声疾呼，要重振此业。这些年，在广州街头，真有很多服装店出售，花色品种，琳琅满目，价格也不菲，动辄几百上千元。如今，在古劳那儿，鱼塘俱在，桑基已消亡，改姓埋名了，在一些记载文字中，改做了果基。

"荣记丝绸"，作为岭南文化的一个密码，成为首届世博会中国的唯一展品，并受到英王的御旨褒奖，也成为上海世博会申请举办的唯一历史见证。我在想："桑基鱼塘"在珠三角领域版图上，彻底地被抹去，干干净净地被遗忘，我们的历史记忆，还剩下什么？我们的家国情怀，还留下几许？

感谢古劳人，赓续历史，比较完好地保留这 1800 亩"桑基鱼塘"的根性原质，承接传统，留下了珠三角历史文化的经典标志。它的历史已经构成了可借以解读历史规律的珠三角"当代史"。

1933 年《东方杂志》（三十六卷节二号）刊登陈序经的《广东与中国》一文，陈序经的结论是：广东是新文化的发源地，但在旧文化的保留上，倒是十分坚守的。这话儿，令人咀嚼，颇值探究。这三十年，在岭南文化的思考和研究上，我们乐道于经济 GDP，而忽略文化 GDP；陶醉于经济魅力，而藐视文化魅力；沉浸于盛世喜悦，而忽略文化的自省自责；对文化的发源地兴致盎然，而对旧文化的坚守保留上，感悟缺失。

鹤山古劳"桑基鱼塘"的颜值壮观，鲜卑古村落原始古朴，加之梁赞的"功夫圣经"，高州的古荔丛林，雷州的万尊石狗，东莞的"莞香树"，在岭南文化对旧文化的保留，旧遗产的坚守上，都堪称绝品。陈序经80年前的预言，实为至理。陈序经，系我们20世纪50年代入读中山大学时的副校长，著名经济学家，他在西南联大任法商学院院长时国民党当局要求担任一定行政职务的教授都要入党。陈脱口而出："扯淡，我就不入。"

2003年，陕西电视台为做一个京沪粤陕四地专家谈"非典后时代文化"节目，到广州采访我，我介绍到天河新区，他们不感兴趣，而直奔荔湾区的西关大屋、酸枝趟栊和烧鹅档，说这才像广州，到了会展中心，也只匆匆拍了两个镜头，感叹广州建筑之辉煌和经济之富有。然，他们的视角，始终盯在那"旧文化"的保留和坚守上。想起罗素所说：比之权力和金钱，文化的影响力要久远得多。想起英国民谚：宁要一个莎士比亚，而可舍去一个印度。

美国《纽约客》专栏作家欧逸文在《野心时代》描述这样一个中国："中国每两星期的建筑面积，相当于一个罗马。"

这是就经济而言的，就文化的长远和积淀来看，不能一个劲地飞跃，一路丢下历史，文物环境、灵魂，当回个身再去重新捡起这些东西时，代价就太大了。文化不能看谁快，更要看谁慢，看谁保留的东西多。

鹤山霄乡，古称坚城乡，有七百多年历史。

四个自然村1500个居民，竟有一百多座明清和民国时期民居，民居中的屏风、瓷器、嫁奁、婚床、雕花等众多文物，大都保存完好。九座祠堂，错落有致，十条石板古巷，横贯其间。西江从村的北边浩瀚流过，广珠轻轨擦身村旁，呼啸而走。它一路没有丢下什么，表面上慢了，其实是快了，优质的快。

这些民居，许多由于岁月尘封，人去楼空，虽杂草丛生，但宅门依旧，虽残破萧瑟，但幽深久远。古村落的范儿在，古典颜值在，风光气度在，一股潜在崛起的气场。古井里的水，依然清澈，那方井圆井的孪生井，依然生趣，那青石板蜿蜒小道，翘起的檐，依然发思古之幽情。这里的人，以源姓居多，不屑袭调，古朴典雅，且以对封联凸显，是鹤山众多宗祠，众多姓氏中的一大文化亮点。如"颍川世泽，妫汭家声"，显示陈姓历史，他们的始祖原姓"妫"。"文宗莲说，武继柳营"，昭示周姓承接的是周敦颐《爱莲说》的"莲说"。鲜卑古村落的祠，则不光打上姓氏烙印，还嵌以氏族之源远典故，如"洛水源流远，崖山世泽长"，"发源由北魏晋爵纪西平"。

源姓冷僻，鲜为人知。万水千山，携手相牵。我少年时在鄂湘桂黔一带漂泊，记忆中的"甘和茶"和"阴丹士林布"，都是名闻遐迩，母亲对阴丹士林布十分喜爱，"甘和茶"也是常用的"广货"。原来它们都肇始于霄乡源氏。源吉林父子用三十种中草药熬成药汁，置入青茶叶中，慢慢吸收，晒干味甘、药性温和，感冒发烧，喝而痊愈，于光绪三十二年（1906）在香港上市，百年屹立不倒，行销粤港澳和东南亚；近代"染料大王"源龙章，将"阴丹士林"这种耐洗耐晒的德国"舶来品"染料引进中国，制成"阴丹士林布"，深受用户欢迎，成为中国服装一个时代符号，影响遍及大江南北。

日本有部书叫《源氏物语》（物语即故事），此"源"与鲜卑古落村之"源"，是否同出一"源"，是否也"洛水源流远"，很耐人咀嚼。

鹤山还有一个大名鼎鼎"咏春拳王"梁赞。梁赞故里坐落于古劳"桑基鱼塘"上。梁赞的"咏春"名家辈出，代有传人。前有叶问，后有李小龙，武术与电影合璧的《唐山大兄》，饮誉世界，"真正功夫在中国"，达到全球共识。美国海军陆战队，法国SEK，意大利的NOPS等许多警察部队、特种部队，都以"咏春拳"作为必修训练课程。世代繁衍，"咏春"成为武术一大流派。

据传，佛山咏春，主张"里帝必争"，硬压直取，拳抢中线，而鹤山咏春，则倡偏身技法，以弱制强，尤重对拆，系梁赞为身材矮小古劳人设计的。梁赞有言"力力力中能借力，机机机心内生机"，堂奥极深，达于化境。啧啧再三，当是咏春的灵魂所在和精神归依。强压与弱取，直取与偏身，中线与附线，皆在借力与心机的浓淡、重轻、骄妄、狂敛、急缓、限忍的气韵掌握与心力平衡。心守若山林，力动若风火，大器之极。

鹤山古劳山水寨村，是一代影后胡蝶的故里。胡蝶在上海出生，九岁回到广州，就读广州培道学校。16岁重返上海，在中国电影百年历史中，胡蝶主演百部电影，成为中国电影拓荒期和成长期的弄潮儿和见证人。20世纪30年代，胡蝶曾与梅兰芳出访欧洲，受到隆重礼遇，回国后写的《欧洲札记》成为畅销书。1930年，胡蝶担纲主演中国第一部有声电影《歌女红牡丹》，最使胡蝶声名鹊起的是她主演的《火烧红莲寺》中的侠女红姑，表演的清雅不俗，性情的大方开朗，身影的潇洒飘逸，让她一夜间红遍大江南北。

正当胡蝶事业如日中天时，获得"电影皇后"称号，那1933年"电影皇后证书"也显得气贯长虹："名标螭首，身占鳌头，倏如上界之仙，合受人间之颂；声华熠尔，舆诵翕然，足征殊艺冠群，有水利渠成之妙。灵心绝世，是花开见佛之才。"

盛名下的胡蝶，遇到了两桩民国历史的大事件和大麻烦，困扰了一生，纠结了一生。一桩是伴随抗战而来的胡蝶和张学良的"跳舞事件"，一桩是被逼威利诱，胡蝶与戴笠的"梦魇三年"。

日本通讯社，把中国人的抗日怒火转换为对张学良的不抵抗的怨恨，到处散布张学良与胡蝶在"九一八"之夜欢歌共舞谣言，一起舆论四起，广西大学校长马君武还在上海《时事新报》上发表"赵四风流朱五狂，翩翩胡蝶最当行"的著名打油诗以为佐证。胡蝶成了"红颜祸水"代名词，一夜之间，不胫而走，尽管胡蝶在报上辟谣，人们也半信半疑，直到晚年，胡蝶还百口莫辩，无力地呼吁："该结束这段莫须有的公案了。"至于与戴笠难于启齿的三年，更是她一生不堪回首的悲情往事。所幸的是，1995年，为纪念世界电影诞生百年，中国电影诞生90年，在中国电影界评出的126名中华影星中，胡蝶赫然在列，在中国电影资料馆里，她的巨幅肖像，并立其中。

文化的心理结构包含了民族性格、价值标准、情感形态和思维方式。诗意有无，韵致存否，内蕴深浅，常聚于此，倘若洗尽铅华，落尽粉黛，将其重新还原于一个真实的人，胡蝶的启示是丰富的，心灵是充盈的。章太炎"余学虽有师友讲习，然得于忧患者多"（《太炎先生自定年谱》）。她自16岁从中华电影学校2000名招考者脱颖而出，对辉煌与磨难，对幸福与挫折有深切体会，生活领悟，在日寇、军霸、庸商、舆论中沉潜把玩。一生光环相伴，又一生忧患相生。

及至晚年，胡蝶客居并终老加拿大温哥华，她把温哥华地形比作一个摊开的右手，手的方向伸向太平洋彼岸的故乡。与戴笠往事，胡蝶对家园故国萌生一种难能可贵的敬畏之心和羞愧之心，只能泣不成声地背诵于右任的诗"葬我于高山之上兮，望我故乡，故乡不见兮，永不能忘！葬我于高山之上兮，望我大陆；大陆不可见兮，只有痛哭！"聊作自慰，聊表深情。

如果说，岭南的两大影星，梅兰芳评阮玲玉是"中国的玛丽·壁克馥"，只是囿于电影这一圈事而言的话，那么，听听张恨水对胡蝶的评价："蝶为人落落大方，一洗女儿之态，性格深沉，机警爽利，十之五六若宝钗，十之二三若袭人，十之一二若晴雯。"

一个伴和着宝钗、袭人、晴雯三种特质的中国女性，就不仅是单一"电影皇后"可以解读清楚的，而是值得中国女性研究的全面阐释探究。

（原载《南方都市报》2017 年 8 月 26 日）

【主编者言】从旧信中追寻人物的足迹和心路历程，知道一些旧事，并窥见相关人物的心态流露，由此折射时代的色彩。这是后人了解历史的鲜活旁证。

重温史铁生的两封旧信

石　湾

一个多月前，汪曾祺女儿汪朝打电话给我，问我手上有无她父亲的信札，我说应该存有五封，结果翻箱倒柜，只找到两封。还有三封藏哪儿去了呢？于是，日前我又一次搜寻了书房的每个死角，未料在找到曾祺先生的另三封信之前，却意外地发现了史铁生在三十多年前写给我的两封信。铁生逝世近六年了，不仅他的著作一版再版，怀念他的文集也出版了好几部，足见他在当代文学史上的地位不容小觑。我留意到，在凤凰出版社出版的《史铁生精选珍藏文集》中，有一本谈话、书信集《史铁生的日子》。收入此集的书信共四十三封，而写于20世纪80年代的，只有致王安忆的两封。他在1983年3月30日致王安忆的信中写道："坦白说，《清平湾》是受汪曾祺的影响。我喜欢他的作品，主要是他的语言。"冥冥之中，我感到一种缘分，为找汪曾祺的信札，竟找到了铁生的两封旧信。而铁生的信札出现之后，曾祺先生的另三封信也终于找到了。而我与铁生的结识，也正是缘于他的成名作《我的遥远的清平湾》。

《我的遥远的清平湾》发表在《青年文学》1983年第1期上。没过多久，我就听党组副书记兼《文艺报》主编冯牧在中国作家协会的一次大会上高度评价这篇小说，并兴奋地预言："1983年全国优秀短篇小说评奖的'打头'作品有了！"他还在当年第6期《文艺报》上发表了一篇《愿史铁生健步前进》的文章。这个富有诗意的标题，给了我启迪，促使我想到，假如能帮史铁生治愈瘫痪的下肢，摆脱忧患艰难的生活困境，他该写出多少好小说呀！恰好，我作为《新观察》杂志的记者，应邀到由团中央召开的全国自学成才青年代表大会上采访，结识了一位在四川治愈了为数众多的疑难瘫痪病人的徐大夫，而这位自学成才的大夫会后留了下来，到北京中医研究院进修，并参加了对张海迪的会诊。当我和青年作家晓剑等几个文友说起想请这位也是双腿残疾的徐大夫给史铁生治一治病时，都说应该帮这个忙。那些日子，因我正忙着组有关张海迪的稿子，所以一时间未顾得上去联系已名扬京城的徐大夫。不料，一天上午，杂志社的狭窄小院里，忽然驶进一辆手摇轮椅。传达室的陈大姐喊我："他是来找你的。"呵，不用问，他定然是史铁生！

结识史铁生的当晚，我就到三里屯找徐大夫去了。当时，徐大夫是借住在《中国青年报》的名记者郭梅妮家。徐大夫忙极了，晚上还要给好几个病人针灸、按摩。等到 10 点过后，我才和他说上话。我只是简单地讲了一下史铁生的情况。我知道大夫也爱好文学，便把一本《小说选刊》留给了他："请你挤时间看看这篇《我的遥远的清平湾》……"我想，这比小说中破老汉的十斤粮票管用。作为大夫，他应该最懂得爱惜人才、抢救人才！因为临时有会，史铁生第一次到郭梅妮家找徐大夫治病时，我未能陪同他前往。后来，晓剑在电话里告诉我，是他把史铁生背上四层楼的，在徐大夫借住的小房间门前等候了四个小时，才得以就诊。徐大夫给史铁生做了细致的检查。结论是：不能说没有治愈的希望，但确实很难。更主要的是，目前不具备治疗条件，因双方均是两腿残疾，无论是出诊还是每天就诊，都几无可能……不巧的是，就在此时，我奉命去江浙采访了半个多月，待返京时，已春去暑临。这期间，每当和朋友们聊起文坛新人，说到《我的遥远的清平湾》，我就越发觉得，那次未能陪史铁生去就诊，心存愧疚。于是，便产生了应该尽快去看望他一次的强烈愿望。

7月25上午，又是一个高温天气。史铁生光着脊梁接待了我这个不速之客。他家住雍和宫大街 26 号，屋子不大，仅有的一点可利用的空间，都被两辆轮椅占据了（他出门乘坐的手摇轮椅太大，进门之后便活动不开，在家必须换乘一辆简易的无摇把轮椅）。我坐定之后，他不时地用双手转动着车轮，似乎是在寻找着一个和我交谈的最佳角度。这时，我才发现他轮椅的踏脚板上有一只敞口的尿壶，还有，从他左裤管里伸出的一根棕红色的导尿管。小小的后窗被邻居的房檐遮挡住了，既不通风，又没电扇，屋子里弥漫着呛人的尿臭味，就更显得闷热难耐了。他就是在这样低劣的生活环境里，写出了像《我的遥远的清平湾》这样的优秀之作，该是多么不易啊！

我俩聊得很投机，也很兴奋。大半个上午，最热烈的话题，是怎样理解和怎样去写残疾青年。他佩服张海迪，但不满意报刊上那些写张海迪的文章。他说，残疾青年最大的痛苦，一是事业，二是爱情。张海迪分明结了婚，据说她爱人在翻译上对她帮助很大，为什么那么多的报道里没提一个字？谁都是血肉之躯，不是什么特殊材料制成的。张海迪能译书、给人治病，我能写小说，并不是我们比别人聪明，而是因为有个好环境，周围有父母、亲友、同学，包括爱人的帮助和影响。只强调残疾青年个人努力的一面，文章写不好。他还告诉我，"五一"前夕，他和张承志、梁晓声、肖复兴、陆星儿、陆天明、晓剑，应邀去冯牧家做客，作为一个德高望重的文学理论家，冯牧向他们表达了一种真诚的美好期望。他又一次感慨地说："我能写几篇小说，不是我有什么特殊的天赋，实在是我所处的圈子太好了，这个圈子，包括中学时代的同学、陕北的乡亲，也包括父母、朋友，甚至爱情，还有像冯牧这样能理解我们的作协领导，以及文学界的一些青年朋友，是他们给了我帮助、熏染和影响，给了我生活的勇气……"于是，我就提出："那你能详细说说你所处的圈子吗？"他一口答应了："改天吧！"就这样，8月11日，他和我做了第二次长谈。依据两次登门拜访所得，我先写了一篇题为《在轮椅上写小说》的专访，刊登在1983年9月29日的《文学报》上，全文两千字，配发了一张我拍摄的史铁生近影；后又趁热打铁，写了一篇题为《在那温馨的角落》的报告文学，一万余字，在1984年第2期《海燕》杂志发表后，即由四川人民出版社1984年4月出版的《报告文学选刊》创刊号全文转载。这两篇拙作，也许是报刊上最早出现的让广大读者全面了解史铁生的文字。

我保存至今的史铁生的两封旧信，第一封写于 1983 年 12 月 12 日。

来信和台历都收到，谢谢！

不过，我现在手头没有稿子。近日正在修改一个中篇，很费力，已经答应先给《十月》看了。何时改好，还难说，最近又有许多其他的事。

上次的照片也收到了，但当时随手一放，事后再也找不到了。最近收到上海文艺出版社信，他们要编八三年全国优秀小说选集，向我要一张照片。我寄去一张，他们认为不适于制版，又来信要。我不经常照相，实在找不到更好的了。如果上次那些照片，您还存有底片或照片，请寄给我一张适于制版的。上海方面要得还比较急。您如能找到，请尽快寄给我，如找不到也请告诉我一声，再想其他办法。

祝好！

20 世纪 80 年代初，一般的居民家里都没有电话，有的街道有公用的传呼电话，但像史铁生这样的残疾人，去打和去接公用的传呼电话都不方便，有事需联系时，只能靠通信。那时候，一般的上班族，也玩不了相机。恰好《新观察》是讲究文图并茂的杂志，文字记者出门采访，也都配备拍黑白照片的轻便相机。记得 8 月 11 日我去史铁生家拜访之前，我的一位也曾在陕北插队的内弟刚读过《我的遥远的清平湾》，深受感动，非要跟我去见见这位他所崇拜的同代人，和史铁生合个影。因此，那天，我不仅在史铁生家给他拍了好几张照片，而且，我和内弟还用轮椅推着他去了近侧的国子监，在那里分别与他拍了合影。收到史铁生的这封信后，我当即把那天为他个人所拍的照片都寄给了他。因此，如今在我手头所存的他个人的生活照，只有一张没拍到头顶的了。

果不出所料，《我的遥远的清平湾》获得了 1983 年全国优秀短篇小说奖。在二十篇获奖作品中，虽说不是"打头的"，但仅列陆文夫的《围墙》之后，也可说是名列前茅了。在 1984 年 3 月 19 日举行的颁奖会上，"文革"后引领文艺界思想解放的周扬，赞扬《我的遥远的清平湾》是需要有"真正艺术家的勇气"的作家才能写出的作品。冯牧在讲话中，则把史铁生称作为"一位值得我们重视的青年作者"，并说："我们欣慰地看到，疾病夺去了他赖以行走的双腿，但是，非凡的毅力和对生活的信念，却给他插上了在广阔天空展翅飞翔的翅膀。通过《我的遥远的清平湾》，史铁生为我们唱出了一首多么动人的饱含深情的陕北高原人民之歌和生活之歌。"

就在颁奖会后不久，我收到了史铁生的一封信。

石湾：

您好！

前些天于大卫带来您的信，说到拜见丁玲同志一事。丁玲同志这么热情，我当然是要从命的。不知于大卫把我这意思向您转达了没有。于走后才拆开您的信。第二天牛志强来，我请他转告您：我去，坐什么车都行。——亦不知他转告了您没有。近几日不见音讯，心中不免忐忑，倘于、朱二位未做转达，岂不怠慢了丁玲同志的盛情。特此专告。

即颂

春安！

史铁生

八四年四月十二日

史铁生在此信中提到的于大卫是我的同事，牛志强则是《我的遥远的清平湾》的责任编辑。丁玲盛情邀请史铁生去见她，怎么会让我来写信向史铁生转达呢？此刻回想起来，缘由大致是这样的——

在1957年被打成文学界头号大右派的丁玲，于1979年回到北京，恢复党籍，重返文坛，并于11月11日以高票当选为第三届中国作家协会副主席。按她的资历，作协是应该立即为她配备秘书的。作协在征询她本人的意见时，她仍希望原秘书张凤珠回到她的身边。张凤珠在 20 世纪 50 年代初，原是丁玲任所长的中央文学讲习所的学员，一位青年女作家，放弃了写作，本就不很情愿，未料还受丁玲的牵连，也被打成了右派，经历二十二年的磨难后回到中国作协，年近半百，就一心想搞业务了，没能同意再去给丁玲当秘书。直到 1981 年 7 月，丁玲重返北大荒，相中了农场热情的接待员王增如，她才又有了秘书。而在王增如未调京之前，丁玲遇有一些难办或急办的事宜，她还是要请张凤珠帮忙处理。三次作代会后，《新观察》杂志的复刊工作就已启动，张凤珠被任命为编辑部主任。因中国作协恢复后无办公楼，《新观察》杂志社只得借用人民日报社位于王府井大街 190 号的几间木工房办刊，丁玲每到王府井大街购物或到近侧的协和医院体检、看病，都要顺便到《新观察》杂志社来找张凤珠。因编辑部仅有的三间办公室是相通的，而文艺组恰好在正中间，所以，往往丁玲一到，就先在文艺组坐下来，和我们一起聊聊创作动态，问问有哪些值得关注的新人新作。

我清楚地记得，丁玲没有出席 3 月 19 日在国际俱乐部举行的 1983 年全国优秀短篇小说评选的颁奖会，而在颁奖会后不久，丁玲到《新观察》杂志社来小坐时，说她真心喜欢像《那人那山那狗》《琥珀色的篝火》《船过青浪滩》《兵车行》等获奖作品，尤其是对《我的遥远的清平湾》大加赞赏："我也在陕北生活过，可我没写出水平这么高的作品来。"并说要举行家宴，与史铁生、唐栋等获奖的青年作家好好聊一聊。因王增如与这些获奖作家素不相识，她就把邀请这几位青年作家的联络工作委托给了张凤珠。张凤珠知道我与史铁生熟识，就让我代她给史铁生写信。我刚写好信，就得知于大卫第二天要去史铁生家组稿，我就让他把信捎了去。第三天，牛志强即打电话给我，转达了史铁生接受丁玲邀请的意愿。但后来，此事之所以拖延下来，是因为丁玲临时改变了主意，她决定先以中国作协创作委员会主任的身份，召开一次由她主持的小说创作座谈会，评说获得 1983 年全国优秀短篇小说奖的二十篇作品。未料，1984 年 4 月 27 日，所邀请的二十多位与会人员中，张洁、李陀、陈建功、梁晓声等中青年作家都没有到会。因此，那次座谈会实际上成了一次老作家的聚会。舒群、草明等老作家们发言很热烈，大谈应该重视左翼的传统，重视延安的传统。一上午争先恐后地发言还不过瘾，丁玲提议第二天上午继续开。第二天上午老作家们的发言依然热烈，丁玲像是谈感受，又似在做总结，感慨道："我们的老作家真是'宝'哇，谁都有一肚子创作经验，现在很多部门都在抢救资料，我们应该把这些'宝'也抢救下来，这是中国文学的一笔财富哇！"老作家乐于送宝，中青年作家却不见得乐于接宝，于是，这种关怀中青年作家的座谈会就成了一群老作家的自娱自乐和自我满足。

丁玲心有不甘。遥想 20 世纪 50 年代初，她所创办的中央文学讲习所，至 1957 年反右前，接连四期，培养了徐光耀、陈登科、邓友梅、玛拉沁夫等一大批解放区出身的青年作家呀！那时候，她在青年作家心目中，俨然是一个文坛伯乐和盟主的形象，怎么事隔三十年，青年作家们几乎全都集合到了与她至今未握手言和的周扬麾下了呢？于是，原定的在家设宴与青年作家交流的方案立即付诸实施，史铁生、邓刚和唐栋应邀出席，并请了几位老作家作陪。她的秘书王增如在《丁玲办中国》（《江南》2010 年第 6 期）一文中写道："那天下午谈了三个小时，老作家说得多，尤其丁玲说话多。三个青年人始终比较拘谨，问一句，答一句，很少主动发问，也绝不多言。丁玲期待的那种无拘无束的热烈交流，没有实现，两代人之间隔着一层无形的'幕'，双方都有些失望。晚饭毕，青年作家告辞说：'丁老，这里如果没有什么事情，我们走了，我们还要去冯牧同志那里看看。'冯牧和丁玲住在一个大院。丁玲听了，心里别有一番滋味。"

如今，当我重温史铁生给我的第二封信，就不难明白他之所以说"丁玲同志这么热情，我当然是要从命的"，完全出于一种礼貌和对文坛老前辈的尊重。然而，尽管他当时主观上不想"怠慢了丁玲同志的盛情"，却终究因"两代人之间隔着一层无形的'幕'"，而形成了话不投机半句多的尴尬场面。而告辞时所说的"我们还要去冯牧同志那里看看"这句话，更使丁玲的心灵受到了强烈的刺激。冯牧与丁玲同住在位于木樨地的部长楼。我想，当初他答应丁玲的邀请时，也许就已有了顺便去冯牧家拜访的打算。丁玲此举，反而给三位青年作家创造了一个亲近冯牧的机会。而时任中国作协党组正副书记的张光年与冯牧，在她眼里，正是周扬的左膀右臂，深受中青年作家的拥戴。如此看来，丁玲这次失败的家宴，全然是她晚年自导自演的一幕意想不到的悲剧！

1987 年，徐晓曾在《我的朋友史铁生》一文中写道："丁玲曾经邀请他和几个青年作家到家里座谈，由于对名人的敬，也由于对名人的畏，他拒绝了。后来，丁玲的秘书张凤珠同志又一次邀请，他才答应去。过了没多久，丁玲去世了，他用一张白纸写了挽词来表示自己对这位文坛前辈的悼念。他对我来说，年龄可以是一堵墙，但墙可以有门和窗。一个人，不管有什么样的政治见解和文学主张，只要是真诚的，是自己的，她（他）的死都是一座纪念碑。"（引自徐晓著《半生为人》，中信出版社 2012 年 5 月出版）我不知道史铁生是否拒绝过丁玲的一次邀请，但从他给我的信看，他是真诚地接受了丁玲的邀请的。丁玲、冯牧两位文坛前辈和史铁生已相继离开了我们，无疑，他们在当代文学史上都是一座纪念碑。

（原载《文汇读书周报》2016 年 12 月 26 日）

【主编者言】所谓"君子之泽",在帝王将相之家体现的是权势富贵,在知识分子家庭却更多是精神层面的东西。陶渊明似乎没有因为考虑儿子的"前途"而委屈自己的精神追求。

陶渊明和他的儿子们

顾 农

一

陶渊明有五个儿子,后来都默默无闻。陶老在诗文中曾说起他们的名字和一些情况,我们才得以略知一二。

这五位都是单名,名字里都有一个人字旁,分别是俨、俟、份、佚、佟。另有小名,前四位分别叫阿舒、阿宣、阿雍、阿端(南方一些地方到现在还习惯于把小名叫作阿什么,文学作品中也有阿 Q、阿庆之类);只有老小模式不同,称为通子。

陶渊明五十多岁时一度身体很不好,担心自己一病不起,就给儿子们写了一封信,内有遗嘱的成分,而主要内容却是总结自己的一生,只是到最后提出一条要求:要加强团结,不要分家。其体裁仍近于中古时代流行的诫子书之类。这封信后来被题作《与子俨等疏》,陶渊明在这里写道:

> 告俨、俟、份、佚、佟:
>
> 天地赋命,生必有死。自古贤圣,谁能独免?子夏有言:"死生有命,富贵在天。"四友之人,亲受音旨,发斯谈者,将非穷达不可妄求,寿夭永无外请故耶?

吾年过五十，少而穷苦，每以家弊，东西游走。性刚才拙，与物多忤。自量为己，必贻俗患。僶俛辞世，使汝等幼而饥寒。余尝感孺仲贤妻之言，败絮自拥，何惭儿子？此既一事矣。但恨邻靡二仲，室无莱妇，抱兹苦心，良独内愧。少学琴书，偶爱闲静，开卷有得，便欣然忘食。见树木交荫，时鸟变声，亦复欢然有喜。常言：五六月中，北窗下卧，遇凉风暂至，自谓是羲皇上人。意浅识罕，谓斯言可保；日月遂往，机巧好疏。缅求在昔，眇然如何。疾患以来，渐就衰损。亲旧不遗，每以药石见救，自恐大分将有限也。汝辈稚小家贫，每役柴水之劳，何时可免？念之在心，若何可言！然汝等虽不同生，当思四海皆兄弟之义。鲍叔、管仲，分财无猜；归生、伍举，班荆道旧。遂能以败为成，因丧立功。他人尚尔，况同父之人哉。颍川韩元长，汉末名士，身处卿佐，七十而终。兄弟同居，至于没齿。济北范稚春，晋时操行人也。七世同财，家人无怨色。《诗》曰："高山仰止，景行行止。"虽不能尔，至心尚之。汝其慎哉！吾复何言。

从"汝等虽不同生""同父之人"两句可知，这五个儿子乃是异母兄弟。其中老大陶俨肯定出于陶渊明的前妻，老五陶佟则自当是陶渊明的第二任妻子翟氏生的。中间三位中，老三陶份和老四陶佚年龄一般大，大约是双胞胎。这二、三、四几个孩子的生母大抵难以确认，四海之内皆兄弟也，这里也就可以不去细查多管了。

关于自己的一生，陶渊明总结了这样五条：第一，早年自己多次出仕，都是为了增加收入解决家庭经济困难。关于这一点，他前后多次谈起过，而从来不唱什么济苍生安社稷治国平天下的高调。他又坦陈自己那时到处乱跑，"东西游走"，这是因为他的职务需要出差，不遑宁处。第二，讲自己为什么退出官场，那是因为自己生性耿直，不能适应那里腐朽的规则和复杂的人事关系，待久了恐怕要倒大霉，干脆主动出局。第三，正因为无官一身穷，"使汝等幼而饥寒"，没有照顾好孩子们，连妻子也不能理解自己，对此深表遗憾和惭愧。第四，当自己无官一身轻以后，过了若干年清贫而潇洒的生活，"自谓是羲皇上人"。最后说到当下，年纪大了，身体不好，恐怕很快就要离开这个世界这个家庭，自己放心不下的只有一件事，就是你们都还小，生活的担子能不能挑得动——由此逼出最后的交代：不要分家，团在一起过穷日子，争取变坏事为好事——"以败为成，因丧立功"。

这样的交代，主要应当是为最小的儿子陶佟以及他的生母翟氏着想。通子最小，尚未成年，哥哥们要多多关照他。

后来陶家五弟兄不知是不是按照父亲的意愿这么做的。家长的指示执行起来容易打折扣，有时甚至会大大变样，陶家或不至于如此吧。

二

《与子俨等疏》所表现的，是陶渊明五十多岁时的心态。三十年前，也就是他二十多岁刚生下长子陶俨的时候，想法完全是另外一回事。那时他自己也还年轻，对未来充满期待，对儿子也寄予重大的希望。陶渊明在给陶俨正式命名（名俨，字求思）的时候，曾经很严肃地写过一首《命子》诗，凡十节，用一大半的篇幅回顾陶家极其光荣的家族史——

> 悠悠我祖，爰自陶唐。邈焉虞宾，历世重光。御龙勤夏，豕韦翼商。穆穆司徒，厥族以昌。
>
> 纷纷战国，漠漠衰周。凤隐于林，幽人在丘。逸虬绕云，奔鲸骇流。天集有汉，眷予愍侯。
>
> 于赫愍侯，运当攀龙。抚剑风迈，显兹武功。书誓山河，启土开封。亹亹丞相，允迪前踪。
>
> 浑浑长源，蔚蔚洪柯。群川载导，众条载罗。时有语默，运因隆寙。在我中晋，业融长沙。
>
> 桓桓长沙，伊勋伊德。天子畴我，专征南国。功遂辞归，临宠不忒。孰谓斯

心，而近可得。

　　肃矣我祖，慎终如始。直方二台，惠和千里。于皇仁考，淡焉虚止。寄迹风
云，冥兹愠喜。

　　慎终追远，态度极其严肃。这里和许多家谱族谱一样，把自家的祖先追溯
到很远很远的尧舜时代，然后夏、商、周一代一代地数下来，重点则放在几位
查明有据的名人身上。陶渊明重点提到的伟大先辈有西周的司徒陶叔（详见《左
传》定公四年）、汉朝的愍侯陶舍（详见《史记·高祖功臣侯者年表》）、稍后的
丞相陶青（详见《汉书·百官公卿表》）和本朝长沙公陶侃。这里以陶侃（字士
行，267~332）世系为最近，生平事迹也最为世人所知。

　　陶侃其人是了不起的政治家、军事家，在两晋之交的政治舞台上十分活跃，
平定了好几起反对中央的叛乱，立下赫赫战功，挽救了这个风雨飘摇的王朝，
是历史上著名的文武双全的大英雄。陶渊明很以他的这位曾祖父自豪，歌颂他
绝不居功自傲。"功遂辞归，临宠不忒。孰谓斯心，而近可得。"这里大约多少
有点溢美，事实上陶侃在他事业的巅峰状态即官任都督荆江雍梁交广益宁八州
诸军事、荆江二州刺史之时，因为权力太大，也曾颇有野心，只是因为迷信一
个旧梦，未及行动，身体就不行了，遂向朝廷归还大权，得以成为勋德双馨的
一代名臣。

　　《晋书·陶侃传》写道："……及都督八州，据上流，握强兵，潜有窥窬之志，
每思折翼之祥，自抑而止。""折翼"据说是他的一个旧梦："梦生八翼，飞而上
天，见天门九重，已登其八，唯一门不得入，阍者以杖击之，因坠地，折其翼。
及寤，左腋犹痛。"由此可知陶侃亦曾颇有不臣之志。东晋时代由于司马氏皇权
甚弱，做过升天之梦的一向有人，王敦、桓温是先后出现的两大名人，得陶侃
鼎足而三。后来陶渊明仕于桓温之子桓玄，对于桓玄取代东晋建立自己的楚政
权并不反对，却寄予了许多希望；稍后他对晋、宋易代大体采取无所谓的态度，
只是对刘裕（宋武帝）个别做法不以为然。诸如此类，似乎都与这一家族传统

不无关系。当今之世，谁进天门不行啊。

当然陶渊明在命子的时候，不能说那些出格的话，只是强调陶侃功成身退的高尚品德。关于自己的祖父和父亲，也都重点称颂他们的美德：祖父对待地方上的老百姓非常好（惠和千里），父亲对自己的出处升降则全不在意（冥兹愠喜）。

花这么多篇幅来回顾家族史完全是为了教育儿子陶俨，希望他了解、继承、发展本家族的优秀传统，用心极其深远恳挚。《命子》诗后四节写道——

> 嗟余寡陋，瞻望弗及。顾惭华鬓，负影只立。三千之罪，无后为急。我诚念哉，呱闻尔泣。
>
> 卜云嘉日，占亦良时。名汝曰俨，字汝求思。温恭朝夕，念兹在兹。尚想孔伋，庶其企而！
>
> 厉夜生子，遽而求火。凡百有心，奚特于我。既见其生，实欲其可。人亦有言，斯情无假。
>
> 日居月诸，渐免于孩。福不虚至，祸亦易来。夙兴夜寐，愿尔斯才。尔之不才，亦已焉哉！

初为人父的陶渊明对新生的儿子充满了希望，希望他得到很好的发展，超过自己，这自是人之常情。"厉夜生子，遽而求火"（典出《庄子·天地》）二句非常生动风趣，一个癞子唯恐新出生的儿子也像自己一样有严重的皮肤病，赶紧点起火来看，希望他一定要比自己优秀才好。

"既见其生，实欲其可"是所有为人父母者的常情，但陶渊明这诗写到最后却道，如果这小子将来不能成才，那也没有办法，只好拉倒。当孩子还很小的时候肯说这样旷达的话，是很不常见的。

等到十多年后，陶渊明在《责子》诗之末说起自家几个儿子都不大有出息，叹息说这也实在没有办法，还是喝自己的酒吧——其超凡的旷达与当年的《命子》诗完全一致。

陶渊明的长子陶俨生于何年，学者们有不同的推测，大约以太元十六年（391）一说比较合理，本年陶渊明二十七岁。几年以后，陶俨的生母在陶渊明三十岁时就去世了。陶俨和他的几个弟弟，都是翟氏带大的。陶渊明强调儿子们不能分家，自有他的原因和道理。

三

陶渊明在写出《命子》诗的十多年后，又有批评几个儿子的《责子》诗：

> 白发被两鬓，肌肤不复实。虽有五男儿，总不好纸笔。
>
> 阿舒已二八，懒惰故无匹。阿宣行志学，而不爱文术。
>
> 雍端年十三，不识六与七。通子垂九龄，但觅梨与栗。
>
> 天运苟如此，且进杯中物。

这首诗里逐一点名批评五个儿子，皆称小名：阿舒（俨）、阿宣（俟）、阿雍（份）、阿端（佚）、通子（佟），责备他们全都不乐意学文化，只知道吃吃玩玩。最后叹气说，如果这是命中注定的，那就没有办法了，我还是喝我的老酒（"杯中物"）吧。

陶渊明觉得自己已经不如祖先，希望儿子长大成才，但他也不想勉强下一代。这是他的旷达之处，也是他的高明之处。

"尔之不才，亦已焉哉！"这话看来也并非专对他儿子说的。首先他就不勉强自己，刚过四十岁就从官场上退下来，回到老家乡下去隐居。肯这样做的人不多。在陶渊明的前后，曾经有几位大作家，也都是出身名门而到自己这一代破落下来的，这就是西晋初年的陆机、陆云和东晋末年的谢灵运，这三位才华不在陶渊明之下，但不肯旷达，背着一个沉重的家族包袱在官场里打拼，终至死于非命。

陆机、陆云的祖父陆逊（183—245）为孙吴的著名将领，因为斩获刘备手下首席大将关羽、夺得荆州而名声大噪，封华亭侯。黄武元年（222）以大都督身份领兵抵抗举国来攻的刘备，大破刘兵，又曾取得对魏作战的胜利，于黄龙元年（229）拜上大将军。赤乌七年（244）任丞相，升到了人臣的顶点。二陆的父亲陆抗（226—274）亦为东吴名将，屡建战功，最后升迁至大司马、荆州牧，都督信陵、西陵、夷道、乐乡、公安诸军事，是孙吴在西线方面的最高军政长官。可是后来吴被晋灭掉了，二陆成了所谓"亡国之余"，他们跑到西晋的首都洛阳去，拼命奋斗，终于失败，被杀。曾经有人劝他们回江南老家去，他们不肯，陆机尤其不肯退让。比陶渊明略晚一点的谢灵运也是出身于显赫的名门，他是东晋名臣谢玄（343—388）的孙子、谢混（378—412）的堂侄，谢玄在淝水之战中立过大功，封康乐公；他的这个爵位由儿子谢瑍、孙子谢灵运袭封。但不久以后东晋被刘宋取代了，谢灵运背着一个沉重的家族包袱在这个新的王朝里打拼，终于失败，被杀。他如果肯退让一点，是不至于如此悲惨的。陶渊明的高明之处是虽出身于高门而不背包袱，他可进可退，并且在根本上希望过一种潇洒自由的生活而不去计较名利，终于成了"古今隐逸诗人之宗"，并得以终其天年。

如果《命子》作于太元十六年（391），那么《责子》诗应作于义熙二年（406），陶渊明四十二岁，他也正是从本年正式开始其隐居生活的。在这以前，他因为多次出仕，经常在外面东奔西走，现在彻底回家，得以比较仔细地了解孩子们的详细情况，这才发现状态都不大好。他写诗说，事已如此，也只好看破一点，由他们去吧。

既然是诗，总难免会有些夸张形容，阿舒等人的实际情况也许不至于严重到《责子》诗中所说的程度，但都不是什么认真读书的好学生大概没有问题。陶渊明认可这一现状，并不打算采取什么应急补救的措施。应当说陶渊明真够旷达的。这样的家长，古代不多，现在尤少——大家都在为跑道以至起跑线上的孩子们忙着呢。

陶渊明很爱他的孩子，但既不逼他们成才，也不打算给他们留下多少财产。陶渊明前后当过好几任官，本来完全可以继续当下去，想要多攒些钱并非难事，而他竟然义无反顾地归隐了。因为失去官俸，收入锐减，好在他颇有田产，过日子没有问题（这种独立自足的经济状况乃是他敢于断然归隐从而保持个人自由的必要条件），但要为子女留下多少财产就困难了，他也根本不做此想。陶渊明在《咏二疏》一诗中特别说到这样一层意思①。

陶渊明的五个儿子后来皆生活于民间的草野中，史书里没有任何记载。就让子女这样过普通人的生活有何不可。后来鲁迅公开发表的遗嘱中有一条说"孩子长大，倘无才能，可寻点小事情过活……"（《且介亭杂文末编·死》）他与陶渊明正是一派。

四

最后来讨论一个同《责子》有关而其实很有些莫名其妙的问题。这就是自从赵宋人以"忠愤"论陶以后，关于渊明忠于东晋、反对刘宋的意见风靡一时，而其实并没有多少确切的根据②，这一重大而荒谬的结论影响到关于若干陶诗的解读，而其流毒也流到了《责子》诗这里。

明朝人黄文焕分析说："《责子》诗忽说'天运如此'，非真责子也。国运已改，世世不愿出仕，父子共安于愚贱足矣，一语寄托，尽逗本怀。"（《陶诗析义》卷三）在他看来，东晋、刘宋改朝换代以后，陶渊明不仅本人不愿出仕，也不愿意儿子们出仕，所以觉得他们的不学文化、只能当个平头百姓倒也是很好的事情。

---

① 参见顾农《放手让子女自力更生——读陶渊明诗〈咏二疏〉》，《中国社会科学报》2011 年 12 月 6 日《后海》版。
② 参见顾农《从陶渊明〈述酒〉诗说到他的政治态度》，《文学遗产》2017 年第 2 期。

明清之际的钱谦益在一篇文章中涉及陶渊明此诗，其理解同黄文焕相视而笑，而更为透彻："杜少陵之讥渊明，以谓'有子贤与愚，何其挂怀抱'，亦未知为渊明者。推渊明之志，唯恐其子之不得蓬发历齿，沉冥没世，故其诗以'责子'为词，盖喜之也，亦幸之也。"（《牧斋有学集》卷二四《吴封君七十寿序》）他的意思是说，在晋、宋易代之后，曾经在东晋当过官的陶渊明自己固然会当遗民当到底，而下一代如何就难说了，现在看到五个儿子都无意于读书学文化，因此不可能在新朝当官，如此甚好，这样自己的节操就得以世袭了。

这样的解释离开陶渊明的实际恐怕已经很远，倒很有点像是清王朝建立后，明朝那些最彻底之诸遗老的态度——他们除了自己坚守忠于前朝旧君的节操以外，也往往要求下一代宁可从事渔陶耕稼，靠体力劳动过日子，也绝不能屈膝事清。他们很担心自己的子弟有可能不甘寂寞，担心时间的推移可能改变一切。

在中古时代，不肯仕于新朝的遗老虽然甚少也还是有的，但是没有人要求下一代一定要继承自己的立场。就陶渊明而言，他自己尚且不能算什么遗民，怎么会专门写诗对儿子们没有文化、不可能出仕于刘宋表示欣慰呢，这真不知道从何说起。

写《责子》诗早在义熙二年（406），其时离晋、宋易代（晋恭帝元熙二年，亦即宋武帝永初元年，420）还有十多年，此时陶家的孩子们都还没有成年。说《责子》诗的主题在于绝不能让儿子们出仕于新朝，要让他们同自己一样做东晋王朝的遗民；现在看到他们都不大有文化，于是觉得这样正合适——这样的阐释岂非离开实际太远太远了吗？陶诗遭到后人误读误解的很不少，而如此惨烈的似尚不多见。

（原载《文史知识》2017 年第 8 期）

【主编者言】对家乡四季的回望，对童年生活的怀念，还有对社会变迁的感叹，都是通过对牲口的回忆和牵挂来倾诉。当牲口成为伴侣，人与之就有了超越实际利益的另一层情感。

山中牲口今何在

王　选

麻村，地多人少，自然是要养牲口的。要不然，种不到地里，收不回家里。麻村的牲口，有两项基本的任务，耕和驮。

一般情况下，麻村每户人都养两头牲口，两头牲口再下崽，就是四头。这很常见，基本都是如此。也有养一头的，但务农不便，就得看脸色和别人家互相搭对。有多的，五六头，赶出门，跑起来，铺天盖地的架势。

麻村多养毛驴。灰背的、黑背的。毛驴好养，吃的料草少，干活脚底下利索，一般不踢不咬，性情温和。有点像城里人的电动车。不好处就是力气小，驮得少。也有养马的，不多几户吧。马是大家畜，性子暴烈，一般人驾驭不住。马耕地、驮东西，急脾气，呼呼呼跑一阵，就停下了歇几步，总之有点颠颠晃晃。像摩托，赛车的那种。还有牛，多是秦川牛，耐力好，性温，毛色暗红、油亮。我们家就养牛，两头。我打五岁开始就是放牛娃。牛有点像电三轮，耐用，皮实。

麻村有九十来户人，牲口的数量一般都保持在三百头左右。在一个农业村，这应该是一个不小的数字。这个数字比人口数量略少一点。

春天，这些牲口的任务就是种地，一般是秋田。耕地得是两头牲口，并排驾在一起，套上犁。一头太吃力。一般情况下，一天种二亩地是不在话下的。

那时候，整个白天，漫山遍野的地里，都是驴嘶马叫、人喊秦腔的场面。

夏天，就是驮麦，十亩地的麦，一亩地三四百件。驴，力气小，一般驮二十件，差不多二百来斤。这对一头毛驴来说，就差不多了。马，一般驮三十来件吧。两头驴，一次驮五十件，再不敢多了，得跑六七趟。路远点的话，一趟要半个小时，一天顶多驮两亩地的。驮麦子，麻村有句话说，把毛驴的腿都跑细了。意思就是说，跑的次数多，太辛苦。我们家的牛，也能驮。这在西秦岭一带都少见。我家牛驮麦，也是被逼出来的。麦子割毕，就得驮，不驮，会被老鼠、兔子等野物吃光。那时候，家家户户都忙着用牲口。驴是借不来的。没办法，就只能靠自己了。父亲专门在集市上购买了大号的鞍子，加工改造了一番，能用了。但让牛驮，实在是个困难事。牛背较敏感，一有东西就发痒，鞍子没架到背上就跑了。父亲提着鞍子反复往牛背放，放一次，掉一次，再放。最后，牛慢慢适应了。能架上鞍子，就好办了。把牛牵到要驮的麦垛子跟前，用破衣服蒙住牛头，牛看不见。要不然，牛才不会给你驮东西的。因为它们祖祖辈辈的基因就没驮的这一个。遮住眼，等它反应过来，麦垛子已经架在了它背上，近四十件麦子压着，三四百斤，任它折腾吧，反正也掉不下来。

秋天，就是耕麦茬地，往家里驮秋粮了。我家的两头牛，早已习惯了驮东西。东西上背，乖乖顺顺，不再反抗。两头牛，走路慢。不过慢就慢，驮得多。用数量弥补速度。就这样，在庄农的耕种和收获上，我家并没有落在别人家后面。

冬天，牲口就歇下了。吃草，睡觉，晒暖暖。一天三件事。父亲说，养兵千日，用兵一时，现在是养兵的时节。

当然，春、夏、秋三季，牲口忙活毕了，就得放牧。这是孩子们的事。

村子四周，有些地方是禁牧区，能放牧的大概有沟里、马家湾、坟掌上、红土坡等几块地方。当然，常去的还是沟里，那里山大、沟深、草茂、宽敞。把牲口吆到沟里的一坨坡上，就由着它们自己去吃了。驴爱吃草尖，最喜欢的则是麻蒿头、酸刺芽，用柔软灵活的嘴皮勾过来，门牙择菜一般掐断要吃的，然后慢条斯理地嚼。灶台大的一坨地方，能吃一下午。牛就不一样了，粗枝大叶，舌头伸出来，花花草草全捋住，不分粗细，扯进嘴。牛的舌头真像一把手，灵巧、有力。牛爱吃长草，若舌头卷不住，就自己乱跑着找草去了。所以，丢牛的事情就很多。我也丢过好多次，吓死宝宝了。现在做梦，也老梦见丢牛。

牲口吃草，孩子们就玩自己的。夏天，烤麦穗。微微泛黄的麦穗，火上一烤，搓掉皮，捂进嘴。有股面粉的清香，真好吃啊。秋天，多是烤洋芋。牛粪烤，最好。烤完后的灰，涂抹在脸上，满脸乌黑，装鬼玩。多数时候，在打牌玩，七王五二三、升级、续竹竿、挑红四、双扣、干瞪眼、挖坑坑，打法很多，都是从大人那里学来的。不打牌，就去和邻村的男孩打架。互相站在山尖上，中间横着一条沟，对骂一番，互扔一阵土疙瘩。派人去迎战，没人敢去。骂累了，各自撤兵回营。

黄昏渐近，明亮的光线带着最后的温度，在沟里一步步撤退时，就该回家了。

孩子们赶着肚子鼓儿圆的牲口，喊叫着，跳跃着，挥着棍子，牲口也吃饱喝足了，兴奋着，歪着脖子，尥着蹶子，踢踏得黄土飞扬，如河流一般，在山坡上滚滚而下。孩子们抓住驴鬃，顺势一跃，翻上驴背，唱着自编的曲调，上了大路。大大小小的牲口，五颜六色的牲口，嘶鸣哞叫的牲口，心满意足的牲口，从分散的山坡汇聚到了一起，声势浩大，有人打个口哨，嗷嗷两声，牲口们奔跑起来，如黄河翻腾，滚滚而流。蹄下踩起的黄土，飞起来，天昏地暗。最后橘黄色的光线，穿过尘土，绵软地搭在牲口和孩子们的背上，天黑了。

不过，我所说的这些，都是好多年以前的事情了。

如今，村庄荒芜，和村庄一道荒芜的还有田野。田野里，每到放牧的时节，再也很难见到那么声势浩大的牲口群了。沟里、马家湾、坟掌上、红土坡，野草没膝，酸刺蔽日，槐树如林。有些曾经踩踏得光溜如案板的路，现在早已被荒草长满，无路可走了。草木再次繁茂，本是放牧的好事，牲口就等着一嘴好草呢，可如今，村里几乎没什么牲口了。

随着土地的撂荒，劳动力的外出，牲口自然就没有蓄养的必要了。不耕种，养牲口干什么，就算养上，人出门打工去了，谁去添草倒料，外出放牧。有那么几年，村里的牲口陆陆续续被驴贩子、牛贩子买走了。他们穿着油腻肮脏的黑衣服，眼里放着绿光，和牲口的主人磨着嘴皮谈好价钱。然后付了钱，提着皮绳，浑身杀气，吓得牲口哆嗦。他们把牲口赶上三轮车，突突突地开走了。那些在村里生长了半辈子、流血流汗、爱恋着这里的一草一木的牲口，满眼热泪，在三轮车的柴油烟里，哭泣着离开了。像一个个孩子，被迫离开了母亲的怀抱。如果它们会说话，它们一定会声嘶力竭地哭喊，一定会咒骂薄情的主人，一定会喊着麻村的名字，这声音，会让山川悲恸，让草木凋零。

所有卖掉的牲口，都去了屠宰场。那些日子，麻村的疼痛覆盖了整个中国。

现在，村里的牲口由原先的三百头锐减到不足五十头。马和牛几乎绝迹，只剩下一些毛色暗淡的驴，每天在槽头啃着干草。老人们，腿脚不便，也就几乎不去放了。如果外出的人，不再回来，村里留守的老人，一一去世，牲口无人饲养，有一天，也就统统消亡了。

我们家的两头牛，也陆续卖掉了。大牛，是祖父家的牛（后来那头牛老死了）生的，体格健壮，毛色红亮，双目如铃，炯炯有神，是村里最漂亮的牛。最关键的是性格极为温和，从来不踢不咬，也不嘴馋，不会到处害人家庄稼。走路也快，不像其他懒牛，一步三摇摆。我从五岁开始，就放这头牛，后来，它又生了一个女儿，和它一样漂亮，唯一的区别就是毛发有点卷。我把它们母女放了十来年，在我的整个童年，几乎都和它们有关系。我和它们相处的时间，超过了任何一个人。我熟悉它们的脾气，甚至超过了熟悉我自己的脾气。我知道它们喜欢吃什么样的草喝哪里的水。我的牛，是我整个童年里最好的伙伴。在有时孤寂的放牧日子里，我和它们一起窝在草堆里，看天，看云，看远处正在盛开的一朵花。我和它们一起吃东西，它们吃草，我吃野草莓。大雨天我躲在它们肚皮下避雨，它们反刍着青草，任雨水飘零打湿浑身，也要给我留出一块避风挡雨的地方。我甚至在饿了时，偷偷挤出它们的奶水吃。我从来不会狠狠地打它们，别人也不能打。我疼惜它们。父亲有时候鞭子落得重了，我也不愿意。

后来，在外上学的日子里，家里把两头牛先后卖掉了，父母也出去打工了。回到家里，进了牛圈，空空荡荡，我的心里也空空荡荡，好像有人把我的肉剜去了两疙瘩。我一度都怀疑，我家的牛还在，不过是出门吃草去了。今晚，或者明早，它们就回来了。蹄子湿漉漉的，肚子吃得鼓鼓的，毛色如淘洗过一样鲜亮，嘴唇上甚至还粘着一两朵黄色的六瓣花。它们一进门，看到我，一定会惊奇，一定会跑过来，像抱住自己的儿子一样，抱住我，用满是肉刺的舌头舔我、吻我。

可没有，我依旧站在冰冷空旷的圈里，没有等到什么。只有它们用过的东西还在，笼头、犁、缰绳和那年春节头戴过的一朵黄色纸花。这些东西，落着浮尘，早已没有了温度。

我的牛，再也不会回来了。和我的童年一道，淹没在了荒烟蔓草深处。只是我三十岁的梦里，我的牛反复出现着，依旧是俊美的模样。我还是一个放牛娃，在山野，在河畔，在日落星起的地方，在风吹麦浪的地方。

我常常想，山中牲口今何在？很多梦里，我都站在草坡上，长风呼啸，青草碧绿，随风起伏，金黄的、鲜红的、瓦蓝的、梨白的碎花儿，点缀在青草里，像一首牧歌一般灿烂、缤纷。然而，我终究是孤独地站着，我的四周，除了草，疯长的草，没有一头牲口。那草长过了我的头顶，淹掉了我，我像一只蚂蚱，怎么也蹦跶不出草林。

我是被这寒酸而冷酷的生活放牧的牲口吗？

（原载《中国作家》2017 年第 5 期）

【主编者言】我总认为，纪念一个伟大戏剧家，最高的形式是戏剧，应该有一部状写其生平的优秀剧目。本文作者以自己的深刻理解演出经典，也算是作为戏剧的致敬。

这一场相会，并非梦一场

柯 军

在将《牡丹亭》和《罗密欧与朱丽叶》的乐曲变奏融合的小提琴音乐声中，我身着彩裤水衣，从观众席走向舞台，向另一位莎剧演员招手示意，然后走向左右台口的烛台。按照设置，演出从我和莎剧演员上台点亮各自的蜡烛开始。演出前，工作人员特别买了一支新蜡烛。上台后，我才发现灯芯埋在蜡烛里，怎么点都点不着，火柴就要烧完，我用手指去挑拨灯芯，十指连心，一阵灼痛，火柴就要熄灭，但手上有油，就是靠着这一点点油，终于把蜡烛点亮了……

这是中英版《邯郸梦》(The Shakespearean Handan Dream) 伦敦首演时的一小段插曲，此后我每每想来，总觉得这是冥冥之中的一种安排，是汤显祖在天之灵护佑着中英版《邯郸梦》在异国他乡把蜡烛点亮。《庄子·养生主》言："指穷于为薪，火传也，不知其尽也。"薪尽火传，其斯之谓欤？

缘起 2009

缘起愿生，中英版《邯郸梦》，萌生于我七年前的一个心愿。

2009 年 1 月，我率江苏省昆剧院赴英国埃塞克斯郡做"江苏周"演出，演出结束后，主办方邀请大家参观莎士比亚故居，在那里，我惊奇地发现莎士比亚的逝世时间是 1616 年，正是与汤显祖同年逝世！两颗巨星同年陨落，当时心中就迸发了"2016 汤莎会"的想法，并许下心愿——2016 年，即两位戏剧大师逝世 400 周年之际，以昆曲人的方式，让"汤莎相会"！

此次出访，我们还与英方约定，次年启动实施"汤显祖与莎士比亚"艺术教育计划，互派青少年学生学习对方国家的优秀传统文化。我们深知，优秀传统文化的深植与传播从青少年教育入手最为重要。2010 年暑假，埃塞克斯郡 8 所学校的 40 名学生来到南京，在为期两周的时间里，他们不仅系统学习了昆曲生、旦、净、末、丑等家门行当的知识，还学会了《牡丹亭》"游园惊梦"的片段，练习了扇子功和把子功。最后，他们把学习成果展现在昆剧院兰苑剧场的古老舞台上。站在台下的我，仿佛看到在翩翩水袖之间，杜丽娘、柳梦梅与罗密欧、朱丽叶完成了一次美妙的邂逅，内心充满了喜悦和欣慰。2011 年暑假，江苏 8 所学校的 40 名学生，赴英国学习莎翁戏剧，接受英伦文化的熏陶。看着朝气蓬勃的孩子们，我经常想，到了 2016 年，他们应该已经上大学或者已经工作，汤显祖和莎士比亚在他们心中，又会占据着怎样的位置？"2016 汤莎会"，一定会有特别的意义。

波兴 2016

当 2016 年到来，不出所料，汤显祖和莎士比亚的话题热了起来，而得益于 2015 年 10 月中国领导人访英时的专门倡议，"汤莎会"效应从戏剧圈外溢至大文化圈乃至全社会，2016 年成为了热闹非凡的"汤莎年"，莎剧一场又一场地在中国上演，中国剧团一个接一个地去英国。

当我看到全国艺术团体蜂拥而上，汤、莎纪念活动此起彼伏、熙熙攘攘时，我却心生退意，是啊，真正的纪念是什么？留得下去的成果又是什么？我不想凑热闹。这时伦敦设计节"南京周"组委会找到我，希望我参与，并先行去伦敦找剧场了。回来后告知我，伦敦很多剧场都排满了，他们只找到一个小剧场。

遗憾的是，它是 400 年前的建筑，又历经多次火灾修缮，至今仍然保持着建造之初的状态，但是里面没有电……

当听到"没有电"三个字的时候，我却如"触电"一般，整个人几乎都跳了起来。我兴奋地说："太好了！ 400 年前就是没有电的，我一定要创作一个 400 年前的戏剧演出样式！"

是的，400 年前应该没有电，难道说莎士比亚的作品就因此而没有光芒了吗？

没错，400 年前一定没有电，难道说汤显祖的作品就因此而失去魅力了吗？

恰恰相反，他们的作品直指人心，直击人性，至今依旧光芒万丈、亮丽照人！

没有电，让一度踟蹰的我豁然开朗：昆曲和莎剧的真正交流，应是艺术家与作品、古人与今人的深度交流，剥离各种浮躁的附加值，像古老剧场一样，回到 400 年前，回归纯粹的艺术本体，通过艺术作品观照当下。七年之约，终得践行，我相信一切都是最好的安排。

于是，就有了我们的中英版《邯郸梦》。

有人可能会问：汤显祖"临川四梦"，为什么偏偏选择《邯郸梦》？

《邯郸梦》是"临川四梦"的最后一梦，由侠（《紫钗记》）至情（《牡丹亭》）再至佛（《南柯梦》）之后，汤显祖转向了道教。改编自唐代传奇小说《枕中记》，将人生的富贵荣华、生死轮回浓缩到入梦回梦的过程中，在不知何为梦何为醒的找寻中探求"本真"的意义。学界通常认为，"四梦"中的压卷之作《邯郸梦》，因其深刻的批判性、现实性最为伟大。可以说，该剧对现实的批判、对个体生命的思考，毫不逊色于莎剧。回望 400 年前，我还发现：莎士比亚处在英国伊丽莎白一世时期，文艺复兴如火如荼，"诸神退位"，肯定和张扬"人"的价值；汤显祖处在明朝中后期，陆王心学风行，人文主义勃兴，宣扬个性解放。东西方历史竟如此相似！因此，尽管昆剧与莎剧艺术形式迥异，文化背景不同，汤、莎对作品的处理也各有独到之处，但我选择从人性的角度切入，让汤、莎对话，共同探讨生死、欲望、功名、子女等人类共通的话题，而这些放在当下，也足以引起人们的省思。

此外，作为主导演和中方主演身份，我之所以选择《邯郸梦》，并从中撷取《入梦》《勒功》《法场》《生寤》四折，还因为我是昆曲生行演员，而《邯郸梦》恰恰可以全面呈现我最熟悉也最擅长的表演艺术：《入梦》中的穷生和官生，《勒功》中的武生，《法场》中的老生，《生寤》中的老外，唱念做打，文武兼备，而且角色年龄从三十初到八十耄耋，十分考验演员艺术功底。这个戏可以充分展现一名昆曲演员的多面性，同时将莎剧著名片段融入其中，每场戏都会有莎翁笔下的人物出现，他们用英语演绎莎翁原作台词，紧密与《邯郸梦》的剧情勾连，实现汤显祖和莎士比亚的跨文本的"演出"。

中英版《邯郸梦》以昆曲《邯郸梦》为主干，卢生梦里人生，巧得佳妻、金榜题名、建功立业、法场生还、尽享荣华、乐极而终，梦醒之时，终悟得人生乃一场虚无，其间穿插莎翁作品中的著名片段，如《麦克白》《雅典的泰门》《亨利五世》《李尔王》等，通过拼贴组合对接，让一生与权力纠缠的卢生和400年前莎士比亚笔下的各色权倾一时人物的邂逅，呈现出完全区别于传统昆曲的舞台样式，并让这两位东西方剧作家思想产生碰撞，促人思考。同时，昆曲表演与莎剧表演又都保持原汁原味，不越轨，不妥协，彼此尊重，让观众在打通隔膜中，相互观照，从而彰显作品的深度。

心心相印的交流

一直以来，我都认为，真正的交流，就是双方都能够停下来，留下来，谈一谈，问一问，学一学，清晰表达自我，认真倾听对方，实现真正的对话。"汤莎会"就是秉承对话的基点交流，其重点是"会"。我们不仅要着力展示各自的文化精粹，更要互相学习、互相借鉴，发现"他山之石"。因此，创意策划"汤莎会"的初衷，就是一定要中英两国艺术家共同参与、通力合作，汤、莎"交会"，作为"红娘"的我们也"相会"！唯有这样的交流，才是全面的、完整的。

真的很感恩，中英版《邯郸梦》拥有一支至今仍令我引以为豪的国际化阵容：主创团队方面，我和英国里昂·鲁宾（Leon Rubin）联合导演，剧本整理是周眠、我和里昂，音乐创作和音乐总监中方是孙建安，英方是科林·塞尔（Colin Cell）；演员方面，中方是我（生），徐云秀（旦），孙晶、赵于涛（净），李鸿良（丑）五位昆曲演员，英方邀请了著名舞台剧演员乔纳森·弗斯（Jonathan Firth）等五人；制作团队方面，中方制作人萧雁、英方制作人林莉拥有多年国际文化交流的工作经验，剧本翻译兼助理制作人郭冉（Kim Hunter Gordon）来自英国，制作助理孟迪（Dare Norman）来自美国，舞台监督谢莉尔·林恩·渥伦斯基（Sheryl-Lynn Valensky）是加拿大人，曾任著名的太阳马戏团的项目总监。剧组还特邀小提琴家查理·席姆（Charlie Siem）进行开场曲演奏。

在创作过程中，无论是我还是里昂，对拼贴与组合的态度都小心翼翼，以求达到自然巧妙，比如第一折，卢生入梦时，《麦克白》的女巫上场，英文歌唱："斑猫已经叫过三声，刺猬已经啼了四次，怪鸟在鸣啸：时候到了，时候到了……"预告着卢生的梦中荣华终会成空；第二折中，卢生成为大将军征战边关，《亨利五世》中的战争场面适时切入。排练时，虽然语言不通，却常常无须翻译，通过手势、表情就达成了对某个细节的一致意见，里昂说他与我"心心相印"。表演艺术大概是共通的世界语吧。

昆曲演员与莎剧演员共同演绎中英版《邯郸梦》，排练磨合的过程充满了中西艺术的碰撞。

里昂看我演《勒功》时有武打，想到莎剧《亨利五世》中也有武打，就想把武打嵌进来，但因为英国有演员工会，如有武打戏必须请专职武打教练，不能代替，兵器则是真剑真刀，也只有武打教练才有，虽没有开锋，但也非常沉重和锋利，演员们拿着真剑开打，一时疏忽，手就被刺伤了，鲜血直流。演到莎剧《雅典的泰门》时，托盘中器皿里装的水，洒向了四周，泼到了演员的衣服上，令人猝不及防。反观之下，昆曲中的很多道具是假定的、虚拟的、虚实相生的，如大枪头是木片，枪杆是藤条，又如船桨，船是虚、桨是实的；马鞭，马是虚、鞭是实的；酒杯，酒是虚、杯是实的。这与莎剧追求真实的艺术表现方式存在明显的差异。

《法场》结尾，卢生临死前还要谢主隆恩，卸下装扮，拿下髯口和甩发进入麦克白的角色，麦克白夫人递了一把匕首到我（卢生）的眼前，接过匕首的我马上扔在地上，眼睛盯着匕首，右手举高，慢慢地抖动着拿起匕首。英国演员有些疑惑，问我为什么不马上拿起匕首，而要慢慢地抖动去拿？我说，中国戏曲表演讲究虚拟性和程式性，手的颤抖是程式性的，但却将人物内心的惊恐外化，越是快的速度，表演时越要放慢，注重情绪的细节，于左先右，于下先上。听了我的解释，英国演员信服地点点头。

演出地点位于伦敦圣保罗（演员）教堂，它建于17世纪初，恰与莎士比亚同一时代，以"演员的教堂"而为人所知，自1662年德鲁里巷皇家剧院成立以来，它就一直与剧院团体保持着密切联系。教堂周围住着很多艺术家，包括音乐家、画家、舞蹈家、戏剧家，他们的洗礼、婚礼、葬礼都会在这里举行。400年来，圣保罗教堂一直延续着对艺术家的尊重，教堂之中竖有纪念碑群，致敬许多著名的戏剧大师，其中就包括查理·卓别林。站在一座座纪念碑前，我不禁感慨万千：在中国古代，艺术家，包括演员的地位一直很低，元末钟嗣成专门记述元代杂剧及散曲作家的书叫《录鬼簿》，顾名思义，你活着进不了史册，死了以后才能记录下你是什么样的人、写过什么样的戏。而现在我们能够在圣保罗教堂演出，我们是代表国家，代表世界非物质文化的昆曲艺术，这份神圣感和使命感让我感觉到艺术家的地位真是今非昔比。

圣保罗教堂古老的建筑和浓郁的艺术氛围为中英版《邯郸梦》创造了近乎完美的表演环境。回到没有现代声光电的演剧样式中，在柔和的烛光中，两位大师作品的交会直指人心，在今天的剧场仍然散发着人性的光芒。我们就是要做一个远离技术的艺术行动，正如昆曲"一桌二椅"的传统简约美学，少胜过多，多一分留白，也多一分韵味，台上物质的东西越少，越能体现非物质的力量，不是吗？

2016年9月，中英版《邯郸梦》在伦敦首演，取得了圆满成功，受到了观众的热烈欢迎，也引起了社会各界的广泛关注，央视、新华社、BBC等中外媒体纷纷报道，学界也对该剧别开生面的艺术呈现形式给予充分肯定，认为这一令人耳目一新、中外观众都能欣赏领会的"戏曲改编"，为中外文化交流尤其是戏剧艺术交流，提供了一种新的思路和独特范式。中国驻英大使馆公使衔文化参赞项晓炜在观看演出后表示，该剧是文化"走出去"的成功探索和尝试，值得作为典型案例进行研究。

轮回中的转身

面对拥有600多年历史的昆曲艺术，我一直在探索，坚持"最传统"，与古人对话，保持原汁原味地传承，将"南昆"风度一以贯之；同时，坚持"最先锋"，与时代共振，发展创新无惧无畏、求新求变，主动与其他艺术形式碰撞、对话。昆曲不是世界语，但通过创新、通过与其他艺术形式对话融合，不仅可以使国内观众对这一传统艺术有全新的认识，也有助于国外艺术家和观众更深入地了解中国文化和我们民族的心灵。

自2004年以来，我携《余韵》《浮士德》《藏·奔》《录鬼簿》《夜奔》等多出被我定义为"新概念昆曲"的剧目到世界各地巡演，努力在舞台上书写传统与先锋两条"平行线"。2016年，中英版《邯郸梦》成为"汤莎年"诸多戏剧作品中，唯一一部将昆曲和莎剧融合创作的演出。

十二年，也是一个轮回，蓦然回首，霁月风清。艺术的探索从来都是孤独而冒险的。在古老的昆曲面前，我是后学，是传承者，也是探索者，中英版《邯郸梦》也只是我艺术生命的一个正常律动，是我的一个脚印，是"揉碎自我，成全昆曲"过程中抵达的一个驿站。放眼前程，山更高，路更远。

（原载《新华日报》2017年7月21日）

【主编者言】语言的流行不以人的意志为转移，尽管方言的隔膜常常作为笑谈和小品素材，但是方言是寻找归宿和认同的手段。没有了方言的社会，人会不会平添几分孤独？

隔篱邻舍广州音

徐南铁

第一次见识粤语，是 1986 年冬天。

那时我还在内地的一所大学任教，到深圳大学来参加一个关于港台文学和海外华文文学的会。深圳那时需要有边防通行证才能进入，那一份神秘感充满了诱惑。加之随着开放大潮的涌起，港台文学和海外华文文学在当时算是一门崭新学问，甚至有显学气势，所以那次的会吸引了全国各地许多高校的年轻人。

会议中轮到香港一位作家发言。只见高高大大的他走上讲台站定，接着就跟上来一个娇小的女郎立在一边。台下的人都很诧异。及至他俩开口才知道，原来这位香港老兄只能说粤语，面对来自全国南北东西的听众，他无法用普通话发言。那女的是来给他当现场翻译的。

在自己的国家，跟自己的同胞交流，却需要有人站在一边口译。这让我大开眼界，也让我第一次感受到粤语的独特。粤语作为中国七大方言之一，据说全世界使用人数大约有 7000 万，但是它与中国广大北方地区的语言差异实在是太大了，难怪被一些人形容为"鸟语"。

会议结束，返程途经广州，因到中山大学查资料逗留了两天。和深圳这样的移民城市不同，在广州日日遇到粤语，也不断遇到粤语的话题。

中山大学一位教授告诉我，30 年多前他从上海考入这所大学读书，有一门课的老师上第一节课就问："同学们，你们大家的意见，我用白话讲还是用普通话讲？"所谓白话，是粤语的俗称，亦称为广州话。他要求同意用粤语的人举手。班上同学多广东人，顿时举起的手一大片。老师就说了，既然大家都是这个意见，那我就用白话讲。这位来自黄浦江畔的学生只能是服从大多数。事情的结果显而易见，他听这门课有好几个月处于似懂非懂状态。

当年的学生如今已是知名教授，说起往事，不胜感慨。不过我倒是相信，那位用粤语讲课的老师并非有意漠视外地学生。在那个年代，讲普通话对于很多广东人是高难度的活儿。他一定是本身讲不准普通话，要说也只能是结结巴巴，因而担心自己无法流畅表述课堂内容。假使他真用自己的所谓普通话讲课，很可能这位上海学生一样是听得似懂非懂。我过去生活在邻接广东的岭北地区，当地就有这样的俗谚："天不怕地不怕，就怕广东人说普通话。"意思是说，广东人讲的普通话太不标准，很难懂，让人听着发急。

但语言真是个奇特的东西，它有自己的脚，紧随经济社会的走势发展，不在意任何语言学意义的理论评价或老百姓的褒贬。就在我们许多人还在为粤语的"难懂""难听"而心生排斥的时候，它却在我们身边悄悄变化，渐渐地膨胀起来，在全国四处游荡，炫丽地站上了为人瞩目的高位。

人们突然发现，不知道什么时间开始，粤语歌在年轻人口中大肆流行，街边到处可以见到粤语歌星的唱碟。各地的街头巷尾竟然贴出来许多粤语学习班的招生广告，影响势头直追当年的推广普通话运动。因为学粤语的人一时多了起来，由著名方言学家詹伯慧主编的《广州话正音字典》，有很长一段时间占据广东版图书销售的首位。一时间，说上一句半句夹生的粤语，或者在说话中插入一个两个粤方言的词，竟平白生出些时髦的味道来。

有一次我在北京吃饭，吃完叫服务员。服务员是一个小姑娘，过来问什么事，我说："结账。"她愣了一下才回过神来："哦，买单啊！"

"结账"这种源远流长的传统词语，在据汉语正宗地位的地方居然会让人一怔。就因为粤语的新说法已经登堂入室，取而代之，真让人感叹不已。

不过关于"结账""会账"的意思，持正宗粤语的广州人都不是写作"买单"，而是写作"埋单"。这里面涉及这个词的来龙去脉，几句话难以跟外地人说清楚。反正用"买"字很直观，倒是把终端的付款意思直接挑明了，所以也就没有人计较，也因为已经流行而无法计较了。

　　粤语在中国大地的风行一时，主要在20世纪末。除了因为广东社会经济的率先发展令人瞩目，更因为来自南方的新生活方式使人眼睛一亮。那些年在北方地区，我们曾常常见到"粤厨主理"的饭店标牌，见到标榜"广州师傅技术"的理发店招贴。至于像粤语一样把小卖部叫作"士多"、把理发店叫作"发廊"，早就成为流行风气，至今仍然存在。

　　语言是有生命力的，其生命力附丽于社会，附丽于人，附丽于格局与时代，附丽于眼光的聚散。粤语同它植根的土地一样，曾经属于边缘。记得20世纪的70年代，我曾遇到一个在广州已经定居多年的江浙人，我问他会说粤语吗，他说不会，问他住这么久怎么没学一点，他用鄙夷的口气说，学那干什么，那么难听！后来我调入广州，浸润白话多年，基本能够使用粤语与人沟通了。我常常会想起那个不屑学广州话的人，如今这种人应该很少了吧？我那次与他偶遇聊天的黄花岗一带，早已由当年的城市边缘变成了闹市，通衢大道横贯而过，沿街商铺鳞次栉比。时代的巨大变迁中，他的人生依然困在一座语言的孤岛上吗？他对后来热起来的粤语，即使不愿学，应该也不至于继续鄙视吧。

　　浮沉于时代的流动浪潮，从四面八方聚到岭南这块土地上的人越来越多，不少乡镇的外来人口已经是本地人的两倍或三倍。众多操着五湖四海口音的外来者带着各自的文化印记，像细雨慢慢化入当地。对于外来者而言，新文化样式的最迅速最直接感受，是饭菜的口味，而最快捷最有效的融入渠道则是语言。陌生的语言环境不免给人带来孤独和恐惧，但是语言的靠近、沟通为相互的认同开启了通道，因而了解和掌握本地语言总是移民的文化追求。

　　初到广州时做记者。有一次偶遇一个上了年纪的港商回乡，就想借机采访。我不会粤语，他不会普通话，真应了广州人说的"鸡同鸭讲"。如果在国外，兴许还能用几句"洋泾浜的英语"试试，但是老人家是那种少小出去打拼，靠艰苦创业的人，没有学过英语。"采访"只能在尴尬中不了了之。

越过对粤语"识听唔识讲"的阶段，就进入可以半生不熟讲粤语的状态了，这时我注意到一个极有趣的现象。只要我开口抛出一句粤语，立马可以从对方的反应中判断他是不是广东人。那种自以为是、不咸不淡的粤语，在地道的老广耳中很容易露出马脚。不过广东人比较和善，能够体贴别人，一当发现你其实并不真是粤方言区的人，只要他能说普通话，下一句立刻就会改口跟你说普通话了。这些不跟你说粤语的，偏偏就是真正的广东人。我总是想，语言的亲和力真是强大，内里藏着的神秘识别系统能够在一瞬间获得感应，迅速区分出另类。

但是如果我一句"粤语"递过去，对方继续以"粤语"跟你交谈，那可以肯定他是"新客家"，来粤地的资历甚至比我更浅，完全听不出我的粤语是蹩脚还是纯正。他一定把我当作本地人，或许正为逮着一个练粤语的对象而高兴呢。可就是从他们身上，我感受到一粒种子落入土地怀抱时的发芽渴望。

人们在语言中寻找认同，同时也有人在努力摆脱语言的身份定位。我住的巷口有一家卖杂货的小店，店主夫妇来自广东乡下，女儿在广州读小学三年级。我每次见到女孩跟父母交流用的都是普通话，父母有时用家乡话回答，有时为了呼应她，也用跟买家才说的磕磕碰碰的普通话。我有点奇怪，那女孩不会说家乡话吗？她的母亲说，怎么不会！不过她不肯讲。看来即使在孩子的心目中，普通话也已确立了正统身份，有高大上的气势。

普通话在中国的王者地位当然是不可撼动的，尽管西人在一两百年前曾以为，所谓中国话就是粤语；尽管近年有人言之凿凿，说孙中山当年确定"国语"时粤语是第一备选，要是没有其他因素的干扰，粤语定然一统天下。但是普通话与方言的关系早已经被春花秋月锁定，今天广东人关于语言的要求其实也不过是不要禁止、取消粤语而已。

但是离文化中心的遥远毕竟会带来一些不适，距离越大，不适感越是强烈。有一位以粤语为母语的诗人朋友曾向我倾诉他写诗的痛苦，他总是先用粤语打好腹稿，然后翻译成普通话，这样他才能写出韵脚符合现代汉语语音规范的诗歌。如今他的这种痛苦一定已经消散了吧？大多数诗人写白话诗已经彻底自由，没有了押韵一说，而旧体诗的音韵其实更利于粤语诗人的创作。那些派入四声的入声字，用粤语可以轻松区分，而北方语系的诗人或许还要查一查《入声字表》。

语言是一种文化标签，因而会成为某种社会形象的象征。有一阵子，小品里被揶揄的"土豪"，或者是有点自私、怕事的小人物，常常是讲广州话的。就好像舞台上精于计算的形象一般都带上海腔。好在广东人不在意这些，对此很是坦然。他们不擅雄辩，一般不去聚光灯下争胜。不知这是不是涉及到文化自信的问题？我理解的所谓自信，应当是不怕别人说三道四的。广州的报纸有时会十分市民化地在大标题中夹带粤语词汇。尽管受到正统语言学家和一些教育界人士批评，但是报纸对此听而不闻，感觉用方言词痛快时依然故我，并不因为批评而却步。

在大规模的移民潮中，语言的渗透、流动呈双向趋势。在许多人积极学习粤语的同时，普通话也在南方这块土地上自然而然地流布，其影响是以往任何时代都没有过的广泛。广州电视台拍了数千集的肥皂剧《外来媳妇本地郎》，剧中的那个粤语家庭有一个说普通话的外来媳妇。这已是广东社会常见现象了，我认为编剧的初衷是想通过语言的不同来设计情节，包括沟通不畅带来的误会，以折射文化视界和观念的冲突、共存及和解。可惜这个剧在观众的鼓舞下拍得太长，不可能长久保持对这样一个创作理念的延续性展示，难以继续据此不断地深挖。但是荧屏之外的现实生活无比精彩，不同语言的交错、交锋、交融每天都在这南国的大都市上演。语言形态的生动活泼，催生着万千故事，使城市生活变得更加五彩缤纷。

20年前文化热，涌现了许多评说不同地域文化的书。一些作者仅凭自己生活中的点滴印象或道听途说信口臧否。比如有一个作者曾在一对广东夫妇隔壁住过，他关于广东人的所有评说就取自这两个广东人。这对夫妇的行为方式就成为他心目中所有广东人的特点。他不喜欢这夫妇俩，连带就厌恶他们的白话口音。其实语言有自己的山水气场，有独特的生存环境和历史轨迹，它们没有优劣之分，不以人多势众压人。如果把国土比作一个大院子，不同的方言正是同住在这个大院子里的兄弟，围绕着正中大屋的普通话，它们依各自的方式存在，彼此间就是广州话说的"隔篱邻舍"。尽管方言之间会有不便，但如果脱离方言，又何谈地方文化！从隔篱邻舍那边听到抑扬顿挫的别样语音，不也是世界多彩的福音？

四海一家是我们的至高理想，世界缤纷是我们的精神需求。为了沟通的方便，语言一直在寻找统一的途径，营造臻至同一的氛围。与此同时，我们也为了天地间的无限丰富，为了文化的多样性和这种多样性形成的社会历史，尽力保护不同的语言，保护这种带着不同泥土芳香的财富。

听到隔篱邻舍飘过来几句广州音不也是快事么，或许可以过去品尝一杯广东人泡的茶，甚至喝一碗正宗的老火靓汤……

（原载《广州文艺》2017年第8期）

【主编者言】写读书人与书店的关系，絮絮叨叨。却又让人觉得，诉说这种不时叨念而无法疏离的关系非这样絮絮叨叨不可。只可惜这种与书本相通的方式已是渐去渐远的风景。

如果在书店，一个读书人

江　飞

> 时间的维度被打碎了，我们只能在时间的碎片中爱和思考，每一个时间的碎片沿着自己的轨迹运行，在瞬间消失。
>
> ——［意］卡尔维诺

一

是的，你只是一个俗人，一个整日与书打交道的读书人。由此，你一直怀着一个既俗又不俗的心愿或梦想，那就是：开一家属于自己的（也属于天下读书人的）书店。这家书店自然不是现在任何一所学校附近都有的那种书店，你觉得那只是教辅书大卖场，而不是"书店"。在你的理解与想象中，"书店"是一个神圣、亲切而又散发着人文气息的词语，是一个与考试、考级、考证、升学等"竞争"无关的地方，也不只是一个买书卖书的地方，而是一个可以放下心来，把俗世放在门外，把自己完全敞开的静（净）地。它的面积可以不大，但却能够不分高低贵贱地接纳每个热爱读书的灵魂；它的藏书可以不是特别丰富，也可以不是图书馆的样子，但至少藏有一些高级的"无用的闲书"，至少兼具图书馆和书吧的功能，能容三五好友谈书论道，品茗休憩，也能让不同年龄的读者各取所需，沉浸其中，还能举办各种新书发布会、研讨会或文艺沙龙活动，邀请各路名家现身讲演，互动交流，如此等等。当然，除了这实体书店之外，最好还要有与之连为一体的网络书店，让宅男们足不出户就可以分享好书和相关资讯，让那些异地的读书人羡慕嫉妒恨，并心驰神往。如果可以，你会小小地行使一下"特权"，给自己留个专区，放进自己写的书（尽管它们现在少得可怜），不只是为了满足自己的虚荣心，而是为了让它们能在同类中找到彼此的呼吸，温暖的归宿，在读者那里获得更多的心灵回应。如果可以，这家书店就开在你工作的大学附近，向全校师生和所有深夜里失眠的人、无家可归的人免费开放，24小时不打烊。

这个梦如此宏大，如此顽固，却又如此不切实际，甚至不合时宜，以至于至今也未能实现，或许这辈子都难以实现，只能在别人的书店里流连忘返、胡乱翻书而已。但是，这又有什么关系呢？你喜欢这样的梦想，正如喜欢把词语码成文章，把文章编进书里，喜欢把书捧在手心里的感觉，或轻轻放进别人梦里的欣喜。更何况，万一有一天梦想照进现实了呢？

二

最切实的行动，莫过于逛书店、买好书。这无疑是天下读书人的两大癖好，或者说两大乐事。你自然也不例外。记得杨小洲曾写过《逛书店》一书，专门写自己到全国各地逛书店的故事，无论是很有名的书店，如"三联韬奋"，还是不怎么出名的书店，如"鲁博书屋"，都一一涉足，令人艳羡。"逛"是一个颇有意味的动词。对于女人来说，逛街（商场）无疑是美妙的，乐此不疲的，其美其乐往往不在于买到了什么，而在于享受到了什么。在"逛"（边走边看边试）的过程中，她享受到色彩的悦目，剪裁的悦心，风格的悦神，以及"上帝"般的虚荣，如果运气好，淘到了几件既合身又称心的衣服，那种愉悦更是不可言喻的，也不止在当时感受到，还可能延续到此后很长一段时间。而对于读书人来说，"逛书店"的享受与之类似，甚至有过之而无不及。有意思的是，男人大都不愿陪女人逛街，女人也大都不愿陪男人逛书店——世间总有一些无形的战役，只能左冲右突，孤军奋战，正如总有一些难以言说的愉悦，只能心领神会，独自享受。

你喜欢在傍晚时分独自走进你常去的那家书店。比如你长期生活的这个地方，一座沿江的南方小城，一座历史文化名城。在城中的"吴越街"上，有一家民营的"吴越书社"。吴越是刺杀清廷五大臣的抗清烈士，是舍生取义的革命者，如今，"吴越"只是一个再普遍不过的修饰语，一个指向繁华街道或街道一隅的书店的符号而已，那些腥风血雨早已随那段历史一起烟消云散，正如那些知晓革命故事的人也都已老去，或死去。当你走进"吴越书社"的时候，人流与阳光已变得迟缓、稀薄，透出某种静谧的温情。穿过五颜六色的杂志墙和工具书教辅书区域，径直上了台阶，缓缓朝后面走去，在冷清清的"文学"类书架前，你停下脚步。让目光从上至下、从左至右慢慢抚摩那些熟悉的作家和书名，遇到陌生的名字，便伸出手去，抽出那本书来，慢慢翻看，再轻轻放回去。偶尔，会有一脸清秀的少男少女经过你的身旁，拿起你放回的那本书，轻轻地慢慢翻看。于是，你禁不住偷瞄两眼，生出莫名的亲切和欣慰。偶尔，那位微胖的中年女店员也会走过来，告诉你新到了谁谁的书，你礼貌地回以微笑。那个谁谁影响很大，粉丝很多，然而却不是你所喜欢的；还有，这种"善意的提醒"总让你不由得想起热情推荐某种最新款牙刷、洁厕剂的商场售货员。在书店里，你总希望身旁像夕阳一样，像夕阳抚摸的这些书一样，静阒无声，仿佛只有在那静默里，你才能静下心来，和一群沉默却高贵的纸质的灵魂亲密接触，喁喁私语。

然而，难题也随之而来：如果在书店，一个读书人，究竟如何选择一本书呢？

三

"致力于开发小说叙述艺术无限可能"的卡尔维诺，曾在小说《如果在冬夜，一个旅人》中饶有趣味地描写了"你"在书店里选择小说《如果在冬夜，一个旅人》的艰难过程。

　　循着你的目光，你挤进那家书店，走过厚厚一堆你没有读过的书，它们都皱着眉头从柜台和书架上向你投来威吓的目光。但是你知道，绝不能害怕它们，因为它们之中有许多你可以不看的书，有许多并非为了让人阅读的书，还有许多尚未打开就已经读过的书，因为它们属于还没写出来就被读过的范畴，这些书绵延数英亩。你跨越城墙的外围，然后遭遇一队步兵的攻击，这就是如果你有不止一条命，你一定会读的书，可惜你时日不多矣。你快速运动，绕过它们，进入别的方阵：这里有你想看但首先看过别的书才能看的书；有价格昂贵必须等到书价打折时，或者必须等到出平装袖珍本时你才买的书；有你可以向人借到的书；有大家都读过因此你也似乎读过的书。击退这些书的进攻之后，最后你来到其他军队坚守的城堡的塔楼下，这里有：你早已计划要看的书，你多年来求之不得的书，与你现在的工作有关的书，你希望放在手边随时查阅的书，你现在虽不需要也许今年夏天要看的书，你需要放在书架上与其他书籍一起陈列的书，你莫名其妙令人费解地突然感到很好奇的书。你终于把一个无限的数量缩减为一个有限的数量，心中感到一定程度的轻松。当然，你在攻克这个堡垒时还会遇到另外一些埋伏，例如你早已看过现在需要重看的书，你一直谎称读过现在需要下决心一读的书。……你左躲右闪，终于进入这个碉堡的核心——作者或题材吸引你的新书。……这一切意味着，你迅速浏览了书店里陈列的图书书名，径直走向一摞散发着油墨味的《如果在冬夜，一个旅人》，抓起一本拿到交款处付款，这样就确定了你对它的所有权。

　　书店犹如一个藏着无数玄机（甚至危机）的"战场"，逛书店则好似一场攻坚克难的"硬仗"：选择哪家书店，何时逛，独自逛还是与人同逛，与谁同逛，选择哪本书，诸如此类，都是大有学问的，获得的感受与享受也因此而大不相同。在不断的选择中接近自己心中的真正欲求，在不断的舍弃中实现对自我的最终确证；与其说你选择了某本书，不如说某本书选择了你：这似乎与择偶有着异曲同工之妙。

1985年，卡尔维诺猝然离世，他难以想象到的是："互联网+"时代的今天，"你"在书店里选择了某本好书却并不意味着立马掏钱付款，就像是看中了某位称心如意的姑娘并不意味着马上就娶她过门。"你"可能只是习惯性地掏出手机来，咔嚓咔嚓拍下这本书的照片，等晚上回到家再在"当当""亚马逊"或"京东"等网站去下单：毕竟网上书店的价格比实体店要便宜些。对绝大多数的读书人来说，买书的钱也是得精打细算的。然而，你却没有这样的让（实体）书店的店员为之侧目的"习惯"，不是因为阔绰，而是因为对书店（包括书店老板和店员）的尊重，可能也隐含着类似于"贼不走空"的"职业意识"吧。总之，每次去书店，无论熟悉的，还是陌生的，遇到喜欢的书当即"就确定了你对它的所有权"，这种非"有钱"的"任性"，似乎只为证明一个道理："人生若只如初见"，白头偕老的所谓"幸福"未必敌得过"一见钟情"的那个瞬间的心动与美好。

四

有时，逛书店是一个人的旅行，而有时，则成为两个人的约定，甚至一群人的聚会。正如一个人孤独久了，为了避免陷入抑郁，总要找个人说说话，诉诉衷肠。这个人未必是异性，但最好是志同道合的朋友。正因如此，许多年后，你时常还会想起和朋友们一起去书店的那些遥远却清晰的情景。

比如2010年的秋天，与同学辉相约去逛"地坛书市"。他是某著名学者的"三代"（本科、硕士、博士）弟子，古文献专业，嗜好昆曲，每次看到他宿舍里的古籍总让你想起"汗牛充栋"这个词，而每次听他唱昆曲，又让你想起"婉转悠扬"来。那是你平生第一次去地坛，在此之前你只在史铁生的那篇散文《我与地坛》里想象过它，以至于当你漫步其间的时候，总忍不住停下来想象当年那位作家苦闷的神情，寻找他的轮椅驶过的辙印。不过很快，你们就像两条饥饿又自在的鱼，在川流不息的人群和一排排书的店里穿梭不停，中华书局、三联书店、商务印书馆，这是你们共同喜欢的出版社和书店。一路逛下来，兜里的几百大洋不知不觉就没了踪影，手里倒多了两袋沉甸甸的图书，于是一边叹息，一边喜不自禁。坐在公交车上，你看看他这本，他翻翻你那本，发现竟都是彼此喜欢的，于是便得了双份的收获与喜悦。从此，"地坛"于你不再只是一种文学想象，更增添了一种切实的情意与记忆，关于一些书，关于两个人。

　　一群人在书店的聚会也是有意思的。那个时候，书店的休息区就变成了一个小型的研讨会现场，一群人围坐着，没有座位的就坐在地板上，或干脆站着，听几个文坛大伽谈某本新书、谈文学、谈生活、谈理想。那个时候，围绕你（们）的是无数内外各异的图书，极富艺术美感的书架或挂画，色彩艳丽的小盆景，以及挂满读书人最热衷的某些世界级思想家或精神领袖（如卡尔·马克思、切·格瓦拉等）照片的背景墙。置身其间，你会变得欣喜、激动、兴奋，甚至亢奋，又会在某个瞬间感觉静谧、恍惚、迷离，乃至失真。你禁不住环顾四周，目光扫过那些和你一样年轻、鲜活而虔诚的面孔（他们为何那么像你的兄弟姐妹？），深吸一口气，感觉空气里都流动着某种"思想"的味道，激进的，或保守的，现实的，或浪漫的，你感觉自己就像那些悬挂着的明信片，在微风中左右摇晃，感受真理之光的照耀，享受轻微眩晕的美妙。沙龙结束，你仿佛从梦境中醒来，下意识地起身随着人群向外走去。你还在回味刚才听到的某句话或某个故事，一抬头，猛然发现正前方高悬着一个巨大的十字架，在灯光的映衬下熠熠生辉。你不由自主地迎向它，仿佛受了某种奇特的召唤，感觉自己越来越轻，越来越低，越来越渺小，你这才发觉自己原来正顺着一段长长的斜坡走下去。斜坡两旁依然是一摞一摞的图书，其间点缀着几盏柔和的灯，它们照亮了书名，也照亮了你前进的路。终于，你随着人群走到了那个再熟悉不过的雕塑旁。那是一个沉默的人（或灵魂），用右手撑着头，孤零零地、静静地、高高地坐在那里。你当然知道，他叫"思想者"，你只是不敢确定：他（或他的创造者罗丹）所思考的是否就是墙上所标识的那句话："大地上的异乡者"？

"大地上的异乡者"！你在心里默念着这七个字，不知不觉走出了大门。一阵嘈杂的喧嚣如咸腥的海浪，突然就扑到你的身上，你猛地回过神来：原来你已经从地下回到了车水马龙的马路旁，对面高楼的"古南都饭店"正闪烁着霓虹的魅惑。你禁不住再次回过头去，在愈来愈浓重的夜幕来临之前重新打量着那四个洁白的汉字招牌——"先锋书店"。

一家有品质的书店是一个城市的文化地标，是一群读书人最后的精神家园。

五

一个书店逛得久了，总会生出别样的情愫来，像是和一个志趣相投、心气相通的人日久生情一般。这种情感是微妙的，若有似无，却又让人牵肠挂肚，欲罢不能。于是，忍不住一次又一次地去想那个人，去见那个人，去到那个"老地方"。时间会让某种情感酝酿、发酵，直至如老酒般醇香，如烟雾般缭绕，上瘾在所难免。或许，在情感的世界里，每个人都是潜在的"瘾君子"。

在京城，读书人都知道北大、清华附近的成府路上有家著名的书店——"万圣书园"，也都知道北师大铁狮子坟附近有家名声在外的书店——"盛世情"，它们都是民营学术书店的典范，也是京城的"文化重镇"。在北师大的三年里，因为路远，你只是慕名去过一次"万圣书园"，而无数次地和同学们来到"盛世情"。踩着窄而深的楼梯缓缓走下（楼梯两旁都堆满了层层图书），在狭小而憋闷的空间里，错落有致地安放着一排又一排的木质书架，你们在"特价书"和"新书"之间徘徊往复，又在哲学、历史与文学之间流连往返。你们常常把整个下午都交付于它，就像你们把自己最宝贵的三年青春都交付给北师大一样。2013年6月，在即将毕业离校的时候，你为"盛世情"写下了如此简短的文字：

这是一家实体书店的名字，离铁狮子坟不远。与盛世无关，与情有关。

慕名而来的，都是不免怀旧的有情人。书就是他们的情人，有时甚至是唯一的、合法的情人。他们为她而来，倾囊而出，只为捧在手心。

　　黑格尔、胡塞尔、海德格尔、乔伊斯、格拉斯、哈贝马斯，都在地下一层，排着队，静默着，待价而沽。

　　我曾在这里偶遇诗人西川，正如十多年前与诗不期而遇。那时，我还像一本刚出版的书，每一页都散发着新鲜的油墨味。现在，我只能躺在盛世情的半价书柜上，一半生气勃勃，一半暮气沉沉。

　　我的书脊上早已烙上自己的姓名，然而，书名却不知遗落何处。

　　这是一封永远无法寄达的"情书"，铭记着那些特殊的地点或时间的人物。如今，"盛世情"依然在喧嚣的闹市中、在逼仄的地下（"地下"确实蕴藏光明的可能）坚持着，正如你，依然在寻找"书名"的途中！

六

　　读书是人生的节日。书店是众人精神狂欢的广场。

　　与书店有关的，从来不只是书；与书有关的一切，都是美的。每篇文章，每本书，都有自己的命运，每个书店也是，你（们）——也是！

（原载《安徽文学》2017 年第 4 期）

【主编者言】听来自"整容王国"的人谈整容，或许有更多的感触。"身体发肤，受之父母。"社会的发展趋势却越来越兴修改和替换，不知道这是生命的幸事还是人生的悲哀。

整容王国

[韩] 李贞玉

人们的印象中，韩国是整容王国。提到韩国，就想到整容。

有一部韩国电影《丑女大翻身》，讲的是女主角变漂亮以后各种待遇如何变好，这部电影更像是整容广告，告诉观众：丑女没有前程，整容吧，姑娘！

韩国人有句话说，男人以财为貌，女人以貌为财。可见，女人的确比较重视外貌。对自己相貌不满意的，宁可少吃一顿饭，也要攒钱整容。韩国社会是一个看脸的社会，职业选人的标准就是要"长得好"，其他的问题可以先放一边。无论是恋爱，还是找工作，"长得好"是真的吃香，这一点恐怕在韩国社会打滚过的女性会更深刻地体会。我在中国待久了，感受不到容貌的压力，一回到韩国，就不一样了，妆面要精致，仪表要讲究，周围到处都是补妆、照镜子的姑娘，心里不禁有些打鼓，自己要不要也捯饬一下。

比较中国而言，韩国人对待整容态度显然更宽容。女孩子大学要毕业了，割了双眼皮，鼻子垫高了，提前为就业面试做准备，还大大方方地分享自己的整容经验，向人介绍满意的整容医生。"身体发肤，受之父母"的古训似乎已过时，家长也愿意掏腰包给子女整容。

整容费用并不是一个小数目，少吃几顿饭是省不出来的，没有雄厚的经济实力是万万不行的，有名气的医院价格更为昂贵。做个简单的双眼皮手术最少要 140 万韩元，大概 1 万多元人民币，而下眼袋抽脂、眼部除皱这样的细活没有 220 万韩元，大概 1.8 万元人民币，根本免谈，所以韩国整容医生的收入相当可观，属于高收入人群。

"狎鸥亭洞"是韩国江南区著名的"整容一条街"，地铁三号线的狎鸥亭站下车就到了，不到两公里的街道，挤满了整容诊所，招牌重重叠叠。李医生四十岁，戴着细边眼镜，毕业于哪所大学医学院一直对我保密，他开了一家名为 HS 的诊所，面积不算太大，但整洁有序。他负责眼部整容，另一位医生负责鼻部整容，两位医生每天的日程排得满满的。整容医生当久了，顾客的心态掌握得就比较深入。见了顾客第一句话往往是，你这么漂亮根本不需要整容！顾客听到这句话不是拔腿回家，而是对医生更信赖了。李医生细细端详我之后，先夸我长得清秀。美言几句后，却很遗憾地说，可惜有鱼尾纹，再贵的眼霜一点用都没有，除非打除皱针。整形医生叫人打美容针，也算是职业习惯了。

来诊所可不是来打针的，李医生是我在中国认识的朋友。几年前，李医生定期来天津的一家整容医院坐诊、手术，当时我正在南开大学读汉语言文学专业，为医院翻译几次后就熟识了。李医生以前在韩国大学附属医院外科，经受不住整形医院高收入的诱惑，就出来单干了，先在一家私人诊所工作，那时韩国正值整容热潮，医院的床位不够用，连楼梯间、走廊都躺满了人，等着医生过来开刀。

医院的收益也非常惊人，一天能挣五千万元韩币，仅一个月的收入多达十五亿韩元。后来他也成立了自己的诊所。他告诉我，整容手术来钱快，干活轻松。以前在大学附属医院简直是太苦了，一个月工资才 500 万元韩币。每天对着显微镜做断指再接手术，一缝至少要 4 个钟头，手术费用仅仅 20 万韩币。到了私人整形医院工作，一个月能挣 1500 万元韩币，不到两年工资涨到 2000 万元韩币。挣了钱，有了经验，再开自己的诊所。看来李医生的选择是很明智的。

如此高的收入，在韩国想要成为整容医生有多难，也就可想而知了。先需要考入大学医学院，才有可能当医生，不过报考医学院竞争非常激烈。进入医学院之后，先要学习六年的基础医学，接下来是一年实习期，还需要四年的临床实践，其间还有多次严格的考核，每一步都是必不可少的。在韩国，平均需要十年以上的时间，才有可能取得医生执业资格。在这个过程中，也不是每个外科专业的学生都能够成为整形医生的，韩国整形医学专业分为修复外科和美容外科，进入美容外科将来才能够成为整容医生。由于报选美容外科的人较多，医学院能够接受的人数有限，成绩靠前的学生才能学习美容外科，有的学生只能退而求其次选修复外科专业。

整容成了韩国的标志，大概最暗暗得意的就是整容医生。美容外科一直很火爆，靠个人的诊所经营就可以获得丰厚的收益。这一点与中国的情况不太一样，很多公立医院都不设美容科室，即便是有，也是"边缘"科室。不过近几年，中国的美容外科开始受重视了，尤其是私立医院，开设整容项目的越来越多。李医生告诉我，中国的整容市场很大，这也是他每个月都跑来坐诊的原因，不过他认为很多医院配置的医疗器械还是比较落后的，因此每次手术都是自己从韩国带缝线等小件的医疗用品。来到中国坐诊，中国医生不免羡慕李医生的收入，说你来中国发财，可是要请客。李医生总是嘿嘿一笑，说中国的医生不是可以拿红包吗？可见拿红包的某些中国医生，也是声名远播。我没给过红包，也不知道真假。

韩国的公立医院往往留不住美容外科的医生，大学附属医院即使开出留下来就能当教授的条件，也比不上私人诊所的丰厚年薪诱人。李医生说，烧伤整复科都是出力不讨好的活儿，工作强度大，手术风险也大。整容医生的客户群大多数是富婆，一把手术刀就能使她们脱胎换骨，富婆们讨好医生都来不及。还真的，李医生面色红润、从容自在，和急救室里表情严肃、不苟言笑的外科医生不太一样。难道真是一方水土养一方人？大概是轻松愉快的工作环境滋养的吧。不过中文有个词叫"救死扶伤"，讲的是医生的使命，整容医生很难和"救死扶伤"联系起来，顶多算"雪中送炭"吧。

前面讲长得好看在韩国吃香，要想解释什么是"长得好"也不是特别容易的事情，因为美是不确定的。韩国的整形美容从20世纪90年代开始迅速发展，最初审美以西方人的相貌为标准，喜欢洋娃娃般的美，高鼻梁、又大又厚的双眼皮。术后塌鼻梁变立体了，眯眯眼也变大了，却显得有点刻意。现在，洋娃娃不流行了，总的来讲以自然美为基础，追求整体协调。其实，也有西方人认为过于挺直的鼻梁不性感，羡慕东方人的鼻子小巧玲珑，甚至会做削鼻梁的手术。东方人却照着西方人嫌弃的样子去垫鼻子，一点也不懂东方人的神韵。可见，怎么突出东方美女特有的味道，这才是整容最高的境界。李医生也有自己的整容理念，一个人长得不扎眼不要紧，主要还是看自我特质，整容需要量体裁衣，抓住每个人的特点和个性，体现整体的和谐美很关键。

中国朋友经常问韩国女孩是不是都整过容。这一问题，如果整容医生听到了肯定特别高兴。大家讨论整容，关注整容，整容医生才有饭吃。而且相貌好的人才有"机会"被人这样问。长相不好的人被人问及是否整过容，那简直是变相地骂整容医生的手艺不好。韩国的整容手术一直以精细见长，做出来的效果也很自然。什么是成功的整容，认识你的人，觉得你变美了；第一次见你的人，觉得你真美。所谓"你知我知别人不知"，即为成功的整容。

韩国女人的心理负担应该不轻，不仅要五官精致，还得是 V 线脸型，身板要 S 线，脸蛋最好是童颜，皮肤水灵水灵的，更要注意服装搭配和化妆，时刻留意美女的打扮和装束，这些都需要花不少心思，想成为美女是一件不容易的事。我想作为一个韩国人，也不能给韩国人丢脸，也开始节食，一天只吃一两个红薯。半年下来倒是瘦下来了。房东大妈见我就说，胖闺女，原来多喜庆呀，怎么不成人样了，是不是没有生活费了？没想到我的减肥成果，在大妈眼里居然是"不成人样"，大妈字典里也没有"骨感美"这个词吧。往事不堪回首，面黄肌瘦的，那段时间连做梦都梦见吃鸡腿，又经常饿醒，简直是找罪受。美女在前面跑，我在后面追，却老是跟不上人家的感觉。

一位美女的睫毛又浓密又卷翘，后来得知"秘密"就是每次涂睫毛之前都会用打火机烫一下，这样卷翘的效果很好，两眼显得格外有神。我也对着睫毛点上打火机，那一刹那，睫毛烫没了，险些眉毛也保不住了，还好没伤到眼睛。剩下的睫毛根基像割过的小麦。可见有了美容的葵花宝典，也保不齐走火入魔。

爱美之心经常受挫。用色拉油当发膜，被好心人提醒说该洗头了；画个眼线，歪歪扭扭的，还晕染成熊猫眼；涂口红出门，门牙上沾了口红，嘴巴一开一合透着红点，就自己不知道。不打扮还没事，一打扮净惹出毁形象的事来，看来大大咧咧的人在打扮问题上多一事不如少一事。不时尚，也不爱浓妆艳抹，被美女群体甩出一大截的感觉虽不好受，但内心轻松了许多。不给自己一种"被美的标准裹挟"的压迫感，这样会很舒服。

周围的中国女孩脸上总有一种自然、朴素、真实的美，这是我喜欢的，也是我需要学习的。灵魂的闪光摸不着、看不见，却能实实在在地感受到。镜子照不到的东西或许才是展现给世界的一抹亮色。唇红齿白固然好，爽朗明媚的笑容更显美；人人渴望不被岁月侵袭，更应懂得的是时光给人的一种特别的韵味。美的更高境界超越美的标准，那种不可复制的美，也就只有活出自己时才会遇见吧。

（原载《世界文化》2017 年第 2 期）

> 情怀

【主编者言】当看到一些名胜的景致没有独特的诱人之处，作者不免问自己是为什么而来。他是在追寻杜甫的生命痕迹中寻找到了答案。可惜许多游人对此并不以为然。

谒杜甫墓

任　蒙

一

　再次走近杜甫纯属偶然。

　　如果不是司机不熟悉路途，无意间绕到通往平江的一条正待改造的老路上，我们就不会于尘土飞扬中看见路边指向杜甫墓的那块绿色标示牌，就极有可能与诗圣擦肩而过。

　　这次短游，为了拜谒黄庭坚，我们花了好几个小时，原本是没有打算寻找杜墓的，它却意外地出现在我们眼前。

　　这次与杜圣墓祠的不期而遇，我总感到是一种神灵的力量在暗中支使着我们，他不会是杜少陵，一定是黄山谷。因为对前一个朝代灿若群星的诗人，山谷先生最为推崇的是杜甫。

　　回望车轮下刚刚走过的一百余里路程，从双井村到杜文贞公祠，我们已不知不觉地沿着唐宋诗词铺就的文学轨迹，迎着苍茫时空中的璨璨夕光，往前整整超越了三百年。

　　我想到人们遥望夜空时，千万颗亮星总好像不规则地镶嵌在黑茫茫的同一个平面上，而那片神秘的铁青色天幕却并不存在，此星和彼星与人间的距离也大不相同。

同样，我们仰望古代文化的满天星斗，也觉得他们是在同一个距离向我们投射光亮。这是因为，他们距离今天都是那么遥远。

一千三百年十分漫长，一千年依然漫长。

因而，当我从一个先贤走近另一个先贤时，当我步入眼前这座典雅的墓祠时，竟无法觉察到自己正犯有一种"距离错觉"，似乎他们是比邻而居，似乎他们之间没有时代分隔，只是间隔着现代交通的几小时路程。

二

平江的杜甫墓在该县的什么方位，我没有必要去弄个清楚，只知道那个地方名叫小田，也并不僻静。我们的车子折进乡间小道之后，接连穿过几个小村，便在一处泛着土红的院墙外停下了。

这座杜墓始建于唐代，并且是一座典型的墓祠合一的祭祀性建筑，但我没有想到它会坐落在一片开阔的平畈上，如果不是它那方正的围墙和独特的建筑风格，就完全可以与周边的村落融为一体。

墓祠历经千年风雨，至今行制依旧。祠堂、官厅、僧舍，三大建筑群落并列而立，几个院落巧妙合一，外围方正大气，内部错落相连，更有其红木黛瓦，青石小径，圆门回廊，构成了这座庄严气派的古典陵园。

我又错了。原本以为它只是一处荒凉的老坟，对我来说，只要有砌石堆土、古木青草和简陋的石阶，就可以满足我的想象。那样，或可与那次震古烁今的凄凉死别更相符合，更能激起人们的感怀。

三

我写过一篇很长的《草堂朝圣》，并受到过不少读者的肯定与鼓励，就没有想过再写杜甫。可是，我行走在这里经过几代学人志士以极大的虔诚修筑起来的陵园建筑群中，竟又心绪难平。

公元 770 年那个秋风萧瑟的季节，遍地落叶飘舞，水面上泛起阵阵凉意，江南的晚秋更让人感到荒芜伤怀。一叶孤舟驮着风烛残年的诗圣，在漫漫荒江上无助地来回漂泊，在这里演绎了一幕千古浩叹的文化悲剧，在这里结束了一段辉煌的文学创造。

然而，杜圣的墓冢，仅湖南就有两处。在悲凉与痛苦中死去的诗人，遗骨究竟葬于何处，至今还是个颇有争议的历史悬案。

平江这座早已被祠宇建筑包围的小小墓堆里，是否躺着那位被饥饿和疾病折磨而死的精神巨人，虽然还缺乏权威的定论，但并没有影响人们前来朝拜。

我想，无论哪处杜墓，都不是为那个困于江舟而近似行乞的无奈老翁修建的，都不是为那具瘦骨嶙峋的遗体修建的，更不是为那位实际上只做过"从八品"的朝廷最低等小吏修建的。

如果我们不为圣贤讳言，杜甫之死不但没有丝毫的悲壮，反而显得有几分"窝囊"，甚至有人说他是由于饥饿至极，得到耒阳县令所赠的酒肉，一时痛饮过度，当夜暴病而卒的。

历史上有的贵族人物死后，也有多处陵寝，但那种情形多半是为了迷惑世人，防止盗掘。杜甫身后享用几处墓茔，当是一个绝对的例外。

没有谁述说过，诗人是在哪段江流上痛苦地合上双眼的，那条孤寂的小船又是怎样载着体温未消的诗人，任由风浪旋浮到某个江边渡头的。也没有人见证诗人在垂危之际任一袭破衫被江风撩动的情景，更没有人见证诗人仰面船舷、无奈地告别苍天的最后时刻。

也就是说，当时没有人料到一个被后来的历史反复追溯的时刻，会发生在洞庭湖一侧的野江孤舟之上，会发生在那个漆黑的夜晚。然而，一场悲愤的历史大剧以这种意想不到的平静方式落幕，更为其主角的伟大生命增添了撼人心魄的力量，更能诠释出一种穿透时空的不朽精神。

因而，当八百里洞庭愁云笼罩的时候，当阴沉江风发出阵阵呜咽的时候，人们开始呼唤诗魂。这种焦灼的呼唤，算来持续了上千年啊！

耒阳为诗圣立了墓冢，平江也为诗圣立了墓冢，远在千里之外的巩县，也有诗圣的魂归之所。据说在他病死 25 年之后，其子孙将其遗骨捧回了河南故里。

在诗人沉重脚步留过重要痕迹的地方，人们还为他建起了殿宇飞拱的"草堂"。特别是到了宋代之后，为杜甫纪念场所添砖加瓦者，更是代不绝人。平江杜公墓祠的扩建或重修，一直延续到了清代的光绪年间。

无尽江河东流去，诗魂长在天地间！说不清多少前贤曾为纪念杜甫而兴土木，而倾注其殷殷之情，他们原本是为一个承受过太多痛苦、最终悲愤而去的崇高灵魂而建的，是为一个伟大的精神创造者而建的啊。

四

杜甫一生都在为那个时代而忧愤，而正是那个时代，使他在物质与精神的困顿中煎熬了一生；他为时代而痛苦，而那种魔鬼般荒谬的时代却恰好将他抓了个正着，给他的生命涂抹了一层无法剥去的悲剧色彩。

还说一句不为圣者讳的话，他和李白都属于那种不擅长考试，也不甘愿去参加考试的人才，但他们凭着自己杰出的才学，都或好或坏地被朝廷直接录用过。如果平心而论，这在此前此后的某些时代，哪怕是在今天这样的现代社会，都是不一定能够幸遇的"破例"。

然而，他们却终究不容于世。

杜甫不像李白那样放浪不羁地寄情山水、寄情杯盏，而是在极端困顿的岁月依然保持着强烈的忧世情怀。

漫漫长天，星月轮回，朝代也几经更替，但社会的脚步总在一种晴晦不定的轨道上循还往复，不知有多少读书人怀抱良知郁郁而终。如果就近举例，我们刚刚拜过的黄庭坚也算一个。

宋代诗人徐屯田曾写过"远移工部死,来伴大夫魂"的诗句。从杜甫旅殡岳阳算起,再往前上溯十个世纪,诗人屈原也是在这里投江而死的。相隔千年的两个诗歌天才,同样因忧愤而死,并且死在同一个地方,无论是天意的安排还是他们命运的巧合,自此之后,来到汨罗江畔的多少凭吊者,无不为这种历史的选择感伤不已。当然,严格来说杜甫并不是死于非命,但那位楚国大夫的时代毕竟过于久远,他的作品由于受早期语言的限制,也没有杜诗读来亲近。更重要的是,他的诗歌中缺乏杜甫那种伤世忧民的人民性。

所以,无论从艺术高度还是从社会责任感来看,杜子美都是一个无人取代的典型。"朱门酒肉臭,路有冻死骨。"千百年来,人们对诗圣的怀念所以日甚一日,是因为他所揭露的那种社会怪诞一直在延续着,是因为一个又一个时代都在不停地呼唤他那种为天下而忧的精神品格,是因为至今无人能够超越他那种现实主义的诗歌艺术高度。

所以,千年封建史上一个只有在士人阶层才可能产生的如此悲剧性人物,始终奇伟地凸现于历史的天幕之上,始终放射着皙皙光亮。

五

以往,我去游览类似的名胜,看到某些地方的景致并没有什么独特的诱人之处,其建筑也很普通,甚至是一方岩石,或者是一处堆土。就私下问自己为什么要来,说是寻访文化,而文化究竟是一种什么尤物?

穿行于杜甫墓祠,我似乎有些明白,我们的很多历史文化,就是文化伟人的生命痕迹,就是后人追随他们的思想烛光或艺术创造而留下的痕迹。由于一代又一代人的不断崇仰和追随,他们的足迹也不断被放大,并在那些地方形成了文化堆积,形成了一处处光照千秋的精神宝库。

我为什么要再写杜甫,因为诗圣之死既是一场悲剧的终结,又似乎是无数次悲剧的开端。在我们中国的每个时代,都可以看到他的影子。就在离这座墓祠的不远处，我们还去看过一个房梁斑驳的老式书院，因为那个空荡荡的灰旧院落，曾经是彭德怀将军发起平江起义的指挥部。这两处紧邻的名胜，使我不得不把两个毫不相干的人物联系到一起。刚刚故去的开国元勋虽为行伍出身，但由于他挺身为苦难百姓代言，也成了当代政坛一起令世人叹惋的悲剧的主角。

我为什么要再写杜甫？因为诗圣的身影并未远去。一个千真万确的人物，留下他几千首血凝泪染的诗作，从而构成了一部颇为翔实的精神历程记录。他那坎壈不遇、饱经离乱、哦吟天下的一幕幕，就像发生在我们的昨天。

绕过深幽的廊檐和高翘的封火墙，我们在院后的墓区作最后的停留。墓堆平整的土台上面，一丛笔直而又整齐的翠柏，总是那么宁静地打量着来自天南海北的朝圣者。墓前正方三扇屏式的灰青碑石，虽然体积很小，极为寻常，但显得古朴肃穆，散发着让人读不尽的岁月沧桑。

我走上前去，朝着墓碑，朝着诗圣不朽的灵魂，深深地鞠了三躬。

那一刻，我才看到眼前这座矮矮的坟堆，却是一处文化的标高，却是一处思想情怀的标高。

（原载《中国作家》2016 年第 9 期）

【主编者言】被人熟知的"隐士"，其实已经不隐。如今高楼林立，资讯发达，人与人的空间距离越来越小，隐匿已困于"心远地自偏"的理念中。但隐士的行踪依然值得探究。

隐士帖

邓　涛

甲

田野间还有大量的秘密等待破解。

按道理，隐士是不为人知的，他们不愿为人知，但又必须去寻找。这是一种风骨，卓然于数千年的历史舞台上，研究中国文化，隐士是绕不过去的一个群体。

隐士是一种社会心理，人间的一道仙。

他们藏身于田野的概念里，于是，我们对田野多了一份聆听。

羡慕这些遁迹山林的优雅身姿，青山是他们雄伟的宫殿，草木是他们把玩的器物，他们的人生就是一片山河，他们与万物一起自由生长，将名字埋在了大地。

狂放的灵魂使山谷有了更悠长的回响，在这片未知的江湖，让我们测不到文化的深度。民间神秘的身影里，有着另外一部被时间遗漏的史记。

饮酒吟诗或品茶玩月，潺潺细水旁焚香抚琴。隐士文化极为丰富，有的以隐作为追求个人理想施展的谋略，几乎成了时髦，要么就是等待时机，要么就是欲擒故纵。古时终南山隐士成群，不少怀着一颗俗心，不是所有的人都有垂钓于渭水之滨的姜太公那样好运，或是诸葛先生硬是让刘玄德皇叔跑了三趟。

他们假隐于野，还有的干脆做"山中宰相"，心思不离朝堂，国家大事也要听命于他。更多的一会儿为官，一会儿隐居。所以关于隐士的争论自古就是一个热闹的话题，有人说过足了官瘾，老来退居江湖，也算隐士吗？甚至陶渊明的大隐身份也遭到质疑。东方朔就不这么看，他觉得类似伯夷、叔齐隐到最后饿死了，算是愚笨的"拙"，而老子在宫廷为官的"朝隐"为聪明的"工"。

陆游也曾认为隐士出了名，不能称隐士，矛头直指隐居富春江的著名隐士严子陵。陆先生的话太绝对，名声倒不是衡量隐士的标准。隐士因个人阅历、艺术水平、偶尔事件等原因出名，但并未因此改变他们与世无争的生活。

南昌城内就出现过两位大名鼎鼎的隐士，他们过着自食其力的普通人生活，却为城市留下了不普通的记忆，一个是东汉的徐孺子，一个是南宋的苏云卿。并留下了人文景观，即后人赞叹的"凄清月照云卿圃，断续烟横孺子亭"，亦有人云："徐亭与苏圃，清景复悠悠。"

古人常用"薇蕨"来暗指潜隐之士，薇就是野豌豆，是羊齿类的草本植物，种子可以食用，嫩蕨可以吃，地下茎可制成淀粉。刘琨《扶风歌》云："资粮既乏尽，薇蕨安可食之。"《诗经》中就收有《采薇》："采薇采薇，薇亦作止。"它们曾是隐士的食粮。隐士有名有姓的最早记载是伯夷、叔齐二位。当年周武王伐纣，伯夷、叔齐苦谏不从，武王灭商后，二人耻食周粟，采薇首阳山，最终饿死，留下来《采薇歌》一曲：

登彼西山兮，采其薇矣。以暴亦暴兮，不知其非矣。神农虞夏忽焉没兮，我安适归矣。于嗟徂兮，命之衰矣。

徐孺子、苏云卿倒不需要躲到山里去采薇，一个磨镜一个种菜，他们在一片宁静和纯净的空间享受自我。不过仪表堂堂的苏先生不像菜农，东湖南岸是苏云卿的理想家园，他披荆斩为圃。

《宋史·苏云卿传》："苏云卿，广汉人，绍兴间来豫章东湖，结庐独居。"

这是一位很有亲和力的老人，百姓都热衷与他相处。

苏云卿、严子陵两人颇相似，严先生与光武帝同学，苏先生是当朝宰相张浚的同窗，前者钓鱼，唯独不同的是苏云卿始终未仕。在好友张浚眼里，苏翁乃管乐之才，好不容易在百花洲找到他，这个四川人便遁迹无踪，给了一个叫苏圃的地方让后人怀念。"宋后得翁遗址，面揖湖山，平地数十亩，仍筑小庵，以寄仰高之思。"（宋自适《游宦纪闻》）后因城市的发展，苏圃移置于湖中小洲上，然"一锄烟雨过，双履水云轻"的"苏圃春蔬"成为南昌的名胜。

不过苏云卿是客居豫章，南昌人是酷爱文化的群体，他们把自己城市的街道名取得文质彬彬，渊明路、子固路、叠山路、阳明路，以示纪念陶渊明、曾巩（字子固）、谢枋得（字叠山）、王阳明，可他们都并非南昌籍。江南三大名楼的滕王阁瑰玮地耸立在赣江之滨，"落霞与孤鹜齐飞，秋水共长天一色"，却出自一过客。许逊的西山万寿宫，朝拜者如云如潮，并撰出神奇的传说，让人们在仙魔之间，正义和邪恶之间昏天暗地，使这位许昌籍的四川旌阳县令一时摆到至尊圣人的位置。生于南昌的八大山人让青云谱在画史上找到了自己的位置，可这位王孙又哭又笑的癫狂、悲愤，让我们总和他的老祖宗朱元璋的凤阳紧紧相连。

徐孺子先生终于让南昌人的文化心态得到一种平衡。

质朴的南昌人无限缅怀自己的先人，他们把孺子先生当作南昌的精神象征，从孺子去世至今一千八百余年了，这样一位高官厚禄都诱惑不了的隐士，在南昌人心中活了一千八百余年。徐孺子自己也许无法想到，他走进了许许多多普通南昌人的生活，和千年中时兴时衰的南昌紧紧连在了一起，他庞大的后世子孙一直为是徐孺子的血脉而自豪。一度八月十五夜游高士桥，抚摩石柱成了南昌的习俗。孺子衣冠冢坐落在市中心地带孺子亭公园，像块秤砣，称称人心的重量。

唐代的南昌称钟陵，在东湖之南已建有徐孺子亭，当年徐孺子就在东湖边的草堂里孜孜不倦地求学，亭中有二碑，一是张九龄先生的《徐徵君碣》，一是李北海的《放生池碑》。南唐时重建为祠，明朝嘉靖年间于祠北复建徐孺子亭，现在的孺子亭是 1983 年在西湖南岸重修的。

让我们站在孺子亭边，面对碧绿的湖水，历史的烟雾替我们掩去高楼和现代都市的喧嚣，以插叙的方式回到千年前的"江南卑薄之城"南昌。

当时中国政局不稳，宗派之间的斗争尤为激烈，军人、宦官把持着朝政。那是浑浊的年代，上下腐朽不堪，孺子无可奈何，尽管他"学《严氏春秋》《京氏易》《欧阳尚书》，兼综风角、星宿、算历、河图、七纬、推步、变易"，并说"读圣贤书，本当世用"，可他没遇上刘秀的中兴，也没能在三国乱世中一展风骚，偏偏落在垂死挣扎吊氧气的年代。徐孺子归天那年，一代奸雄曹操十三岁，蜀汉的头目刘备七岁，这位"南州高士"生不逢时，错过了和诸葛亮、司马懿、周瑜角逐的英雄年代。

他劝诫朋友："大树将颠，非一绳所维。"我们从中可以看出徐孺子对政治生活的心态。就在这孺子亭边，徐孺子抚琴弹曲，一首《十面埋伏》遥寄汉朝的开山老祖刘邦皇帝，而面对一群败家子把神州大地弄得乌烟瘴气，孺子心里愤懑，动人的音律把湖里的鱼们都惊跃起来。

中国文人忧国忧民的情结在孺子胸中回荡，到政治漩涡中去忙于你死我活的身不由己的斗争，于百姓何益，又怎能改变东汉不可逆转的亡朝命运。只有远离政治，身体力行做个弘扬中国传统的文化人，才终成孺子的事业。

在城东北沥生活着一大群徐姓老老少少，他们珍爱自己的祖先，集资兴建了徐孺子纪念堂，塑起孺子像，并以壁画的形式叙述了孺子的故事，但较粗糙。我们不能怪怨孺子的后辈，他们已是煞费苦心了，和历史上的徐家祠堂、徐孺子祠、东南第一名墓孺子墓的被毁形成鲜明对照。

徐孺子当年追慕西汉南昌尉梅福之风，在青云谱的梅福宅东筑室以居，其后人在徐家坊也开始繁衍生息。

萨特说："非常之人必有非常之处。"

我们翻阅烟波浩渺的文化史册，查不到徐孺子的一篇文章、一首诗，民间则流传着不知真伪的徐孺子作品。可这样一个人物竟如此深得人心，他"恭俭义让，淡泊明志"的生存哲学历经千年而不衰，无论官僚、民众还是文人，都非常尊敬他。这是孺子的人格力量征服了大家。他的事迹在古代成了孩子们的启蒙读本，就像我们今天上小学读雷锋、邱少云、黄继光一样，杜甫、张九龄、曾巩、王安石、文天祥等一大批顶尖人物对其吟哦不绝。

当然，让徐孺子先生声名远播的首推王勃，他在千古绝唱《滕王阁序》里，把徐孺子作为南昌地区"人杰"的典型人物，平心而论，王勃在《滕王阁序》中有不少"阿谀奉承"之辞，就说南昌人引以为豪的"物华天宝，人杰地灵"，在王勃之前的南昌，甚至江西整个赣抚之地还真没多少人杰，也就是这个从山西来的年轻人让徐孺子获得了"中华人杰"的称誉。

距离孺子不远，出现了两位大人物，一位是曾在南昌待过的三国人物诸葛亮，孺子死后十三年，诸葛亮这位象征中华民族智慧的人物呱呱坠地。孺子让陈蕃三顾茅庐，诸葛亮让刘备三顾茅庐，在情感上都接受了对方，孺子与诸葛亮均是隐士高人，都善于呼风唤雨，神机妙算。孺子一曲《钓鱼歌》，诸葛一首《梁甫吟》。但诸葛亮遇上明主，学以致用，傲然鹤立于史册，孺子则不依权附势，行走大地。

另外一位人物是曹操的嫡孙女婿著名文学家嵇康，同是精通音律的隐士，孺子弹琴引来凤凰和玉龙，嵇康的《广陵散》天下闻名。孺子磨镜，嵇康打铁。黄琼推荐孺子，孺子"不复交"，山涛推荐嵇康，嵇康干脆写信绝交。然而黄琼死，孺子不顾年事已高，千里徒步到湖北江夏奔丧，而嵇康上刑场，交代十岁的儿子，山涛不会让儿子你成为孤儿。这种悲壮的情义让人长叹，所不同的是嵇康被统治者司马昭所杀，终年三十九岁，徐孺子尽享天年，终年七十二岁。

文人在耕地、种菜、养鸡和打铁磨镜，喝醉了以石为枕，天为被，地为床，醒来诗是快乐的吟唱。文化是一件与功利无关的私事。在优美的文字岁月里，知识分子在田野间回到了本真状态，灿烂的灵魂像花儿一样开放。

隐士孤独的光芒就是我们的诗和远方，让我们格外尊重没有尽头的青山和田野。隐士是撒在乡土高贵的种子，让文化有了更深刻的存在，在山冈和田梗上文化有了轻松、奔放的脚步，历史的大手无法伸到的一块瑰丽天地。

中国的隐士文化无疑要进行专题研究，他们的生活是飘逸的，徐孺子是这个群体中较早的知名隐士，他对后辈隐士的影响可谓耐人寻味，尤其是在魏晋时代隐士情趣上颇值得我们探究。

乙

陈蕃，是王勃序中又一人物，他少儿时代的一则故事直到今天还让人争论不休，公说公理，婆说婆理，后来干脆放到高考试卷中让你去讨论。

故事说的是陈蕃十五岁那年，独居一室，庭院、屋子很脏，有天他父亲的朋友薛勤来看他，说："小鬼，你怎么不扫干净以接待客人呢？"小陈蕃理直气壮地回了一句："大丈夫处世，应当除天下的污浊，哪能管一间屋子！"薛勤称奇，年纪不大，却有清世之志。就这么一句话，引起后人反问："一屋不扫，何以扫天下？"说着说着，就争论开了。其实不过是小孩子的一句话，若陈蕃日后没有政治上的丰功伟绩，他儿时的这个故事只能是笑谈，也不会流传。

陈蕃在历史上的评价是颇高的，范晔在《后汉书·陈蕃传》里赞其"咸能树立风声，抗论椓俗""以仁心为己任"。他对高洁之士，尤为敬重，"悬榻"几乎成了陈蕃的专利，除徐孺子外，陈蕃在青州乐安任职时，有位叫周谬的高士，陈蕃同样特意为他置了一床榻，去则悬挂起来，这在正史里有记载，不过徐孺子的那张床榻，名气更大些罢了。陈蕃与徐孺子的友情，一直为世人津津乐道，他们最早相识是在太学求学时，陈蕃任豫章太守，二人已到推心置腹的情分上。陈蕃一到任就去孺子的住所，先看孺子，再去官府，并说"吾之礼贤，有何不可"。延熹二年（159），陈蕃、胡广等上疏举荐徐孺子、袁闳、韦著等三人，皇上问陈蕃这三人哪个在先？陈蕃谈到徐孺子："如角之特立杰出，应当为先。"皇帝一片诚意丝毫打不动三位隐士，皆不出仕。其实孺子不顾这世俗的名分，他完全是凭良心处世，像千里奔丧，祭老师黄琼也好，祭好友郭林宗的母亲也好，祭完就走，无须让人知道，郭林宗看到生刍一束自叹没有德行承受，说一定是南州高士徐孺子，《诗经》云："生刍一束，其人如玉。"对待太守陈蕃也一样，太守算得上地区专员兼军分区司令员了，他送陈蕃从不出门，后来陈蕃才知道徐孺子乃"心送"，也就是站在门口，估计陈蕃已到府上了，才转身回屋。

孺子谢绝了陈蕃和朝廷的美意，一生穷苦也不为官。豪杰能人归隐山林就是消极避世，这并不客观。徐孺子"四察孝廉，五辟宰府，三举茂才"均谢绝了，连给他太原太守这样的职位也不干，最后一次朝廷聘请他是在灵帝初年，孺子已乘鹤西去。他这样并不是不卖师友们的面子，而是考虑问题的角度不同。东汉恒灵二帝的时候，滥举成风，当时的一首童谣写道："举秀才，不知书。举孝廉，父别居。寒素清白浊如泥，高第良将怯如鸡。"他不愿在浑浊的年代把自己的高洁之躯污染，更不愿祸及亲邻。"徒以天时际遇，道无可行，扬汤止沸，已知靡益；抱薪救火，岂徒自焚，且将延及邻里。"孺子这段话不难理解，政局已无可救药，放热水去阻止锅里沸腾的水或者说抱着木柴救火，后果可想而知。孔子说："邦有道则仕，邦无道则隐。"隐是一种选择，他们选择了做自己的主人。孺子高度的洞察能力保全了自己的终老。而在公元 168 年，七十余岁的陈蕃，这位为国家民族想得太多，为自己想得太少的忠清直亮之士，一直苦苦帮助东汉王朝苟延残喘的高层领导，终因仗义执言被奸党小人所害，死前还被小人骂为"死老鬼"。浑浊的年代没有天理，应验了孺子的话，"大树将颠，非一绳所维"，陈蕃死前，定是心灰意冷。

陈蕃之死预示着一个王朝即将覆灭。

陈蕃好友朱震弃官哭之，收葬陈蕃的遗体，并将陈蕃的儿子隐匿起来，自己受刑，誓受不言。就在这年，远在南昌的徐孺子也归天了。也许在天国，这对挚友方可尽情地施展才华，人生能有几个知己，不求同年生，但求同年死。他们同为杰出人物，走了不同的路，得到了不同的结局。

历史往往以这种方式，给人以回味，领悟其中真谛。

孺子姓徐，名字是一个现在不用的"檷"字，于是人们把它写成"稚"，徐姓来源于周朝时的徐国，在今天安徽泗县一带，公元前512年被吴国灭亡，其国君子孙以国为姓，即徐。

秦始皇时代也出了一个姓徐的人物，那就是徐福，此人争议颇大。在传统中国人眼里，徐福人品低卑，炼所谓的长生不老丹哄骗皇帝，而东瀛日本国历朝历代对他却顶礼膜拜，成了日本人的"救世主"。徐福奉秦始皇之命率三千童男童女，携五谷百工，带着先进的生产工具和技术东渡日本，推动了日本经济、文化、手工和医药的发展。现在有徐福学会对他进行专门的研究，其是非功过后世也是各执一词，有人说他是化学家、航海家，还有人说他开创了中日关系史的先河。

洁身自爱的徐孺子正是此人的十世孙，徐孺子则无可非议地被后人尊为中华民族传统美德的表率。黄琼去世时，孺子已六十八岁高龄，徒步千里吊念恩师。孺子一生有多少次奔丧活动，据说最远的一次去了山西，不用说，当时的交通条件十分落后，就是放在今天高速公路纵横的时代，年迈的孺子以祖传磨镜的手艺挣路费，徒步行走，也是壮举。

古人重孝，黄琼的父亲黄香就是史书上著名的"二十四孝"之一。孺子之孝，让如今的宠儿娇女们脸红，古时没暖气，冬天的被子冰凉，考虑父亲徐世节老先生和母亲年龄大，他常常自己先到被子躺着，焐热了再起床，请父母休息。夏天，自己则立于床前给老爹老娘打扇送凉。

中国文人最大的悲哀莫过于他们恃才傲物，以致壮志难酬，其中有为孺子立名的王勃；有的招来杀身之祸，其中有为孺子立传的范晔。文人对世外桃源式的生活情有独钟，有的一生隐居，有的一段生活采取隐居方式。他们与松林为朋，与酒茶为友，写诗作画舞墨，陶冶情操，外表或疯或癫或狂，成为文化界的一大景观。孺子虽是隐士，但他绝不消极地隐居，不收分文，广收门徒，把自己所学传给后人，相信他们总有逢时之日。他不愿自己的门生清高无度，富人家扔在水沟的剩饭，他带着门生捞起洗净，炒成米花，分送给孩子们吃。孺子儿时很聪明，刘义庆在《世说新语》中记述他九岁时的一则故事，那时，他和大家常在月光下游戏，有人问："如果月亮里头什么也没有，是不是会亮到极点？"古时认为月亮里有蟾蜍、玉兔、月宫，还有嫦娥、吴刚之类的仙人，故有这种问法。孺子答道："不会，这好比人的眼睛里有瞳子一样，没有它，肯定亮不了。"且不论它正误，却是一个很机智的回答。就是这样一个聪明的大脑，加上后天的勤奋、美德以及太学进修的经历，大师级人物唐澶、黄琼和父亲的调教，终成一代人杰。其师友黄琼、陈蕃等人均是高干，孺子不在意这些，一心愿以自己的高风亮节以改变当时不良的世风。

在南昌市志里，孺子还以社会科学家的身份出现在历史上，这主要在于他革新家禽饲养，完成了由放养到棚养的更替，并用竹筒引水灌溉以及饮食、气功等方面的独特认识。一个大知识分子，既能上得堂，又能下得田，与古今读书人手无缚鸡之力、懒于劳作的不良遗风可谓形成鲜明对照。

民间广为流传孺子拾金不昧、助人为乐、诚实守信的故事，因为些小故事恰恰反映出大情怀。

徐孺子是一座城的圣人，他融化在了时光里。

保持着独立人格的隐士精神其实就是做人的精神，这种骨感是时间上延绵的民间话语和哲学。譬如现代的陶博吾、黄秋园和遥远年代里的徐孺子形成历史的呼应。

这就是中华民族最伟大的精神！

孺子光辉如玉的形象已走出南昌。丰城有徐孺子读书台、孺子石牌坊、浙江义山又称"孺山"，并曾有土地庙供奉孺子。

丰城"徐氏宗祠"的长联算是对徐孺子人格的最好评价：

隐逸之士堪美哉，唯我祖，甘贫穷，却征聘，不侍王侯，千载高风从古仰；轻财之人足述矣，独先公，捐粟米，赈饥荒，表厥宅里，一生大义至今存。

（原载《纸本的青云谱》，江西人民出版社 2017 年出版）

【主编者言】用优美的宋词作为导引，牵着读者的手漫步于宋词的生命之路。一步一景的华丽转换，将宋词还原为实景，让人在欣赏，甚至耽溺中了解宋词的内里和前世今生。

红了樱桃，绿了芭蕉：读宋词

张向荣

"漠漠轻寒上小楼，晓阴无赖似穷秋。淡烟流水画屏幽。自在飞花轻似梦，无边丝雨细如愁。宝帘闲挂小银钩。"细细品味秦观的《浣溪沙》，仿佛之间，一幅水墨黄昏图卷在心中展开。没错，就是它，宋朝，那个淡泊而略带忧郁的时代。

宋朝的忧郁与生俱来，从它呱呱坠地开始，忧郁就如影随形似的紧跟宋人的脚步。不是因为贫贱，也不是品位低劣，而是太高尚、太完美，以至北胡、蛮夷都在觊觎它的美妙身姿，因此家国忧虑一直伴随着它。它的大半生都交给了泪水，一刻不停地寻求家国安稳，却总是求而不得。

所以，理解宋朝，一定要读懂它的内心，它的心声是那些悠扬的曲子，而旋律背后是它隐忍不发的心灵——词。宋词是那个时代的专宠，它在，宋人的心灵犹活，它去，宋人的心也快碎了。宋词要细细地品，慢慢地读，品啧它的味道，听诵读的声音。在吟咏之间，我们与那个时代轻松对话，没有阻隔。宋词，淡泊得宁静怡然，情深得语浅意浓。

谈宋词一定绕不开晚唐五代。晚唐五代在历史学家看来，只是历史进程中的一个小圆点，不成什么大气候。然而，一位壮硕帅气的儿子可能来自一位孱弱的母体一样，虽然母亲是羸弱的，但她的伟大之处在于她孕育出了优秀的儿女。文学莫不如此。宋之前，晚唐的丧钟犹未尽，"花间体"就登上舞榭楼台，拉开了词的大幕。西蜀赵崇祚的《花间集》成就了词出生时的母体——"花间派"。不愧是花间词人，他们担得住这个名分，在他们的笔下，词调就是那个眼波如媚，顾盼神飞的娇羞少女。温庭筠，这个花间鼻祖，他的词就是晨起"小山重叠金明灭，鬓云欲度香腮雪"的怀春少女，一副"新帖绣罗襦，双双金鹧鸪"足够我们去想象那个煞是惹人怜爱的模样了。如果说温词中只有卿卿我我，那也不对。温词中，我们也可以偶遇到"江上柳如烟，雁飞残月天"这样幽美的胜景，虽然不免让人升起触景即情似的忧伤，却依然享受它带来的"诗词愁为贵"的审美体验。韦庄的情感比较含蓄，于香闺艳帷之外更多的是流动的远方。他眺望天际："人人尽说江南好，游人只合江南老。春水碧于天，画船听雨眠。垆边人似月，皓腕凝霜雪。未老莫还乡，还乡须断肠。"这不就是现代人所说的那个驻在每个人心底的"诗和远方"吗？但是，韦词人骨子里的媚气逼人。

虽然褥采轻艳的调子被"花间派"发挥到奢靡境地，但我们依然要感谢这些孜孜以求的花间词人，也正是他们及其继承者将街头巷陌的野曲杂音进行精致的改造，落在文人的案牍，于妙笔生花之间为中国文学史横空画上绚丽的文体，也成就了宋朝在物质文明以外开辟的精致的精神世界。

南唐后主李煜是个性情中人，多年宫闱生活养成了他单纯而优柔的雅士性格。在笙歌袅袅的帝王生活中，他醉心于"春肌""霓裳""妆晚"的脂腻粉香。但是，说来也怪，他的作品却不雕饰堆砌，而是词工细腻，运字用词的功夫叹为观止。李煜能将繁芜的词调化成有韵律的日常语言和心情，娓娓道来，而无烦腻。那首《虞美人》虽情怀纯粹，却唱碎了多少人的心。单是"一江春水"就盛满了无数游子的泪。在为故国而泣的日子里，夜晚成为李煜情感积蓄的出口，"梦里不知身是客，一晌贪欢"叹尽了亡国之君悲凉无边的辛酸。家国不幸诗家幸，李煜是不幸的，他错为帝王，不然的话他必定是一位词史中的谦谦君子。然而，他又是幸运的，如果没有去国离乡的磨砺，也许他还在偎红倚翠的日子里陶醉，不思进取地唱着"临风谁更飘香屑，醉拍阑干情味切"之类的香句。恰是孤苦悲凄的他乡之秋，成就了李煜的虞美人、相见欢、浪淘沙，也成就了他不工雕琢却经典永恒的句章。"林花谢了春红，太匆匆。无奈朝来寒雨晚来风。胭脂泪，相留醉，几时重。自是人生长恨水长东。"这样的千古绝唱，悠悠荡荡，摄人心魄。如果不是亲身经历，谁能写得这样泣泣连连？在他乡的日子，李煜人苦，词却美得让人心疼，字字滴血，句句断肠，却篇篇闪光。

告别李煜，我们似乎有些茫然，谁可继承他的优柔怅惘呢？宋姗姗来迟的时候，初始带来的不是词，而是模仿和馆阁唱和，模仿白居易、晚唐诗，唱和出西昆体诗。西昆体在宋初文坛亘越一时。一群才高而自傲的文人在"昆仑之西有群玉之山"编撰览书间歇"更迭唱和，互相切劘"。词呢？词调哪去了呢？词还在，但自从被花间派端上案头后，就再难得走进寻常百姓家。在文人雅士的案头，它好像高贵却扭捏的少女，迟迟不肯"下堂来"。但是，"词自三变始为新"，柳家有儿名三变，他的横空出世彻底改写了词的身份证。柳三变，字永，出身平民，身份低微。为生计谋，他游走于歌伎舞女之间。但是柳大胆不羁，他掀开词的盖头，让词的美大家都看得见。柳永自度曲而作词，将词从窄窄的路拉向宽阔的金光大道。他的"慢、引、近、单双调、三叠、四叠"成为口语俚语也可入词的渠道。经过柳永的改造，词从奢侈品彻底变身为乡野田园的真实情调，一针一线、一钵一壶、一字一句，书写人间世，再无矫情。在柳永那里，女子不再是仙女缥缈，而是实实在在的"邻家有女"，少女"芳心是事可可"的心情，妇人"可惜许枕前多少意，到如今两总无终始"的怨怼，都市"钱塘自古繁华，烟柳画桥，风帘翠幕，参差十万人家"的繁华，活泼泼地跳跃。生动而亲切，布衣而质胜，锦缎也可在邻家，文字宛若"三秋桂子，十里荷花"那样质朴却馨香馥丽。然而，这还不够，柳永一曲《雨霖铃》犹如开了瓶的醇酒，一刹那就醉倒了万千多情人。

　　寒蝉凄切，对长亭晚，骤雨初歇。都门帐饮无绪，留恋处，兰舟催发。执手相看泪眼，竟无语凝噎。念去去，千里烟波，暮霭沉沉楚天阔。多情自古伤离别，更那堪，冷落清秋节！今宵酒醒何处？杨柳岸，晓风残月。此去经年，应是良辰好景虚设。便纵有千种风情，更与何人说？

　　笙箫歌里，倦意多少？却总是难言在喉，倾吐不得。我们猜不透柳永彼时的心境，但从字里行间隐隐得知，才子的"今宵"是在将别、临别之时的难舍、凄凉，却也蕴含着"烟笼寒水月笼纱"似有似无的素淡美感。也正是柳永，亦俗亦雅，将情怀的种子散落在街头巷陌，从此人们不用登大雅之堂也可以赏词，写词成为简便的精神劳动。柳永之后的大才女李清照将词的"媚气"发扬光大，《如梦令》仿佛一曲时光机，在岁月轮回中，风云际会，听花开花落。"昨夜雨疏风骤，浓睡不消残酒。试问卷帘人，却道海棠依旧。知否，知否？应是绿肥红瘦。"李清照是个物质优越的才女，与夫君生活幸福，虽偶有暂时的分离，但那不过是小别，即使相思成"愁"，也是一种可以期盼到结果的思念。"一种相思，两处闲愁。此情无计可消除，才下眉头，却上心头。"但是，当野蛮践踏文明、铁蹄横扫中原时，北宋词人被迫南渡，他们仓皇之间丢失珍宝无数，更遗落了那些闲情志趣，李清照也不例外。她的后半生在落魄的南渡中从此没了"东篱把酒黄昏后"的逸兴，代之的是"寻寻觅觅，冷冷清清，凄凄惨惨戚戚"，这"愁"才是她郁结于心无法化开的痛。李清照的一生是北宋南渡词人的缩影，前半生千般闲媚，后半生兀自飘零，落拓不堪回首。我们再让历史的镜头回顾，李清照是当时的知识分子，却也是个女子，女子生活艰辛之愁，无人呵护之"愁"，才下眉头，却上心头。

　　如果说，柳永、李清照让词的媚更加鲜活，苏轼的到来，则让词成长为帅气阳刚的男儿。"大江东去浪淘尽"的风采，犹如笙歌一曲，须臾之间，豪迈响彻云霄。读苏轼的词，犹如坐在颠簸的小船中，惊心动魄，却畅快淋漓，一发浑雄壮志。我们在"乱石穿空，惊涛拍岸，卷起千堆雪"之间，感受"老夫聊发少年狂"之后，又会有几许"人生如梦，一尊还酹江月"的慨叹？他的词，是北宋文人那颗耐不住案牍寂寞而想报国的雄心。然而，苏轼的词千回百转，在英雄曲中也有情长，月色之下的"把酒问青天"，为他的豪爽性格增添了几分可人。而"料得年年肠断处，明月夜，短松冈"则使得他的侠骨柔情更加贴近我们平常人的心灵。苏轼的豪迈之风格被辛弃疾接过，但辛词又不同于苏，苏轼是纯粹的文人，纵使豪气冲天，也只在案牍之侧发发感慨，辛弃疾却是实实在在的行伍出身，所以他毫不怀疑自己具有"了却君王天下事，赢得生前身后名"的能力。在他的行军岁月中，他以孙仲谋为榜样，图谋报国。辛弃疾一直畅往"想当年，金戈铁马，气吞万里如虎"的时光，还有那些战场厮杀的日子。但时光流逝，难免英雄也叹流年无情，"风流总被雨打风吹去"。但是，不服老的辛弃疾怎肯退隐，他一再问自己："凭谁问，廉颇老矣，尚能饭否？"然而世事不争，岁月无情，"红巾翠袖"之下，无奈空流"英雄泪"。就是这个辛弃疾，感染了张孝祥、陆游等一批词人。他们羞于在南宋小朝廷偏安一隅，不愿苟且在"现世安稳"中。他们以词为旗，以歌为鼓，激励民众北上抗金。辛弃疾的豪迈中却也能见田园即景。他的"西江月"不就是一幅田园牧歌画吗？"明月别枝惊鹊，清风半夜鸣蝉。稻花香里说丰年，听取蛙声一片。七八个星天外，两三点雨山前，旧时茅店社林边，路转溪头忽见。"此情此景，美得不忍惊动画中人。陆游是辛弃疾的忠实拥趸，但陆游更喜欢写诗，他的爱国情怀都在诗中，他把词都给了爱情。所以，想知道陆游的家国信念，我们只能在他的诗稿中翻找。

晏殊沉溺在"一曲新词酒一杯"的夕阳中，晏几道畅想"当时明月在，却照彩云归"，而"古今伤心之人"秦观一直叹息"两情若是久长时，又岂在朝朝暮暮"，周邦彦却喜"柳阴直，烟里丝丝弄碧"中拈花弄草，仗义多情的贺铸勾画"一川烟草，满城风絮，梅子黄时雨"。说不尽的词，道不完的情，宋词是一个做不完的梦，长生不倦，美在人世间。宋词，谁能读出全部？在历史的天空，星星数不清，宋词的光华绚丽多情。词人和词作相辅相成，成就了宋人细腻的情感意境。在这里，我们能听到空灵蕴藉的歌，看得到寄托人生和家国情怀的词作，感受着宋人寄托在若有若无间的情意绵绵。然而，时光太匆匆，岁月逝去，直至当下，我们仍无法确切理解宋人的心迹。但南宋词人蒋捷的《虞美人·听雨》似乎可以告诉我们岁月的力量。"少年听雨歌楼上，红烛昏罗帐。壮年听雨客舟中。江阔云低、断雁叫西风。而今听雨僧庐下。鬓已星星也。悲欢离合总无情。一任阶前、点滴到天明。"那么，不如让我们再听听宋人的声音，与他们的时代脉搏连接，触摸当年的音符。

一片春愁待酒浇。江上舟摇，楼上帘招。秋娘渡与泰娘桥，风又飘飘，雨又萧萧。何日归家洗客袍？银字笙调，心字香烧。流光容易把人抛，红了樱桃，绿了芭蕉。

但愿，今天我们每个人心中犹存风光："红了樱桃，绿了芭蕉。"

（原载《南方日报》2017 年 3 月 9 日 ）

【主编者言】千岛湖美丽浩渺，作者的眼光却沿着湖底穿行。于是文字也就这样沉了下去，带着忧伤的想象和深重的感慨。岁月的咏叹由自然的水面潜入了人文的深处……

在千岛湖畔梦见了你

安　宁

千岛湖有多大呢？

让我告诉你

将三千个西湖放进去

也盛不满我对你的思念

——题记

我知道人是做不成神仙的，可我还是想天长地久地在千岛湖停留下来，而如果我停留得足够长久，那么，我也一定可以变成《搜神记》里，某个在浩渺烟波中，来去无踪的神仙。

千岛湖当然没有相距不过是一百公里的西湖更声名远扬。不过，再怎么有名的湖，与西湖一比，都会黯然失色的吧，千百年来文人们的赞颂，大约可以把整个的西湖给埋葬掉。而千岛湖呢，在抵达这一片无边的水域之前，我甚至没有听说过这样一个美好的名字。而关于它的一切过往，和隐匿在湖底的古老的秘密，我更是一无所知。

我和所有前往千岛湖的年轻作家们一样，因为对千岛湖的陌生，而无一例外地在出发前一天，附庸风雅地去夜游了西湖。有多少爱情故事发生在西湖，我想西湖自己也不记得了。游人如织，是适合西湖的词语，可是，我却不喜欢。我只喜欢一个人，如果两个人一起，就让那个人住在我的心里，安静地陪着我走走就好了。可是人人都想在西湖买醉，借以体会白娘子许仙永世不能相见的悲伤。但隔了千百年，悲伤是不能感同身受的，现代人更希望的，是在西湖边，能有一场艳遇，就像丽江已经被文艺青年和伪文艺青年们齐占领了一样，西湖也成为文人们来杭州必往的朝圣之所。

可是千岛湖呢，千岛湖又在哪儿？当汽车从杭州开往淳安小城的时候，人们或者昏昏欲睡，或者无聊地刷屏，或者寂寞地听歌，没有人说话，只有汽车的发动机声，单调地响着。好像，我们即将前往的，是一个平庸的乏善可陈的旅游景点，属于拍照晒朋友圈后，就以最快的速度，抛弃或者忘记的地方。两边都是山，连绵不断的山，因为浓密的树木，南方的山看上去便近在咫尺、伸手可触，不像我生活的北方，山上太过荒凉了，于是那荒凉便化作一只神秘的大手，将山给推后了几百里，天地因此越发地苍凉悲壮起来。一路上我总想，有什么地方能够收纳这些山呢，让它们不再那么密集地扑面而来，或在夜晚的时候，给天空留一些独处的空间，不用泼墨一样的颜色，浸染整个天空。可是，除了山，还是山，我的视线，暂时地被这些横亘在天地间的无休无止的山，给阻止了，以至于有一些时刻，我神情恍惚，想化作一只飞鸟，破窗而出，而后尖叫着直入云霄。

是的，习惯了平原生活的我，被似乎向着洪荒时代无限延伸的群山，给窒息住了。我想一跃而出，可是，却寻不到微茫闪烁的出口。

然后我便听到同行的向导大叫：看，千岛湖！循着声音朝车窗外看去，一片茫茫无边的水域，被绵延起伏的群山包围着，就像一只巨大的手掌，托举着一颗熠熠闪光的明珠。水面没有一丝的波澜，大大小小的岛屿，星星点点地散落在湖面上，如果将这阔大的湖面，想象成浩渺的夜空，那些星罗棋布的岛屿，一定是闪烁的繁星。因为那湖面太浩大了，浩大到据说可以盛放三千个西湖，所以一千个大大小小的岛屿错落其中，千岛湖依然是大写意的山水画，并没有因此就变得拥挤紧迫起来。想象中，如果能有一个仙人，飞到半空，朝着千岛湖吹一口气，或许，一千个岛屿，会如浮萍，或者水草，顺着水流的方向，自由地飘荡，而不必担心，这座岛，撞到了那座岛的手背，而那座岛，又碰到了这座岛的脊背。它们就这样像天空上的云朵，隔着不远不近的距离，安静地漂浮在千岛湖上，不亲密，也不排斥，是一开始，就在这个世间，注定了的美好自如的存在。

但那大片湖泊，很快就被群山遮掩住了，于是惊鸿一瞥之后，车厢里的人，又重新陷入了沉默。但空气中却开始有一种柔软的气息，花香一样慢慢弥漫，而后浸润了每一个人的心。我知道，我们即将揭开千岛湖神秘的面纱，而它无意中闪现的梦幻般的容颜，早已在瞬间，就将我们所有人征服。

向导采取了许多种方式，向我们展示千岛湖的风情。我们登临观景台，乘坐游艇，或者山间索道，再或沿湖步行。可是千岛湖它太大了啊，以至于这所有的方式，都无法让我看到它的全貌。我很想变成一只大鸟，飞上天空，从南向北，从东向西，遍览千岛湖。可是，即便我生出了翼翅，或许也需要飞行一天一夜，纵横一千公里，才能窥遍千岛湖。所以或许只有学了李白，借助梦境，"一夜飞度镜湖月"，千岛湖才肯将全部的风姿，不管是神秘的，绰约的，还是雄浑的，浩荡的，全部敞开给我。

我当然生不出翼翅，也变不成李白，于是我便在千岛湖，看到千折百回、温柔缱绻的湖水，它们环绕着上千个岛屿，就像仙人随意抛掷在天地间的一条无垠的丝带，经风一吹，便绕过层峦叠嶂，缠住万水千山。一切都是静谧的，一切都闪烁着奇幻之美，如果，没有人告知我，千岛湖的湖底，隐藏着一个怎样惊心动魄的秘密。

当我们乘坐的船，抵达一片开阔水域的时候，向导不紧不慢地说：现在我们正在经过的，就是千岛湖没有形成以前，有1800多年悠久历史的古贺城和古狮城，在二十世纪五十年代末期，为了建立国内第一座水库——新安江水库，它们被瞬间淹没在近百米的水下，自此沉睡，再也没有醒来；当时，古城有近三十万人，因此丢弃家园，离开故土，以难以想象其艰苦的行军式方式，迁徙至遥远的安徽、江西等地。所有的贵重家具、锅碗瓢盆、猫猫狗狗，都来不及带走，便全部被埋葬在水底。

这样一段动荡不安的历史，让静寂无声的千岛湖，忽然间就在我的心里，变得汹涌澎湃起来。我无法想象三十万人，是如何向积淀了千年文化的古城挥泪告别的。不，那不是一座古城，那是承载了他们一代代人梦想的根基，是他们魂牵梦绕的故乡，是他们曾经饱满绽放过的土地，是汩汩流淌的血液，是肆意横流的泪水。而放弃一个家园，就是用锋利的刀子，将一段血肉饱满的生命，从身体里强行割下。如果仅仅是离开，有朝一日，还能够回到这片土地上，重新走走，内心的悲伤，也可以慰藉；可是，当所有的一切，被无边的水域淹没在百米之下的黑暗之中，站在湖边的人，则连一片可以凭吊家园或者安放悲伤的泥土，都无法寻到。那么在梦里，他们会回到深情眷恋的家园吗？而那梦中的家园，是不是也同样沉寂在水底，静默不语？

当一个鲜活生动的古城，永久地定格为地图上的点与线，曾经繁华的街道、商铺、城门、航道，统统成为想象，或者史料记载中的数字，向导口中的描述，再或一代人心底永远回不去的记忆，被埋葬的古城，又会不会想起曾经在它的怀里，安睡的人们？它会像一个母亲呼唤孩子一样，呼唤三十万人，回家看它一眼吗？它还会记得他们吗？那个唇角有颗痣的女孩，已经白发苍苍了吧？那个总是当街尿尿的男孩，也已儿孙满堂了吧？那些迁徙时想要将所有家具都背上，结果却全部丢弃在半路的老人们呢？他们又葬在了哪里？他们临终之前，会不会执拗地要家人将骨灰撒入千岛湖中？而原本就葬在古城中的祖先们呢？他们被浩浩荡荡迁移的家人，深情地最后一次凝视后，便永久地葬在了幽深的湖底，自此，再也见不到挥泪祭奠的子孙。

在关于古代狮城的资料馆门口，写着：一切古老，都值得尊敬。可是，相比起西湖，千岛湖明明年轻得连皱纹都没有生出，但却用三十万人沉入湖底的梦境，震撼着所有观者的心。我看到一整面墙壁的狮城人留下的手掌的印记，我还看到照片记录下的六十年前的瞬间：年轻的男女在田间劳动，小孩子在公园的秋千上摇荡，一只小狗摇晃着尾巴，穿过阳光明亮的街巷，从安徽蜿蜒而至的新安江，则绕古城安静流淌，漫山遍野的花朵，也在尽情地怒放。一切都是安静的，一切又似乎指向不会消失的永恒。

但时代的一声召唤，三十万人就这样眼含着热泪，丢下酝酿了千百年的田园梦想，踏上不知是通往艰难还是幸福的异乡之旅。有谁还会想起这些迁徙者的梦呢，而他们在午夜醒来，又会不会忆起波光潋滟的千岛湖底，那已经沉寂不语的古城？千岛湖有多美，他们对过往的怀念，就会有多深。而三十万人的梦，构筑而成的仙境一样的千岛湖，它的美，是含着泪，带着笑，有着疼痛和温度的。

我在影像的资料中，跟随着拍摄者的视线，抵达了隐匿在黑暗湖底的古城。一切都完好无损，一切都静默无声，飞檐翘角的徽派房屋，雕梁画栋的精致门楼，精雕细琢的威武石狮，而那妖娆的水草，或许，还是1959年生长在阳光下的那一株吧？所有事物，都来不及告别，便犹如万年前的一只昆虫，被瞬间而至的松脂淹没，成为永远沉睡的琥珀。

有没有人将梦境也遗忘在这黑暗的水域之中呢？那一个梦，会不会也跟着一起变成了琥珀，只等着某一天，那个做梦的人，亲自前来唤醒？但我是做了梦，在千岛湖畔。梦里我爱上了一个人，我与那个人，一起在梦里历经了很多的事，就好像历经了漫长的一生。一生有多长呢，我才过了半生，并不清楚，但我确信是像离开千岛湖前的那个夜晚的梦境一样漫长的。梦里美好似天堂，阳光犹如金子，洒在广阔无垠的湖面，除了树木葱茏的岛屿，湖面上什么也没有，千万条鱼也隐匿在水中，了无声息，似乎，隔着碧蓝的湖水，它们成为另外一个不为人知也不想人知的星球。我和喜欢的人，荡舟划行了很久，遇到岸边形形色色的人，还有珍奇的飞鸟。我知道当我醒来，一切都会消失，于是便在梦里，与那人相守了许久。风从哪儿吹来？雨又去往哪里？云朵落在湖面上的影子，会不会恰好被一尾鱼衔住？一片叶子与另外一片叶子相遇，会不会产生爱情？千岛湖里的古城，会不会重新回到人间？一只鸟沉入湖底，会不会变成一尾鱼？我会在千岛湖哪一个岛屿上，与喜欢的人相遇？他可以和我一起，生生世世，成为千岛湖上隐居的神仙吗？我有许多的问题，想问那个喜欢的人，可是最终，我什么也没说，梦境就在黎明到来之前的微光中，雾一样散去。

　　每年有多少人，千里迢迢，重新回到千岛湖，凭吊永久埋葬在湖底的祖先，一定就会有多少梦，遗失在深不可测的湖底。梦与梦，也一定像失散的人与人一样，在湖畔闪烁的微光中，被忽然间唤醒，于是彼此簇拥着，亲密地低语着，诉说着1800多年间，这个世界发生的一切。它们像《桃花源记》里不知魏晋的人们，被一个外来的人忽然间惊醒，于是便在睡眼惺忪中，温暖地集聚在一起，说一说那些被许多人遗忘掉的过去，过去的时光里，有玉石一样温润的爱情，就连飞虫，都在轻盈地舞蹈……

　　多少文人墨客，赞颂过西湖，可是却很少有人，想起1800年的古城，也曾经尊严地在阳光下矗立。还有那些在陆地上，以泼墨一样的热情，浸染过整个大地的山川，它们以孤独的岛屿的姿态，向世人提醒着它们曾经作为山川的部分。而三十万将异乡认作故乡的人们，他们在迁徙中曾经历经的痛苦，和此后遭遇过的人生的坎坷，又怎能被无情地忘记？

　　哦，当然还有梦境，来不及苏醒就尘封掉的梦境。而此刻，我就将独属于自己的梦，与爱情有关的一个梦，埋藏在了这里。我知道千岛湖会为我保守秘密，就像，它用摄影机无法抵达的深度，向世人保守着两座古城的秘密。

（原载《华夏散文》2017 年第 3 期）

【主编者言】在王朝反复更替的中国历史上，魏晋的文治武功似没有太多亮点。但是魏晋风度和一部《世说新语》，却是文化史上的灿烂彩霞。作者像整理丝带一样梳理霞光。

《世说新语》与魏晋风流

杜华平

魏晋时期的名士，有一种不同流俗，甚至不同任何时期的风度，他们的率真浪漫、狂放不羁，共同形成了中华文化中的"魏晋风流"。要深入理解"魏晋风流"，《世说新语》一书不可不读，此书记载了大量魏晋名士的言谈举止。下面分三个方面来看魏晋士风。

一往有深情

人是有情感的，先秦儒家认为情感会干扰人对世界、对自我做出正确判断，所以要"正心"，强调对情感要管控。道家看法不同，庄子提出了无情、忘情的观点，三国时何晏推导为"圣人无喜怒哀乐"也即"圣人无情"之说。然而，比何晏略小些的王弼，却认为情是"应物"所生，所以，圣人也会生情。只是因为圣人"神明茂"，就是自身精神力量强大，故能"应物而无累于物"。王弼的观点对魏晋思想解放有重要意义，当时一往情深的名士气质，与这一观点密切相关。

《世说新语》的《雅量》，最能显示出魏晋名士神情潇洒、内心镇定和喜怒哀乐不形于色的特点。淝水之战大捷，谢安得到捷报，却"意色举止，不异于常"；嵇康"临刑东市，神气不变，索琴弹之，奏《广陵散》"。谢安、嵇康镇静安闲、不惊不惧的雅量和风度，并不是因为他们修炼到没有喜怒哀乐之情，而是因为他们超旷、澄明的睿智和强大的精神力量，使他们"应物而不累于物"。这种超然的精神风度，是"魏晋风流"的重要特点。

有意思的是，《世说新语》的《伤逝》《任诞》《言语》等篇，还记述了许多"钟情"的名士故事。王戎丧子，悲不自胜，山简以"雅量"的标准提醒王戎，王戎回答："圣人忘情，最下不及情；情之所钟，正在我辈。"意思是说：圣人站在比情感更高的层面，超于情，故能"忘情"；还有一种人是"不及情"，那是因为没有血性、情感迟钝；忘情者难以企及，无情者不屑为之，因此应当深于情、重于情。王戎为魏晋时代恣情自适、放浪肆志的风气张本，提出了"魏晋风流"的另一重要特点——重情。

伤逝是重情最直接的表现。东晋名士王濛39岁病危，转动着麈尾，叹息说："如此人，曾不得四十！"作为超旷的玄学家，在生死之际，表现的是悒悒不甘之情。而他死后，友人刘惔前来参加丧礼，献犀角柄的麈尾于棺上，痛哭得昏死过去，这是伤逝的典型故事。东晋名士庾亮仪表不凡，人喻之"丰年玉"。庾亮死后，何充前往送葬，说："埋玉树着土中，使人情何能已已！"这份深情，美学家宗白华先生认为，在一般的伤逝之外，还饱含着对"美之幻灭"的悼惜。

重情还有更多方面的表现。谢安曾对王羲之说："中年以来，伤于哀乐，与亲友别，辄作数日恶。"人到中年，生离死别，逐渐多起来，有高蹈之志的谢安在亲友分别之际，也如此眷眷不忍。因此，当他听说桓伊（字子野）"每闻清歌，辄唤奈何"时，就明白其中况味，说道："子野可谓一往有深情。"

"一往深情"是艺术的重要境界，《世说新语》的许多故事都深入到这一层面。王戎路过"黄公酒垆"，下车回忆道："吾昔与嵇叔夜、阮嗣宗共酣饮于此垆。竹林之游，亦预其末。自嵇生夭、阮公亡以来，便为时所羁绁。今日视此虽近，邈若山河。"对于王戎来说，黄公酒垆是他与嵇康、阮籍等人相从酣饮之地，代表的是一段快意人生。嵇、阮的谢世，终结了"竹林之游"。时移世易，王戎感慨莫名，顿生"邈若山河"之感。

名士卫玠避永嘉之乱来到豫章，在赣江边对左右说："见此茫茫，不觉百端交集。苟未免有情，亦复谁能遣此！"学者余嘉锡认为，卫玠"家国之忧，身世之感，千头万绪，纷至沓来，故曰'不觉百端交集'"。这种解读深得《世说新语》之腠理。

但是，记载在《晋书·羊祜传》的一段小故事又有不同的意义：羊祜镇荆襄时，常到岘山置酒言咏。一次，他对同游者喟然而叹："自有宇宙，便有此山，由来贤达胜士，登此远望如我与卿者多矣，皆湮灭无闻，使人悲伤。"如果说王戎、卫玠的深沉叹息背后有较具体的人事内容，那么羊祜的浩叹则超越了具体的人事，是对生命有限的喟叹。无情的时间流动，与对生命、对世间的留恋，构成了历代咏史怀古类诗词的基调。

桓温任南琅琊内史时，曾在郡内植柳。几十年后，他北伐经此，见所种柳树"皆已十围"，慨然曰："木犹如此，人何以堪！"于是"攀枝执条，泫然流泪"。这个故事感动了后代无数文学家，北周庾信便由此作《枯树赋》，末尾赋有四言诗："昔年种柳，依依汉南。今看摇落，凄怆江潭。树犹如此，人何以堪。"

无论是潇洒放旷的超然之情，还是专注深切的真挚之情，直至形成"一往深情"的生命气质，这些都是成就文学艺术的重要条件，故而宗白华先生认为，魏晋时代是"最富有艺术精神的一个时代"。

会心处不必在远

汉语中的"咏絮才"一词，一是指诗才，二是形容女子聪敏。这个词来源于《世说新语·言语》的一则著名故事，讲的是谢安在某个下雪日召集家族晚辈讲论诗赋文章，雪下得很大，谢安以"白雪纷纷何所似"发问。谢安次兄谢据之子谢朗应声回答："撒盐空中差可拟。"意思是：抓一把盐从高处撒下，白白的盐粒飞落，与下雪仿佛。谢安长兄谢奕之女谢道韫对谢朗的比喻不满意，回应道："未若柳絮因风起。"因为她觉得，春风一起，柳絮飞飞扬扬，用来比喻此时的"白雪纷纷"才更形象。

谢道韫咏雪的故事，直接蕴含着文学的重要奥秘，这就是：艺术的深处是自然审美。或者如美学家宗白华先生所说："山水美的发现和晋人的艺术心灵直接相关。"作为人类生存环境的山水自然，一直是艺术家面对和描写的对象，但钱钟书先生认为，早期诗歌"有物色而无景色"，自然山水没有成为独立的审美对象。只有到了《文心雕龙》所说的"极貌以写物""极声貌以穷文"的两晋以后，物色、景色都蔚为大观，中华审美才出现了一次重大变化。宗白华先生认为，晋人发现了自然山水，固然是因为山水诗在东晋正式确立，更主要的则是自然山水在两晋时期真正成了独立的审美对象。

画家顾恺之游山水之窟会稽，他人问会稽山川如何，顾恺之描述道："千岩竞秀，万壑争流，草木蒙笼，若云兴霞蔚。"前三句写出一幅有静有动、生机盎然的自然图画，末尾一句的比喻则尽显山水的奇幻与韵致，堪称点睛之笔。顾恺之对会稽山水的审美感知，整体透出一种气韵，这在王羲之《兰亭集序》中有更具体而微的展现："此地有崇山峻岭，茂林修竹，又有清流激湍，映带左右，引以为流觞曲水，列坐其次。虽无丝竹管弦之盛，一觞一咏，亦足以畅叙幽情。是日也，天朗气清，惠风和畅，仰观宇宙之大，俯察品类之盛，所以游目骋怀，足以极视听之娱，信可乐也。"在这一"信可乐也"的场景中，万物勃发，万类有情，互相感通，交相映带。

晋人对山水之美的发现，是以纯明之心，体贴外在世界、周边环境。《舆地志》引用王羲之对山阴的一段描写："山阴路上行，如在镜中游。"《世说新语·言语》则记载了王献之描写山阴的文字："从山阴道上行，山川自相映发，使人应接不暇。若秋冬之际，尤难为怀。"王羲之用平时照镜的感觉拟写"山阴路上行"，镜子映物是将立体、多层次的外物叠合在一个平面，使物与物之间的关系清晰化、简洁化。王献之"山川自相映发"的感觉，突出了物与物之间的"映发"关系，侧重写出审美主体的"应接不暇"和"尤难为怀"。

人对自然的情感回应，正是诞生美的根源。因此，晋简文帝入华林园，对随从说："会心处不必在远，翳然林水，便自有濠、濮间想也，觉鸟兽禽鱼自来亲人。"美并非只存在于远离尘俗的世外，只要能"会心"，但凡水木清华之地，都可忘怀凡俗，与万物融通为一。

当晋人发现自然山水之美，文学的感性描写就占据了突出地位。自然描写在魏晋时期不仅见于专门的山水诗文，同时也广泛渗透于其他场合，尤其是人物品藻方面。《世说新语》评王羲之云"飘如游云，矫若惊龙"，评王戎云"眼烂烂如岩下电"，评王恭云"濯濯如春月柳"，评嵇康云"肃肃如松下风，高而徐引"。在大量的类似描写中，气韵生动的自然美都以比喻的形式品藻人物，以自然美彰显人物内在的品格和风神。对自然美的深入感知和充分表现，正是魏晋风流的重要特色，也是中华传统艺术的重要推进。

俯仰自得游心太玄

《世说新语·文学》记载：谢安有一次与家族子侄辈讲论诗赋，他问《诗经》何句最佳，谢玄马上举出《小雅·采薇》中的诗句："昔我往矣，杨柳依依。今我来思，雨雪霏霏。"文学作品的评价标准很细微，讨论哪首诗或哪句诗最佳，这是文学修养、艺术审美能力的碰撞与考验。谢玄的回答说明，他认为形象生动、饱含深情等特点是诗歌最需要有的。

谢安自己则举出《大雅·抑》的句子"訏谟定命，远犹辰告"，认为有"雅人深致"。这两句意思不好懂，大约是"确定远谋大略和法令规制，及时告诫天下四方"的意思。这样的句子，谢安为什么觉得"有雅人深致"呢？《晋书·谢安传》记载：谢安寄情丘壑，高卧东山，朝廷多次征召，他都坚辞不出，但司马昱总理朝政时，谢安终于应召出山。王夫之在《姜斋诗话》中认为，谢安借这两句诗将大臣经营国事的心曲传达出来，也就是说，谢安从这两句诗中感受到政治家的胸襟抱负，这种胸襟抱负高远、深沉，超越了个人的一丘一壑之好。

谢安所谓"雅人深致"，就是超越一般艺术直觉的更高远境界。

晋宋之际的宗炳是画家和音乐家，史书说他好山水、爱远游，老病归乡，将所游览的山水都画在壁上，说道："名山恐难遍睹，唯当澄怀观道，卧以游之。"又说："抚琴动操，欲令众山皆响。"宗炳的根本目的在于从山水中"澄怀观道"，"道"是老子创造的一个概念，用以指称宇宙万物的本体。晋人又拿佛教"即色即空"的观念解释万物与"道"的关系，认为"道"是本体，万物是现象物质。宗炳在《山水画序》中有两句名言说得很清楚：一句是"山水质有而趣灵"，是说"山水有具体的形质，更含神妙的意趣"；另一句是"山水以形媚道"，原来在宗炳看来，山水之形就是为了更好地表现"道"。

魏晋并非人人都是哲学家，但似乎许多人都有探求宇宙本体的玄理追求，由此自然生出一种幽深意趣。王羲之《兰亭诗·其四》说："造真探玄根，涉世若过客。前识非所期，虚室是我宅。远想千载外，何必谢曩昔。相与无相与，形骸自脱落。"人在世间，非常短暂，犹如过客，因而在"逝者如斯夫"的浩叹之后，人们反思历史时都会油然生悲。但是，在王羲之看来，若能探寻"真"与"玄根"，便可以克服这种悲伤，直至超越世俗、清虚无欲。

魏晋人一方面爱好山水自然，有活跃的感性生命，另一方面则神思超旷，超越感性、超越欲念是魏晋人的精神风姿和审美特色。荀羡登京口北固山望海，说道："虽未睹三山，便自使人有凌云意。若秦、汉之君，必当褰裳濡足。"这正如刘勰所说："观海则意溢于海"。荀羡东望大海，传说中的蓬莱、瀛洲、方丈三仙山并未望到，但已有凌云欲仙之意，进而想到，若是秦皇汉武登此，便要涉海寻仙了。联想到晋简文帝入华林园而"有濠、濮间想"，谢安坐石室悠然而叹"此去伯夷何远"，三人都是"由物色而思接千载，由实景而迁想虚境"。他们都有典型的艺术家气质，以充盈的意趣、活跃的情思、丰富的联想，超越目接耳闻的有限，克服时间、空间的拘絷，在看似无关的现象之间接通意脉，使偶然、一般的存在产生幽远意味。

魏晋人玄远意趣最幽邃、最美妙的表达当推嵇康和陶渊明。嵇康《赠兄秀才入军》云："目送归鸿，手挥五弦。俯仰自得，游心太玄。"宗白华先生认为，嵇康是以音乐家的心灵领悟宇宙、领悟"道"。于是，有限的生命个体、无限的宇宙空间、幽深的"道"，都带上了音乐的节奏与和谐的境界。因此，嵇康所描写的形象是如此潇洒自在，引人神往。陶渊明《饮酒》云："结庐在人境，而无车马喧。问君何能尔，心远地自偏。采菊东篱下，悠然见南山。山气日夕佳，飞鸟相与还。此中有真意，欲辩已忘言。"栖居于人间，采菊于东篱，诗人却悠然神远，精神飞驰于南山，与山岚、飞鸟自在飘动，共同沉冥于宇宙大化之中，与"道"相合共生。

魏晋时代的超旷美，每每从眼前的景象生发，寻觅内心的深邃、宇宙的悠远，探求"道"的本真。而在魏晋人笔下，"道"也与身边的一山一水、一草一木、一言一行融为一体，变得鲜活生动起来。

（原载《中国教师报》2016 年 9 月 21 日、9 月 28 日）

【主编者言】我们希望没有羁绊牵挂，我们渴望用迁徙改变生活，我们的梦想在远方。故乡的吟唱渐渐低沉，故乡的身影渐渐黯淡，如今我们甚至需要号召乡愁，一种情感正在消散。

故乡，渐趋消散的吟唱

仵埂

西方小说的鼻祖塞万提斯，西班牙人，400年前写了一部长篇小说，叫《堂吉诃德》，这是故事的主人公。小说写他从故乡出发，要像骑士一样闯荡世界，后来他还说服了乡邻桑丘做他的跟班，一起做游侠冒险走天下。读者就跟着他的足迹，见识了整个西班牙社会。从平原到深山，从乡村到城镇，从僻陋的客栈到豪华的城堡。也见识了各种各样的人，贵族、僧侣、地主、农民、商人、苦役犯、妓女、强盗，等等。见识自己从未见识的陌生世界，大约是人类心理之共同冲动，不然，塞万提斯不会这样写他的小说，人们也不会这样喜欢读它。塞万提斯能如此选择，也是深有因缘，他的童年，就如小说主人公堂吉诃德一样，跟着他的游医父亲四处游荡，他成年之后的个人生活，也同样动荡不宁，连这部小说最开初也是在牢房里诞生的。我所感兴趣的，是作者的经历和小说故事之间的关联，一个在童年居无定所的人，哪儿是故乡呢？处处皆故乡，于是便没有故乡，他难以建立起深沉的故乡意识。故乡意识的建立，追根溯源，大约要追溯到人类定居生活的开始。狩猎阶段不是定居生活，游牧状态也非定居，采摘野果的生活也难算得上，只有到了种植耕作阶段，人类才学会在一个地方将自己安顿下来，所以说，农耕文明的诞生，即是故乡意识的诞生。

定居之后，有了家，有了村落，有了故乡。在"诗经"时代，我们就看到了对于家室的描写。"桃之夭夭，有蕡其实。之子于归，宜其家室。"有了家室，人们重土而不轻易远迁。老子说："使民重死而不远徙。"故土难离，大约就是这样慢慢形成的。既然从小生在一个地方，长在一个地方，自然会对这个地方充满深情。长大之后，即使走得再远，也会对故乡生出深深的眷念，因为故乡留存着童年最为鲜明美好的回忆。

但是，人总是有着走出故乡的冲动，就像堂吉诃德渴望闯荡外面的世界一样。中国人也一样，《白鹿原》里，白孝文说，谁走不出这白鹿原，谁一辈子都没出息。只有走出故乡，才有故乡意识，这是极为有趣的事情。一个人一辈子不离故土，他便成了这片土地的一部分，也无从谈起故乡意识。李白的思乡诗和别离诗写得最好，他二十五岁（开元十三年）那年秋天，"仗剑去国，辞亲远游"，此后再也没有回到故乡。他一生都在歌吟故乡，而且写出了最为动人的乡愁："床前明月光，疑是地上霜，举头望明月，低头思故乡。"我们对故乡的情感，一往而情深。于右任离开大陆，身居孤岛，这才吟出最为动人的望乡曲：葬我于高山之上兮，望我故乡；故乡不可见兮，永不能忘……

人的天性里，一定有着双重冲动，走出故乡和回归故乡。走出故乡，走向一个更为广阔的世界，去看看外面的风景，去经历那个陌生而异己的生活。对新鲜事物的体验体尝，也是古老的冲动，人类基因里就带着游走天下的好奇心，据人类学家说，地球人都是从非洲森林里走出来的，他此后走遍了地球的任一角落，多么浩大壮观的迁徙。想去外面的世界看看，是一种强烈的内在冲动。想回到故乡，又是另一种强烈的冲动。《白鹿原》人物白嘉轩，看到黑娃最终回到白鹿原寻根问祖，说："凡是生在白鹿村炕脚地上的任何人，只要是人，迟早都要跪倒到祠堂里头的。"楚霸王项羽攻占咸阳后，若定都咸阳，历史可能会改写。但是他却因思乡心切，急于东归，认为富贵不归乡里，犹如"锦衣夜行"，无人知之。于是，急匆匆回故乡炫耀自己的显赫荣华，可爱倒是十分可爱，只是最终丢了天下。

在人类的认知里，男女对故乡的感知极不相同。据我的观察，男人对故乡的意识更为浓烈执着一些，而女人对故乡则相对淡漠一些。对于走出故乡，拥抱新世界，女人比男人更为决绝和有力。在西方的小说里，你看看，正是那些小镇小城的女子，成为出走的先锋，而作家的敏感，常常捕捉到这些人物。比如，福楼拜笔下处于外省乡下的耽于幻想的包法利夫人，米兰·昆德拉笔下那个小镇上的女招待特丽莎，等等，她们生活在平庸乏味的日子里，总是希望抓住生活中带来希望的东西，从而改变自身的生活，所以常常义无反顾地走出家门，走出故乡。

令人感慨唏嘘的是，这样一个几千年构成的传统价值，却正在渐渐消失。现代化的标识之一，就是都市化。农村人口大量涌入都市，乡村诗意正在失去。当然，这个变化谁也无法阻挡，既然城市的钱好挣，生活质量又高，没有道理阻碍那些寻求新生活的新一代农民。只是生活在都市的人群，从此失去了故乡而已，那么，都市不是故乡吗？的确，都市难以建立起来故乡意识。故乡意识与田野土地相关，与天空相关，与乡邻相关，与村舍相关，与鸡狗牛羊相关……这一切物象，才是集合起来我们的故乡意识。都市是截然不同的人造之庞然大物。我们正行进在失去故乡的途中，并且正在为这一失去而欢欣鼓舞。

以后的日子里，大多数中国人，将在都市出生，进入没有故乡的时代。失去故乡的现代人，从理论意义上说，怀揣身份证，可以居住在中国的任一地方，甚至，可以居住在世界上的任一地方。将流浪化为一种诗意化常态。故乡不存在了，家园不存在了，国家不存在了，这些不存在到达的那一天，是不是世界大同了呢？兄弟姐妹们，等到那一天来临，我或许就移居到普罗旺斯去，据说那里风光明媚，民风淳厚，有一座什么山，山脚下有一户人家，这户人家葡萄酒酿得好，搬去做他的邻居，喝葡萄酒总是方便些。

（原载《西安晚报》2016 年 12 月 16 日）

【主编者言】当声光电等各种手段应有尽有，充斥舞台，并且愈演愈烈，却有人放弃装扮，素颜登台。这样的不借外力需要十足的自信，而观赏这样的作品不仅用眼，更是用心。

素颜的魅力

莲　子

一

那次，著名昆曲表演艺术家柯军去香港演出实验《夜奔》之前，不经意间跟我提了一句："我已面目全非。"

我并不知道这句话的意思，没多想，也没问。柯军是个稳持内敛的人，也没多说。直到观戏，这才知道，他是素颜演出。

平生第一次知道有人无须装扮作衬，素面一副登台演戏。平生第一次看到虽是素颜演出，却足以在舞台上熠熠生辉。带来的惊喜自是不言而喻。

记得有人说过，素面是这个时代最珍贵体面的容颜。同理，依我陋见，能以素颜登台演大戏的，必是演艺高手中的高手，大家中的大家。

香港文化中心的实验剧场肃静无哗，绝无喧嚣和张扬，也没有垂垂若深藏人间悲欢的大幕。那简洁安静的场域似乎告诉人们：嘘，请保持静默。

空气里氤氲的不容抗拒的安静气息，让我遽然想起西方艺术界的一个说法："戏剧该有伟大的寂静。"

《夜奔》里的林冲是个典型的悲剧式人物。他曾是八十万禁军教头，立志报国，却遭奸佞所害逼上梁山为寇。长夜漫漫，风寒雪冷，昏天黑地，一路跌扑，所有的怨、痛、怒、泪全都集中在这个末路英雄身上。柯军的"面目全非"，原来竟是为一腔仇恨、满腹愤懑的角色所准备的"胡子拉碴"。

2004年，柯军在享有"香港创意文化教父"美誉的香港华人实验艺术先驱荣念曾带动下，独创了"新概念昆曲"的艺术形式。从此，柯军怀着敬畏之心，在虔诚地持守传承灿烂而珍贵的传统戏曲的同时，选择勇敢，开始以最传统、最先锋的胆识，穿越重重屏障和藩篱，开拓新境，实验专属于自我疆域的"夜奔"，给世人带来迥然殊异的另一道风景。

作为一个赓续传统，被中国古典戏剧濡染了几十年，在古老的美丽里早已大放异彩的表演艺术大家，柯军对另一路数的实验《夜奔》，更确切地说，是对素颜演出，颇有感慨。他说："演员是非常幸运的，可以体验很多人物的生命和情怀。但同时也很悲哀，演来演去都演着别人的人生。谁来演我？是不是等我死了，让别人来演我？"面对一个个被岁月攫去的日子，柯军心有不甘，传统的安分中透出那么一点不羁和黯然。而本色、纯粹的素颜演出，恰恰可以让角色和他血脉相连，成为他自己。

悲剧式人物林冲，以悲凉和孤胆面对无方向的方向，周围漆黑一团，没有一丝光亮，望不见石上云天，身上有着选择的煎熬和苦痛，是矛盾冲突的集合。脑袋里早已储存了近百出戏的柯军，把实验《夜奔》视为一出心理剧。因为是独角戏，林冲没有发泄对象，只有自己的意绪与心境，心理空间和舞台空间都是个体存在。唱念做打所有表现手段，都仿佛穿越自己的灵魂，有着强烈的情感抒发。由于功底扎实，技艺精娴，柯军披着风寒，穿越黑暗，边舞边唱，准确严谨，凝重潇洒。纵然是长达数十分钟的累功戏，也没有丝毫气喘力促、荒腔吃字。唱则荡气回肠，念则字字千斤，配合恰到好处的身段节奏，还有"奔"时灰色长衫发出的簌簌的声音，把穷途末路上林冲心灵的寒冷，以及那种凄惶、恐惧和盘托于观众面前，独具艺术魅力。

二

四季轮回，美丽亘古不变。实验《夜奔》里林冲这一角色的出彩，却是独到的。依我看来，这与没有华丽彩饰的素颜有很大关系。虽说剧场淬砺好演员，但一个真正的好演员，并不需要流光溢彩来点染，关键是要让演员一踏上舞台就能够挥发自如，获得足以彰显剧中人物的塑形能力，如此才有可能用最具穿透力的手法，表达人物的命运悲剧；如此方能见出演员的高下和斤两。而不美化，不雕饰，不虚夸，不遮蔽，总之，去掉一切包装的素颜，不会隔山隔水隔烟尘，能让观众真切地看到剧中人物满脸悲伤，满目苍凉，还有那眉宇间的潮起潮落，情绪表达纤毫毕见。加上如泣如诉连绵回荡的唱腔和形体表演所迸发出来的身势语，恰恰能够把人物所有奔涌的迷茫无措和彻骨的激愤苍凉表现得淋漓尽致，带给人无法言表的感动冲击，继而让人在隔世相望之后，留下安静的反刍。

素颜美如斯。那种自始至终散发的舞台魅力，那种因为纯粹和真切所造的魔，是独有的。这之后，我对素颜演出一直别有情怀，因为知道在戏剧表演中稀有，便视它如珠贝珍奇，甚至认为它就是戏剧舞台上最好的表演方式，是最高级的艺术，尽管我知道这个观点过于绝对，有失偏颇，甚至偏执。

我跟柯军说，素颜才是你，而不是角色。

柯军纠正："是让角色成为我，有装扮是我成为角色。"

人生如戏，戏如人生。回望来时路，有着峻朗风骨、坚韧如铁的柯军，也有多次在逆境中搏击厮杀的经历，伤痕累累，内心有痛彻心肺处。蚀骨入髓的个人生命体验，让他演起林冲，感受丰沛，热血在胸腔里轰鸣，所有的悲伤在自己的身体里冲来荡去，有如在老去的光阴里，翻阅历久的往事。而素颜，能够让柯军与角色相遇，灵魂碰撞，分不清到底是角色还是真实的自己。能让他在微醺时穿越自己的灵魂，携着内心涌来的因循之痛和几多悲凉，风骨高扬，把人物在黑暗里的纠葛困苦，左奔右突，演绎得入木三分。

毋庸置疑，从内心到外表都是真实原初的，那是真正能打动人心，逼人心眼的东西。

三

荣念曾先生作为香港最具影响力的艺术家，十多年来，和柯军一直合作得非常好。夜奔足音跫然。2017 年 4 月，在横跨欧亚的多场演出之后，柯军再度随荣先生以素颜行天边，远赴美国、加拿大演出实验《夜奔》。我请柯军一路择机跟荣先生说，戏剧舞台，万紫千红，各有千秋，可我囿于孤陋浅识，独喜素颜之魅。

我思忖着荣先生会怎样看，是否会说我识见偏颇。

柯军对我的嘱托很认真。在多伦多的演出结束后，他抓住时间的零余，以舞台为背景，把整个问答过程用视频拍下来，一字不落地传过来给我。

镜头里，柯军对荣先生说，2015 年 10 月，作家莲子从广州赶来香港看我们的《夜奔》，她学中文出身，是读过古典文学的人，可她只爱素颜，只爱实验《夜奔》。要看看荣老师您什么反应。

荣念曾年近八旬，学养深厚，一派艺术大师的风范。他精神矍铄，满目慈祥，慨然应允，会心一笑。"我们都想知道创作的源头。源头又在书房里面，作家在书房里是不化妆的。其实在排练里最基本内容和最基本动作的开始最令人感动。如果加入了许多包装以后就好像变得有些娱乐，大家好像看到的只是包装。你的朋友是做文字工作的，也是在做创作，当然知道精简的重要性。要精要简，精简到一个阶段她跟文字的本身有一个最基本的沟通。根本不需要在文字上添加很多花花绿绿的修饰。越简单越直接。"

荣念曾还说到每次在排练场与柯军的排练时就很感动。看到的就是柯军自己，而不是别人。他了解柯军在日本横滨演出的经验，还有在印度时根本就没有音响的演出，完全是用环境的力量在讲自己的故事。

对柯军在印度的演出，我有所耳闻。那是 2003 年冬天的印度南部邦格罗。演出在一个五星酒店里举行，出席的贵宾有印度政府外交官员和一些知名作家及艺术家。酒店富丽堂皇，壁饰描金点彩，却由于不是正规演出场地，麦克风效果不甚理想。对舞台空间的处理有足够经验的柯军，干脆不用麦克风，循着剧中人物的心路历程自说自话。艺术的创造是自我的。那一刻，柯军恍若看见自己灵魂的掠影，他激情荡漾、精湛演绎，出神入化。人虽很累，颇费嗓子，但极好的功力和自然状态，令演出获得意想不到的效果。一剧方终，全场欢动，掌声如雷，观众称赞演出撼人心魄而不朽，说他的精神气质和眼睛能征服全世界。

就以印度这场演出为例，荣念曾说："舞台不一定非要像身后这样的舞台，表演艺术不是仅仅为了一个市场，有时候也会回到一个表演的本体，回到一个演员的自问。为什么要动？为什么要发声？这样的本真最打动人。"

荣念曾蔼然郑重，语调不疾不徐，对艺术的真知灼见是在极其自然的形式下流露出来的。至此，他话已说完，柯军依然刨根问底："作家莲子要看荣老师您的反应。"

荣念曾哈哈大笑。"这很正常呀，她喜欢素颜的演出就像她写的文字一样，越写越简洁，那些装饰性的东西已经拿走了，该讲的已经讲了。下次去广州，再去和她聊。"

审美需要天赋，但是天赋需要点拨。大师荣念曾解开文化密码玄机，观照深远，鞭辟入里，对我的素颜情怀做了一个很好的诠释，这让我感到舒坦和自在。同时，他对总在文字里彳亍的人的理解，让人心生敬意。

先生这一番高论，让我想起完美而经典的泰戈尔直白式，那没有繁缛堆砌，简洁大气的表达，便是最深刻的表达。想起新世纪初俄罗斯先锋戏剧的一面旗帜莫斯科"纪实剧院"，那完全抛弃布景、服装、化装、音乐、灯光效果等极简主义的"质朴戏剧"，仅靠演员的演技来征服观众，那是最纯粹的艺术。想起意大利的罗马和佛罗伦萨街头，处处可见残垣断壁，一副素面朝天的样子，那就是素颜的力量。珍爱自己的文化和历史，是一个民族成熟自信的表现。而敢于素颜登台唱大戏的，自然也需要足够的底气和自信。

如果说，艺术天宇下，一个人要努力说出一个故事，那么必定是不仅用眼观看，更是用心体悟出来的故事。我想我是看到和体悟到了。

（原载《家庭》2017 年第 16 期）

【主编者言】王季思（王起）先生参与主编的《中国文学史》，曾是高校中文系的主打教材。文学瑰丽，治文学史的人理当高朋酬唱，诗酒风流。惜时代变迁，风尚已经式微。

父亲王季思的诗友情缘

王则楚

近日，在永昌堡（我们家宗祠）后人的群里有人发了一幅夏承焘先生书写给施蛰存的字，内容是父亲王季思论诗的一段话，勾起了我对父亲与亲人、友人诗词来往的回忆和思考。在父亲 111 岁诞辰和去世 11 年之际写下此文，以做备忘。

温州是诗人谢灵运的故乡，诗词歌赋和南戏一样，在温州人的生活里是一个有机的组成，在文人墨客来往之中都有许多记载。我们家的祖上有许多的诗文和戏曲故事留下来。记得父亲就讲过，戏剧《荆钗记》里，丞相的原型就是我们王家的先祖。清朝平定太平天国农民起义之后，清廷曾经下旨对温州免赋救灾，但府县地方官仍匿旨不宣，照常征赋。曾祖父王德馨（字仲兰）写文章揭露知县陈宝善违抗朝廷，匿旨擅征。被县官派人捉拿。仲兰公越狱逃亡北方，流亡了好几年。归来之后，他在积谷山下的东山书院当山长。面对诗人谢灵运的池上楼与春草池，他吟诗作画，成为一时名宿。他的诗曾被民初大总统徐世昌编入《晚晴簃诗抄》，至今在温州图书馆还留有诗集《雪蕉斋诗抄》。

家传的诗文爱好自然也一直在王家这个书香门第里影响着每一个人。在父亲那一辈里，父亲的大姐夫陈仲陶是南社的成员，和柳亚子先生都是同期的南社活跃分子。他与温州刘节的父亲都有聚会的记录。他的《剑庐诗钞》有柳亚子的题词：豪气元龙百尺篓，瓯江江上旧风流。一门更喜都人杰，六秀从来世少傅。章士钊也题长句一律，其中说他"吐纳众流成别士，推排细律作词人"。他在重庆的时候，还收了民国第一侠女，为报父亲被割首示众之仇而亲自开枪打死孙传芳的施剑翘为徒，成为诗坛佳话。父亲在《剑庐诗钞》的"后记"里承认：我青少年时期写的诗文经常得到他的指点，他后来写的诗词也往往抄给我看。这种家传的诗风，也使父亲得以交会了许多诗友。

前面提到的夏承焘就是与父亲有深交的诗友。他们的交往可以追溯到少年时代，这些来往在父亲的书里、夏承焘的日记里，以及其他的一些文章里都有提到，但最集中、最有影响的还是 1957 年 1 月父亲邀请夏承焘先生到广州中山大学交流的那次活动。整个活动，以及和中山大学中文系教授的交流都有详细的报道。我当时只是一个 11 岁的小学生，大人之间的学术交流我是不了解的，但家里准备饭宴请夏承焘先生的美味佳肴倒是记忆深刻。那天，妈妈是特别用心地安排父亲和夏先生喝酒的菜，一般的凉菜当然有，但温州的鳗鱼片夹肉我记得就吃过这一次。那是头天晚上就把鳗鱼干泡软了，热后斜斜地切成薄片，煮熟的五花肉晾冷了也切成薄片，两者以"梅花间竹"方式放在盘里，再上蒸笼蒸熟，然后等到温热才端上桌。那在厨房里的香味，就已经让我忍不住偷吃了。那天是父亲 53 岁的生日，饭前，爸爸请夏承焘先生书写他自己撰写的对联：三五夜月朗风清与卿同梦，九万里天空海阔容我双飞。这是父亲描写他和母亲爱情的一副对子，母亲也特别喜欢。那红底宣纸上是撒着碎金点的，铺在家里的饭桌上，父亲把书房里的笔砚拿过来，父亲亲自研墨。后来，我也去帮着研墨。夏先生写到"卿"字之前，母亲也过来观看，对"卿"字，母亲提出改为"子"字，夏先生遵嘱写下。字裱好之后就挂在家里的饭厅。我一直记得写的是：三五夜月朗风清与子同梦，九万里天空海阔容我双飞。"文革"前在北大的政治学习的思想汇报里，我还说过这副对子，说是"资产阶级"知识分子的父亲想让我们成为他们的孝子贤孙。此汇报被高年级的同学看到，却很羡慕地抄下这副对子。到底哪个字才真实？近日，则柯哥哥在回忆文章里也肯定了是"子"字，并且抄录了夏先生的《天风阁学词日记》。在夏先生的日记里写明是："午饮季思家，是其五十三岁生日。属写一联曰：三五夜月朗风清，与子同梦；九万里天空海阔，容我双飞。其夫妇二三十年前故事。"母亲要求改的这个"子"字，显然包括了子女的意思。一字之改，深深把母亲对子女的母爱，和希望父亲能够与子女同梦的爱情化在了这个对子中了。一年之后，母亲因病去世。可惜的是，"文革"之后再也没有找回夏承焘先生书写的这副对子。

我记忆里，在搬到东南区1号之后，书房布置好之后，父亲给自己的书房命名为"翠叶庵"，请商承祚先生的父亲、健在的清末探花商衍庭（衍鎏）先生为之题写。我随父亲到过商衍庭先生当时的居处，在东北区许崇清校长家的坡下，进门就能够看到案桌上用玻璃罩罩着的御赐宝剑。不久之后，就看到父亲书房圆拱门上挂着商衍庭先生书写的牌匾。

此外，父亲的藏画里一幅黄宾虹的翠叶庵读曲图，这是黄宾虹先生应父亲的要求而画的，并从杭州寄来羊城。父亲收到之后，当即写下《洞仙歌》词一首作答，谓"黄宾虹先生自西湖巢居阁写寄《翠叶庵读曲图》，赋此答谢"：

> 西楼倦卧，任榕阴移昼，梦想阑干压金柳。
>
> 费经营，凌溪一析轩窗，帘卷处万壑千岩竞秀。
>
> 巢居阁子里，一老婆婆，湖上阴晴几翻覆！
>
> 头白喜春来，腰鼓秧歌，想画里长开笑口。
>
> 愿把酒为公祝长年，看劫后湖山，重铺金绣。

为此，父亲还专门请詹安泰先生书写该词来配在画头。詹安泰先生在书写之后的说明里写道：

> 一九五〇年一月，黄宾虹先生为季思兄写翠叶庵读书图，自杭州寄来羊城，季思赋此词谢之而嘱余别书一通以配图，词自佳妙，惜余书拙劣，不免佛头着粪之诮耳。

在反右之前，毛泽东诗词也已经发表，而且还有和柳亚子先生之间的唱和。内地知识分子在那段比较起来几乎是最好的日子里，享受到比较宽松的"早春天气"，互相之间的诗词唱和也是比较多的。中山大学里也一样，例如1957年4月1日，广州京剧团来中山大学演出，演出以后，演员与教授欢聚一堂。陈寅恪先生非常高兴，写了三首绝句，送"祝南、季思、每戡先生一笑"。陈寅恪的诗和三位教授的奉答之作，均刊登在其后的《中山大学周报》和《南方日报》。

我还记得小时候，跟着父亲在1956年的十一假期，晚上和董每戡、詹安泰还有另一位教授，在中大北门叫了个小艇，从北门划到黄埔岛再划回来。四位教授在艇上就着艇家的新鲜鱼、蟹、虾、蚬，吟诗作对，喝酒至父亲大醉而归。

反右时，董每戡先生由于在陶铸召开的座谈会上的发言、詹安泰先生由于在政协会议上的发言，竟然被打成右派。詹安泰这位饶宗颐先生的老师、诗词成就非常高的广东学者，因而早逝于"文革"之中，实在令人惋惜。"文革"后，黄宾虹的画和画上詹安泰先生书写的父亲作的词裱在一起，直到父亲去世，都一直挂在家里的客厅。后为大哥所收藏。父亲的词也编入了大哥整理的《王季思全集》里。自反右之后，我所见到的教授们之间的诗词唱和就少了，一是父亲北上北京大学讲学和编辑《中国文学史》，二是1963年他回中山大学，而我却北上北京大学读书，彼此交集很少，也再难见到诗词会友的场面了。

打倒四人帮，父亲诗兴大发，写有不少诗词，来表达他对打倒四人帮的高兴和对改革开放的支持。当时，许多人把四人帮看成横行霸道的螃蟹，父亲又是最喜欢吃螃蟹。即兴写下了《齐天乐》：

四凶落网，普国欢腾，持螯把酒，共庆胜利。

潮回暂落吴江水，尖团一时俱起。泽畔横戈，泥中拥剑，喷沫都成毒气。

秋风渐厉，看汝辈横行，为时能几？竹篓禾绳，元凶行见骈头死。

玻杯兴来高举，劈双螯一盖，连呼快意！

海市烟消，蜃楼泡灭，玉宇澄清无际。

豪情万里，正月到天心，潮生眼底。料得明朝，丰收歌"四喜"。

他特意把这首词，抄寄给上海的三弟王国桢（我的三叔）。三叔还特意请人书写了保留下来。

1978年1月，父亲向商承祚先生出示"文革"之后尚存之齐白石所绘的群蟹图，还请商先生为之书写了父亲童年（1919年13岁）所作的咏蟹诗，装裱在画顶。

此诗我看过父亲的原稿，"玑珠"为"珠玑"，"何日"为"可异"。诗曰：

公子无肠不解愁，

江湖豪气孰能俦。

横行廓索空千里，

直吐珠玑泻九秋。

入馔有时倾泽国，

乞符可异属监州。

平生玉质真知己，

换得尖螯妙句投。

至于那篇在政协会议上即兴写的讽刺向钱看的《水调歌头》，调侃地写道"我亦万元户，年年爬格子"，见报之后，不时被人提起。"文革"之后，教师节，父亲也写过词，请商承祚先生书写，发表在中大盟讯里。那些复印的底稿，在家里的废纸堆里，我看到过。

父亲晚年，更多的是与王越先生有诗词歌赋的来往。1983年王越先生寄来他的诗集，父亲回信：

论诗绝句对前代诸名家大家,不是一味拜倒,而是一分为二,分析批判。一年多来夏承焘论词绝句,苏仲翔论诗绝句,先后出版。他们都是一代专家之学,诗词功力,兄或有所不及,胸襟见地,兄实过之,不悉以为然否?

1993 年 12 月 26 日父亲写了《鹧鸪天》:

新岁将临,沉阴放晴,东廊曝日,喜而成吟。

万里晴光透碧霄,寰球渐见息烽飙。朝阳软似黄绵袄,淑景鲜如五彩绡。

人意好,岁收饶,同心为国看今朝。持盈防腐归中道,珍重中华百炼刀。

父亲嘱我抄好。"寄士咢(王越先生的号)学长指正。"

1994 年 1 月 29 日,父亲还亲笔写下《甲戌新春抒怀》(又一首):

贺卡联翩到枕边,谢天放我老来闲。窗前花影无心顾,楼外莺歌不费钱。

春意好,物华鲜,江山词笔两坛妍。爱他逐日追风客,掷杖成林又一年。

近词录呈 士咢学长一笑。

1994 年 3 月 29 日,根据父亲与我和董上德老师的谈话整理出来的父亲的文章《说"服老"》在《羊城晚报》上发表。里面写道:"不服老"是空话,"老当益壮"是空想。一个人由少壮而衰老是自然规律,哪里有老当益壮的呢?廉颇老年并没有为赵国再立战功,马援到了五溪蛮以后,看到那里气候环境的险恶,羡慕起他弟弟在故乡的悠然自得,并没有真正的不服老。至于文学作品的句子,曹操写《步出夏门行》这首诗时不过四十岁上下,并没有到暮年;王勃写《滕王阁序》时不过二十岁左右,这些往往带有理想的色彩,并非自己亲身经历。

王越先生看到之后,专门写了诗《读"服老"篇》寄给父亲:

服老不服老，如何为怀抱？孔丘常发愤，不知头白了。生入玉门关，班超见机早。圣哲与英雄，殊途同归好！

1994 年，由父亲签名、大哥手录的，给王越先生的信里写道：

我和兄青年时在南京同学，南来广州后，又在中大、民盟共事多年，诸蒙照扶，两家子弟也亲如手足。则柯、则楚在中大附小多蒙超心照料，得以有成。

现在想起来，这样的日子已经随着这一辈诗人的离去，再也不会回来了。但愿我们这些不学文科的儿辈能够慢慢体会他们的诗友情谊，记下来留下记忆。

（原载微信公众号"记忆"2017 年 5 月 9 日）

【主编者言】植物携着我们赋予的不同象征，伫立在我们的文化屏幕上。人与植物之间，究竟有没有精神的沟通？百无聊赖中遇见的植物，也许有缘，尤能挑动人的心弦？

水仙辞

万华伟

一个冬日的早晨，寒意料峭，面对窗外的皑皑白雪，我怅惘无绪、百无聊赖。

所幸，一位园艺师朋友，他得知我的心境，沉吟良久，终究没有劝慰一句，只是递给我一盆雕刻好的水仙。他说，养养这水仙吧！它好种易活，最宜清供，一勺清水、几粒石子就能生根发芽，长出碧绿的叶子，抽出亭亭立玉的花秆，开出高洁淡雅的花朵。记忆中的水仙，应该是花瓣洁白，花蕊杏黄，清香淡雅，冰清玉洁，尤其是"水中仙子来何处，翠袖黄冠白玉英"的意象给人的感觉很美好。

我把水仙置于临近窗台的桌案上。寂寞的夜晚，以水仙为伴，泡一杯茶，捧一本书，静静地聆听水仙生长的声音，我这孤独寂寞的心野，便有了一种丝弦般的春意悄悄弹拨起来。

水仙在我的期待中默默地生长。按照园艺师的叮咛，我每天给它换换清水。太阳出来了，就拿出去晒晒，晚上再搬回书案。这水仙没有辜负我的希冀，开始冒出一两个嫩芽，渐渐地，每个苞头都爆满了嫩绿，舒展成条状的叶片，碧玉一般光泽鲜亮。那细如银丝的根，在水中盘结，如白玉精雕细琢，纤尘不染；那自然而流畅的叶脉，尽情地舒展，不断向上延伸。

窗外雪花飞舞，天地间白茫茫一片，再看看水仙那青青的玉芽，绰约的风姿，看似漫不经心，却又坚韧顽强，向人间展示着它蓬勃的生命力，我不禁有些动容。

妻子有时也会呆立在水仙旁，悠悠地跟我说起一个古希腊神话故事：纳西索斯是古希腊神话中的一位神，他在山林间长大，远离溪流湖泊，成了一位丰神俊朗的美少年，见过他的少女都深深爱上了他。求爱被拒的女神娜米西斯对纳西索斯由爱生恨，决心报复。娜米西斯于是化作一阵凉风，引诱纳西索斯循着风前行，来到一个水清如镜的湖边。纳西索斯看到湖水惊奇无比，不由自主地走上前去。突然，他在湖面上看到了一张完美的脸。湖中的美人其实是纳西索斯的倒影，但他并不明白这一点，竟然深深爱上了自己的倒影。他不愿离开湖中的美人，日日守在湖边，不寝不食，不眠不休，最后死在那里。爱神维纳斯怜惜纳西索斯，于是将他化为水仙，盛开在有水的地方，让他永远可以看到自己的倒影……将花的美丽落在男子身上，这或许是西方的视角，只因当世无匹便错误地爱上自己，是不是显得有点悲凉？拨开两千年神话的迷雾，眩然神往地呆视着，冥想着他孤高于世，已经不仅仅是动容了，还有一种感动！

我对着它低吟明朝奇人徐渭的诗："略有风情陈妙常，绝无烟火杜兰香。"或者文徵明的诗："罗带无风翠自流，晓风微飐玉骚头。九嶷不见苍梧远，怜取湘江一片愁。"想着诗中又是陈妙常，又是嫦娥，又是湘妃的，全是极品女子。和西方语境不同，在孤独的中国男子心中，水仙从来都是当女人养的。人人都知它是凌波仙子，谁又体味到这里面那层红袖添香的意思？

啊，以花为妻，两相爱悦，倒也不俗，但在侍弄之中，又何尝没有一种长者的宽容，你看它，一泓静水，柔柔弱弱，那就是妻亦可，子亦可了。这样想，心中就多了温软与情绵。雅俗之间，有一个折中的舒适潜在里面了，便是那种无可言说的寂寞。看着它柔弱地坚持着一种信念，竟是无可奈何。

于是，我怅憾地感慨并热切地希望看到水仙花开……

谁曾料到这个冬天，江南遭遇了百年难见的最寒冷的天气。一个月来，不见一缕阳光，屋里也阴冷难耐，连人都萎靡不振了。面对周遭人与事，面对流言蜚语，人的心情如冬日灰暗的天空，徒生了几许抑郁。没有光照，气温骤降，水仙的叶子便软塌塌地垂下，无精打采，就像我无法舒展的身体。面对质清如水的水仙，看着它不染人间尘埃，没有世俗的牵挂，凌然水波之上，超凡脱俗，我希望它在冬天的荒野上，点燃我心中的春天。于是我每日坚持给它换换水，晒晒太阳，祝福它和我一起度过这个冬天，度过这片严寒。

然而与生活相比，花事到底还是小事。过了半月，我因为忙碌，有时回家很晚，就把给水仙换水的事彻底忘了。有一天坐在案头沉思，突然想起，便到阳台上找，只见水仙整个漂在水里，那水已浑浊。这才记起前几天下了几场大雨，它已在水中浸泡数日了，除两个顶株外，侧株都浸过了头，细细的嫩叶已在臭水中腐烂，便赶紧洗去污垢，把水仙重新放置进屋，嘱托妻儿一起呵护它。

又过了几日，水仙渐渐有了活力，顶株的绿叶又抽出几片嫩绿来，我心中的期冀也跟着明朗起来，盼望见到那所谓的金盏银台，那超凡脱俗的风致，于是又坚持每日换水。好在最寒冷的日子暂时告一段落，这水仙也不负我的一片苦心，一天天抽绿长高，根须慢慢又生得细白修长，在凝聚的叶子间长出了花茎，茎的顶端也孕育着两三枚淡黄色的花蕾，面对它娇怯却高傲的欲放未放，某种类似春的暖意也走到了近前。想一想八十老翁的文徵明"一笑相看老眼明"的那种清悦，还有竟然当了妻子发簪用来买花的李渔的那种清狂，那么尊重一株花草，在我或许能够做到的。我不禁有些沾沾自喜，幸亏发现及时，留住了梦想花开。

然而生活总是忙忙碌碌，总有怠惰的时候。它实在太安静了，从来不知道提醒我，于是我把换水的事又给忘了。忽一日恍然惊醒，想起了冷落多时的水仙，急急探望，却发现水已污臭，叶片已枯萎，白细的根须变黑，这般惨状令我始料未及。

"哎呀呀！"我捶胸顿足，它的所求真的不多，无非一点清水与阳光而已，无非需要我的一点耐心，我因为自己的心绪，对它忽冷忽热，在那鲜丽可人的绽放即将到来的时候，在我的书房即将满室生香的时候，它却萎缩了即将芬芳的生命。

望着夭折的水仙，我心中隐隐作痛，悸动搅扰着内心的孤寂惆怅。不仅是为了一株花儿，是对生活的一种无奈转移到对花事的另一种期待上。如今都没有了，我的花妻没有了，我的花子也没有了，冥想中世上无匹的风流韵致也没有了，淡淡的痴想也只好隐忍在心中了，但这或许都可以忽略，想到它的所求那样少，我居然可以辜负，是麻痹！还是淡忘？妻儿还在身边，他们给我温暖，是我尘世的守望，可是那种寂寞却在，它是精灵古怪的，藏在生活的背面；它是柔软的，本来可以和我一道度过萧索的冬季，迎接春天的到来。现在，它变得没着没落。难道不是吗？当我看到叶片上的新蕊，就渴望听到花开的声音，然而，我却只注目于成熟，却忽视了生长的过程！原来再小的生命也需要呵护，再简单的小事也需要坚持！

我的悲戚似乎不可抑止，越发沉默起来。妻子毕竟知我心思，终于又抱回一盆即将盛开的水仙，洋葱头似的水仙花根长出的叶片，有食指宽，又长又扁，通体碧绿葱翠，如同蒜叶一般。从叶间抽出了圆柱形的花茎，长出小小的花苞，藏在叶子中间，羞羞答答的，像含春的姑娘。因为有了先前的愧疚，所以现在每有空闲便不忘浇点水，给它晒晒太阳。水仙似乎是有灵性的精灵，给这有些寒意的屋子带来了浓浓的春意。我的心儿也被这碧绿的叶片染上了春天的色彩。我的眼睛渐渐亮了起来，经历了一次噬骨的悔恨，这次对水仙就更用心呵护了，心中更多了几分盼望和牵挂。每次回到家中，都忍不住先去看看它，停在它的面前，手不忍触碰，眼不忍错离，大有怜香惜玉之感。与其说水仙花给我享受，莫如说水仙花给我启迪，给我生活带来激情和动力。

在不经意间，花苞膨胀，顶破了薄膜，开出了美丽的花朵。那花香更是独具神韵，幽雅的芳香，盈室绕怀，沁人肺腑。

我终于迎来了它的花期！

我欣喜地驻足花前仔细端详，这些花儿舒展六片花瓣，洁白如玉，花蕊金黄，简净素雅，蕊丝上连蕊头下接花心，鲜艳欲滴，倾吐芬芳。那黄色的花杯如"金盏"、白色的底瓣似"银台"，名副其实的"金盏银台"，真是贴切而形象啊！欣赏玉洁冰清的水仙花，仿佛聆听到花开呢喃的声音，玉质冰肌，香风馥郁，心境自然变得超脱清静起来。

忙碌生计，疲惫不堪，受不得屋外寒意中的草木枯萎，一走进家门，便有一股清香迎面扑来，并迅速俘获了我所有的味蕾，看着桌上那簇鲜嫩的绿色。而妻子，此时已在厨房忙碌好久了，几碟简单朴素的小菜，就着水仙花的香味下饭，却是胜过山珍海味的佳肴。

饭后，一个人静坐在书房里。午后温暖的阳光，像一件薄纱，柔软地披在我的身上。我从静谧的空气中依然能听见水仙花次第绽放的声音，以及时断时续传递过来的阵阵清香，正在慢慢地嵌入思绪。我知道，今夜一定有梦，梦中的水仙花一定会笑得很灿烂，我终于可以和它喃喃低语了。

那个月色清寒的夜晚，伏案忧伤的我，竟不知何时开始放纵我的思绪，伤梦肆意婆娑在苍茫的空中，我守着那抹绿意，凝望那浸没在清水中的玉骨，蓦然间，它化作清瘦的仙子，用灿若星子般流转的眼波望着我，如同痴情的女子，与我缱绻在清冷的窗外，它用葱翠的叶脉，精心剪辑了一段梦幻情节，激燃起我深藏的滚烫，我心甘情愿被它的光波融化思维的线条，理性的光芒，渺远的深思，瞬间瓦解，所有的矜持被摧毁，一向清傲的男子就这样被它轻而易举托举、征服！我竟和它盟约，共守一世美好的时光，共品一杯清水，共度一生白净的生活，共同迎接生命永恒的冶炼。我的那颗在尘世里跌宕的心，从一个深处挪移到另一个深处，从一个荒芜置换到另一个繁茂之地，我们在迷离的意境中痴缠，又翩跹在幽香的花叶间。"滴答——"两行温暖的泪珠，顺着凝眸的眼纹，潺潺而下。

我庆幸园艺师把它引领到我的空间，让我目睹到它的成长历程，体谅着它的喜怒哀乐。我无意惊扰它静美的内心，更无意触碰它芳馨的情怀。我只是想接近它，一起步入最深的领地。也许我的空间过于阴暗、狭小，但宽阔纯净，仪态优雅，端庄清丽，一点点排挤着我的那些阴冷颓废和卑微的孤独，一直到我花香盈怀。我喜欢恬淡地坐在它身边，静静地，倾听它张开第一片花瓣的唇语，深深地，凝望它熠动的明亮。夜，在它面前低眉；它纤尘不染，孤洁地活着，点亮我那些灰暗的色调。是芳菲？是长歌？是一花独秀？还是绝世而独立！

至此，每当打开房门的一刹那便觉暗香浮动，心清气爽。水仙花开得灿烂，那雪片一样洁白的花瓣和那鹅黄的花蕊，妖娆地朝着窗外的阳光微笑着，那袅娜的姿态有一种摄人心魄的神韵。

"借水开花自一奇，水沉为骨玉为肌。暗香已压酴醾倒，只此寒梅无好枝。"呼吸着这满屋的芬芳的空气，欣赏着阳光下这优雅的花朵，我的脸上不再阴霾，不自觉地绽开了一朵微笑。

我明白了，水仙花因何深受文人雅士、画家的青睐。

因为"得水能仙天与奇，寒香寂寞动冰肌"。

因为"仙风道骨今谁有？淡扫蛾眉簪一枝"。

因为"花似金杯荐玉盘，迥然光照一庭寒"。

也因为"世间复有云梯子，献于嫦娥月里看"。

水仙朴素无华的品行和高洁的气质，使人如见其美，如闻其香。它象征着吉祥、美好、纯洁、高尚，自有一种俊逸高雅的气质让人刮目相看。它以自己的清秀美丽与洁白可爱，给人们的生活增添了无限光彩……那浓郁的清香沁人心脾，为我洗却人生劳累和莫名忧伤，恰应宋代诗人黄庭坚"含香体素欲倾城，山矾是弟梅是兄"之意了。

我敬佩水仙花，敬佩它不追求肥田沃土，不追逐浮华虚慕，所需甚少，就能换来春意盎然；敬佩它根细如银丝，纤尘不染，尤具神韵；敬佩它花高雅绝俗、冰清玉洁、凌波傲立；敬佩它从不张扬，在柔弱的外表中，蕴涵着顽强的生命力。而我，却总是被生活折磨得万般沮丧，甚至沉沦，与这柔弱的花草相比，竟是汗颜。

在万物肃杀的时候，水仙以它的芳姿向人们展示它的希望，可谓是千花万卉中的高品。我不禁以花咏志：它是笑傲清冷长空的晨星，它是呼唤多彩春天的雀灵；它是卑微潜长的正气，它是洁玉志贞的象征；它是俪兰温馨的奉献，它是玉宵雅客的回音。孤独的花魂，凛然的性格，顽强的生命力，勇敢和坚毅，已然烙印在心。

（原载《广西文学》2017年第5期）

【主编者言】在人人醉心手机拍照的当下，游记不能够依然窠臼，只记叙眼前脚下。如果没有神骛八极的视野，没有显示心灵深处激起的涟漪，就失去了这种文体的意义。

一个城市与两条河

刘　齐

在冬日的阳光下，我进入这个国家。地图册上，两国间距只有一个手指长，飞机却要飞十几个小时，表针倒拨七个钟头。

和许多中国人一样，我对塞尔维亚有一种特殊情怀。往近了说，本届奥运会，中塞女排遭遇，暗白捏了一把汗，这个塞尔维亚，厉害。往远了说，前南斯拉夫、桥、瓦尔特、科索沃、红星足球队，哪个都能扯出一串联想。

走了三五个城市，七八处河山，惊讶地发现，塞尔维亚远不止我早先划定的概念圈子，她比想象的更加多样、绚丽。诺维萨德，北方第一大城，塞尔维亚的雅典，艺术气息贯满街。乌日策，与德寇对峙不倒愈战愈强，游击队的天堂。尼什，南方第一大城，跟古罗马息息相关，历史感浓得无须强调。还有金松岭的清新，木头城的奇异，西部老村的古朴，铁托狩猎场的神秘，斯图德尼察修道院的幽深，这些镶嵌在丘壑平原的珍珠，光泽温润，经蚀耐看。

特别想说的是首都贝尔格莱德，全国最大的一块珍宝。是珍宝人人都会惦记，珍宝藏得远点可能多几分安全，偏明晃晃的，亮在东西欧的要道，中欧之门，巴尔干之钥，十字路口，八面来风，古今各路兵马就都来掠夺，厮杀。拜占庭的官军，奥斯曼的铁骑，奥匈帝国的大脚丫子，希特勒的坦克，他碾一百回，我踩一千遍，分分秒秒不让你消停。外人抢，内部人也争，有的内部人争成了外人，外人成了内部人，国名改来改去，地盘宽窄不定。汉末我们是三国演义，他们恨不得八国十方天天演义。饱学的女导游佐莱娜讲述国王、大公、将军、司令，一个个显赫的名字冗长复杂，记不住，只记得贝尔格莱德曾四十次被不同的军队占领，三十多次夷为断壁残垣。建了毁，毁了建，城市风貌更加夺目，民族性格愈益强韧，悲壮伴随欢愉，勤奋间杂闲适，塞尔维亚和它的贝城，渐渐成了地球上一个极为特殊的地方。

毋庸讳言，塞尔维亚是一个小国。但它的"小"，是漩涡的小，导火索的小，秤砣的小，四两拨千斤，谁也不敢小瞧。塞国仅有八万多平方公里七百多万人口，却不可思议、不成比例地贡献出众多世界级人物。其网球和篮、排、足三大球的明星中国球迷耳熟能详。这才是竞技领域，其他领域有更卓越的人物。比如电气之王特斯拉，是几乎可以和达·芬奇相提并论的旷世天才，伟大的交流电的发明者。令人慨叹的是，他居然放弃这一可以成为世界首富的专利，而使其无偿为公众服务，晚年于贫困中去世。在机器人、弹道学、信息学、核物理学、理论物理学等方面，特斯拉也颇有建树，并在尼亚加拉设计了世界上第一座水电站。贝城专有一幢精美楼宇，名叫尼古拉·特斯拉档案馆，里边存有他的遗物和骨灰。贝尔格莱德国际机场以他不朽的名字冠名，交流电带动的各种设备运作发光，人类受益无穷。

昔日的王宫今日的总统府门前，两个身着浅蓝军服的礼兵持枪肃立，游人为其拍照，不呵斥，不制止，换岗时鞋跟和枪杆弄出啪啪的响动。百十米外有一幢不起眼的灰色砖楼，其中几个房间，是1961年诺贝尔文学奖得主伊沃·安德里奇的故居。他的史诗般著作"波斯尼亚三部曲"（《德里纳河上的桥》《特拉夫尼克纪事》《萨拉热窝女人》），展现了南斯拉夫人民四百年苦难抗争的雄浑画卷，被称为"巴尔干半岛的荷马"。与我在美国见过的马克·吐温和海明威的豪华寓所相比，他的住处只能称为简朴。不大的写作间里，满壁图书之外，另有三个位置，供他以站、坐、半卧的姿势操笔。我进入房间时，正值一行残疾人士出来，他们刚听完一位低音老者的义务讲解，面容肃然，静候一部老式电梯升降开合。楼内依然住着许多居民，家家门前空爽，没有华人熟悉的鞋阵。

楼外小街，竖立着一尊安德里奇的青铜雕像，头微垂，目光向下，无笑意，双手插入大衣兜。他两岁丧父，无兄弟姐妹。六十六岁结婚，妻子五十岁，先他而逝，无子女。少年时代，安德里奇参加了激进的"青年波斯尼亚"读书小组。组内另有一人，是他的朋友，更是震惊全球的塞族青年。此人名叫加夫里若·普林西普，1914年6月28日在萨拉热窝，用一把勃朗宁M1900型自动手枪，刺杀了奥匈帝国王储弗朗茨·斐迪南大公和他的妻子苏菲。这次行动成了一个大事件，一根导火索，由此引爆了第一次世界大战。百年来，世间对普林西普的评价一直难以统一。塞尔维亚人视其为反抗侵略、争取独立的民族英雄，也有人说他是世界上第一个恐怖分子，依据是他所采用的刺杀手段。此说似显单薄，至少没有考虑到东方历史。别的不论，单就时间而言，汪精卫刺杀摄政王载沣。"引刀成一快，不负少年头。"时在1910年，比普林西普足足早了4年。至于那位"图穷匕首见"的荆轲大侠，两千年了，先辈的先辈。至今为止，可有人说他搞的是恐怖活动？

安德里奇雕像不远处的街心小花园，竖立着普林西普的雕像。两个朋友一起读书写作，两尊雕像则无法聚拢，靠远近不同的注目者和风传递信息。

走进贝尔格莱德的街巷景区，还可见到许多雕像，塑造的圣者、贤者、诗人、武人、艺人、政治人，姿态不一，神情各异，皆是值得一提的大人物。

雕像静立，小人物行走。小人物看似普通，未必普通，人人有长处，个个有故事，俨然活动的雕像。都说塞尔维亚多俏丽女子，细一瞧，此间男人也不乏俊逸之士，眉目动人，身材高大，仿佛网球名将英俊小德拔了一根毫毛，变出千百分身。小德——诺瓦克·德约科维奇，在老城北端建了一个网球中心，里边的展品琳琅满目，刻有汉字和吉祥花饰的，是从中国拿回的奖杯和礼物。

人流涌动，我亦相随。贝城树林成片，历史建筑和遗迹比比皆是，巴尔干地区最大的东正教建筑（一说世界最大）圣萨瓦教堂壮阔厚重，铁托墓地草木森森，议会大厦、国家博物馆、市政厅古意盎然。圣马克教堂内，四根粗大圆柱撑起六十米高的穹顶，每根圆柱以四个长臂壮汉合抱，怕也抱不拢。虔诚的教徒胸前画十字，俯首吻圣画。门口小店有各款蜡烛，最粗者约合人民币三十元，不忽悠，不强卖。相形之下，还是吾国高价骗售香烛的那些"商业和尚"生猛。

斯卡达利亚老街的鹅卵石古道不大适合高跟鞋，却适合饕餮客和艺术迷的胃口。名为"两只鹿"的饭馆已然诱人，"三顶帽子"餐厅又在眼前。鹿可食肉，帽子何缘？据说，这里原是一家帽子作坊，老名字叫惯了，舍不得改，就是它了。坐进去，硕大的老式木托盘盛满香肠烤肉，可供数人大快朵颐，收费仅合人民币八十元左右，比西欧诸国便宜许多。我们运气好，老板展示店里珍藏的签名簿，老布什等各国老干部的真迹清晰流畅。边品佳肴，边喝塞国特有的水果烧酒，边听民间音乐伴奏，旋律陌生，难以跟着哼，只觉得好听，跟满屋子的塞尔维亚味融合无隙。

贝城另有一条重要大街：米哈依洛大公街，亦商亦文的步行街，载歌载舞的情人街，各色古建，时尚橱窗，啜饮咖啡，即兴演唱，五光十色，乱花迷眼。贝尔格莱德大学坐落其间，不嫌其吵；塞尔维亚社会科学艺术院立于当街，不厌其杂。这所塞国最高社科艺术殿堂旁边，还有一幢不断增高的奇特大厦，原为一个富商所有，只两层。另一富商兼慈善家尼古拉·司帕斯奇买下之后，加盖一层。社会主义时期又添两层，现为五层。大厦腰身醒目处，有一尊司帕斯奇的半身雕像，圆脸，八字胡，底座标有他的生卒年代：1840—1916。司氏具经商才干和慈悲心肠，一生无子女，所赚钱财多捐赠孤儿院和医院，还建了一个实力雄厚的福利基金会，其资产比后来在全球大放异彩的诺贝尔基金会还多。二战后，司氏基金会被政府注销，房产财物充公。幸运的是，那尊半身雕像未遭损毁，至今悬在半空，凝视行人。

上有已故大富豪，下有健在小摊贩，于街外推来四轮小车，当街一停，快乐地料理板栗。吾国炒栗，须用大锅、圆砂、麦芽糖、植物油，使得板栗油光锃亮，色泽均匀。这边极简便，几块炭火，一方铁盘，栗子置其上，烘烤齐活。

一百第纳尔（合六块多人民币）买一纸袋十来颗，皮色深深浅浅，入口朴素甘甜。突生幻想，以光速运来华北老哥，现场糖炒栗子，炒瓜子烤白薯，与塞国大叔交流互补。

人流持续向前，大街尽头，即是贝城最大最古老的卡莱梅格丹公园。卡莱梅格丹，意为"战地城堡"，是世界上保存最完整的城堡之一，由大块砖石砌成。其主体于十七世纪建在一个叫作乌什切的高地，意为（河流）汇入处。贝城有个大商场，亦取此名。当地华人图省事，按母语习惯称它"两河口"，写实之外，平添几分亲切。两河，一条是萨瓦河，一条是多瑙河，由西北分头而来，在此交汇。人类先祖建城，东西半球，南北大陆，皆爱临水而筑，水好河多，尤成佳选，利舟楫，助繁衍，人喜马欢。

我两次来卡莱梅格丹，第一次为了看长河落日，说这最是贝城胜景，霞光波影，天造辉煌。晚了一步，没看着，看的是满城灯火，桥梁生辉，人间灿烂。萨瓦河上，有一座金色光点连成长长一条线的平桥，分外耀眼。朋友说，那是布兰科公路桥，长达五六百米，原来起名叫"兄弟统一桥"，没叫开，改成布兰科，是一个诗人名字。十七年前，北约轰炸贝城，炸断了好几座桥。不能再炸了。百姓胸贴靶纸，手持燃烛，组成"人盾"，日夜守护这座连接新老贝城的重要通道。也不干站着，桥中央搭起舞台，摇滚乐队弄出响动，歌手引吭高歌，男女老幼"人盾"齐声喝彩。这个塞尔维亚，总能上演让世界惊奇的剧目。

今夜战事遥远，游人如织。虽已入冬，了无寒意。河边长椅上，恋爱者依偎，沉默者远眺，松树橡树暗影斑驳。

择日再游，是白天，没看伊斯兰风格的墓地、土耳其特色的浴室，径直去城堡顶部，一百多米高的悬崖，俯瞰两条河，仰望一座碑——胜利者纪念碑，贝城的地标，市民的骄傲。刻有凹槽的黄白长柱上，伫立一个体态健硕的男子雕像，右手挂一柄利剑，左手托一只雄鹰。他叫胜利者，是大雕塑家伊凡·梅斯特洛维奇为纪念战胜奥斯曼和奥匈两大帝国而创造的青铜杰作。最初，想把雕像立在莫斯科酒店对面的喷泉正中，不料却惹得一些贵妇怒火万丈，致信市政府，说这是羞耻之举，会对年轻人，尤其是未婚者产生恶劣影响，万万使不得。不但繁华地带，哪里都不准放。其理由倒也明确：你胜利就胜利呗，干吗光着身子，一丝不挂？

1928年，城堡对公众开放，当局跟贵妇通融说，裸体是不太雅，那就远一点，挪到卡莱梅格丹。立像那天，"道德正确"的贵妇仍不放心，特派代表前来督查。代表不想白吃干饭，就指责说，怎么能让裸男面朝市区？转过去，让他朝着河水。那时贝城尚未拓展新区，对岸一片湿地荒原，胜利者被迫听命。

说句公道话，贵妇们还算给面子，没有砸了雕像。她们不愁旅资，去一趟意大利，看看几百年前米开朗琪罗的大卫裸像，应该不是难事。可能有人看过，暗忖不合塞国风尚，其他人看也不看，坐在家里聊天。她们就算爱谈时事，也不一定知道，此前不久，1926年的中国，也有类似事件发生。画家刘海粟和上海美专师生延请模特，人体写生。上海知事危道丰严令禁止，军阀孙传芳婉言相劝。画家们不买账，照画不误。

贵妇已矣。如果活着，远方又出一事，差可告慰：中国一家电视台播放大卫雕像，虽未让他"转过去"，却在某处打上了马赛克。近处另有一事，会让她们茫然：当年胜利者小伙子面对的地方，如今已是高楼林立、车水马龙。原指望他冲着无人郊野傻看，谁知竟"看"出了一个新城。老城这边也是日益昌盛，簇拥在他的背后，胜利者遂成引领者，引着贝尔格莱德，引着塞尔维亚，往更新的地方走。

城堡各处，中世纪的大铁门洞开，一排排实心的黑铁门钉，比紫禁城那些个滚圆的门钉，比老北京那个门钉肉饼，个头小得多，但棱角锐利，划手。

人流穿过铁门，登上石阶，在纪念碑四周行走，摆Pose，照相。静止的雕像，活动的雕像，统统站在"两河口"，把两条河揽入身旁。

萨瓦河是多瑙河右岸最大支流，发源于阿尔卑斯山脉，流经斯洛文尼亚、克罗地亚、波黑这三个从前南斯拉夫分裂出去的国家，平静地流入塞尔维亚，带着战争与和平、聚合与离乱、荒芜与繁荣的记忆，在贝城与多瑙河相会。两条河变成一条河，多瑙河就不是原来的多瑙河，其水量更丰，含义更深。向居住在河两岸的塞尔维亚人和其他民族的人致敬，向给这条河命名的欧罗巴先人和中文翻译者致敬。多瑙河，流经十个国家的国际河，多么好的河，多烦恼也多玛瑙，多山坳也多头脑——伟大的头脑，智慧的头脑，一心想过好日子的头脑。拥有无数好头脑的多瑙河奔腾不息，一路向东，注入黑海。黑海含了多瑙河，又通向地中海、红海、印度洋、太平洋，最终肯定与长江黄河相通。全世界的水都相通，地上不通天上通，疆界变来变去，云朵永远自由，河水永远流淌。

告别塞尔维亚时，高高地，从飞机上又见两条河。二战以来，七十多年了，一批批前来侦察、轰炸的军事飞行员，可能也在我这个视点见过两条河。不知他们按下投掷钮或发射键时，会是什么心态。更多的是一群群飞鸟、一代代旅人，还有太阳，还有月亮，还有星星，一定也在我这个角度，俯视过两条河。天地悠悠，岁月苍苍，贝尔格莱德密密麻麻的红色屋顶、街道树木从不同方向、不同时段拥抱两条河，情意绵绵，难分难舍。起初，我们坐的飞机只有几个中国人。在维也纳换机回北京时，机上差不多坐满了中国人，谈罗马，说巴黎，大多是从西欧旅游归来。他们可能还不知道，明年元旦起，塞尔维亚将对中国公民免除签证。那时，会有越来越多的中国人，只要愿意，可以拔腿就走，来看两条大河浸润的魅力土地。

（原载《中国民航》2017 年第 8 期）

【主编者言】如果从没躺在草地或坐在高台仰望星空，人生或许有一点点欠缺。人需要默默面对星光，无论它是清朗还是迷蒙。时空转换，星空依然，永远使人辽阔、深邃、神往。

星 光

梁凤莲

星光闪耀的夜晚。那是小时候的夏夜。风从星星的小嘴角一哈一哈地溜出来，滑过榕树上招摇的枝条，滑过小街小巷里用水泼湿的麻石地面，一扑一扑地撩拨着竹席藤椅上纳凉的大人小孩的衣衫，街灯绽放着温和的笑容，而头顶的星星，却一闪一闪地耀眼，谁都忍不住想跟它说说悄悄话，星星会静静地整夜眨动着眼睛，善解人意地听着。此刻，所有的喜悦都来自那些星光。

那是二十年前在贵州扶贫时到达的山里，那个叫作石阡的小镇，有铺着油亮油亮的青石板的老街，有上了岁数的石桥和大树，那些临街的木房子，楼下的店铺，楼上的人家，不多的人家的房屋亮着灯，没有游客，没有行人，只有一家小店卖着热辣辣的米粉，只有满天的星光，和蒸腾着热气的灶上的柴火，坐在小桌前的小板凳上，抬头，只有星星是时间忠诚的老友，路面上，有依稀的月影。

那是向往了多少年的坝上，那个统称为围场的大草原，那个叫乌兰布统的广袤的旷野，远处的是起伏的山峦，近处的是任性地起伏扭捏的山冈，五颜六色的草甸在山头与洼谷里变幻着容貌。秋天的雨下成了小雪，雪后的黄昏，哗啦一下把幕布一抖，就抖搂出漫天的红霞，次第层深，仰起的头快要跟红云亲吻了，可在眨眼闭眼间，这绚丽的一幕不知被谁折扇一般地收拢，随之变魔法似的，撒下银钻一般的星星，此起彼伏地闪烁着，在天地合围的野地里，造出一个童话的世界。

把人心里所有的勇气与希望都推送出来。星空让阒寂无人的草原充满了生气，像一场盛大晚会即将上演，在不多的几个嘉宾几双眼睛的注视下，上演一场如约而至的晚会。一直如此。我是这晚的幸运儿。

从此，我是否知道，在某处，有一颗星星属于我，也会有一个星空在远方等着我吗？

那是十五年前的荷兰，第一次的欧洲游历，知道文森特·凡·高，来前在书柜里翻出他那泛黄的传记。然而，荷兰的雨，荷兰的风车和木屐，遮挡了他的色彩，除了郁金香的浓艳，不知道他燃烧的颜料，一遍一遍地涂抹着他的激情，他的才华，他的爱，他没人知晓也无人愿意理会的爱，对天空、花朵、人，特别是星空。

《罗纳河上的星夜》，连流水都能溅跳出光影。我无端地想着家门前的那条珠江，那个被本地人称呼为"海皮"的江畔，长大的日子在江边玩耍，原来是在触碰着来自远方的大海的皮肤，多么浪漫温情的比喻哦。

《星空》，却让注视的双眼涌动着泪花，为什么是蓝色的呢？最后归去的路都弥漫着宝石蓝吗？浓得化不开的情绪和透彻得改变不了的初心吗？

"没有某一种疯狂，看不见美。"这就是凡·高的《星空》，变幻的，美妙的，不可测的征象，在繁星的夜幕上，在明暗之中，在闪烁与沉陷之中，在燃烧与寂灭之中，好像有什么倾注而下，把所有的晦涩炸裂开去，滔滔的一生就这么被冲刷着。

"你将永远爱下去，她也永远秀丽！"总有一天，无论多久，与千万年的一束星光相遇，会有人听到倾注其中的灵魂的声音。

是的，凡·高的星空，或者此时的星空，让黑夜有了一点点持续不断地闪烁的亮光，脆弱无力的自己就多出了一个自己。而安静下来，就配得上这满天的星辰了。

活在自己的仰望以及相遇的星空里，就没有卑微，也没有委屈，甚至连自信都能一点点地长起来，向着光亮越长越壮实。

星空是孤独者温暖的臂膀，也是无助者宽厚的拥抱。然后，就会听见自己内心的声音。是的，热爱这个世界时，才真正地活在这个世界上。这就是意义。

那么，是荷兰故国留在脑海里的记忆，还是大溪地的星空，凡·高用他瓷器一般的眼眸，所捕捉到、所臆想到、所描绘到的星空，瓦蓝色的，宝蓝色的，梦幻的，呓语般的。

那时候文森特的际遇远还没那么发烫，那时候他还没被如此隆重和反复地传诵。甚至那时候，我只知道他寂寂无闻的生前凄苦，苦得只能烧灼自己的内心来焐热饥寒交迫，苦得只能割掉自己的耳朵，而永远待在自己的世界里。

然而，也是历经了多少的轮回后，我才能感应到他有那么超凡脱俗的星夜，那么绝望的星夜，一如殉情的爱，一如最后焚烧自己的火种。

爱忍无可忍。而热爱就真的是忍无可忍，舍生忘死，前赴后继。

仰望星空的时候，毕生难忘的时光便霎时开启，最珍贵的不是自己，也不是谁，而是这刻的时光本身。

这是你内心需要唤醒需要宣泄需要滋养的生机。

这是无须奢求什么人施舍给予的安慰和爱抚。是的，就这么简单，就这么骄傲，仰起头，仰望星空，眼前的光景从此不一样，心情慢慢地变得不一样，明天的日子从此或许不再一样。我默默重复着缪塞说过的话："绝不，你说，这时围绕我们／回落着舒伯特的乐曲如怨如诉／绝不，你说，这时你由不得自身，忧郁的蓝光从大眼睛闪出／你的碧眼严厉，你的心灵纯净／看着你的眼睛，我留恋你的心灵／只见这颗心盛开时便已合闭。"

谁带走了那个叫文森特的生命，谁又给那个大名鼎鼎的凡·高带来斑斓的色彩，和梦幻一般的图景，和他原本就那么美好的生命——才华、激情、胸怀、想象力、技法、一切原本属于他自己的，可以真纯到底的，可以永恒的创造力。

然而，这血红的玫瑰和银白的荆棘，究竟哪是鲜血染成的，哪是冷若冰霜的人世凝固的，没有谁知道啊。

身世凄凉，说的就是这样的怀才不遇，说的就是这么的脆弱而且不堪一击，在冷硬的现实面前，谁给这才华、这与众不同、这痴绝的投入以关注、以喝彩、以机缘，甚至是起码的礼遇和同情呢？

那是宝蓝色的星空，凝固叠加着铅样的油彩，一颗颗梦幻的泪珠，被现实的巨掌按平了，捺在油布上，捺在遥望的眼眸里。宝蓝的星空，有着多少的高贵，与可望不可即的遥远？"关山难越，谁悲失路之人；萍水相逢，尽是他乡之客。"

没有！幸而，还有夜晚，还有无垠的夜空，星光就是这么一闪一闪的，诉说着属于自己的故事，已经没有悲苦，没有怨怼。瓷器一般的眸子，投射的是变幻的色彩、丘陵的投影、树丛、鸢尾花、星空、风和冬季的寒意，然而有星光在闪，有捕捉的满足。

那么多年过后的，假如不是这首歌，不是这个有一个甲子历练的香港女歌手，一个真正热爱音乐的歌手，假如不是堆积在一年里突然就被扑倒的压力，我可能才不会那么明白，那么泪涌，那么感同身受：那些烈焰般绽放的花朵后面，是思索着破闸而出的苦闷，是渴望自由而被迫放弃的一切，甚至是一片面包，一块如雪般的画布。

绝望的星夜原来承受着那么多的故事。

只有时间，宽宏大量不动声色地把一切藏起来了。我从医院里跑到现如今的坝上的星空下，就是为了醒悟，就是为了明白，然后放下吗？

那时候之前，我一直以为，星空是这样的浪漫，也是这样的恬静，一如英国，好几年前的英国，月光下的乡村，有银钻一般的星星，那是华彩的锦缎，揭幕后，就是琥珀般的晨曦，一切都美妙得不可言传。

此时，我用那么多年的领悟，那么些琐琐碎碎的经历，才懂得，这个文森特的故事，要诉说的、要思索的、要苦闷和要承受的，甚至是要用生命去抵抗、去偿还的故事。

时间都去哪里啦？过去了那么些年，命运竟然如此地重复着、轮回着，在这个那个人的躯壳上应验着，甚至复生着。

真正感到失落的事物，比如爱，比如正义，比如时间，永远都不够。"冬天从这里夺去的，春天会还给你。"海涅说过的话，当真吗？春天是一场盛大的嘉年华，而感到激动又害羞的雨，总会及时赶来，再把封闭在绳结里的风解开吗？

是的，这就是节令，这就是四季的轮回，雪下完之后，是晚霞满天，接着登场的，是星空闪烁，装满着无边无际的梦想，这是一个灌满了美妙的时节。天色黑下来，而一切被收藏在白天里的秘密才刚刚开始揭幕，以便在不可思议中把你带去远方。

这是你跟诗情画意约定好的时间，星空越远，你的梦境越盛大。或者那个灵魂和精神的空间里满是斑斓油彩的文森特·凡·高，已经感觉到自己的生命，无所不在，就像遥远的边界，就像在星空。

灵魂的孤岛，总是需要一颗星星，仰视的双眼，总是需要一片星空。星光，在黛墨无边的夜晚，总是会闪耀的。

它或许不照亮什么，只是绽放着自己，一闪一闪的光亮，在诉说着什么。也许，没有人听见，也或许，没有人想知道它的故事。然而，星光还是会出现在夜晚，只要有天幕，只要有无边的旷野，只要有鸟吟或者蛙鸣。

每个人都对应着天上的一颗星吗？每个人是一颗星吗？抬头向苍穹的时候，会看见自己吗？会听见自己的心声，在诉说着属于自己的故事吗？

哪怕没有人愿意听见，哪怕没有人愿意懂得。然而，星光，还是在无垠的夜空里闪烁，一直在闪烁。

带着伤口和黑洞来到世上，拿什么来填补？头顶的星空，以及内心的拥有。谁孤独就让她永远孤独，没有星空的时候学会承担，才能与爱和喜乐比肩同行。

"千山我独行，不必相送。""湖海洗耳恭听我胸襟，河山飘我影踪，云彩挥去却不去，赢得一身清风。""往日意，今日痴，他朝两忘烟水里。"这一切的一切表达、陈述，都是多好的情怀啊，那情怀里，有的是星光灿烂。

当你把脖子仰起来，让视线超越烟火与柴米的一点点高度，然后，你就会看到星星，此时，整个星空都属于你，你的视线必将拥有整个星空。

此时，必定有从远方传来的问候。

从此以后再也不是你。永远都只是：生活继续。时间永远都在提醒你向前走，别站得太久。每个人与他的命运，其实也是一种释然。时间的琥珀，以及，那波澜不惊，淡漠到几近专横的流逝声，在愿望或者星空下回头，谁都注定要在凡俗日子里沉浮。

星空为谁保存着某种珍贵的执念，遥不可及的星空依然被珍藏在心里，成为照亮自己脚下的一圈光影，在抬头的瞬间与永恒间架起了一座对望的鹊桥，让你在无法挣脱的时空变幻中重新安慰自己，重新获取力量。

获得和给予爱是时间中不可缺少的养分，爱是一种承载着不同颜色和责任的力量，最初的爱，与最后的仪式。拉斯克·许勒有着多好的诗句："然后黑夜带着你的梦／在星辰静静地燃烧中到来。"

星夜沉下去了，不知不觉地，挨过去了，然后继续飞渡悲痛和孤独。时间让人受伤，也让人治愈，并终于让人响应内心的召唤，活出了自己。那个在星夜里灵魂奔跑的人，那个将星夜当成盔甲去扛过生命的艰难之路的人，是你，也是我。

生活从此可以不被绑架我的肩头，落满了星星。因为，此刻的广州，也开始有了星空，头顶上也开始能看见星星了。

星空既安慰了过去，也安慰了未来。每一颗星星同情夜晚，如同每一盏灯同情归人。

（原载《南方日报》2017 年 3 月 16 日）

? 言 说

【主编者言】是悼念，是回忆，也是评说。回忆的细节生动形象，评说的话语厚实深刻，两者相辅相成，造就了夹叙夹议的同构。是一篇耐读的小评传，其标题尤为醒目。

启蒙是启蒙者的悲剧

丁 帆

噩耗传来，王富仁先生的形象在我的脑海里却反而更加明晰起来了，作为百年来接过鲁迅启蒙火炬的领跑者之一，他的学术研究和传导的启蒙主义价值观延续了四十年，其一生已经无愧了，他与这个世界的决绝方式是那样的果敢和坚毅，却让我们这些苟活者有了些许警醒，在那些肩扛着闸门的人群中，尚无新的启蒙者去替补这份重任。如若启蒙队伍里还有前赴后继者，富仁先生在天之灵也会像"鲁迅先生笑了"（郭沫若先生语义反用）那样欣慰的。

近四十年来，作为高举着启蒙大纛的"京派"学者，钱理群先生和王富仁先生无疑是旗帜性人物。尽管这四十年当中我们经历了许许多多的文化风雨，我们经受了各种各样中西观念的冲击，但是始终能够坚持现代启蒙精神，并矢志不渝地坚守鲁迅先生文化批判价值立场者的队伍却是愈来愈稀少了，眼见着许多打着各式各样旗号的"遗老后少"们成了政治与商品宴席上的座上客，他们却坐在铁屋子里的冷板凳上为中国现代文学的学术性和学理性继续勘探着本是无路的荆棘小路。他们滔滔不绝的演讲为无声或喧嚣的中国留下的是一种无痕却是永恒的精神财富，尽管他们的言论在这个时代的回声是微弱的，甚至有些空洞，但是，只要薪火尚在，历史终究会做出公允的评判，他们的学术思想给我们从事中国现代文学研究工作的学人做出了榜样，但是榜样的力量未必就会影响到更多的学者，因为在这个十分复杂的时代背景下，有多少人还在信奉五四真正的启蒙真谛呢？这或许就是我们这一代人的悲剧。

其实，我与王富仁先生的交往并不是很多，私交也不是很深，但是，仅仅几次的深谈，就足可引为知己与同道者，这让我对王富仁先生另眼相看。记得1985年文学研究所和《文学评论》编辑部在昌平的"爱智山庄"开办了俗称"黄埔一期"的研修班，作为班长，我有时负责接待讲课的教师，王富仁先生那时还是一个刚刚获得博士学位不久的年轻教师，然而，大家都被他的演讲所折服了，尤其是他的演讲结束语令1985年从事中国现当代文学研究的我们震撼不已，他那带着浓重山东口音的话语三十多年来一直萦绕在我的耳畔，时时敲打着我的学术灵魂："一个没有悲剧的时代，是一个悲剧的时代；一个没有悲剧的民族，是一个悲哀的民族！"我以为这就是我们心气相通的地方：一个现代知识分子如果连悲剧意识都不具备，你还有什么资格进入批判的价值立场当中去面对惨淡的人生？你对这个时代没有了痛感，也就是没有了文化的触觉，没有了触觉，无疑便是一个被阉割了的人，如此一来，你还有什么批判的能力呢？这于一个知识分子而言，无疑就是一种思想的慢性自杀，抑或就是一种自宫，其苟活的学术意义也就全无了。许多人都说王富仁思想的深刻性来自他的才华，我却不以为然。我认为王富仁的学术思想之所以能够洞穿中国文化的弊端，除了其批判力度外，不外乎两个因素：一是同类文化文学的比照，二是毫不犹豫的价值立场。

首先，王富仁先生的知识结构与绝大多数从事中国现代文学者是不同的，其俄罗斯和苏联文化文学的滋养与知识结构的谱系，就决定了他对中国现代文学研究的深度，因为百年来的中国文学始终是亦步亦趋地跟在它们的足迹走下来的，尤其是苏联文化与文学的左倾思潮的深刻影响，对中国文学造成的后果既是显的，更是隐的，关键的问题就在于中国现代文学的许多研究者对此习焉不察，一个缺乏文化和文学参照系的文学现象和文学史，是无法确定坐标的，诚然，我们绝大多数的学者都是以中西文化和文学为参照系来确定坐标的，而这样单一的坐标思维方法一旦成为一种惯性，就会使得我们的学术思维僵化，因为这种有着落差和反差的参照系追求的只是异质性比较，却少了其同构性的比照，因此，王富仁的知识结构和其深厚的俄罗斯文学的修养就使得他的视野与众不同，往往是在源头上找到了其滥觞的因果关系。尤其是他对俄罗斯文学"黄金时代"批评巨擘别林斯基的推崇，就决定了他的治学的批判价值立场的坚定性和独特性，总是与那些时髦和时尚的西方现代和后现代的批评迥异，用冷兵器时代的长矛去戳破当代文化坚硬的壳，看似有点堂吉诃德与风车作战的没落骑士的滑稽可笑，但这正是一个现代知识分子所缺乏的那种鲁迅所倡导的韧性战斗精神。我们不知道这是一个学者的幸还是不幸，而我却认为这个时代还是需要一些堂吉诃德精神的，他起码是比那种阿Q精神要清醒执着，因为他在认定一个目标时，是一条道走到黑的，并不理会世人，尤其是聪明人的嘲讽的，我不敢笃定王富仁就是堂吉诃德式的人物，但我却是期望自己在这个时代做一个堂吉诃德式的傻子的。

另一个让王富仁先生的文章更加丰富和深刻的因素就在于他能够清晰地厘定"我们"与"他们"的阵线，记得他在一次中国现代文学研究学会所做过的一个主题报告里，明确地提出了这样的观念。以我浅显的理解，王富仁先生这样的提法就是明确了在十分复杂的文化环境中，一个知识分子所应该秉持的文化价值立场——既不做马克思主义所诟病的某种意识的"传声筒"，也不做商品和消费文化的奴隶，对这种"做稳了奴隶"的所谓现代知识分子的不屑时常隐晦地表达在自己的文章和演讲中，几乎成为王富仁先生的一种思维惯性，也就是钱理群先生最终概括的那种"精致的利己主义者"导致的中国知识分子群体真正的溃退，所以，仅存的"我们"尚有多少呢，多乎哉，不多也！到处都是倒戈的"他们"，"我们"死在路上，"他们"生在金碧辉煌的后现代的途中，抑或又活在金光大道的旧文化的中兴之中。"我们"不能自已，"他们"春风得意，这是你撒手人寰的理由吗？呜呼哀哉！富仁先生，你是在天堂中彷徨，还是在地狱里呐喊？！

王富仁先生对鲁迅的理解有着与众不同的解释，然而最为精辟也是最切近鲁迅思想的本质特征的是"人性的发展是鲁迅终身追求的目标……这种批评不是依照西方的文化价值观念，宣传西方的某些固定的思想，而是对中国传统文化的一种新的解读、反驳和批判，尤其是对儒家文化的一种批判"。这就是鲁迅"掊物质而张灵明，任个性而排众数"的独特阐释，这就是他认为的"鲁迅的思想一直未被真正的重视"的结果，我以为王富仁先生此话背后的隐语应该是：在鲁迅逝世后的八十年来，鲁迅研究从来就没有被冷落过，一直是一个热门的研究领域，也成为一种显学，但是，鲁迅先生的文化遗产始终是被当作时尚思想潮流的工具来使用的，鲁迅研究的泛化和庸俗化使得我们在鲁迅研究上的实用主义思潮抬头，凡此种种，让王富仁这样的学者就不得不担心鲁迅研究走上歧途，这种担心恐怕不是没有道理的。王先生认为知识分子有三种价值立场：公民立场、同类立场和老师立场。我以为最适合还是启蒙的传道授业的老师立场为好，当然"教师爷"的头衔却是万万不可以戴上的，那样就违背了现代启蒙的初衷了。

王富仁先生说他是一个"没有文化家乡的人"，他既是"北方文化的叛徒"，又是南方文化曲折隐晦的诟病者，以我的理解，王富仁先生对那种工具性的宏大意识形态叙事是有保留意见的，同时又对那种曲曲弯弯、絮絮叨叨的文本细读却又不能清晰地表达自己观念的研究工作提出了意见。其实，他是一个有文化家乡的人，因为他的文化家乡落在了鲁迅所倡导的人性家乡之中，所以他才是一切反人性文化的叛徒！

王富仁先生以他的那种与世界告别的特别方式谢世，也许是许多人不可理解的地方，但是，我以为这亦是一个知识分子面对世界的另一种选择，这种选择虽不为大勇者所为，却也表现出了一个智者看破红尘、回归自然的理性。

作为一个启蒙的教师，他也许在那个冷月的夜晚复读了鲁迅的诗歌："两间余一卒，荷戟独彷徨。"在悲观的意绪之中，他便选择了他应该选择的告别方式。

于是，似乎启蒙往往是启蒙者的悲剧。

于是，在一弯冷月里，我们似乎看到了一个时代的悲剧，看到了一个民族的悲哀。

（原载《传记文学》2017 年第 6 期）

【主编者言】作者是文体学专家，为我们展示了晚明小品对二十世纪中国散文的影响和滋润，勾勒了两者之间的过渡和转换。不多的文字，将如此一个学术问题总结得甚是透彻。

晚明小品在二十世纪中国

吴承学

在二十世纪中国文学史上，晚明小品的命运，又有几番浮沉。在"五四"新文学运动中，晚明小品产生了不小的影响。鲁迅先生说过，在新文学中，散文的成就最大。的确，"五四"以来的新型散文，在最初阶段的成就，超过了当时的诗歌、小说、戏剧。而且，值得注意的是，"五四"时期的新型散文，一开始就显得成熟老到，而不像新体的诗歌、小说、戏剧那样，经过一个幼稚的模仿阶段。其原因，就在于"现代散文的发展历程同现代诗歌、现代小说和现代戏剧并不完全一样"①。诗歌、小说、戏剧等主要接受了外来文化的影响，其文学形态和传统形态有着巨大差异。散文虽也受到外来影响，却深深植根于悠久而优秀的古典散文传统，其中，小品，尤其晚明小品，起到较大的作用。

不少现代作家认为，新文学运动的散文创作，与晚明小品有血缘关系。如周作人就认为现代的散文小品，肇始于明代公安、竟陵两派。周作人在《〈近代散文抄〉新序》中说："正宗派论文高则秦汉，低则唐宋，滔滔者天下皆是，以我旁门左道的目光来看，倒还是上有六朝下有明朝吧。我很奇怪学校里为什么有唐宋文而没有明清文——或称近代文，因为公安竟陵一路的文是新文学的文

① 吴小如:《历代小品大观》序，第 1 页。

章，现今的新散文实在还沿着这个统系……"①在《中国新文学的源流》第二讲"中国文学的变迁"中，周作人又把晚明文学运动与五四后的新文学革命运动作了比较。他认为，两者有些相似之处，"两次的主张和趋势，几乎都很相同。更奇怪的是，有许多作品也都很相似。胡适之，冰心和徐志摩的作品，很像公安派的，清新透明而味道不甚深厚。好像一个水晶球样，虽是晶莹好看，但仔细地看多时就觉得没有多少意思了。和竟陵派相似的是俞平伯和废名两人，他们的作品有时很难懂，而这难懂却正是他们的好处。"②把新文学的散文渊源，完全归之公安、竟陵，也许失之狭隘，但新文学运动在思想与艺术形态方面，的确都受到晚明文学运动的一些影响。比如，胡适《文学改良刍议》提出文学改良的八方面：须言之有物，不模仿古人，须讲求文法，不作无病之呻吟，务去滥调套语，不用典，不讲对仗，不避俗字俗语。这些主张，不少就是从李贽乃至公安派的文学思想那里来的。又如他说："文学者，随时代而变迁者也。一时代有一时代之文学：周秦有周秦之文学，汉魏有汉魏之文学，唐宋元明有唐宋元明之文学。"③这简直就是公安派的声音。

二十世纪三十年代，中国文坛有过一阵晚明小品热潮。当时林语堂等在其所办刊物《论语》《人间世》上，极力推崇袁中郎等人的晚明小品。郁达夫、阿英、施蛰存、刘大杰等作家响应之。当时，又出版了不少袁中郎等人晚明小品文集，一时掀起一股晚明小品热，也引起一场关于晚明小品与小品文的论争。鲁迅在《五论"文人相轻"——明术》中，批评当时文坛的各种习气，提到有些文人自我吹捧或互相吹捧，而有些人"用死轿夫，如袁中郎或'晚明二十家'之流来抬，再请一位活人喝道……"④这就是指刘大杰标点、林语堂校阅的《袁中郎全集》和施蛰存编选、周作人题签的《晚明二十家小品》。林语堂一方面热情推崇晚明小品，一方面大力提倡写作小品。他在《人间世》半月刊第一期的

---

① 《知堂序跋》第 2 辑《〈近代散文抄〉新序》，第 326—327 页。
② 《中国新文学的源流》，第 26 页。
③ 《胡适文存》第 1 集第 1 卷《文学改良刍议》，第 5—7 页。
④ 《鲁迅全集》卷 6《且介亭杂文二集》，第 394 页。

《发刊词》中说：

> 十四年来中国现代文学唯一之成功，小品文之成功也。创作小说，即有佳作，亦由小品散文训练而来。盖小品文，可以发挥议论，可以畅泄衷情，可以摹绘人情，可以形容世故，可以札记琐屑，可以谈天说地，本无范围，特以自我为中心，以闲适为格调，与各体别，西方文学所谓个人笔调是也。故善冶情感与议论于一炉，而成现代散文之技巧。①

林语堂在这里对小品文艺术特点的分析，是十分精到的。现在看来，他对小品文，尤其现代小品文艺术的阐述，还具有某种经典性。林语堂在另一篇《论小品文笔调》的论文中，又提出现代小品文的特点：

> 现代小品文，与古人小摆设式之茶经、酒谱之所谓"小品"，自复不同。……亦与古时笔记小说不同。古人或有嫉廊庙文学而退以"小"自居者，所记类皆笔谈漫录野老谈天之属，避经世文章而言也。乃因经济文章，禁忌甚多，蹈常袭故，谈不出什么大道理来，笔记文学反成为中国文学著作上之一大潮流。今之所谓小品文者，恶朝贵气与古人笔记相同，而小品文之范围，却已放大许多。用途体裁，亦已随之而变，非复拾前人笔记形式，便可自足。盖诚所谓"宇宙之大，苍蝇之微"无一不可入我范围矣。此种小品文，可以说理，可以抒情，可以描绘人物，可以评论时事，凡方寸中一种心境，一点佳意，一股牢骚，一把幽情，皆可听其由笔端流露出来，是之谓现代散文之技巧。②

林语堂指出，现代小品在表现内容和艺术技巧方面，与古代笔记的联系与

---

① 林语堂：《我的话·行素集》（第二版）《发刊人间世意见书》，第 118 页。
② 林语堂著，万平近编：《林语堂选集》第 4 辑，第 481—482 页，原载于 1934 年 6 月《人间世》第 6 期。

区别，也是很有价值的。

对于林语堂诸人大力提倡小品与幽默，鲁迅先生表示不同观点。鲁迅并不反对晚明小品与小品创作，但不同意把晚明小品和小品艺术，定位为闲适、幽默与性灵。他在《一思而行》中说："小品文大约在将来也还可以存在于文坛，只是以'闲适'为主，却稍嫌不够。"他在此文中，还就当时的风气说：

> 人间世事，恨和尚往往就恨袈裟。幽默和小品的开初，人们何尝有贰话。然而轰的一声，天下无不幽默和小品，幽默哪有这许多，于是幽默就是滑稽，滑稽就是说笑话，说笑话就是讽刺，讽刺就是漫骂。油腔滑调，幽默也；"天朗气清"，小品也；看郑板桥《道情》一遍，谈幽默十天，买袁中郎尺牍半本，作小品一卷。有些人既有以此起家之势，势必有想反此以名世之人，于是轰然一声，天下又无不骂幽默和小品。①

鲁迅还认为，林语堂诸人过分而片面地强调袁中郎闲适、性灵和趣味的一面，歪曲了袁中郎的整体形象。他在《"招贴即扯"》一文中说："然而世间往往混为一谈。就现在最流行的袁中郎为例罢，既然肩出来当作招牌，看客就不免议论这招牌，怎样撕破了衣裳，怎样画歪了脸孔。这其实和中郎本身是无关的，所指的是他的自为徒子徒孙们的手笔。"又说："中郎正是一个关心世道，佩服'方巾气'人物的人，赞《金瓶梅》，作小品文，并不是他的全部。""中郎之不能被骂倒，正如他之不能被画歪。"②现在看来，鲁迅主张知人论世、避免片面性的批评，是相当合理的。他指出袁中郎有关心世道的一面，也是正确的。但假如说袁中郎思想和行为的主体，是一个"关心世道，佩服'方巾气'人物的人"，则又不免过分夸大袁中郎正经高大的一面。又如阿英在《袁中郎全集序》中也说："中郎是可学的，在政治上，应该学他大无畏的反抗黑暗、反抗暴力、

---

① 《鲁迅全集》卷5，《花边文学》，第499页。
② 《鲁迅全集》卷6，《且介亭杂文二集》，第236页。

反对官僚主义的精神。"①其实，袁中郎尽管未忘情世道，在总体上，却是追求闲适出世的名士气很浓的作家。对于现实的关切和对于"方巾气"人物的佩服，在政治上大无畏的反抗黑暗、反抗暴力、反对官僚主义的精神，只是他生活中的另一部分。林语堂、周作人等人对袁中郎闲适、性灵和趣味的评论，还是把握到他的特点的。

二十世纪三十年代这场关于小品的论争，如今早已硝烟散尽。而当时参加论争者，也成古人。现在再来看这种论争，平心静气地说，双方都多少有其合理之处。林语堂诸人为什么要推崇晚明小品呢？林语堂的说法颇有代表性。他在《有不为斋丛书序》中说："你何以要谈明人小品呢？……在我方面，只是认为文学佳作，认为有性灵文字，心好而乐之。"②他们只是从纯文学的审美角度，喜爱和推崇晚明小品。这本来也是无可厚非的，而且，他们对晚明小品的评论，也多中肯之论。尤其周作人对晚明小品作家作品的研究，都比较准确。但是，从当时的社会政治背景来看，情况便相当复杂了。对晚明小品的评价，已经不是单纯的文学价值问题。当时，日本帝国主义已入侵中国，而政治黑暗，民不聊生，在此民族矛盾、阶级矛盾异常激烈之时，林语堂、周作人等人和《论语》《人间世》等刊物还在大力推崇晚明小品，提倡性灵、幽默和闲适，的确显得很不合时宜，也产生一些消极影响。从这个角度来看，鲁迅站在冷静的思想家的高度，对于他们的批评是中肯的。

但是，当时一些喜爱和推崇晚明小品的作家，也未始一味地鼓吹晚明小品的超然和闲适。其实，他们也是看到晚明小品内容的复杂性与丰富性的。如施蛰存在《晚明二十家小品》的序中指出，他所选录的二十位晚明文人，对正统文学来说，差不多都是叛徒。他在说明自己选文的标准时说："本集的编选，除了尽量以风趣为标准，把隽永有味的各家的小品选录外，同时还注意到各家对于文学的意见，以及一些足以表现各家人格的文字。这最后一点，虽然有点'载

---

① 《袁宏道集笺校》附录，第 1767 页。
② 《袁宏道集笺校》附录，第 1736 页。

道'气味，但我以为在目下却是重要的。""我在编选此集的时候，随时也把一些足以看到这些明人的风骨的文字收缀进去。"①比如汤显祖，他不仅是一个专门摹情说爱、风流倜傥的词人，而且他还有一副刚正不阿的面孔。这种选文标准，应该说是比较合理的。与鲁迅所主张的对晚明作家应该知人论世，避免片面的批评方法，是有一致之处的。

不过，当时许多作家，把晚明小品作为一种特别推崇的对象，从而造成一种特殊的风气。这的确容易误导读者而出现一些偏颇。三十年代，关于小品文的争论中，朱光潜在 1936 年所写的《论小品文——一封公开信——给〈天地人〉编辑者徐先生》，是一篇值得注意的相当有见地的文章。他在信中说：

> 我并不敢菲薄晚明小品文，但是平心而论，我实在不觉得它有什么特别胜过别朝的小品文的地方……我尤其不相信袁中郎的杂记比得上柳子厚，书信比得上苏东坡。我并不反对少数人特别嗜好晚明小品文，这是他们的自由，但是我反对这少数人把个人的特殊趣味加以鼓吹宣传，使它成为弥漫一世的风气。无论是个人的性格或是全民族的文化，最健全的理想是多方面的自由的发展。晚明式的小品文聊备一格固未尝不可，但是如果以为"文章正轨"在此，恐怕要误尽天下苍生。专拿一个时代的风格做艺术的最高理想，这在中国也是自古有之。李梦阳、何景明之流拼命学唐诗，清末江西派诗人拼命学宋诗，他们的成绩如何呢？
>
> ……
>
> 你们高唱小品文，别人就会忘记小品文以外还有较重大的文学事业，你们高唱晚明小品文，别人就会忘记晚明以外的小品文也还值得一读。自然，小品文也是文学中的一格，晚明小品文也是小品文中的一格，都有存在的价值，你们欢喜它，是你们的自由，但是如果把它鼓吹成为风气，这就怕不免有我所忧惧的危险了。②

---

① 施蛰存编：《晚明二十家小品》序。
② 《孟实文钞》，第 206、208 页。

他认为，喜欢晚明小品，作为个人爱好是无可非议的。尽管他并非十分喜爱晚明小品。但如果把晚明小品，作为"文章正轨"而加以鼓吹，使之成为弥漫一世的风气。这对于民族文化和文学创作却是有害的。

1949年以后，中国文学史研究进入新的阶段，明代文学颇受重视。但在明代文学中，受到研究者重视的文体，主要是小说戏曲一类的通俗叙事文学，明代的诗文颇受冷落。在"文革"前通行的几部中国文学史中，明代文学部分的小说戏曲研究，占了绝大篇幅。晚明小品研究，只占了极小的比例。这种情况，主要由于学者们的研究兴趣重点，转向叙事文学与通俗文学。而另一个重要的原因，是晚明小品那种闲适超然的情调，显然与当时的政治文化气氛格格不入。

"文革"结束之后，情况迅速改变。越来越多的读者喜欢小品，特别是近年来，小品热更是持续不降。在当前图书出版（尤其是古代文献）相当困难之时，散文小品（包括晚明小品）一类的书籍，却拥有众多读者，有令出版商为之心动的订数。走进书店，可以看到各类小品书籍，占据文学书架的大半空间，有古代小品，有现代小品；有大陆作家小品，有港台作家小品；有重版小品，有新版小品；有各位名家的小品，也有各种以主题分类的小品；打开报纸杂志，它们也早就成为消闲小品栏目的天下，小品成为传播媒介的"宠儿"。如今名气最大的作家，当然是散文小品作家，而诗人、小说家，甚至学者们也不甘示弱，纷纷争着写小品。小品的命运，至当代而达到高峰。其盛况，不但是二十世纪三十年代所不及的，恐怕比晚明时代都热闹。晚明小品在当今"小品热"之中，也就当然地水涨船高。

"小品热"可以说是二十世纪九十年代中国文化的一大奇观，是一种值得研究的复杂文化现象。九十年代的小品热，是有其深刻的文化背景的。原先束缚着人们的思想和审美观念的格套已渐渐消失了，那种曾经盲目地追求文学上的崇高的时尚也改变了，随着思想的解放和物质生活的改善，世俗化和闲适化的文学，又受到人们的喜爱。这是一个以经济为中心、科学技术高度发达、生活节奏极为紧张的时代，闲适与自然之风，和这个时代的精神形成巨大反差，似乎与当今社会"格格不入"，但正是因为现代社会生活节奏高度紧张，闲适与自然更成为人类精神生活的"高档品"。人们越发珍重自然之美，闲适之趣。人们渴望它，就如炎炎夏日之中渴望一掬清泉，一丛绿荫。小品形式短小精悍，可以随时随地阅读，能在极短的时间内，给人以美的享受；可以让人们于不经意之间领悟某种人生趣味，也可以使人们得到哪怕是半晌的精神休憩。同时，小品那种世俗化、生活化的倾向，也与当代文化流向相合拍。从这种角度看，人们普遍喜欢小品的现象，就不但是可以理解的，而且还是有其积极意义的。

但是，小品热也反映出大众文化心态的变化。当我国社会急剧地向市场经济转轨时，人们的价值观也产生极大的变化。在许多人那里，自我成为中心，追求物质和精神享乐成为生活的目的。他们更关心的，是与自己密切相关的生活和身边事物。这种心态，导致审美的平庸化和世俗化。任何事物发展到"热"，便容易出现流弊。二十世纪九十年代"小品热"的结果，是读书界、创作界都普遍弥漫着一股"小品习气"。晚明小品那种空灵、萧散，以及浮躁、放纵、颓废的末世心态，引起某些人的共鸣。许多读书人只满足于读那些轻松闲适和幽默的小品，而不愿进而探索更为严肃、更为浑厚、更为崇高的古典艺术世界；不少作家只会写那些鸡毛蒜皮一类的琐碎轻浅而油腔滑调的随笔，而无法去展示更为弘阔壮观的生活场景，去思考更为深沉、更为复杂的人生境界。同时，出版商从商业角度，为小品热推波助澜，又使小品热染上浓厚的商业色彩。现在正如鲁迅先生所讽刺的，"轰的一声，天下无不幽默和小品。[①]"于是，小品成为一种消费文化，成为一种文化快餐。我们的当代文化，似乎成为一种"小品文化"了。当然，从创作、阅读和出版来看，作者、读者与出版商，固然有他们的自由。但是，当社会审美情趣出现偏安一隅的现象，又使人感到单调和不足。这不禁令人想起杜甫的诗："或看翡翠兰苕上，未掣鲸鱼碧海中。[②]"当代小品之盛极，也就隐含着深刻的危机了。

[①] 《鲁迅全集》卷5《花边文学》《一思而行》，第499页。
[②] 《杜诗详注》卷11《戏为六绝句》其四，第900页。

回顾晚明小品的接受历史，也许，晚明小品的升沉际遇，正好反映了其艺术特质：因为它在形式上，突破传统古文的法度规矩，在内容上，摆脱了文以载道的古文传统，逸出正宗古文的轨道。所以，在传统文学批评中，地位不高。往往被视为旁门左道，而受到轻蔑；因为它突破传统思想意识与表现形式的桎梏，比较接近真实生活与个人的情感世界，其表现形式灵活多样，富有情致，潜藏现代艺术散文的某些素质。所以，受到现当代一些作家和读者的激赏。

我们能否做出这样的结论：晚明小品是晚明文人形象的心史。他们的闲情逸致与浮躁狂放，都真实地反映在其中。晚明小品以生活化、个性化、审美化为主要特征，充满近代的人文气息。形式上自由萧散，打破传统古文的一些格式。同时，难免失去古典散文的法度格调之美。从中国散文发展史的角度看，它们既是古典散文高潮之后的遗响，也是古典散文向现代艺术化散文转换的前奏。只有把晚明小品既放在具体的文化背景之下，又把它们作为文学发展史长链中的一环，我们才能比较真切而公正地把握晚明小品的价值、缺陷及其历史地位。

（原载《晚明小品研究》，北京大学出版社 2017 年出版）

【主编者言】说王阳明的气节、文章、功业，并不耽溺于"主观"与"唯心"之类的理论话语，只是娓娓道来。作为明史专家，作者的学术阐释却与叙述、解读融为一体。

"知行合一"与王阳明的"三不朽"

方志远

一、知行合一，心物一体

王阳明被称为有明一代气节、文章、功业第一人，被认为是真"三不朽"。但是，和中外许多伟大人物一样，王阳明从闻名于世开始，就一直毁誉参半。时人斥其"事不师古，言不称师，专以立异为高"，但不能不承认其事功的卓著；后人言其承朱学之微鼓吹心学，为统治者另谋思想统治出路，却不能不承认王学的积极因素。虽然万历十二年入祀孔庙，但在同时入祀孔庙的三人中（另外二人为胡居仁、陈献章），王阳明虽然影响最大、居功至伟，却争议最大。而在整个清朝，王阳明及其学说更受到全面的压制。从二十世纪开始，我们也曾经给王阳明及其学说贴着一个标签："主观唯心"。

当我们习惯性地根据前人在特定历史条件下发表的某些带有"鲜明特色"的文字或言论，便将其划分为"主观"或"客观"、"唯心"或"唯物"的时候，我们本身就在犯"主观"的错误。从这一点来说，我们和被我们称为"主观唯心"的王阳明，思想境界已在天壤之间。

有一个被人们"选择性"说明王阳明"主观唯心"的著名例证。王阳明在浙江绍兴期间，与学生游南镇，大概是刚刚讨论过"吾心"与"万物"的关系，有学生指着破岩而出、鲜花盛开的树丛问道:"(先生)说天下无心外之物,如此花树,在深山中自开自落,于我心亦何相关?"王阳明解释道:"你未看此花时,此花与汝心同归于寂。你来看此花时,则此花颜色一时明白起来。便知此花不在你的心外。"(《王阳明全集·传习录下》)如果只是以此为例,又不明其"机锋"所指,自然可以视为不顾客观事实的"唯心"。但是,如果我们"选择性"地推出另外一个例证,认识或许发生变化。仍然是一个说花的故事,事情发生在江西赣州或南昌。王阳明和弟子薛侃等人在花圃除草,薛侃感慨道:"天地间何善难培、恶难去?"王阳明不假思索回答:"未培未去耳。"这是就物说物,但随即借物说事:"此等看善恶,皆从躯壳起念,便会错。"薛侃不理解。王阳明继续解释:"天地生意,花草一般,何曾有善恶之分?子欲观花,则以花为善,以草为恶;如欲用草时,复以草为善矣。此等善恶,皆由汝心好恶所生,故知是错。"(《王阳明全集·传习录上》)王阳明的意思十分清楚:天生万物,本无善恶之分。若以自己心中的"好恶"作为判断事物"善恶"的标准,那就大错而特错了。如果以此为例,我们怎么也不忍心把"主观"与"唯心"的帽子戴在王阳明头上。

王阳明的上述言论,都发生在"龙场悟道"并提出"知行合一"之后,可以看出他在"主观"与"客观"之间已经有了新的认识,"知"与"行"、"心"与"物",越来越融为一体,这才是"知行合一"新境界。学生徐爱等人曾经就"知行合一"向王阳明提问:既然是"知行合一",先生为何有时只说"知"、有时又只说"行"?为何有时只说"心"、有时又只说"物"?王阳明回答道:"只为世间有一种人,懵懵懂懂地任意去做,全不解思维省察,也只是个冥行妄作,所以必说个'知',方才'行'得是。又有一种人,茫茫荡荡悬空去思索,全不肯着实躬行,也只是个揣摩影响,所以必说一个'行',方才'知'得真。"王阳明继续解释:"此是古人不得已补偏救弊的说话。"(《王阳明全集·传习录上》)

这种"补偏救弊"的方法,恰恰是中国古代思想家的共同特点,所有的言论和文字，都是针对具体的事情展开。这种方法的好处是直截了当、简洁易懂，问题是容易被断章取义、被各取所需。虽然王阳明有时因"物"说"心"、因"行"说"知"，有时又因"心"说"物"、因"知"说"行"，但在他那里，心与物、知与行是一个相辅相成、密不可分的整体。所以，我们研究他的思想，也就不能用"举例子"的方法，而需要对他的思想脉络、表述特征特别是"语境"有真正认识。

二、入道、揭道、传道

王阳明对"知行合一"的体悟和阐释，有一个认识上的演进过程，这个过程与他自己所说的"学为圣贤"或"求圣"的过程是同步的。

王阳明《朱子晚年定论·序》说，自己的学术经过"三变"：一、"早岁业举，溺志词章"，后来感觉是在浪费青春；于是"稍知从事正学"，研读以朱熹为代表的儒学著作，却感到众说纷纭、"茫无可入"。二、不得已转而"求诸老释"，顿觉惊喜，"以为圣人之学在此"，但将其与孔孟之说、日用之道相印证，又产生抵牾。三、迷茫之中，贬官龙场，反倒清静，反复思考，体悟日深："居夷处困，动心忍性之余，恍若有误。体验探求，再更寒暑。证诸五经四子，沛然若决江河而放诸海也。然后叹圣人之道，坦如大路。"所谓的"龙场悟道"，就此发生："圣人之道，吾性自足。"

当事人王阳明的这段回顾，使得人们认为经过"三变"之后的"龙场悟道"，王阳明已经悟出了"圣人之道"。但是，令王阳明惊喜的并不是悟出了"圣人之道"的结果，而是悟出了通向"圣人之道"的"大路"，是找到了打开通向"圣人之道"大门的钥匙。所以黄宗羲认为，"龙场悟道"对于王阳明的"求圣"来说，是"始得其门"。

黄宗羲可谓真知阳明者，他认为王阳明的学术经历，不只是王阳明自己所说的一个"三变"，而是有两个"三变"，"龙场悟道"则是两个"三变"之间的关节点（《明儒学案·姚江学案》）。只有把这两个"三变"一并考察，才能理清王阳明"求圣"的全过程。

黄宗羲说的第一个"三变"，如王阳明之所述，这是一个"悟"得其"门"的过程。王阳明从朦朦胧胧地向往着"学为圣贤"，到"得其门""入其道"，其间经历了整整二十年。

黄宗羲认为，王阳明的学术的第二个"三变"是：一、在"龙场悟道"而"得其门"后，"尽去枝叶、一意本原"。也就是说，开始专注从"吾性""吾心"中追求"圣人之道"，而不是向"心外"去追求，于是有了"知行合一"的感悟，认为知即是行、行即是知。二、奉命为南赣巡抚而到"江右"之后，悟出"圣人之道"原本就是早为先贤揭示却被后人泯灭的"良知"二字。这样，就为"知行合一"注入了灵魂。三、提出"良知"特别是"居越"之后，宣称人人心中有良知，人们只要把各自的良知发掘出来并且落实在行为上，即"致良知"，这才是真正的"知行合一"。从"龙场悟道"，到病逝于江西大庚，这第二个"三变"，也经历了整整二十年。

前后两个"三变"，构成了王阳明"求圣"的三部曲：第一，从立志"学为圣贤"，到体悟"圣人之道，吾性自足"，寻求到了"入圣"的门径。但何为圣人之"道"，却只是有所悟，而无法用文字、语言准确地概括出来。第二，从"龙场悟道"，到在江西揭"良知"，揭示出"圣人之道"的精义，这也是王阳明学术即"心学"的核心和真谛。第三，从揭"良知"开始，到在江西南昌、赣州、吉安等地，在绍兴等处，倡导"致良知"，倡导"与民不亲而亲"，倡导与"愚夫愚妇"同好恶，心中有良知，满街皆圣人。这个"三部曲"，既是王阳明通向"道"、揭示"道"、传播"道"，即入道、揭道、传道的过程，也是"知行合一"从提出到注入"良知"，到"致良知"的过程。

伟大的思想只有灌输到大众之中，成为大众的自觉行为，才是它真正价值的所在。在中国历史上，几乎所有的思想家，从孔子到孟子，从二程到朱熹、从陆九渊到王阳明，首先都是社会活动家，他们的学术，他们的言论和主张，都是为着解决社会问题，都是为医治时代弊病开具药方。

三、心中有良知，行为有担当

尽管王阳明被认为是气节、文章、功业即立德、立言、立功"三不朽"，但黄宗羲和后来的"王学"研究者又有意无意忽略了王阳明学术过程中功业和气节的作用，这可以说是当时和当代王阳明研究的最大误区。或许在研究者看来，王阳明的功业谁也否认不了，王阳明的气节有目共睹，但王阳明的学术却曾经被视为"异端""邪说"。更重要的原因是，研究者多为"文人"。所以，尽管中国古代"圣贤"的标准，是立德、立功、立言三位一体，但在王阳明的"文人"研究中，主要关注的只是学术、是"立言"，看重的是他的从祀孔庙，以为这才是入"圣域"。虽然无人否认王阳明的气节和功业，但在研究中却并未将其与学术融为一体，对于王阳明的定位，也就仅仅成了"思想家"。

这种导向的结果，是后人更多地关注王阳明的"心"而忽略"物"，关注王阳明的"知"而忽略"行"，并进而视其为"唯心"且"主观"。但是，王阳明的学术从来就是和功业相互激发的；而学术和功业的终极动力，却是气节，是对国家、对社会的担当，三者相辅相成，不可或缺。在王阳明的身上，他的学术即"心学"，是为立言；他的功业即实践，是为立功；他的气节即担当，恰恰是立德。这才是王阳明的"真三不朽"。

当王阳明"懵懵懂懂"向往"学为圣贤"的时候，根本不知道"圣贤"为何物，但少年时代埋下的种子、少年时代萌发的志向，其实是一种为国家、为社会效力的担当精神，被当时的人们称为"气节"。所以，在15岁时就有出居庸关考查"虏情"的行为，有向皇帝上书陈述自己对于边关防务意见的动机；在刑部主事的任上，敢于革除监狱积弊、敢于处死背景深厚的罪犯；在兵部主事的任上，敢于直斥时弊，虽然因此得罪权贵，受廷杖，下诏狱，贬谪龙场，但初心不改。虽然此时王阳明尚未提出"知行合一"，但事事都在"知行合一"。

为南赣巡抚时，一年之内平息数十年之"积寇"，王阳明的功业开始走向鼎盛；接着，在四十天内平定蓄谋已久并公开起兵的"叛藩"，成为明朝第三位以军功封伯爵的文臣，王阳明一生功业达到鼎盛。正是这个时候，王阳明的学术渐入化境，影响走向鼎盛。试想，如果王阳明和他之前的历任巡抚一样，对在江西、广东、福建三省边境聚众闹事的流民束手无策，如果王阳明不但无法平定宁王之乱反倒为朱宸濠所俘，王阳明还能理直气壮说"良知"，还能心安理得说"知行合一"吗？又有谁相信你的学术是有用的学术？没有功业，不影响薛瑄、胡居仁、陈献章入孔庙，但没有功业，就不可能"倒逼"庙堂承认王阳明的学术。在王阳明那里，没有不落在功业上的学术，也没有离开学术的功业，他是"知行合一"的。

在南赣平息"积寇"的过程中，王阳明提出"破山中贼易，破心中贼难"的概念，"良知"二字呼之欲出。平定宁王叛乱之后，应对由皇帝朱厚照亲自带领的亲信太监及边军、京军，应对来自方方面面的流言蜚语，应对当权者的各种刁难和猜疑，是王阳明一生之中所遭遇的最大难题。直到此时，"良知"二字终于被揭示出来，所以王阳明特别强调："某于良知之说，从百死千难中得来，非是容易见得到此。"（《王阳明全集·传习录拾遗》）在王阳明看来，"良知"二字乃是自己一生学术的精义和真谛，这才是真正的"圣人之道"，它既在每个人的心中，"不待学而有，不待虑而得"，更是在"百死千难"的磨砺才得以悟出。

王阳明在"百死千难"中悟出内心深藏的"良知"，是学术和功业的相互激发，终极动力，则来自"气节"，来自对国家、对社会的担当。这种担当关系到个人安危、家族存亡。当宁王在南昌起兵时，众多官员在观望、所有情报都含糊，唯独王阳明公开宣称"宁王谋反"，并且在尚未得到朝廷批文的情况下"擅自"起兵平叛。所以人们认为，王阳明这是"不顾九族之祸"（郑晓《今言》）。如果没有担当，怎么可能在关键时刻每每挺身而出，怎么可能百折不挠地追求学术和功业？人们又怎么可能崇拜一个空谈"良知"却明哲保身的教授？

古人"三不朽"，首列"立德"。何谓"立德"？孟子说"舍生而取义"，文天祥说"人生自古谁无死，留取丹心照汗青"，林则徐说"苟利国家生死以，岂因祸福避趋之"。王阳明用自己的行为给世人做出了垂范：心中有良知，行为有担当。这才是王阳明对"知行合一"的最好诠释。在王阳明的那里，"知行合一"的"知"，既是对事物的认识，更是"良知"。是非之心加担当精神，是为"良知"。以"良知"为灵魂的"知行合一"，才是王阳明所倡导的真正的"知行合一"。

（原载《光明日报》2017 年 4 月 10 日）

【主编者言】学校古籍书库里的数万册线装书，看的人已经不多。九十余岁的本文作者却盘桓其中，与之共消磨。而且"自将磨洗认前朝"，钩沉史事，臧否人物，令人慨叹。

谈谈江西师大图书馆古籍书库的两部书

刘世南　曹红东

习总书记重视我国的优秀传统文化，号召大家努力继承与发扬。我们江西师大图书馆古籍书库正是传统文化的渊薮之一。因为承继了前身国立中正大学的馆藏，仅线装古籍就有六万余册。其中有精华也有糟粕，现各择其一来做一对比。

我们认为含有较多精华的是蒋瑞藻主编的《新古文辞类纂稿本》，而几乎全是糟粕的则是《国民代表推戴书》。

自姚鼐《古文辞类纂》出，一般只知道有王先谦和黎庶昌的《续文辞类纂》，很少人注意到蒋瑞藻这部书。其实它选的都是近代名家的古文，皆有一定之水准。现在，我们特挑出如下十四篇，略作介绍。

　　卷一　薛福成《再论俄罗斯立国之势》

　　卷四　严复《辟韩》

　　　　　丁惠康《孔子必用墨子，墨子必用孔子说》

　　　　　蒋智由《丞解日约论》

　　卷五　薛福成《日本国志序》

　　卷七　吴汝纶《天演论序》

　　下面，我们选几篇加以点评。一、薛福成《再论俄罗斯立国之势》。此文指出："俄之为国，地广人稀，冰雪坚冱，粮无可因，城无可据，得其地不能守，得其人不能用，故诸国不窥俄则已，窥之未有不败者。而俄则因利乘便，恢拓疆土，方无虚日，此欧洲诸国所以栗栗危惧也。"最可惊的是作者的预见性："或曰：俄之凶党，蕴其栗毒，朋谋揖志，冀革旧政。俄皇权力虽重，日夜虑炸药飞弹之祸，可谓至危。俄民亦以所享权利，不能与英、美、法、德诸国齐民齿，嚣然丧其乐生之心，尚何能日加强盛哉？答之曰：余所论者国势也，非国政也。俄之国政，寝久亦必改变，与英、法、德诸国相同。"后来的历史事实，尽管吊诡多变，而大体不出所料。能说前人不及今人吗？而这种文章在清末变法图强之日，对一般士大夫，不正振聋发聩吗？

　　二、严复《辟韩》。此文指出"民之自由，天之所畀也。"此即西方"天赋人权"说。他指出："秦以来之为君，正所谓大盗窃国者耳。"此承庄周、唐甄之言，故曰"所谓"。底下痛快地揭露："国谁窃？转相窃之于民而已。既已窃之矣，又惴惴然恐其主之或觉而复之也，于是其法与令猬毛而起。质而论之，其十八九皆所以坏民之才，散民之力，漓民之德者也。斯民也，固斯天下之真主也，必弱而愚之，使其常不觉，常不足以有为，而后吾可以长保所窃而永世。……是故西洋之言治者，曰：国者，斯民之公产也；王侯将相者，通国之公仆隶也。而中国之尊王者曰：天子富有四海，臣妾亿兆。臣妾者，其文之故训，犹奴虏也。夫如是，则西洋之民，其尊且贵也，过于王侯将相；而我中国之民，其卑且贱，皆奴产子也。设有战斗之事，彼其民为公产公利自为斗也，而中国则奴为其主斗耳。夫驱虏以斗贵人，固何所往而不败？"

笔者刘世南 30 多年前在古籍阅览室就认真读过此书，并在日记中作了评语："今日读之，犹血脉偾张，而御用学者犹日造讹言以卫其权贵阶层之利益，真万死不足以蔽其辜也！"

三、蒋智由《亟解日约论》。此文指出：一战时，中日签订军事条约，日本根据条约，"以操军武之权，而制吾中国之死命。"但"日之欲统东亚，擅中国，此欧美之所一力而必不容者也。日也挟其一方而来，欧美必挟其一方以晋（进），以一羊（指中国）为之食，而构两虎之斗，则祸又莫大乎争是约者也。故曰军约者，中国之亡症也，东亚之乱原也，胡为乎莫之除？除之，此其时矣！"最后警告说："夫土耳其以军事之权授之德人者也，今则亡，则中国可不援以为戒乎？"世南始终认为日本是中国的大患，以 95 岁的阅历，深知国际关系中没有永远的朋友，也没有永远的敌人，只有永远的国家和民族利益。对付日本，只有自强不息。

四、黄遵宪《日本国志序》。作者自言："昔契丹主有言：'我于宋国之事，纤悉皆知；而宋人视我国事，如隔十重云雾。'以余观日本士夫，类能读中国之书，考中国之事；而中国士夫，好谈古谊，足已自封，于外事不屑措意。无论泰西，即日本与我仅一衣带水，亦视之若海外三神山，可望而不可即。"他希望当世士大夫能留心时务，力图自强，像日本那样向西方学习。

以下《日本食货志序》，介绍明治维新以来的日本经济发展史，其次序为"审户口""核租税""筹国计""考国债""权货币""稽商务"。"六者兼得，则理财之道得而国富矣。"《日本职官志序》认为欧美先进国家"设官繁""赋敛重"，颇同中国《周礼》，"而其国号称平治者，盖举一国之财，治一国之事，仍散之一国之民。故上无壅财，国无废政，而民亦无游手。"日本维新之后，设官多仿泰西。所以，作者撰著此志，以供中国变法之参考。其作《日本刑法志》，是因为作者先居日本，后居美国，知道"泰西人好论权限二字"（即公权力与人权），"胥全国上下，同受治于法律之中。""欧美大小诸国，无论君主、君民共主，一言以蔽之曰：以法治国而已矣。"世南当年看后，不胜感慨，在日记中记曰："强调法治而非人治，人有权限，无抑无纵。国人则迄今尚多不知有人权。"

作者之作《日本学术志》尤其有意思，他既看到民主政治的优点，如人人有民权，提倡博爱，科学发达，"拜爵叙官，皆以公选。其君臣上下，无疾苦不达之隐，无壅遏不宣之情。"又指出其流弊："君民同权、父子同权。""父母兄弟，同于路人。"如此，"必至于极分裂极残暴而后已"，"必有欲行均贫富均贵贱均劳逸之说者。"他的结论是："吾观欧罗巴诸国，不百年必大乱。当其乱，则视君如弈棋，视亲如赘疣。而每交一锋，蔓延数十年，伏尸百万，流血千里，更有视人命如草芥者。岂人性殊哉？亦其教有以使之然也。"一战二战以迄今的全球史实，充分证明了黄遵宪的预言，今天不是西方也有学者在呼吁，要用"东方的文明"来拯救西方高科技所酿造的危机吗？

五、严复《天演论序》，介绍内籀（今译"演绎"）之术和外籀（今译"归纳"）之术，奈端（今译"牛顿"）的力学定律，斯宾塞的社会学，目的是使中国人知道如何自强保种。《群学肄言序》指出："群学者，将以明治乱盛衰之由，而于厚生之事，操其本尔。"即今之政治经济学。《群己权界论序》指出，穆勒此书认为："学者必明乎己与群之权界，而后自由之说乃可用耳。"也就是说，所有社会公民，其个人自由必须以不侵犯他人之自由为前提。

经过以上选择性地点评，可见蒋瑞藻这部《新古文辞类纂稿本》确实很新，对我们今天仍有强大的现实意义，如民主与法治这些历史任务，亟待我们去完成，才能真正使中国在21世纪崛起。

中国由先秦的封建社会演变为由秦迄清的皇权专制社会，"官本位"观念流毒极烈。为了惩前毖后，我们不妨展示一下这部《国民代表推戴书》。

此书既无编者姓名，也无出版单位、出版时间，更没有定价，估计是筹安会印制的内部刊物，不可能也不需要公开出版。

开篇就是"国民代表大会决定国体票数单"，总计 1993 票，一致赞成君主立宪国体。

先看国民代表大会总代表代行立法院奏，所有推戴书"均据称国民公意，恭戴今大总统袁世凯为中华帝国皇帝，并以国家最上完全主权奉之于皇帝。"历数其一"清帝不得已而逊位，皇天景命始集于我圣主，我圣主弗居也。"其二"南京政府不得已而解散。"其三"大难既平，全国统一，我圣主仍有弗居。"其四直到推举袁为大总统，他才接受。"然共和国体，不适国情，上无以建保世滋大之宏规，下无以谋长治久安之乐利。盖唯民心有所舍也，则必有所取；有所去也，则必有所归。今者天牖民衷，全国一心，以建立帝国，民归盛德；又全国一心，以推戴皇帝。我中华文明礼义，为五千年帝制之古邦；我皇帝睿智神武，为亿万百姓归心之元首。伏愿仰承帝眷，俯顺舆情，登大宝而司牧群生，履至尊而经纶六合。轩帝神明之胄，宜建极以承天；嗣后继及之规，实抚民而长世。谨奏。"

看到这种充满腐朽气息的陈词滥调，我们不由感慨万分！在那班冬烘头脑看来，这种乔乔皇皇的骈四俪六的奏疏，真是华国文章。而实质呢？只是利禄的诱惑，权势的胁迫，和真正的民意毫不相干。起草者和签名者，固然有赳赳武夫，但也确多硕学通儒。其中如江西新建县人杨增荦，世南早知其人。杨增荦，晚清进士（1860—1933），字昀谷，号松阳山人，新建县人。光绪年间进士，先后为刑部主事，热河理刑司员，四川候补知府，广东署法院参事。民国初年，为国史馆协修，交通部推事。平生谨饬自守，潜心于学，晚年沉潜佛典。早年在京师即有诗名，学王维之高秀，白居易之平易，苏东坡之旷逸，黄山谷之遒健。风骨峻深，秀外腴中，苍润疏秀，晚年诗作尤有禅趣理趣。有《杨昀谷遗诗》八卷。1935 年，世南读高小时，买到一本大达书局出版的《现代名人诗选》，其中就有杨增荦一首《遣仆》："苦忆相从过岭时，乱中抵死与扶持。还家欲以黄冠老，半载惊闻到处危。须信穷途吾已惯，却看行色泪先垂。灯前一笑焚《僮约》，他日重逢是旧知。"因为通俗又充满感情，所以早就背熟了。世南现今95岁了，80多年过去了，仍然历久不忘。谁知这么一个人，他竟会在袁世凯脚下出卖灵魂！他难道忘记了孟子说的："富贵不能淫，贫贱不能移，威武不能屈，此之谓大丈夫。"

我们江西古称文章节义之邦，可是这份江西推戴代表名单中，还有万载县人辛际周列名其上。辛际周自幼聪颖，有神童之誉。12岁中秀才，18岁中举。废科举后，入京师大学堂习经济系。毕业后，任江西省立第五师范（设于临江）学监，兼任省内某报主管。后丁父忧，回籍侍母。1925年，他40岁时，开始信佛吃斋，在县城邀聚一些佛教信徒创建净业社。1930年迁居南昌。次年应聘执教于省立赣县中学。旋受厦门大学聘，任该校中文教授。1940年12月，参与筹建江西省通志馆。次年，担任该馆协纂。与吴宗慈合编《江西省古今政治地理沿革总略》《八十三县沿革考略》。

世南素喜宋诗，杨增荦、辛际周都是宗宋调的名家。因此，看到他们的名字，不禁惋叹："卿本佳人，奈何做贼！"

中国有个恕道，不以人废言。但也有另一句话："如有周公之才之美，使骄且吝，其余不足观也已。"骄、吝尚不可，况立身之大节乎！

总之，经过以上精华与糟粕的对比，为了中华的崛起，必须加强我们的文化建设，从而大力推行民主与法治，使我们伟大祖国真正富强起来，实现人类最崇高的理想。

（原载《中华读书报》2017年7月12日）

【主编者言】阅读一个城市，一道风景，一段历史，自有不同的切入点、不同的视野、不同的纵深感。因为条条大路通罗马，在纷繁中寻找新意却不易。但作者有自己的体验。

废墟与风流：阅读罗马的另一种方法

韩　晗

一

有些名词，似乎生来就带有一种特殊的气韵，譬如说罗马。这本是一个名词，但却因为罗马数字、罗马法、罗马柱等其他名词一道，使人望而生畏，仿佛一位风流的古雅绅士徐徐踱来，不敢怠慢。

古罗马诗人维吉尔（Virgil）说过一句话："人应当在有生之年来一趟罗马。"这句话被很多罗马人视若铁律，于是仗势睥睨四方。维吉尔这句话后面还有半句："这里的繁华，震慑心魄。"维吉尔不是罗马人，他出生于意大利北部波河（PoRiver）北岸一个叫安德斯（Andes）的村子，乃是名副其实的乡民。虽然忝列罗马顶级诗人序列，但仍然摆脱不了仰望大都会的穷小子本性，好似庚子国变前后从周边涌入京城的闲散乡民，陡然看到前门高耸的城门楼子，纵然有穿天的凌云志，也顿时消磨了不少。

当然，维吉尔眼中的罗马，现在早已不复存在，昔日的罗马广场（Forum Roman），留下的是一堆堆的废墟，像是地震现场。用繁华来形容罗马城，有些不合时宜，震慑心魄更是痴心妄想。但繁华毕竟是表象，历史的车轮终将其无情碾碎。譬如庞贝古城，便曾是当时整个亚平宁半岛上的销金窟，连朱自清先生都叹其"淫风之盛"，一场火山爆发，一切繁华瞬间便烟消云散，宛如黄粱一梦。

因此，今日我们看到的罗马，一派沉稳的老派风格，古雅周正，这才对味。我正是应了维吉尔的那句话赶到的罗马，午后的古城，仿佛在夏风中小憩，安静得让你觉得来得不合时宜，选了一个靠近共和广场的旅馆，不为其他，只因去哪里都有地铁可达。

早些年在故纸堆里翻到过一本书，名字实在想不起来，内容介绍古罗马生活史。罗马城的繁华，倒真不是虚名，据说王政时期的罗马，尚未从野蛮的奴隶制走出，但居民的日常生活就已经奔着骄奢淫逸一路而去，偌大一个罗马城，妓院与赌场是标配，男欢女爱，纸醉金迷，灯红酒绿，声色犬马，走马灯似的，今日古雅的底色，都曾是昔日的嬉笑怒骂与玩世不恭。

千秋万代的更替，古罗马的建筑多已坍塌，但几千年前的风流保留在罗马人当中。据说，罗马人是世界上最会玩也最爱玩的族群，比起自称严谨的伦敦人来说，罗马人简直不是人：红酒销量人均世界第一，咖啡销量人均世界第一，安全套销量也是人均世界第一。

午后的罗马，有点像个玩累的浪子。出租车轻轻划过石板路，从一排排的废墟与旧屋舍旁经过。路边正在喝咖啡的人，懒洋洋地用一张报纸盖住脸，脑子里正在转动晚上去哪儿撒欢的心思。据说这些都是正宗的罗马人，游客正忙于赶路拍照，哪有闲工夫打盹。

以前我们学英语，记得有一句话叫"到了罗马，要像罗马人一样生活。"这句话转译成中文便是最简单的四个字：入乡随俗。有人牵强附会，认为这是让所有的过客尊重罗马法。这种解释难免太没有情趣，罗马人的生活，当然不只有法律。

据说，罗马是世界上咖啡馆最多的城市，而且咖啡的品质世界一流，并且源自罗马的浓缩（Espresso）、拿铁（Latte）与卡布奇诺（Cappuccino）成为世界咖啡的三大分类，因此一向喜欢搞文化输出的星巴克至今都没有勇气开进罗马。而我认为，任何人到了罗马，就应当手持一杯咖啡，在街头的阳伞下细细品味，与三两过客搭讪，把自己当作罗马人一样沉浸其中。

"在罗马第一要务就是体验这难得的风流。"据说是意大利作家阿贝托·艾柯告知来罗马的游客应当谨记的信条，红灯区的下流不为，老城区的风流总是要体会，这是上帝厚待罗马人的福利，它当然不只属于罗马土著，所有来罗马的人，都应有享受这份风流的资格。

二

但住久了便会发现，罗马的风流似乎是表象。今日的罗马，举目皆是废墟，不明就里的人若是慕名赶来，自然会失望不少。在主城区，废墟连着废墟，无尽头的土黄色，不多久便会乏味，偶然残墙破门、断壁颓垣，也难辨个所以然来。但罗马的风流，恰在这些废墟当中集大成。

从市中心的君士坦丁凯旋门（Arco di Costantino）和斗兽场（Colosseum）之间的大路一路向南，不多远便是帕拉蒂尼山（Monte Palatino），该山是罗马城建立的"七丘"之一，也是目前唯一的遗址，爬上不高的山顶，罗马城最负盛名的废墟一览无余——此地便是罗马广场所在地，遥想屋大维、恺撒的那个时代，此地热闹非常，大名鼎鼎的元老院便在此办公，堪称帝国中心可也。

热闹归热闹，但老百姓没份。罗马广场虽然名为"论坛"（Forum），但名不副实，凡夫俗子若是想在这里喝一杯咖啡（假如当时有咖啡的话），指点一下江山，恐怕不太可能。罗马向来不是多数人的民粹政治，想参加公民大会？在罗马帝国初期，整个罗马城拥有公民权的人不足百分之十。

人数不多，却将罗马管理得井井有条，但史家却认为罗马人粗俗尚武，不通文墨，比演算编剧谈诗学的希腊人略逊一筹风骚。但历史地看，意大利却成了沟通希腊文明与文艺复兴的桥梁，从但丁、达·芬奇、米开朗琪罗再到雄浑优雅的乌菲兹（Uffizi）家族，这种承前启后的意义，岂可用粗俗二字形容？

因此，罗马与希腊相比，它不能说是粗俗，只能说比希腊多了一点风流。这种风流，还与罗马的历史息息相关。

如果不是仔细深究，则很容易认为罗马的历史无非是一部独裁的历史，从王政时期、共和时期再到罗马帝国，执政者越发盛气凌人，帝国的疆域也越来越大，从台伯河下游的一个小国竟然变成了吞并大半个欧洲的帝国，甚至连毫无血缘关系的日耳曼人都弄出一个山寨的神圣罗马帝国来狗尾续貂。既然是独裁，必是独夫民贼，千夫所指，那为何能够气吞万里、雄霸天下并拥有无数拥趸？

古希腊看似比罗马民主，但却是让智者诟病的"暴民统治"，要想一探究竟，去问问饮鸩自绝的苏格拉底便知，当然还有臭名昭彰的陶片放逐法，大家不喜欢谁，直接投票产生，然后将其逐出当地，只看好恶，不分是非，众人之口决定他人死活，如此这般固然民主，但却无序，更谈不上有什么风流可言。

而古罗马的政治，闪光之处则在于共和制，共和者，共商共识也，虽非一人一票，但却各让三分。执政官往下是元老院，再往下是公民大会，最终这一切由《十二铜表法》而确立，这形成了西方政体的雏形，当下西方政治在很大程度上受古罗马政治启发，这是不争的事实。

我不研究政治学，只谈自己的感想：从罗马起源的共和制，保住了罗马几百年的繁华，奠定了罗马城几千年的风流，这是无量功德。罗马的共和，远远比希腊的民主更有意义。

三

罗马建城始于"七丘"，帕拉蒂尼山乃七丘之尊，据说吃狼奶的罗慕路斯与雷穆斯兄弟（Romulus & Remus）便是在这建功立业，他们开创了王政时代，乃至被后人神话。供奉二位的神庙遗址，便在罗马广场内，当然早已颓唐不堪，几个罗马柱兀然矗立，与不远处的斗兽场交相呼应，典型的亚平宁风情。

帕拉蒂尼山是观看罗马废墟最妙之处，登高而远眺，当然还有奥古斯都故居（House of Augustus）。

奥古斯都这个名字，在中国被叫作屋大维（Octavius），不难看出，他的名字里有两个词的词源——八月（August）与十月（October），其影响力可见一斑。当然，他最显赫的身份，就是罗马帝国的开创者。

罗马帝国是世界上第一个元首制国家，奥古斯都便是元首制的始作俑者。罗马共和国的后期，政治体制已不适应罗马的扩张，而必须要在共和的基础上实行改革。奥古斯都便是这改革者，他将执政官、保民官、大祭司等职务集于一身，成为罗马史转折点上的重要人物。

罗马共和国，当然可圈可点，但任何体制走到瓶颈，若不改革，便是独木断桥，山穷水尽。共和后期，恺撒遇刺，内战不休，共识灰飞烟灭，倘若没有了共识，共和也就一文不值。在众声喧哗与你争我夺之间，罗马的风流眼看消失殆尽，这时必须要有一位好汉果断站出，扛起黑暗的闸门，展现出一个霞光满天的世界。

这人正是奥古斯都，当然他并非一人站出，而是与另外两位好汉一起，形成了"后三巨头同盟"，用一声断喝保住了其后几百年罗马的风流，用后世史学家的话说："奥古斯都是在共和制的废墟上成为元首的。"读罗马史，当然绕不开奥古斯都，当然他是一个独裁者，但是在共和制走到瓶颈处时，专制往往比共和管用。无论资本主义多么垂而不朽，若无罗斯福新政，估计美国早已分崩离析，成了世界上最大的难民营。

专制也好，共和也好，民主也罢，我们不能以当下对于这些概念的判断来揣度古人。罗马城不是一天建成的，罗马的风流当然也不是一朝一夕形成的。要说哪种制度好，顺应时代而变革制度自然最好，毕竟没有哪种制度长命万岁并放之四海而皆准。延续至今的罗马风流足以见证一切，历史无言，但却给出了最直接的答案。

当年的罗马城现在已经成了废墟，现在看到的罗马，老建筑无非是十七世纪的塔楼教堂，至于更早的建筑，早已被层层保护，只可远观。而罗马的风流还在。午后阳光下，就在废墟旁的露天咖啡厅里点一杯咖啡，哪怕呆若木鸡，也是一种惬意与闲淡。这其实就是意大利人千百年来的生活方式，毕竟他们一直认为，自己是最幸福的欧洲人。

（原载《同舟共进》2017 年第 4 期）

【主编者言】"拒绝遗忘"也就是牢记。书写的最早功能就是记录，记录世事和我们的心灵。当有些事情被有意或无意地遗忘时，书写就搭建起我们与历史再度相遇的平台。

拒绝遗忘的书写

刘剑梅

> 我知道这世界
>
> 如露水般短暂
>
> 然而然而

这是日本俳句诗人小林一茶的诗句，法国作家菲利普·福雷斯特不仅把"然而"当作他的小说《然而》的书名，而且把诗人小林一茶、小说家夏目漱石、摄影师山端庸介当作这部小说的主人公。

我从来没有读过这样的一部小说，像散文，像读书笔记，像随笔，像文学评论，像作家传记，但分明又是小说。这种小说形式上的创新深深地吸引着我，因为它属于独树一帜的学者小说，或是读者小说，从作者对日本诗人小林一茶、小说家夏目漱石、摄影家山端庸介片段式，甚至碎片式的人生描述中，我读到他与这些艺术家隔空的感伤的心灵交织、碰撞和共鸣，感受到他因为失去爱女而挥之不去的痛苦和哀伤，他的忧郁和惆怅，他用文字独自面对虚无的深邃的思考。作者的眼光穿过城市的灯光，穿过天空、海洋、森林，穿过梦中的景象，在细腻感性的语言中栖息。他在时间的长河里，跨过东西文化的界限，在日本这个富有东方神秘气息的国度，寻找着跟有他类似人生经验的文人，读着他们的小说和诗歌，观赏着他们的摄影作品，试图捕捉住早已被众人忘却的记忆，重新复活着一个又一个微小的瞬间，在无尽的虚空中用执着的情感挽留孩子曾经拥有的鲜活的生命。

福雷斯特的《永恒的孩子》几乎是用非虚构的手法写他们一家三口面对女儿癌症的那一年。原本如同生活在童话世界里的幸福家庭，有一天突然要面对可怕的疾病，甚至死亡。作者事无巨细地记录下每一次他女儿化疗和手术的前后，记录下父母的焦虑、孩子的坚强、短暂的希望和最后的绝望——短短的一年对他们来说是那么漫长、痛苦、充满煎熬。作为文学教授的福雷斯特，选择拿起自己的笔，用书写来面对疾病和死亡，毫无疑问，他同时也必须面对关于文学意义的思考。

"写作是谦虚的劳作，是在时间的荒芜中无益的挽救：要保留瞬间、动作、词语等这些无用的东西。不要梦想英勇的巫术，必胜的复活……睁大眼睛，盯住那让时间抹黑的神秘莫测的黑夜吧，那张可爱的、被黑暗抹去的面孔会从那里经过……"

写作是为了拒绝遗忘，为了与他挚爱的孩子一次次在文字里相遇，让他的女儿成为"永恒的孩子"和"纸上的精灵"——他第一本和第二本小说（中文版）的标题，永远陪伴着他。于是，那些堂而皇之、毫无生命气息的学院派话语，在福雷斯特眼里变得失去任何分量和意义。为了在大学里获得稳定的工作和职称，他的上司让他要多发表一些学院派认可的文章，然而，在女儿的病痛面前，当他正在经历生死离别，他对这些学院派话语全都失去了兴趣，那些冷冰冰的文本以及各式各样的后结构主义理论，一下子变得那么荒诞无力，即使写得再多，也不能挽救他女儿的生命，不能唤起他对文学的热情。只有小说，能允许他坦诚地表白，让他记录下现实生活中那些撕心裂肺的真相，让他触摸到生命的真核。

不过，他也很知道自己的局限。他写道："我完全了解自己的限度，这个局限为我确定了一片有足够词汇的领地。文学野心与我无缘。我知道自己无力胜任写小说，没有想象和观察的能力。我唯一的能力是在阅读时施展这种能力。"
于是，一方面他小心翼翼地描述每一次病变，医生的诊断，孩子的反应，作为父母的无奈等细节，另一方面他还是把自己阅读古今文学的才能发挥出来。在《永恒的孩子》里，他已经开始在其他文学大师类似的人生经验中重新看到了自己，比如雨果的女儿和她的丈夫在塞纳河溺死后，福雷斯特可以感受到雨果听到噩耗后的绝望和疯狂，想象着雨果选择流亡到泽西岛和盖纳西岛，孤零零地站立在冷峻的悬崖峭壁上，面对浓雾笼罩着的海洋，召唤着萦绕他内心的女儿娇美的灵魂，聆听着她的笑声。除了雨果，福雷斯特也看到法国诗人马拉美失去爱子后，不亚于雨果的疯狂，用自己的诗篇为儿子筑造了永恒的坟墓，而自己也走上了"现代虚无"之路。从雨果的失女之痛，福雷斯特看到的不是众人眼里那个"伟大的英雄"，而是看到他的脆弱、他的无奈、他的疯狂，而这一切，让他的作品显得更为真切和动人。从马拉美的失子之痛，福雷斯特看到书写的双重性："纸张装订的书卷在现实中永远填不满因为丧失孩子而打开的空洞。他的词语奉献给了虚无，虚无抓住它们，给了它们真实确定的意义。"艺术的魅力，不在于它的优雅，而在于它魔法般地让作家诗人们一下子跨越了生死的界限，永远地延长了葬礼，让生者在此岸久久地拉着已经渡到彼岸的挚爱孩子的手，一遍又一遍让生命中真实的爱和苦难尖锐地刺痛着自我。

在《然而》中，福雷斯特的眼光，从西方作家转向日本的作家、诗人、摄影家，在阅读中体验着他人的苦难，反过来照亮自我的虚无之路。他的每一段阅读旅程都有新的收获和感悟，每一次都仿佛认识了一个崭新的自我，找到了一个不同的自我。他心中的这部书是"一个虚假的关于启示的故事，一个令人安慰却最终骗人的童话"。最后，他用片段式的写作来组成自己心中的镜像，在泛黄的虚无的背景里，慢慢理顺了这些片段的意义。他写道：

"小林一茶、夏目漱石、山端庸介：三个都是唯一的故事，当然，也总是同一个故事。如果这个故事把艺术家（一个诗人、一个小说家、一个摄影师）当作它的人物，如果它把背景放在一个遥远的国度（日本），或许这是出于简便或偏爱，因为这一俗套和其他一样，是在蕴涵了关乎众生的真理的几个画面周围堆砌词语。它是每个人的故事，也是我的故事。没有什么能强大到足以阻止自身的画面重现，它们从漂浮着幽灵的黄色、抽象的厚重里探出头来。"

福雷斯特把自己的故事和这三位作家紧紧联系在一起，讲他们的故事，就是讲自己的故事。每一个故事后面是生命刚刚发芽就被命运扼杀的孩子的幽灵，作者一次次地招魂，探究人生的奥秘与真相。日本俳句诗人小林一茶的诗，对万物有一种博大的悲悯，一草一木在他的笔下，不仅栩栩如生，而且暗藏着天地间寂静的玄机，悠悠动人。诗人在跟草木的对话中，物我两忘，跟宇宙天地合二为一后达到了"空寂"的境界，获得了一种恬然自得的对待人生的态度。他真正悟到了禅宗的"平常心"，简单的欣欣向荣的花草，琐碎的日常生活，通俗的智慧，甚至小蚊子，皆可入诗。跟福雷斯特一样，小林一茶也痛失了爱女，还有爱子，生命的欣悦转眼即逝。然而，即便有无尽的哀愁和无奈，人还得活在当下。

活着，别无其他
在樱花花荫之下
便是奇迹

这种东方式的"禅悟"对法国作家福雷斯特来说，是完全新鲜和陌生的。小林一茶的俳句为他打开了一扇窗户，一个世界，带着他走到了一个未知的空间，一个更宽广深远的境界，让自我被神秘的宇宙观照。可是，即使他在"空寂"的境界中获得了前所未有的坦然，他依旧无法完全拥抱"空"：当他再次面对死亡和孤寂时，对孩子最真挚的关爱仍闪烁在眼前，于是他像小林一茶一样，喃喃自语道："然而，然而。"

福雷斯特在小林一茶的俳句和人生态度中学到了"忘我"，片刻的忘我，使他跟悲伤的自我拉开一段距离，留一点空白去听山间潺潺的水声和鸟鸣，学会用宇宙的眼光来审视生命的瞬间，在空寂中冷观自我，在延绵不绝、生机勃勃的日常生活中悟"道"；而到了夏目漱石那里，他又获得了怎样的领悟？谈到夏目漱石，福雷斯特写道："写作，无非是想知道后来会怎样。一本小说也不过如此：望向人生茫茫'此后'的目光罢了。"受到西方文化洗礼的夏目漱石，跟卡夫卡是同时代人，面对东西文化的断层，他选择从"无"开始思考小说。失去第一个孩子后，他的妻子镜子痛苦得疯狂，而他则看到人生的荒诞，最后选择用诗歌和小说表达"则天去私"的愿望，也就是抛开小我，超越世俗烦恼，"在世界无边的森林里找到这个任何忧伤之雨都不会落在芭蕉叶上的庙宇"。"此后"是怎样的呢？夏目漱石讲述女儿之死的小说，题为"过了春分"，在福雷斯特的阅读中，他似乎读懂了夏目漱石：过了春分，生命还有无穷无尽的"此后"，而这一书名"暗示着'越过死亡和彼岸'。因为对一个小说家而言，一切没理由和生命一起终结"。我想从夏目漱石那里，福雷斯特是在寻找大于"小我"的依托，一种超越的哲理，不仅超越中西文化的界限，也同样超越生死的界限——小说，或者书写本身，就是那个可以"超越"生死界限的"庙宇"。

面对日本摄影师山端庸介拍摄原子弹后的人间惨状的摄影作品，福雷斯特的眼光完全超越了"小我"，停留在那些与他毫不相干的孩子受折磨的身体上，用慈悲的心去感受他们的痛，感受人类之殇。他没有救世的能力，但他有作家敏感的心灵。广岛和长崎被原子弹轰炸后，一个生机盎然的平静世界在瞬间就变成了人间地狱。多年后人们可能遗忘了那充满恐惧的令人悲怆的画面，可是福雷斯特一遍一遍地凝望着在那毁灭的瞬间中被重创的扭曲的身体，那废墟上成千上万的尸体，还有那侥幸存活下来的忧郁的正在喂奶的年轻母亲和她怀里的婴儿。"对于长崎的死难者而言，山端庸介的照片没有赋予他们永远的天堂——那或许太可笑了。照片只是给他们一个机会，让他们从一切况没的暗夜里向我们发出一个令人心碎的、友爱的信号。"福雷斯特描述这些照片的文字，何尝不是为了再一次召唤回这些消逝的幽灵，让人们记起生命被毁灭之前温柔美好的面孔？他心中的伤痛，不只是失去爱女的伤痛，更是一种对人类的"大爱"，对清白无辜的生命被突然夺去后的感伤，对死亡和虚空的抗拒，对人类自己制造的灾难的反思。

福雷斯特讲述的这些故事，都是为了把他自己"带回永不磨灭的最真的梦的启示"。写作，是为了拒绝遗忘，为了永恒地保留对爱的记忆，对生命的记忆，用他的话就是："我确认文学不能拯救。它对经受了一次生死考验的个人来说是一种存在的可能方式。写作是为了记忆，而不是忘却。"《然而》中的这些故事，对于热爱阅读的我来说，惊喜地发现，阅读本身是有生命的，那些跳动在纸上的文字原来就是一个个精灵，只要我们用心去感知，我们自己生命中的记忆就会被开启，幽暗的夜空中就会有另一个灵魂对你轻轻细语。

（原载《书城》2017 年 8 月）

【主编者言】从名号的考证入手，进入一个侧面去探究湛若水的思想、理论和人生实践。在一个小小切入口里经营的文字，其作用和意义有时会胜过某些高头讲章。

湛若水名号考论

徐燕琳

湛若水是明代著名思想家、教育家，成化二年（1466）生于增城县甘泉都（今广州增城区新塘镇）沙贝村，自号甘泉，人称甘泉先生。又于各地建书院，许多名以甘泉。据李斗《扬州画舫录》卷三载，嘉靖年间湛若水扬州考绩，早年学生葛涧等人在广储门外甘泉山下建行窝为讲道之所。"门人吕柟以湛公之号与山名不约而同，书'甘泉'二字于门，又撰《甘泉行窝记》。""通山朱廷立为巡盐御史，改名甘泉山书馆。"扬州有甘泉山，恰与湛若水号同，他也很惊喜，说"甘泉之名若预为我设者"，赋《甘泉山诗》："是山皆我乐，何必吾家山。此山非我有，胡乃名甘泉。而我有行窝，适在泉山前。始知天所作，意或遗斯人。"

关于"甘泉"之号的由来，一般认为与其母祷于甘泉洞而生有关。屈大均《广东新语》卷三曰："甘泉洞，在增城东洲西岭下。湛文简之母陈因祷是洞，生文简，故文简以为号，而建甘泉书院其上。其后文简所至辄为楼，名曰见泉，以示不忘所生之地。"也有意见认为是因家居增城甘泉都。究竟是因甘泉洞，还是因甘泉都，莫衷一是。

湛若水以"甘泉"为号，是因家乡甘泉都。笔者找到两条证据。

一、湛若水在扬州有一首《初宿甘泉山》，已经说明："甘泉合是吾家山，吾都吾号姓亦然。"

二、湛氏为家乡作有《甘泉洞修造书馆记》称："甘泉子生长于甘泉之都，是曰甘泉子。是故称甘泉子之号，由于甘泉之都；名甘泉之都，由于甘泉之洞，是知甘泉洞其古矣。甘泉子喟然曰：'今夫生长名于甘泉，而不究于甘泉洞之胜者，如人性于天而不知性知天，可谓人乎？'盖甘泉子生三十年，尝入其洞门而未究其奥也。"

古人以家乡地名为号非常普遍也很可以理解。除此之外，湛若水还有什么其他考虑呢？

首先，湛若水对家乡的一草一木、山山水水充满感情。

增城以低山为主，是九连山脉的南延部分，呈北东一南西走向，其间形成了东江与增江；南部是广阔而典型的三角洲平原区及河谷平原。按地形分析，甘泉洞而上，左为东洲、为罗浮山，右为扶胥之口、波罗之涯，洞门外一溪接流，南指虎门、南海，气势浩渺，有独立之姿，有远望之怀。这些景物，在他的诗作里斑斑可见。

在《用原韵酬姜仁夫兼柬董道卿》中，湛若水慨然宣称"我本增城子"；《送何于遥北上会试》亦曰"番山才子富文华"。对家乡非常自豪。他有一首《弘治壬戌仲冬六日，予与丹山赵元默归罗浮，复有西云之行。予方有事于先祖，不得偕往，小诗二绝奉赠》（见《全粤诗》第六册）言：

> 吾山虽小从吾爱，不向罗浮更乞灵。信息朝来先到洞，山灵拍手笑相迎。
> 七洞天深还别洞，白云摇手向西行。到时笑与山灵道，已许罗浮作友生。

湛若水对自然万物都满心欢喜。他曾说："人言秋云薄，我爱秋云淡。淡以明我心，薄以忘世念。"（《与何柏斋奉常宅修会得牛首秋云》）家乡的山虽然不如罗浮或其他山高大，但是，"吾山虽小从吾爱"，他与家乡的山水心意相通，遥相感召。湛氏后人云："族中所藏甘泉公墨迹，署甘泉二字者乃为得意之作，不可多得。普通应酬，则署若水"（见麦华三《岭南书法丛谈》）。或可见湛氏的乡梓深情。

其次，湛若水认为，字号有独特的含义和象征意义。

湛若水对字号有一定关注。他在《寄题卢民任玉泉别号》诗中说："玉泉似与甘泉通，风味两泉何以同。及泉煮玉为甘旨，始见乾坤造化工。"可见有认真的思考。《芝南篇赠徐子》一诗的序里，湛若水对徐芝南的字号有一个解释：

> 夫芝南何谓者也？侍御徐子远卿自谓也。夫芝南者，芝山之南也，徐子居焉。故芝以言其德也，南以言其方也。何以言其方也？言阳方也，言离明也。何以言阳方、言离明也？阳且明者，天地之生德也，君子之德，法乎天地焉也。芝不世出，君子不世有，故以比诸君子。是故芝之懿有三焉：德具五行，色具五彩，香具五臭。是故以本者尚其德，以象者尚其色，以香者尚其臭。尚其德，故君子务本焉；尚其色，故动容中礼焉；尚其臭，故百世流芳焉。君子有此三者，故其阳德与天地合，天地氤氲，万物化醇，天下皆如在芝兰之室矣。作芝南篇。

湛若水对友人字号的分析，说明他认为字号具有表明心迹、抒发志向、砥砺名节的作用。徐远卿选择的"芝南"，既因为所居的芝山，也因为芝有五行之"德"、五彩之"色"、五臭之"香"，为君子之本，可以化天下如在芝兰之室，故以此自谓、自勉。对此，湛若水是认同的。他也赞赏另一位友人以"清"入字号以激励自己的行为。《题陈郎主清别号》曰："主清一以清，为洗世间浊。君家石磜流，千丈从天落。"

湛若水甚至为泉水改名。《改名至喜泉》序曰：

> 大茅峰下有泉焉，人至其间，则泉眼喷起如琼花，拍手振动则愈涌出，如有感应然，故旧名喜客泉。予爱其泉之异，而恶其名之不雅。门人周玮曰："请先生易之。"遂更名曰"至喜"。噫，泉既有喜，亦必有怒。若清者至则喜，浊者至则怒，是得喜怒之正矣。既为大书，前黄门李九皋立石泉上，乃纪之以诗，俾至者有警

焉。诗曰："何名至喜泉，泉翁至则喜。后有清似泉，许尔来共此。"

　　湛若水借山水胜迹的命名寄托自己的思想，"俾至者有警焉"，用心良苦，用意深沉。由是可知，他对自己名号的选择，必然更为慎重。

　　再者，湛若水选择以山水为名号，表明自己的道德理想追求。

　　湛若水初名露，避祖讳改名雨，40岁后定名若水。成年后方以"若水"为名，应该经过仔细斟酌考虑。"若水"何解？老子曰："上善若水，水利万物而不争。"孔子观于东流之水曰："夫水，大遍与诸生而无为也，似德。其流也埤下，裾拘必循其理，似义。其洸洸乎不淈尽，似道。若有决行之，其应佚若声响，其赴百仞之谷不惧，似勇。主量必平，似法。盈不求概，似正。淖约微达，似察；以出以入，以就鲜絜，似善化。其万折也必东，似志。是故君子见大水必观焉。"（王先谦《荀子集解》第二十八·宥坐篇）联系岭南心学传人湛若水冲淡平和而又积极进取的一生，这的确是他的人生写照和理想追求。

　　湛若水爱水。他认为，心需明、需湛、需平。《送周道原易掌教之和州诗》曰："金陵见月送周郎，心如月圆性如光。我将心性托明月，随子去照和川阳。"《题扇赠郭平川太守》曰："心平灵似水平清。"《长江杂咏》曰："湛然坐到廓然时，不着纤毫看一丝。谁今未识虚明体，更拜延平一问之（书院后一亭名曰湛）。"他爱水，爱泉（"白水亦是川"），认为泉、水清澈，"润下""善"（《偶笔答白川子张秋官嘉秀》）。又有《酌惠泉》诗曰："天一元生我，来看第二泉。平生观海意，此际更渊渊。""我屋甘泉洞，泉甘亦自同。独怜生海外，题品未曾逢。"《过分水岭书所见》曰："水性本平止，胡乃生怒涛。势亦不得已，前石后流驱。"他将清澈的泉水，和澄净的心源联系在一起。《题山西王内泉号》说："内泉是我泉，外尘飞不到。飞尘一点无，心泉本浩浩。"又有诗《观玻璃泉》认为"泉与心同渊"："吾爱玻璃泉，泉与心同渊。不待酌饮之，心源已涓涓。涓流作大海，坯土成高山。山高乃有灵，水深蛟龙蟠。"《为永顺鼓宣慰题·清心亭》说："心源无一物，何物更能浑。活活天泉在，凭君莫挠源。"他在婺源作《福山素心亭诗》称："天一以生水，水泉应心澄。是名为洗心，是心亦何形。无形亦无滓，素心无可洗。"无形无象的水澄澈无滓，以应心泉的素淡不染，具"洗心"之妙。他教育学生："山下涓涓石下泉，唯应与尔洗心言。先生已在忘言处，一任滔滔赴大川。"（《题甘泉精舍》）

湛若水的姓、名、号，均与水有关，而且和他的思想、理论息息相通，也是他的人生实践。作为理学家、教育家的湛若水如此，作为世俗中人的湛若水也是如此。《辛亥元日作》可看作他晚年时对现实人生的一个总结："我行今年八十六，生平自庆平为福。平时长在五中居，不管双轮闲往复。"

仁者乐山，智者乐水。湛若水不仅爱水，也爱山。他说："我与名山有夙缘。"（宿借眠庵题壁）"升高而望远，泮涣而优游，坐倚乎五峰，登歌乎盘石，怳然若蹑匡庐、揖五老，而与下上旋辟焉，俯鉴澄潭，仰见天光，而知夫变态之无穷矣。"（《甘泉洞修造书馆记》）"静观山下泉，因知水来处。湛然涵太虚，余波欲东注。"（题东湖书院）对山水的思考，不仅仅在于简单的"乐"，而是基于对孔子、老子、荀子等前哲山水思想的吸收融会，所形成的自己的自然之思、哲学之思。湛若水过扬州时巡盐求教，与之同登甘泉山、酌其泉，畅叙山水，作《答侍御朱君诗》曰："陟彼泉山，其山崇崇。其崇曷以，坏土之丛。坏土之受，坏土之积。于千万仞，维以崇德。崇德曷以，忠信其址。谁学此山，子朱子礼。酌彼泉水，其泉泚泚。其泚维何，有源其浼。其源维何，众卑之归。卑以受善，维天下溪。其善其察，涓涓始达。溥溥渊泉，渊深天阔。"此诗乃"即事明理"。《宜兴甘泉精舍记》也记录了湛若水的意见："在《易》之《蒙》曰：山下出泉，静而清也。静，言其功也；清，言其性也。仲尼亟称于水曰：水哉！水哉！源泉混混，不舍昼夜，盈科而后进，放于四海。故混混不舍，言其本也。盈科放海，言其积而大也。其在川上曰：逝者如斯夫，不舍昼夜，言道体之浑全也。诸子诚欲学焉，吾请学于斯泉焉足矣。是故学其静以养之，学其清以淑之，学其混混不舍以本之，学其盈科放海以积之，极之，其大焉。学于逝川，以观之道体之全焉。尽之矣，夫复何言。故曰：四时行焉，百物生焉，天何言哉。是故感而通之，则凡运而为四时，发而为百物，峙而为山，流而为川，飞跃而为鸢鱼，皆吾之性充塞流行于无穷，莫非教也。《易》曰：天行健，君之法之以自强不息。夫学至不息焉至矣，夫何容言，诸子志之。"可见，湛若水的确是在山水之中，祖述先哲，澄怀味道。

湛若水不仅乐山乐水，而且坚定信念，绝不转移。在《以甘泉洞一石赠杨克复铭》中，他写道："知者乐水，仁者乐山。谁能乐石？吾与勇焉。杨子乞石，上洞甘泉。心如石坚，与尔一卷。"在湛若水眼里，宇宙山川，莫非是道；鸢飞鱼跃，流行无穷。他主张动静着力，随处可见的灵山秀水，成为活泼的天理心源，而将他的理论世界推向极远。这其实也是湛若水"随处体认天理"的阐发与表现。

《颜氏家训》卷二《风操篇》谓："古者，名以正体，字以表德。"湛若水以山水为名号，显示对家乡的热爱，对道德、理想、人生的追求。他还有一首诗，说明自己心迹和乐山乐水的情怀："乐山乐水亦人情，仁智元来一体成。不用游人更分别，诸天踏遍又蓬瀛。"（《访李鳌峰别驾于西台遍观胜景乐而有作》）这或许也是湛若水能够悠游于哲学人生，在理想和现实之间找到平衡、快乐的一个原因。

（原载《岭南文史》2016 年第 4 期）

【主编者言】琉球的汉诗有怎样的来龙去脉？它与中土诗歌有什么异同？两者之间是否存在什么内在的精神联系？这个话题离我们似乎很遥远，但是那些汉诗却让我们感到熟稔。

谁道秋下一心愁
——琉球汉诗的另一种解读

周朝晖

引子：台湾校园歌曲与琉球王孙的汉诗

> 细雨弄花花千树，落英缤纷卿自舞。
>
> 谁道秋下一心愁，烟波林野意孤独。

在刚读到这首七言汉诗时，禁不住感到一种似曾相识的惊讶：常见的悲秋题材，诗句中流露出的意绪、情调传达之微妙，无懈可击的整饬形式等特质都被挥洒得如此空灵曼妙，令人想起唐宋诗词的歌咏。但这首韵味十足的七言诗，居然出自一个末代琉球王族遗胄笔下！更让我惊讶的还在于这首诗中居然有两句与我少年时代曾经稔熟的台湾校园歌曲《秋蝉》的部分歌词相重合！

经历过二十世纪八十年代的少男少女，相信不少人都曾被台湾校园歌曲《秋蝉》拨动过心弦。这首由出身金门渔村的台湾流行音乐拓荒人李子恒创作的抒情歌曲，经由刘文正、费玉清等歌坛巨星演绎，至今已经成为一首不老的经典了。略带淡淡的青春感伤的甘美旋律，朗朗上口的歌词意境悠远，颇有唐宋诗词余韵，至今仿佛回响耳畔。

听我把秋水叫寒，看我把绿叶摧黄。

谁道秋下一心愁，烟波林野意悠悠。

花落红，花落红，红了枫，红了枫。

展翅任翔双翼燕，我着薄衣过残冬……

不难看出《秋蝉》的歌词创意多少曾从上述琉球遗胄的诗里找到灵感，或得到某种启发的吧。尤其是有两句几乎被原样移植，只是为了押韵上的对称，将"孤独"改成含意空疏的"悠悠"。李子恒是如何接触到琉球汉诗的，不得而知，但百年前流亡福建的琉球王族子弟的咏叹，百年后以另一种面目回响在现代流行文化中，令我感到某种历久弥新的文学传承，连接两者之间红线的竟是一度作为东亚汉字文化圈内通用的抒情工具——汉诗。

哀愁是琉球汉诗的底色

在漫长的东亚海域史上，以儒学为中心的中华文化传统在周边诸国留下的烙印是相当深刻的，汉文曾长期被作为通用国际语言，而汉诗则是诸国知识精英共通的抒情工具。尤其是汉诗，曾是汉字文化圈内衡量学习中华文化成果的一个标尺，与古代中国往来频繁的朝鲜、日本、越南、琉球人都曾下大功夫悉心学习过这种形式整饬、内容广泛、意境深远、音节优美的格律诗（称为汉诗），千百年来成绩斐然，各有可观，卓越处甚至令其本家惊艳！

东亚海域诸国中，据说朝鲜汉诗历史最为悠久，成就也最高。朝鲜汉诗我几乎不曾接触，据毛翰教授考证，朝鲜人学汉诗，最早起源于箕子在朝鲜立国后回到故国之所作《麦秀》之歌以述怀云云，迄今也有 2500 年的悠久历史了；日本汉诗稍后，诞生于倡导大化改新的天智天皇时代（668—672），也有近一千五百年。越南学习汉诗晚于日本，《全唐诗》才开始出现他们的诗作。琉球汉诗起步最晚，在东亚诸国学习汉诗的莘莘学子当中，无疑是姗姗来迟的插班生。如从现今发现的最早琉球汉诗（十七世纪中期），算起不到四百年。十八世纪初期松江府诗坛评论家孙铉辑评的国朝诗歌选集《皇清诗选》中，也给属国朝鲜、安南、琉球汉诗人留了一席之地，收录琉球汉诗人蔡铎、曾益等廿五人诗作七十首和八篇散文，此为琉球汉诗传世之始。但此后，琉球汉诗创作源源不断喷薄而出，一直到十九世纪末期亡国两百年间，诗家辈出，争奇斗艳呈现光昌流丽的繁荣景象，到康乾年间已有诸多著名的汉诗集传世，如蔡铎《观光堂游草》，程顺则《雪堂燕游草》，蔡温《澹园诗文集》，曾益《执圭堂诗草》，甚至直到十九世纪琉球存亡之际，依旧弦歌不绝余韵缭绕，堪称"汉诗文化圈"一个异数。

琉球汉诗的发生、发展和成熟是个很特殊的存在，学步虽晚，但进步神速，无论从数量和质量上，皆有可观之处，而在某些特质上琉球汉诗更有毫不逊色于前三者的独特造诣。至今读来仍令我等汉诗大国子民惊叹：一般国人望而生畏的古诗、文言文竟被远在汪洋一隅的荒岛远人驱使得如此得心应手，那种跨语言跨文化的鸿沟接二连三被如此轻松优雅越过，不可不谓是东亚乃至世界一大文化奇迹！

洪武五年（1372），琉球接受洪武皇帝朱元璋的诏谕，与明朝正式确立官方往来关系，成为大明王朝主导的东亚册封朝贡体制一个重要成员，双方开始频繁的政治、经贸和文化往来。洪武廿五年（1392），琉球国开始向明朝派遣官生到国子监留学，琉球官生在学习以程朱理学为中心的儒学之外，兼修诗文之道，因为那既是"文章华国"精英的基本教养，也是和宗主国士大夫阶层应酬往来不可或缺的交流手段，因此学习、创作汉诗的风气十分浓厚，几百年间也涌现出不少名垂琉球文学史的大家。

从传世的各种文本来看，琉球汉诗是一个令人惊艳的存在。不仅数量庞大，质量上也颇多可圈可点之处；从所歌咏的内容题材看，所涉非常广泛，举凡应制颂歌、应酬唱和、旅路纪行以及咏物、赠别、怀乡、思亲、述怀、悼亡等中华传统诗歌的常见的题材在琉球汉诗中都被娴熟操练过。

　　曾获诺贝尔文学奖提名的日本诗人西胁顺三郎，曾对影响日本诗坛千年的汉诗做过专门系统研究。他在将中国古诗与西方诗歌做了对比后，揭示两者之间存在着根本不同的三个特点：汉语是最适于作诗的语言，如此具备精湛表现力的语言世界独一无二；其次是汉诗的情绪，多表现在政治和世俗中不得志的诗人的怨恨和慨叹，一个"愁"字是汉诗中最精彩的词；第三是诗歌所表现出来的人生观、世界观，是源于中国古诗的传统自然观。第一点和第三点姑且不论，西胁用"愁"字作为概括汉诗特征的一大关键词是颇有见地的。对此，白先勇也曾论及"中国文学的一大特色，是对历代兴亡的感时伤怀"，所谓"感时伤怀"即是愁的内涵之一，基本就是西胁说的那个意思。在我有限的阅读琉球汉诗中，也领略到在愁绪的表达上，琉球人学得像模像样颇得华夏诗韵真传，也是超越时空至今读来扣人心弦的部分，概括来说以愁为中心的旅愁、乡愁、离愁和亡国哀愁。

"唐旅"诗踪：琉球汉诗的旅愁意象

　　在相当长的历史阶段中，琉球人对很多与中国有关的事物都习惯冠以"唐"字，比如那霸闽人三十六姓聚居的区域称"唐营"，福建传来的甘薯叫"唐芋"，福建少林拳法传来冲绳后叫"唐手"，把前往中国的旅程叫"唐旅"，特定含义指的是王朝时代琉球使节奉命前往中国紫禁城朝贡的漫漫旅程。

　　在赴华朝贡的琉球使节中，不少是精通汉文的学者或诗文能手，他们在旅程沿途上，用汉诗记录行旅见闻和感动，咏叹关山羁旅行路难，抒发对宗主国壮美河山的陶醉与赞美，对光辉灿烂华夏文化的由衷仰慕……"唐旅"成为琉球汉诗中一大主题和显著特色，正如蔡铎为程顺则的诗集《雪堂燕游草》作序所说："经历吴、越、齐、鲁、燕、赵之境，其间山河之壮丽，冠裳之都雅，于夫贤人君子之秀美，而文章尽纪于近体。"中国幅员辽阔，山河景物，风土人情，对僻居汪洋一隅的蕞尔岛国琉球人来说，固然引发无限的陶醉和感动，特别是，这些风物景观作为承载蕴含深厚的人文气息和文化底蕴的载体，已经是一种看山不是山的"共同记忆"，既有中国传统经典诗韵的回响，又有域外诗人家国社稷境遇感怀的投影，于是诸多我等熟视无睹的中国景观风物，在琉球诗人笔下便呈现一种别样风致、韵味与情调，呈现出一个熟悉又陌生的中国印象。

与朝鲜安南等陆地和中国相连的属国不同，琉球国孤悬汪洋一隅，赴华来朝，远涉重洋之外，还要跋涉中国境内的万水千山，艰难非同一般。清道光十七年（1837），曾随团来华朝贡的琉球大通事魏学源撰有《福建进京水陆路程》，详细记载了从那霸到北京的水路情况：福州入境，再从福州溯闽江北上，从闽北的浦城翻越仙霞古道进入浙江境内，沿衢江、东阳江、桐江、富春江、钱塘江抵杭州，取道京杭大运河北上，从天津张家湾上陆，陆行前往京师紫禁城朝贡。这条明清两代琉球使节的进京贡道计 4900 里，经停七十二个驿站，单程需七八十天。尤其在数百年前，前往中国朝贡的唐旅，其艰辛和风险远非其他属国可比，对琉球使节来说，这既是一条承载王国使命的神圣之路，也是命悬一线的生死攸关之旅，漫漫朝贡途上，琉球人留下描绘行路难的篇章多得不可胜数。

仙霞古道是古代连接福建与中原的唯一干道，也是琉球进京使节的必经之路。位于浦城北的渔梁驿，既是琉球挥别福建的最后一站也是由闽进京的第一站，从此真正意义上的"唐旅"才算开始，前瞻远路，关山难越，尤其催发在羁旅中奔途者的旅愁，赴京琉球官生郑学楷《渔梁月夜》写道：

多情一片渔梁月，无恙清光照古今。搔首云山叹路远，关心烟水感苔深。

滩声远落松萝内，猿啸时闻橘柚林，旅思乡愁难解释，断肠不待试秋砧。

仙霞古道明清时代更是连接京闽的要冲，政府民间都曾大力兴建这条驿道，使仙霞古道成为闽省和中原的重要物流通道，是海上丝绸之路的内陆延长线，琉球使臣蔡铎《过仙霞岭》有云：

南天锁钥古仙霞，闽越相连百万家。鸟道千寻蝌蚪字，马蹄十里野棠花。

乡园飘渺浮云回，钊佩萧条夕照斜。且说九重多雨露，岭头翘首望京华。

古道行路，风雨兼程，更增添一分旅愁，东国兴的《大竿岭逢雨》就描摹了崇山峻岭中遭遇秋雨的凄清无奈。

荒林古寺使人愁，客路艰难雨未休。却畏云深行不得，孤灯野驿自勾留。

旅途中也得以途经或走访诸多中华名胜古迹，这些包含历史人文积淀的景观，也不同程度引发琉球使臣的感慨。

比如，姑苏城外寒山寺边上的枫桥，因唐代诗人张继一首《枫桥夜泊》，成为千古不灭的人文古迹。由于近京杭运河姑苏段边上，也成为过往琉球使臣"不可看过""驻足不前"的流连之地，康熙二十三年（1684）赴京途中路过此地的曾益（1744—1705）写的《泛雨枫桥》是琉球汉诗中最早写枫桥的诗篇：

布帆无恙雨潇潇，山色空蒙客路遥。最是孤臣身似叶，苏台十里到枫桥。

十年后路经此地的琉球使者程顺则也留下抒写旅愁的名篇：

青枫桥下水溶溶，偶泛轻舟罢短邛。城郭夜凉遥听角，寺门秋静忽闻钟。家连沧海何时到，月照清江几处逢。惆怅乌啼霜落后，关山万里有云封。

这样风餐露宿，水陆兼程，从农历十月间从福州启程，到达北京时已是北风劲吹的严冬急景了。皇阙在望，回首漫漫来路，旅途的艰辛坎坷都化成云烟。程顺则《舟中拜阙》诗抒发了漫漫长旅之后抵达天朝皇都的喜悦之情。

> 九重阊阖向阳开，此日宛行列上台。唯有使臣烟水次，嵩呼声响彻蓬莱。

这条"唐旅"——中琉友好和交流的血脉曾延续五百年，1879 年，琉球被并入日本版图，"唐旅"永远地成了历史。但历史记忆不是那么容易被抹掉的，这条连接琉球和中国之间的纽带，不仅在琉球国历史，在无数琉球人的族谱、家史乃至文学史上都留下深刻的印迹。

二十世纪八十年代，开始有冲绳人陆陆续续踏上前往中国的旅程。其中也有冲绳各界组成的重访朝贡之路的壮举。1992 年 9 月冲绳县副知事仲井真弘多访问福建，在当地政府的配合支持下，由冲绳学界、媒体、青年等两百多号人组成的"中国大陆 3000 公里徒步行考察团"沿着当年琉球国进贡使节走过的"唐旅"，从福州出发，分段徒步或乘车船前往北京，途经南平、建瓯、浦城和浙江、江苏、山东、河北、天津等省市，终点落在北京的紫禁城，全程 3000 公里，历时两个月，共有四十人走完全程。值得一提的是，考察团团长仲井真弘多先生，就是数百年前奔波在这条漫漫旅程上的琉球使臣蔡铎、蔡温的后人！

三、却认他乡是故乡：琉球汉诗中的"乡愁"意象

由于季风的原因，琉球派往中国的进贡使一般来说在每年的 3 月份从冲绳的那霸港启程出发，往西驶往福建省的福州。如果顺风的话大约七八天的行程即可抵达福州闽江口的五虎门。五虎门是福州通海门户，在闽江入海口，有五个小岛屿，像五只老虎趴在海中而得名。以此为界，门内门外，迥然洞天，门外风力鼓荡，舟势颠越，门内"水波不兴，静绿渊渟"。作为福建海上门户，五虎门经常出现在赴华使臣的笔下。

琉球国末期最著名的汉诗人蔡大鼎《五虎川》诗，描绘渡过东海浩瀚劫波，抵达闽都门户，欣悦之情溢于言表。

五虎如蹲迓贡舟，钓鱼小艇逐水流。水痕远引晴虹白，秀气群山可画不？

明清两代，福州是琉球使节进京朝贡第一站，当地有柔远驿（琉球馆），是明清政府专门用来安置来华琉球人的馆驿设施，类似迎宾馆。琉球人来华从福州入境，居停期间就入住柔远驿的客舍里。琉球馆还接纳因在中国沿海遭遇海难的琉球人，明清两代福州当局还在郊外的仓山辟地作为琉球人墓地，安葬客死福州的琉球人。因此，很多来华的琉球使节对福州感情深厚，视为第二故乡。这种视福州为故乡，以馆驿为家的感情，屡见于琉球使节、留学生留下的各种文献中，也是琉球汉诗一大主题。琉球国最杰出的汉诗人蔡大鼎曾以存留通事身份驻柔远驿数年，琉球国存亡之际又密航来闽，以福州琉球馆为据点从事救亡复国运动，对榕城感情尤深，其诗集《闽山游草》中抒写福州城内外景观文物的篇章不计其数。琉球亡国后，蔡大鼎和林世忠剃发易衣密往北京，为复国奔走。在北京滞留数年，他在诗集《北燕游草》中有羁留北京写就的《旅怀十首》，大多是抒写怀恋福州的诗篇，其中有云：

既离桑梓几时还，檐燕营巢意自闲，夜雨灯昏唯对影，乡心随雁过三山。

诗中的"三山"即是福州别名，却成了流亡北京的琉球孤臣乡愁所寄之处，这种"却认他乡作故乡"的特殊情感在其他诸如朝鲜、安南等与中国往来亲密的属国使节笔下几乎是看不见的。究其深沉原因，在于中琉往来密切，明清王朝"怀柔远人"，长期给予琉球国无私的援助和扶持，令琉球人由衷感到一种归属感、安全感；其次琉球人长期接受华夏文明的熏陶影响，在文化上对中国有一种根深蒂固的认同感；此外福州作为琉球衣冠之族"闽人三十六姓"的故土，在承袭先人职业的琉球使者看来，很自然会产生一种视如家园的亲切感。

四、一死犹期存社稷：琉球汉诗中的国恨家愁

1875 年 5 月，日本明治政府大丞官松田道之率精锐武装力量赴琉球，宣布废止琉球国与清国的宗属关系，强迫琉球停止向中国朝贡并断交，关闭福州琉球馆等成命，延续 500 年的中琉间纽带就此断裂。

光绪二年（1876），琉球王府派遣向德宏、蔡大鼎和林世功等人密航来闽，将日本政府阻贡一事禀告福建当局，并请愿宗主国援兵救助琉球国。然而，当时的清政府深陷内外交困中自顾不暇，不仅未能出兵救助或声援，甚至阻止琉球入京禀奏乞师，使得琉球密使在京羁延三年，杳无结果。而在这三年间，琉球亡国，国王尚泰被俘往东京当人质。1879 年，向德宏、蔡大鼎、林世功等化装成商贩取道琉球贡路日夜兼程潜往北京，多次在总理衙门请愿未果，1880 年 11 月，林世功悲愤之余仰毒自尽以示抗议。林殉国后，人们在其寓所发现《辞世诗》：

> 古来忠孝几人全，忧国思家已五年。一死犹期存社稷，高堂专赖兄弟贤。
>
> 廿年定省半违亲，自认乾坤一罪人。老泪忆儿双白发，又闻噩耗更伤神。

这首琉球忠臣与世诀别的歌咏，被誉为琉球汉诗的绝唱，也许格律不那么和谐，对仗不那么工整，但有一种直抵人心的震撼力。这是用生命和鲜血给他至忠至孝的社稷与父母兄弟和战友的诀别书，其浩然正气与亲情之爱，或可称为琉球版的《正气歌》。林世功之死震撼了清朝主管外交的权贵，最终没有在分割琉球岛上签字。清廷悯其孤忠，赠白银二百两以作葬殓之费，厚葬在张家湾的立禅庵里。

余响:"黍离之悲"与"亡宋之痛"

十九世纪中后期,日本通过两次废藩置县最终将琉球国并入版图,琉球灭国。此后,大量琉球遗民眼看大势已去又无力回天,不愿做日本人的亡国奴,纷纷偷渡前来福州,上至王族贵胄、社会精英,下至商贩百姓,或潜居琉球馆,或经由福州移居海外。据 1997 年版的《福州台江区方志》载,清末民初,福州台江区水部门外,聚居着一群来自琉球国的神秘族裔,其中就有琉球尚氏王族后裔的一支,为了躲避驻扎福州的日本人的追击迫害,隐名埋姓以经商为名在市井里隐居下来。

大隐隐于市,福州这座与琉球国有着 500 年历史渊源的古城,是否疗愈了琉球遗民的亡国之恨和离家之愁不得而知。岁月流转,往事渐如轻烟散淡,或许是节序的变换偶尔触发潜藏记忆深处的"内伤",只能借助汉诗这一稔熟的道具排遣,开篇引用的七言绝句据说就出自其中一位流亡榕城的尚家王孙之手。

那是琉球汉诗的最后绝响了。山河残破,夏去秋来美景不再,弥漫在烟波林野的或许就是他们欲说还休的"黍离之悲"与"亡宋之痛"。

(原载《读书》2017 年第 1 期)

【主编者言】虽然仅仅是在福建的短短一段，但由此可了解朱熹的职场生涯情状，可了解其为人、为文以及热衷"过化"的轨迹，为我们打开了理解他的思想和学说的一扇窗。

朱熹与紫阳过化

曾纪鑫

朱熹十九岁考中进士，位列王佐榜五甲第九十名，因成绩不是太佳，直到三年后，即南宋绍兴二十一年（1151）春，又经铨试，方授官左迪功郎、福建泉州府同安县主簿。

绍兴二十三年（1153）五月，朱熹由故乡崇安出发，从建溪南下，沿闽江至福州，经莆中、泉州，一路访学问道。七月，朱熹取道南安县，经小盈岭进入同安。

南宋时期，县主簿官列从九品，据朱熹《建宁府建阳县主簿厅记》所言："凡户租之版，出内之会，符檄之委，狱讼之成，皆总而治之，勾检其事之稽违与其财用之亡失，以赞令治，盖主簿之为职如此。"可见主簿之职，主要是协助县令管理簿书、符檄、狱讼、赋税、教育等事务，位在县令、县丞之下，县尉、主学之上，相当于一县之管家。

主簿官职虽小，但对从小便具有一种神圣使命感的朱熹而言，显然提供了初试身手、崭露头角的"用武之地"。

朱熹上任伊始，所做的第一件事，便是"推行经界"。

所谓经界，指土地、疆域的划分。推行经界，确定田亩，目的在于整顿赋税，增加朝廷财政收入。南宋初年，兵火连连，文籍散失，胥吏税收之时，往往与兼并土地的大户相互勾结，隐田漏税。绍兴十二年（1142）十一月，左司员外郎李椿年针对这一弊端，上疏条陈"经界不正十害"，首倡推行经界。朝廷采纳，颁诏施行，开始了一场全国范围的声势浩大的正经界运动，勘查田亩、丈量土地，扭转隐田漏税、赋税不均的社会弊端。此后，尽管受到地主、官僚的强烈反对，在推行与阻挠之间不断反复，但这一举措，作为南宋朝廷清理田赋的主要形式，收到了一定的效果。

李椿年主持经界时，福建的泉、漳、汀三州未曾推行。本来，这三州的经界已"打量"了八九成，却因福建路提点刑狱公事孙汝翼以山贼没有平息为由，上奏朝廷，最后取消了。朱熹刚到同安，就感受到了田土兼并及隐田逃税现象十分严重。"细民业去产存，其苦固不胜言，而州县坐失常赋。"（朱熹《条奏经界状》）为调整赋税不均之弊，增加县府财政收入，朱熹不顾此前停罢经界的禁令，在县令陈元滂的支持下，自行清查版籍田税。朱熹初来乍到，不仅没有根基，且仅为一介主簿，人微言轻，很快就遭到了同安上下既得利益者的反对，不得不中途作罢。

推行经界受挫，朱熹并未心灰意冷，转而整顿吏治。听说永春县令黄瑀有一套惩处奸吏、督收赋税的"良方"，朱熹专程前往永春登门求教，然后加以"改造"，作为吏治新法付诸实践。《语类》卷一百零六便道出了他的追税及防吏作奸犯科办法："昔在同安作簿时，每点追税，必先期晓示。只以一幅纸截作三片，作小榜遍贴云：本厅取几日点追甚乡分税，仰人户乡司主人头知委。只如此，到限日近时，纳者纷纷。然此只是一个信而已。如或违限遭点，定断不恕，所以人怕……某向为同安簿，许多赋税出入之簿，逐日点对金押，以免吏人作弊。"

朱熹在同安任主簿期间，做得最成功的并非"簿事"，而是"学事"——兴文讲学、整顿民风、以礼治民。为此，他付出了更多的精力与心血，也更令人所称道。

此时，秦桧专政，严禁"洛学"，学校不得讲授"义理之学"，天下学风，江河日下。同安县学受其影响，学舍破落，藏书寥寥，学生只习科文、词章，懒散不已。朱熹见此情景，痛心不已，决定破除旧习，建立县学体系，重振学风。

同安县学原有四斋，后汰裁两斋。朱熹恢复四斋旧制，重取斋名，新选各斋斋长，并作《四斋铭》《讲座铭》。针对县学诸生"晨起及学，未及日中而各已散去"的慵懒情形，朱熹又作《同安县谕学者》《谕诸生》《谕诸职事》等文，劝谕他们以"义理之学"为宗旨。不仅如此，他还亲自为诸生讲学，聘请徐应中、王宾等当地贤达之士充任职事，严罚不遵学则、破坏学风的不肖生徒。

一番整顿，终于扭转了同安的学风，迷途士子由追逐词章到精研义理、重回经学。于是，一批有用之才如许升、戴迈、吕侁、林峦、柯翰、陈齐仲、王近思、杨宋卿等，纷纷投入他的门下。他们之中，年龄最小的许升仅十三岁，最大的柯翰已年过五旬。

朱熹发现，县学藏书不仅数量少，且所藏之书，大多残脱。绍兴二十五年（1155）正月，朱熹通过关系，多方搜求，共得经书九百八十五卷，在文庙大成殿后新修经史阁予以收藏。他还在明伦堂建了一座教思堂，在此讲学，吸取了大批民众。

在整顿民风方面，朱熹采取的一项重大举措，就是修建苏颂祠（又名苏公祠、苏丞相祠）。

苏颂，宋真宗天禧四年（1020）生于同安。五岁那年，他随即将供职汴京文馆的父亲离开故乡，千里北上，直到逝世，再也没有回来过。苏颂高寿，活了八十二岁，从政五十多年，历经五朝，受过迫害，蹲过监狱，政治生涯跌宕起伏。他虽以政治家立身，位居人臣之极——丞相，但其政绩平平。苏颂学识渊博，其功绩主要在于科学，在科技领域创下七项世界第一。

朱熹首仕同安，离苏颂逝世不过五十多年，乡人已对他知之甚少，"虽其族家子不能言"。有感于此，朱熹建祠纪念，以振兴教育，扭转社会时风。苏颂虽然没有显赫的政绩，但他为人正直，恪守法规，不奸不贪，两袖清风，堪称楷模。朱熹所看重的，正是苏颂的道德风范，为此，他写了五篇文章，对苏颂的终身节俭、公正清廉大加推崇，称他"道学渊深，履行纯固，天下学士大夫之所宗仰"，"唯公始终一节，出入五朝，高风响乎士林，盛烈铭于勋府"，"然而始终大节，可考而知，则未有若公之盛者也"，"以是心每慕其为人"。

除苏公祠外，朱熹还将同安县城朝天门内的荣义坊改为丞相坊以纪念苏颂。由于他的大力倡导，苏颂这位乡贤逐渐为当地百姓知晓，其学识风范，不断激励、鼓舞后人。

朱熹当年所建苏公祠，或遭兵燹，或遇大火，多次毁弃，又多次重建。如今的苏公祠修葺一新，位于同安孔庙。进入祠堂，供奉的苏颂半身纪念像两旁贴着一副对联："存小心与宋千古，识大义唯公一人。"横幅为"正简流芳"。正简，宋理宗朝对苏颂的追谥。

朱熹刚到同安，在县衙右边的主簿廨办公、居住，这儿离孔庙不远，前往县学督导十分方便。主簿廨因年代久远，"皆老屋支柱，殆不可居"，幸而署内西北角还有一间房子，地势高旷，前后两进，敞亮宜居。可喜的是，屋内凿有一个水池，一座小桥跨卧其上，池边植有梧桐、杨柳，疏密相间，颇有几分情致。朱熹与夫人刘氏、长子朱塾搬入其中，将其名为"高士轩"。对此，朱熹在《高士轩记》中写道："主县簿者虽甚卑，果不足以害其高；而此轩虽陋，高士亦或有时而来也。"朱熹知足常乐，对高士轩的幽雅环境颇为欣赏，情不自禁地吟咏抒怀："官署夜方寂，幽林生月初。闲居秋意远，花香寒露濡。"（《高士轩诗》）第二年，次子朱埜在此呱呱坠地。

同安地处偏远海滨，开发虽早，但文化教育一直较为落后，"民俗强悍，民风不醇"。朱熹尽管年轻，但已熟谙理学精髓，"其教人无非格言至论"。为"使父子、君臣、夫妇、长幼、朋友各尽其道"，朱熹不辞劳苦，深入乡村，体察民情，采风问俗。每到一地，都要"敦礼义，厚风俗"，不遗余力地"教化"民众，贯彻他的"志道、据德、依仁、游艺"四大教育内容。同安多山地丘陵，纵横起伏，河流切割，地形破碎，交通不便，而他在三年多的时间里，几乎走遍了同安的山山水水、村庄寨堡，留下了六十多处文化遗迹。

朱熹好山，县城近郊的大轮山、北辰山自然去得最多。大轮山风景优美，有座梵天古寺，隋朝敕建，唐高宗时落成，比今日名气颇大的厦门南普陀寺要早三百多年。朱熹"登山临水，处处有诗"，游梵天寺留下了四首诗歌，其二《梵天观雨》颇具意境，堪称佳作。

持身乏苦节，寸禄久栖迟。

暂寄灵山寺，空吟招隐诗。

读书清磬外，看雨暮钟时。

渐喜凉秋近，沧洲去有时。

除诗作外，朱熹还根据大轮山景点特色，题写了不少言简意赅的"墨宝"，如"大轮山""战龙松""寒竹风松""瞻亭""极目""偃月台""圭石"等，"瞻亭"石刻至今犹存。

梵天寺后的山坡上，耸立着一座修复的文公书院，又称紫阳书院、大同书院、轮山书院。这座泉州府最早的官办书院于元至正十年（1350）由同安县尹、孔子第五十三世孙孔公俊创建，前奉孔子，后祀朱熹。因朱熹逝后赐谥"文"，世称文公，故名文公书院。书院最初位于同安县城学宫东边，明嘉靖年间，在享有"理学名宦"之誉的乡贤林希元的提议下，依原制迁于大轮山梵天寺后。文公书院屡毁屡建，最近一次毁于"文革"时期的"破四旧"中，1987年重建。院内有座栩栩如生的朱熹雕像，里面最珍贵的文物，当数朱熹石刻像：像碑高两米，宽约零点九米，据传是朱熹对镜自画的半身像——头戴纶巾，身着儒服，袖手而拱，面带微笑，眉宇间透着一股蕴藉自信的风采。

北辰山离县城约十二公里，这里怪石嶙峋，风景独特，最著名的景观是十二龙潭。朱熹登临此山，不仅挥毫写下"仙苑"二字，还留下了一首长达二十行的五言古诗《与诸同僚约奠北山》。

此外，莲花山、香山、文圃山等地，不仅留下了朱熹的足迹，还留下了众多"墨宝"及传说。如朱熹取"华岳莲花"之义，在莲花山题写"太华岩"三字，镌刻于石，成为厦门境内留存下来的年代最早的摩崖石刻；他登临香山，顺道探访友人许衍，为许氏家庙撰写对联"千峰起伏奔腾前狮后马，九水回环映带右鹊左鸿"，并在香山寺后山麓手书"真隐处"；当地民间，流传着"朱熹三探莲花山"的传说，游香山时留下了"香香两两"的联句让人答对……

同安县城，是朱熹待得最多的地方，留下的遗迹自然远甚他处。同安县城形似银锭，故称"银城"；又因南溪有三块石头形状像鱼，颜色似铜，故名"铜鱼城"。这"铜鱼"之名，便源自朱熹。对此，清人高有继在《铜鱼赋》中写道："石系以鱼，肖形而号；鱼系以铜，肖色而称。谁其名之，紫阳远示。"在东溪与西溪交汇处，有"铜鱼石"三块，"金车石"两块，南面一块逆水石上，刻有隶书"中流砥柱"，据传便由朱熹所题。明清地方官员，对"铜鱼"的保护十分重视，在此盖有铜鱼亭。"文革"期间，亭毁池填，2009年元月修复。

位于城东鸿渐门外的东桥，离朱熹住所县衙不过半里之遥，他常散步至此，写有《雨霁步东桥玩月》一诗：

空山看雨罢，微步喜新凉。

月出澄余景，川明发素光。

星河方耿耿，云树转苍苍。

晤语逢清夜，兹怀殊未央。

古同安县域，包括今天的厦门市各区、漳州市龙海角美镇以及台湾金门县。朱熹采风问俗，深入各地，当他来到灌口蔡林社时，被眼前的奇山异水、夕照晚霞、樵歌渔唱等自然、人文胜景吸引，不禁为蔡林社题拟"八景"——圃山夕照、珠屿晚霞、金龟寿石、玉井泉香、沙堤岸影、渔网蝉影、莲道樵歌、文江渔唱，每景附七绝一首，道出风光、风情之内蕴。揆诸源头，同安最早的特色"八景"，便出自朱熹，此后才有"厦门八景""丙洲八景"及金门的"浯洲八景"等。

厦门（又称嘉禾屿）、金门（又称浯洲屿）两岛，浮于海中，只能乘船渡海前往。其时，厦门岛尚未建城，人烟稀少，朱熹来此，专为探寻唐代文士陈黯遗迹。陈黯才华出众，但科举不第，隐居嘉禾屿金榜山。陈黯自号"场老"，因此金榜山又名"场老山"。朱熹游历山中，一边考究，一边题咏，留下了石刻"迎仙""谈玄石"，写有诗歌《金榜山》："陈场老子读书处，金榜山前石室中。人去石存犹昨日，莺啼花落几春风。藏修洞口云空集，舒啸岩幽草自茸。应喜斯文今不泯，紫阳秉笔纪前功。"还撰有三百来字的《金榜山记》，为陈黯整理遗稿《神正书》（三卷）并作序。朱熹前往厦门岛，不仅探访了位于二十三都的金榜山，还游览了其他各地，比如岛内的文公山便因他而名："文公山，在城东二十一都虎山北。相传朱子尝游其巅，故以为名。"（清道光版《厦门志》）

金门一直隶属同安，直到民国四年（1915），才正式设立县治。朱熹渡海金门，主要是采风、视学、讲学，且多次前往。据清光绪版《金门志》转引《沧浯琐录》所记："朱子主邑簿，采风岛上，以礼导民。浯即被化，因立书院于燕南山，自后家弦户诵，优游正义，涵泳圣经，则风俗丕变也。"由此可见，朱熹到金门不仅以礼导民，还创建书院，以文化民，彻底改变当地风俗。自朱熹登岛过化，金门民众，家家诗书，户户业学，薪火相传，哪怕赤贫如洗，也以子弟读书为荣。据有关资料统计，同安县古代科举共有文武进士二百二十四人，其中金门就达五十名。为感念朱熹的教化之功，金门人专建朱子祠，于每年农历九月十五日举行朱子冥诞祝祷、祭典。

与此同时，同安的山乡、风物、习俗对朱熹也产生了较大的影响。二十四五岁的年纪，其思想正处于转型、成熟的特殊阶段，来同安之前，朱熹受武夷三先生刘子羽、刘子翚、胡宪以及道谦禅师影响，潜心佛教，影响颇深。刚到同安，他写了《步虚辞》《寄山中旧知》之类的佛老诗歌，大轮山梵天寺是他的佛国胜地，还为泉州名刹开元寺题了一副对联："此地古称佛国，满街都是圣人。"然而，佛老势力不断膨胀，已在闽地造成严重危害：与同安毗邻的漳州寺院田产，竟占全州土地的七分之六；仅福州一地，就有大小寺院一千五百多座。面对这一现实，朱熹不断反思，在繁忙的簿吏事务之余，研读儒经，重新认识《论语》《孟子》。

绍兴二十六年（1156）春，朱熹因公事前往德化县，夜宿剧头铺寺院。寒夜之中，他苦读《论语》，杜鹃声声，思索通宵，终于悟出儒家的真谛就是"事有小大，理却无小大"，对禅学的"有理一无分殊"不禁产生了怀疑。随着思索与探讨的不断深入，他对佛老的怀疑与日俱增。

正是在同安，朱熹进入了"逃禅归儒"的转型。这种转型，并非虚无主义的全然弃绝，而是在吸收佛道精华的基础上完善理学，由"以心会理"到"即事穷理"。正因朱熹兼收并蓄，"致广大，尽精微，综罗百代"，才使得他成为理学的集大成者。面对一套二十七卷的《朱子全书》，我在《朱熹：理学的拓展与困境》一文中曾感慨不已地写道："除读书之多、著书之多、书中所涉问题之多无人企及外，我敢说，朱熹还是中国古代唯一有别于传统思维模式，将抽象与思辨推向前所未有的高度，并构建了庞大知识结构与认识体系的百科全书式的学者。"同安作为朱熹理学乃至闽学的发祥地，享有朱子学"开宗圣地"之誉，可谓实至名归。

绍兴二十六年（1156）七月，朱熹任职期满。八月上旬，他到泉州等候批书，住在位于南安县九日山的九日山房，这是泉州知事陈称为儿子陈璀建造的一座读书室。他在这里研读儒经，开始更深层次的反思与超越。十二月底，朱熹将夫人、孩子送回崇安，第二年春再返同安。因不再任职，他搬出县衙高士轩，闲居城北名医陈良杰馆舍"畏垒庵"。又等了一段时间，继任者莆田人方士端仍未接任，"法当自免归"，绍兴二十七年（1157）十月，朱熹自行离开同安归返故里。

朱熹于绍兴二十三年（1153）七月就任同安县主簿，绍兴二十七年（1157）十月归去，前后四年零四个月。他任职主簿三年，加上赋闲时间，在同安待了三年半多。

朱熹活了七十一岁，一生担任地方官员时间有七年多，在朝廷任焕章待制兼侍讲四十六天。而同安,不仅是他的首仕之地,且为官时间长达三年多,对当地产生了深远的影响,民间将他与两千多年前开疆拓土的许濴相提并论:"许濴开疆二千载,朱熹过化八百年。"许濴,河南许州(今许昌)人,汉武帝时任上柱国左翊将军。西汉建元六年(公元前 135),闽越王反叛,许濴奉命入闽平乱,驻扎营城(今同安大同镇)。闽越之乱平定后,汉武帝刘彻敕令他"永驻斯土"。从此,许濴及其士卒在此戍守,繁衍生息,成为中原汉人入闽第一人。据《同安县志·旧志序》所记,朱熹厉行风教,同安由此"礼义风行,习俗淳厚,去数百年,邑人犹知敬信朱子之学";《同安县志》卷四十一写道:"闽之文学以漳泉为最,而漳泉尤以同安为最。盖在朱子过化,文风日盛耳。"

朱熹母亲为安徽歙县人,父亲朱松曾在歙县城南紫阳山老子祠习书,在福建政和县任县尉时,自署"紫阳书堂"。受父亲影响,朱熹自号"紫阳",书房也题为"紫阳书房",人称"紫阳先生",学派称为"紫阳学派"。因此,后人将朱熹任同安县主簿期间教化民众,称为"紫阳过化"。

朱熹主簿同安,与当地士民建立了深厚的友谊,即将离去,众人依依不舍,一路长送,一直送到同安与南安交界的小盈岭。当年,朱熹正是从此进入同安,并赋有《小盈岭道上偶成》一诗:"今朝行役是登临,极目郊原快赏心。却笑从前嫌俗事,一春牢落闭门深。"小盈岭夹于两山之间,岭口犹如一个漏斗,东北风可由此长驱南下,当地居民常为风沙所苦,岭南的地名就叫沙溪。为治风沙,朱熹专来此地考察,认为在岭口建造一座石坊加以阻隔,可抵御风沙南下。石坊建成,朱熹题匾"同民安",意为"安斯民于无既也",还在一旁亲手种下三棵榕树,助石坊挡风。从此,小盈岭不仅少了风沙,同安一邑也大为受益,以至"井邑平康"。

越过小盈岭,前面就是南安县了,同安士民扳住朱熹车辕,希望他在同安再多停留一刻。"同民安"石坊前,至今立有一块石刻,上书"扳辕石"三个大字。"卧辙攀辕挽去衣,扶携追送各依依。亦知旧邑还须借,犹恐鸿飞去不归。"同安乡贤、明嘉靖朝进士洪朝选描写当地百姓送别县令谭维鼎之诗,其情其景,与当年送别朱熹当无二致。

石坊几经沧桑，屡毁屡建，清乾隆朝重建时，改"坊"为"关"。既为关隘，便有士兵把守，设置墩台，驻塘兵二十名，军事防御、交通控制、征收关税三者兼具。

如今，经过重修的关隘，朱熹手书的"同民安"碑匾格外醒目；关隘门后建有一座禅寺，虽是南安地盘，却归同安管理；寺院前关隘一侧，朱熹当年手植的三棵榕树，历经八百多年风雨，蓊蓊郁郁，浓荫匝地，成为一道别致的风景。

朱熹在同安的紫阳过化，使得这里的文化教育水平得到了极大提高，呈现出"海滨邹鲁，文教昌明"的气象。三十七年后，年逾六旬、思想成熟的朱熹以理学大师的身份又一次来到闽南，出任漳州知事。他采取正经界、蠲横赋、敦风俗、播儒教等措施，在漳州地区开展全面变革，以图"振民革弊"。一年任期内，仅在整顿学校、吏治与民风方面取得了较大成功，其他方面则乏善可陈。他常到州学、县学巡回督察，亲自讲授《小学》，出版《四书集注》，创建受成斋，教导武生员，提出"身修家齐，风俗严整，人心和平，百物顺治，隆及后世"的办学方针……于是，体系完善的朱子学作为一种新的理学文化，终于在闽南地区（今厦门、泉州、漳州）迅速传播，并扎下根来。

朱熹理学诞生之时，有着一股强劲的生命活力，当其上升为统治者的精神支柱，作为凌驾于一切学问、理论、流派之上的统一思想长达七百多年之久，可以想见的是，会给华夏民族造成怎样的束缚、狭隘与短视。

伴随着文明的兴盛，朱熹的"三纲五常""三从四德"也深入人心，闽南妇女受害最深，摧残尤烈。受"朱子家礼"影响，"女子出门，必蔽其面"，遮面的花头巾美其名曰"文公兜"。据有关学者考证，惠安女今日出门，仍披戴头巾，就是当年同安风俗在闽南地区的传播、影响与留存。在"饿死事小，失节事大"的桎梏下，一个个鲜活而美丽的生命以自戕的方式，获取所谓的烈女、贞节、节孝之名，换来一块块冰凉冷漠的节孝匾及一座座死气沉沉的贞节坊。

我在研究福建地域文化时发现，鸦片战争之后，同属福建的厦门与福州作为东南沿海五口通商的其中两个口岸，在西方文明的冲击下，近代福州涌现出林则徐、严复、沈葆桢、林纾等一大批影响深远的伟人、巨人与名人，而同样得风气之先的厦门却严重缺席，一个也没有。究其根源，应该说与朱熹不无关联，正是他在闽南地区推行的封建理学，长期以来似一道无形的枷锁，压抑了当地民众的锋芒与激情，束缚了他们的思想与个性，禁锢了他们的创造与活力。

当然，朱熹被历代统治者作为工具加以利用，并非他本人之过！同安节妇宋代时期甚少，主要出现在明清两代，进入《同安县志》者达一千一百五十多人。据颜立水先生《朱熹首仕同安》一书考证，古同安境内有一百一十座石牌坊（不包括墓道坊），其中旌表烈女、节妇的石牌坊四十座，全为明代万历年后所立。

"文革"时期，一场"批林批孔""评法批儒"的运动席卷全国，朱子学被视为反动的吃人哲学；朱熹作为"孔子第二"的儒家领袖、反动道学家受到前所未有的声讨、攻击与批判；特别是在"法家爱国，儒家卖国"的评价准则下，朱熹由大圣人一变而为投降派与卖国贼。尽管如此，朱熹的形象，仍受到同安当地民众的景仰。据有关资料统计，古同安现存朱熹遗迹、遗物十七处，纪念朱熹的现存遗物十五处；一些关于朱熹的故事、传说及体现他具有先见之明的"朱文公谶"，仍在民间广为流传；最近，同安吕实力芗剧团根据朱熹为民除害的一则传说，创作了歌仔戏《朱熹点化鳄鱼精》上演；同安县衙旧址经过改造，朱熹当年办公、居住的主簿廨，已改建为朱子书院，占地约六百平方米，前、中、后分别为门头小院、书院讲堂、高仕轩馆；近年来，同安着力打造朱子文化地标，创建朱子文化品牌，推出了两条朱子文化旅游路线；台湾金门县每年都要举办朱子文化节，2016 年 5 月 21 日，厦门同安区也举办了首届国际朱子文化节……

回归理学本义，还原朱熹的个人努力与修为，我们看到，作为一个小小的主簿，朱熹当年的"紫阳过化"，对当地的影响，超过了任何一个所谓的大人物。这种影响，涉及社会、思想、文化、教育、民生等诸多方面，至今犹存，这不能不说是一个值得研究的文化现象与人文奇观。

（原载《书屋》2017 年第 5 期）

【主编者言】作者认为，成长阅历、知识结构和精神能量，是写作生命能否延续的三个关键性因素。其实，当处于某种背景下，不再继续写作或许于文学、于自己都是幸事？

延续写作生命的三大因素

庄伟杰

大千世界，芸芸众生。走在路上，情状各异。一个诗人作家最后的结果会是如何？他到底能走多远，能延续多长的创作生命，能获得多大的文学成就，能为我们带来什么，或为后世留下什么？这些都是十分有趣而引人深思的问题。除了具有天赋、才情、禀性等先天性因素外，作者自身的阅历、学养、能量和气度，同样不容忽视。因为文学不仅是观念和美学问题，也不只是技巧和方法问题，还有作家自身的问题、时代语境的问题、潜在文化结构等问题。就此而言，所有的写作者笔下的文字，与其所处的时代环境息息相关。

不同时代、不同作者均有着不同的文字气味，说明文字不仅是有生命的，而且往往决定了作者自身的写作生命。就以二十世纪中国诗人作家为例吧：郭沫若风华正茂之时就写出新文学史上富有划时代意义的诗歌杰作《女神》，然而新中国成立之后，其诗歌写作越来越糟糕越差劲；何其芳在二十世纪三十年代写出散文经典《画梦录》，过些年又写了《我歌唱延安》，到了后来散文写作几乎停滞了；丁玲从《莎菲女士的日记》到获奖长篇《太阳照在桑干河上》，文风发生了巨大变化；沈从文、曹禺以及诸多同辈诗人作家到了新中国成立后，或者说到了生命晚期几乎封笔了。反之，像冰心、巴金，还有穆旦、蔡其矫等诗人作家健在时，即便走向岁月的黄昏，依然笔走龙蛇，后劲十足，佳作迭出。台湾的余光中、洛夫、王鼎钧等诗人作家如今虽年届高龄，但一直以来始终保持旺盛的创作态势。如此等等，颇耐人寻味。其中的缘由相当复杂，并非三言两语能够述尽。

如果说学识和阅历皆是后天养成，才华乃是拜先天所赐；那么，学识可以托起皓首穷经的鸿儒，阅历足以产生洞烛幽深的智者，而才华所造就的应是天地间的精灵，既能俯仰于天地，又能自由而灵动。有的人天生为文字而生，他们的文字思想深刻，语言丰美，充满睿智而不乏温情，令人为之叹服。这样的写作，甚至颠覆了传统意义上的文字写作，是天赋和才华的体现。而大多数作者的写作，则依赖于生活、积累、勤奋以及后天的修炼。世界上除了极少部分作家属于文学天才之外，包括许多知名作家在内的大多数写作者都属于后者（参见王韵，《文学正道是沧桑》，《文艺报》2016 年 7 月 29 日）。由此可见，一个写作者想要延续写作生命，卓然成为真正意义上的作家，更需要勤奋和悟性。同时，需要不断学习，需要拥有超前意识，需要心怀敬畏文字之心，并且在融会贯通中做足后天储备乃至境界格局的提升。通过一番粗略分析和思考，可以看出，有三大因素（条件）起到关键性，甚至决定性的作用和影响：一是成长阅历，二是知识结构，三是精神能量。

说起成长阅历，我们可以从外格和内质的综合来看，起码有三种：一是读的历程，一是走的历程，还有就是心的历程。可以说，一个写作者的阅历大致包括读书、行走和心路这三重层面。前者的阅历大多来自第二自然，即对经典书本的阅读、理解和把握；中者的阅历多指来自第一自然，即对大千世界的亲近，与自然万物的对话，包括如何看世态，察人情；后者主要来自自我，包括自我对话、心灵跋涉和个人的内在定力。中国古代先贤早已道出其中之奥妙，留下了警醒的至理名言："读万卷书，行万里路。"环顾当下，多数诗人作家往往急功近利，一旦小有名气就很少读书看报，有的甚至把反文化反知识反传统当作"先锋"行为，把读书，尤其是阅读经典当成可有可无的事儿。某些诗人一辈子固守在小圈子内，走的路实在太少了，有的连国门都没有跨出，还在那里自我吹嘘自我炫耀，存在着夜郎自大、故步自封的心态，甚或产生"自恋"情结。是故，视野、眼界、见识大打折扣，令人不敢恭维。尽管特定的地域性（环境）对诗人作家的写作有着深浅不一的影响，而寻找属于自己的创作视界或精神根据地显得至关重要。当然，"他山之石，可以攻玉"。作为一个写作实践者，走出与回归、借鉴与更新同样重要，不可或缺。纵观古今中外大诗人大作家，庶几是读万卷书，走万里路的有心人。在华人作家中最早获得诺贝尔文学奖提名的文学大师林语堂，就是"两脚踏东西文化，一心评宇宙文章"而走向世界的。

何谓知识结构呢？同样可从三个层面来理解，它包括一个人的求知、积累和涵养。但知识必须转换成智慧和能力方能发挥作用。一个明智的诗人作家，要学会在广泛吸取营养中吐故纳新，要以不安分又不守成的姿态走出书斋，善于在与自然与世界的对话中，求新求变，做最好的自己，不断涵养自我人生，如是，才能永葆前倾姿态。知识结构往往随着年龄的递增或时间的流逝而退化，倘若抱残守缺，意识陈旧，思维滞后，创作水准会因为视野的局限、知识的匮乏而停滞不前，甚至江郎才尽，更遑论超越和突破。对此，当代文坛巨擘王蒙先生曾强调：作家必须学者化。这不仅是经验之谈，而且提出了一个并非是真理，却具有相当说服力的艺术命题。

目前诗界文坛普遍存在一种现象，即过于注重或强调常识，或则一味反知识反文化，这是一种致命伤。其实，日常生活常识是无须过分强调的。懂常识，是每个生存的个体必须具备的，哪怕是目不识丁的老妪，也有最起码的生存常识，何况作为创作主体的诗人作家。其实，常识本身是另一种知识，是最基本的日常的那一小部分"知识"，是人之所以为人的生存根据和普通要求。在笔者看来，诗人可以反常识，但不可以反知识。譬如，李白的"白发三千丈，缘愁似个长"在物理（常识）上反拨的夸张，在情理上却是一种审美（知识谱系），这是诗人把日常生活常识通过语言修辞转化为诗性智慧的结果。可见，知识反不得，反了，诗就失去其艺术魅力。如果诗人仅仅局限于常识，把白发的长度如实地写上，像说明文那样，诗就失去味道了，写"愁绪"就缺乏艺术表现力，或如白开水一样。当下的"口水诗"往往存在此症状。

所谓精神能量，应涵纳一个人的精神资源和生命容量。对于一个作家来说，精神能量可以从四个基点来加以理解：一是审美理想和生命姿态，二是写作伦理和精神底蕴，三是悲悯情怀和超越意识，四是人格魅力和思想境界。一个人的艺术生命境界与自身的人生修养是相辅相成的。是什么样的人就写出什么样的东西，有什么程度的境界就写出有什么境界的作品。清代沈德潜《说诗晬语》云："有第一等襟抱，第一等学识，斯有第一等真诗。如太空之中，不着一点；如星宿之海，万源涌出；如土膏既厚，春雷一动，万物发生。"显然，能够保持长久而旺盛生命力写作状态的作者（学者亦然），其精神能量一定是相当巨大的，而且总是具有心怀天下的胸襟、包容万物的气度。或者说，能够给人带来正能量，并从中感受到生命的温润和力量。

中国历代经典名家无不认为，从事写作应从修身养性入手，而不能徒然劬劳憔悴于章句之间。是故，"器大者声必闳，志高者意必远"。这种修养，包括高尚的品德、宽阔的襟抱、广博的学识和丰富的见闻。至于如何提升生命境界和人生修养，或以为"养而致"，或主张"学而能"，或则从"不平则鸣""文穷后工"等角度，强调人生阅历和社会实践对于开拓情怀、积聚文思的重要作用。"读万卷书，行万里路，胸中脱出尘俗，自然丘壑内营，自成郛郭，随手写出，皆为山水传神。"（明·董其昌《画旨》）尽管董其昌是针对绘画而言的，但这种见解同样适合于文学创作。正如清代文学家张潮所言："文章是案头山水，山水是大地文章。"

絮叨至此，足可窥见，人生阅历的局限、知识结构的欠缺、精神境界的低俗，乃是制约或阻碍诗人作家延续写作生命的主要瓶颈。人生与文学，归根结底就是一种选择。生存或者毁灭，停滞不前或是汹涌向前，这是个问题，也是一种选择。人生百年，说长也长，说短也短，自己能做什么，生命和激情往哪里投注？同样是一种选择。要选择当诗人当作家，到底当什么样的诗人当什么样的作家？应写什么样的题材和作品？应以怎样的姿态去写作以及怎样写？这一切，皆是一种相当个人性的选择。说到底，写作是一种手工劳动、思想劳动、生命劳动，是一种纯粹的个人化的事业。但这并不说明写作仅仅是为了宣泄自己，或表达个人的小情绪、小意见。被誉为"世界华语诗坛泰斗"的诗人洛夫说过，写诗不仅是一种写作行为，而是有价值的创造。我对诗歌有自信，才如此几十年如一日地追求。对诗人来说，写诗就是为了回家，追寻自己的精神家园。洛夫长达半个多世纪的创作生涯和心路履痕便是最好的注脚。其诗歌世界之广阔、思想之深致、表现手法之繁复多变，以及诗人在现代与传统、西方与中国之间进行整合和交融的美学嬗变，上下求索的精神历程以及持久性的写作，可谓令人刮目，也令人为之心驰神往。

认真说来，一个能够持久延续写作生命的创作者，就是一个心灵的挖掘者，一个生命的耕耘者，一个灵魂的探险者，一个精神的引领者。而这，恰恰是作者自身具有深厚的修养、独立的思考和自在的生命精神使然。因而，无论是创作实践还是学术研究，都需要有丰厚的积累，包括知识、阅历和情感的积累。至于写作的过程，其实就是作者寻找自己、突破自己、创造自己、完善和提升自我的过程，更是充分展示清新、自由、深刻、睿智和广阔而又不失灵性的艺术生命过程。一个作者要延长自己的写作生命周期，让写作朝着有序而健康的方向运行，重要的是如何不断地超越自身的局限，具有永不满足的探索精神。或者说，只要在不满现状中寻找突破口，探寻新方向，拓展新局面，并对写作在品质上进行某种不同程度的突围，就能在自觉和创新中延续自己的写作生命。谨此，不妨借引星云大师的《生命之歌》作结吧——

　　春天不是季节／而是内心

　　生命不是躯体／而是自性

　　老人不是年龄／而是心境

　　人生不是岁月／而是永恒

（原载《语言与文化研究》2016 年 10 月）

跋

徐南铁

南方的秋风刚在树梢探头探脑，就已经到了《2017中国年度随笔》交稿的日子。上一年选本的油墨香味似乎还未散尽，令人不得不感叹流光的飞逝。

但是大量的随笔伴着春花秋月蓬勃生长，蔚为大观，并不枉度时光。

今年的选本有点小变化，一是我在每篇选入的文章前面加了几句"主编者言"，写的是我关于该文的"入选理由"，或者说是我关于本文意义的理解。二是选了几篇稍长的文章，因为我不想在众多条条框框之外又加上篇幅的限制，如果就为此与好文章擦肩而过，不免令人遗憾。不过话说回来，我还是希望长度适中的文章，今后仍会坚持以五六千字的文章为主。至于网上的文章，同去年一样，今年也选用了几篇，也许以后会逐年增多。由于网上文章的许多不确定性，我不得不谨慎从事。

随笔是一种奇特却也不免尴尬的文体，至今没有权威的定义，也没有清晰的界定。有些人称它是散文的分支。我们并不想花工夫从概念上去探究和归纳文体，我们只是想寻找优秀的文本，把它们推荐给大家。在我的心目中，随笔与散文的区分主要是它在某些方面有更多一份的倚重与凸显；更厚重的人文，更丰盈的思考，更锐利的论说。

随笔或许是可以伴随社会、伴随人生最为持久的文体，尤其在节奏越来越快的社会发展大势之中。我对优秀的随笔充满欢喜和热情，愿意博览，愿意推介，愿意以编者之心连接和沟通作者、读者之心。

徐南铁

2017年10月8日